满族口头遗产传统说部丛书

鳇鱼贡

富育光 讲述
曹保明 整理

吉林人民出版社

图书在版编目（CIP）数据

鳇鱼贡 / 富育光讲述 ; 曹保明整理 . -- 长春 : 吉林人民出版社 , 2019.5
（满族口头遗产传统说部丛书）
ISBN 978-7-206-16884-0

Ⅰ . ①鳇… Ⅱ . ①富… ②曹… Ⅲ . ①满族－民间故事－中国 Ⅳ . ① I277.3

中国版本图书馆 CIP 数据核字（2019）第 293224 号

出 品 人：常　宏
产品总监：赵　岩
统　　筹：陆　雨　李相梅
责任编辑：罗明珠　门雄甲　王　斌
装帧设计：赵　谦

鳇鱼贡
HUANGYUGONG

讲　　述：富育光　　整　　理：曹保明
出版发行：吉林人民出版社（长春市人民大街 7548 号　邮政编码：130022）
咨询电话：0431-85378007
印　　刷：吉林省优视印务有限公司
开　　本：720mm×1000mm　1/16
印　　张：22.5　　字　　数：370 千字
标准书号：ISBN 978-7-206-16884-0
版　　次：2019 年 5 月第 1 版　　印　　次：2019 年 5 月第 1 次印刷
定　　价：80.00 元

编 委 会

出版说明

满族口头遗产传统说部是具有较高社会价值和文化价值的满族文化的百科全书。整理发掘满族说部的项目工作被文化部列为中国民族民间文化保护工作试点项目，并被国务院批准列入第一批国家级非物质文化遗产名录。

“满族口头遗产传统说部丛书”是千百年来满族各氏族对祖先英雄事迹和生存经验的传述，一代一代口耳相传，保留下来的珍贵的满族遗存资料。经过近三十年抢救整理，从二〇〇七年到二〇一七年的十年间，根据整理文本的先后，我社分四次陆续出版了五十部说部和三本研究专著。此套丛书无论从社会价值和文化价值来看，都是一套极具资料性、科研性和阅读性融为一体的满族文化的百科全书。

此次出版对以下两个方面做了调整：

一、在听取各方专家建议的基础上，对原丛书进行了筛选，选取最有价值、最有代表性的四十三部说部，删去原版本中与文本关系不紧密的彩插，对文本做了大幅的编辑校订，统一采用章回体表述方式，并按照内容分为讲述萨满史诗的“窝车库乌勒本”、讲述家族内英雄人物的“包衣乌勒本”、讲述英雄和历史人物的“巴图鲁乌勒本”、讲述说唱故事的“给孙乌春乌勒本”等，突出了说部的版本特色。

二、保留研究专著《满族说部乌勒本概论》，作为本丛书的引领，新增考古发掘的图片和口述整理的手稿彩色影印件。

特此说明。

吉林人民出版社

序

冯骥才

任何民族的文学都包括两大部分。一是个人用文字创作的、以书面传播的文学，一是民间集体口头创作的、口口相传的文学。后一部分文学是前一部分文学的源头，是根性的文学。中国作为东方文明的古国，口头文学的历史去之遥远。就像西方文学始于古希腊罗马的神话故事，我国文学史上第一部作品是《诗经》，即民间口头文学集，这表明口头文学是一个民族文学的源头。在漫长的历史中，这两部分文学一直同根并存，相互滋育，各自发展，共同构成一个民族文化与精神的极为重要的支撑。

中华民族有着巨大文学想象力和原创力。数千年间，各族人民以口头文学作为自己精神理想和生活情感最喜爱和最擅长的表达方式，创作出海量和样式纷繁的民间文学。口头文学包括史诗、神话、故事、传说、歌谣、谚语、谜语、笑话、俗语等。数千年来，像缤纷灿烂的花覆盖山河大地；如同一种神奇的文化的空气在我们的生活中无所不在；且代代相传，口口相传，直到今天。

我们的一代代先人就用这种文学方式来传承精神，表达爱憎，教育后代，传播知识，娱悦生活，抚慰心灵；农谚指导我们生产，故事教给我们做人，神话传说是节日的精神核心，史诗记录文字诞生前民族史的源头。它最鲜明和最直接地表现中华民族的精神向往、人间追求、道德准则和价值取向。中国人的气质、智慧、审美、灵气、想象力和创造力，充分彰显在这种口头的文学创造中。

这种无形地流动在民众口头间的口头文学，本来就是生生灭灭的。在社会转型期间，很容易被忽略，从而流失。

特别是在这个现代化、城市化飞速推进的信息时代，前一个历史阶段的文明必定要瓦解。口头文学是最脆弱、最易消亡。一个传说不管多么美丽，只要没人再说，转瞬即逝，而且消失得不知不觉和无影无踪，所以联合国教科文组织把口头传统和表现形式，包括作为非物质文化遗产媒介的语言列为非物质文化遗产之一。

在中国，有史诗留存的民族并不很多，此前发现的有藏族史诗《格萨尔王传》、蒙古族史诗《江格尔》、柯尔克孜族史诗《玛纳斯》、苗族史诗《亚鲁王》。作为满族民族历史和文化传统的重要载体——“说部”，是满族及其先民世代相传的极其宝贵的精神财富。它最初用“乌勒本”（满语 ulabun，为传或传记之意）指称，后受汉文化影响，改称为“说部”或“满族书”“英雄传”。说部最初用满语讲述，至清末满语渐废，改用汉语并夹杂一些满语讲述。在漫长的历史进程中，满族各氏族都凝结和积累了精彩的“乌勒本”传本，如数家珍，口耳相传，代代承袭，保有民族的、地域的、传统的、原生的形态，从未形成完整的文本，是民间的口碑文学。“满族说部迥异于其他文类，不仅涵盖了口头传统，也吸纳了民俗学中多种民间文艺样式，包容性极强。”

我以为，对于无形地保留在人们记忆与口口相传中的口头文学，抢救比研究更重要。它是当下“非遗”工作的重中之重，要清醒地认识到文化和文明于人类的意义。当社会过于功利的时候，文化良知就要成为强音，专家学者要在抢救非物质文化遗产中勇于承担责任，走进民间帮助艺人传承与弘扬民间艺术，这也是知识分子的时代担当。

让人感到欣喜的是，经过吉林省的专家学者近三十年的抢救、发掘和整理，在保持满族传统说部的原创性、科学性、真实性，保持讲述人的讲述风格、特点，保持口述史的原汁原味的基础上，将巨量的无形的动态的口头存在，转化为确定的文本。作为“人类表达文化之根”的满族说部，受东北地域与多族群文化的影响，内容庞杂，传承至今已逾千万字。此次出版的《满族口头遗产传统说部丛书》为四十三部说部和一本概论。“说部”分为讲述萨满史诗的“窝车库乌勒本”、讲述家族内英雄人物的“包衣乌勒本”、讲述英雄和历史人物的“巴图鲁乌勒本”、讲述说唱故事的“给孙乌春乌勒本”四大部分。概论作为全套丛书的引领，从学术研究的角度对乌勒本产生的历史渊源、民族文化融合对其的影响、发展和抢救历程等多方面深入思考。

多年来“非遗”的抢救、保护、研究和弘扬，已取得卓越的成就。但未来的路途依然艰辛漫长，要做的事情无穷无尽。像口头文学这样的文化遗产的整理和出版，无法立即带来什么经济利益，反而需要巨大的投资和默默无闻的付出，能在这个物质时代坚守下来，格外困难。

文化传统和传统文化不是一个概念，我们的终极目的不是保护传统文化，而是传承文化传统。传统文化是固定的、已有既定形态的东西。我们所以要保护它，是因为这些文化里的精神在新时代应以传承，让我们的文化身份不会在国际资本背景下慢慢失落。

现在常把文化自觉与文化自信并提，这两个概念密切相关同时又有各自的内涵。文化自觉是真正认识到文化的重要性和自觉地承担；文化自信的关键是确实懂得中华文化所具有的高度和在人类文明中的价值。否则自信由何而来？

对传统文化的抢救与整理，不仅是为了传承，更为了弘扬。我们的民族渴望复兴，复兴的重要精神支撑在我们的传统和文化里，让我们担负起历史使命，让传统与文化为民族的伟大复兴发挥它无穷的力量。

冯骥才

二〇一九年五月

目录

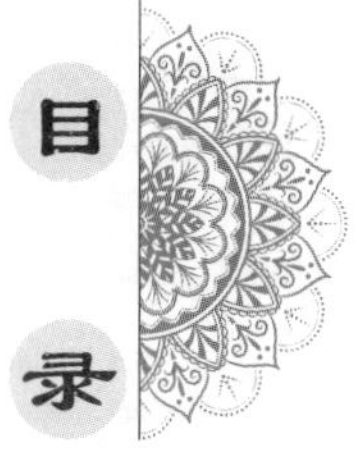

《鳇鱼贡》传承情况

富育光

清代朝廷内务府专门在东北建立为清宫皇室的衣食住行提供物资供应的基地，并设立了专司“皇贡”事宜的机构——吉林打牲乌拉衙门，每年向宫廷交纳的贡品达数千种。在所有贡赋和贡品的名目中，“鲟鳇鱼”“东珠”的捕捞，要算得上是诸贡之首。自清初以来，就时兴网捕黑龙江及其支流松花江、乌苏里江、嫩江和其他大小河岔的鲟鳇鱼及打捞蚌蛤，剖取珍珠。这差役由具有专门技艺和具备人、财、物实力的氏族集群所独揽和承担，各地组建成以家族部落为单独生产的集团，并由该家族中久经风浪、德高望重、生产经验与技能高超的长老们充当首领，负责采捕鳇贡者的首领尊称“总舵”或“网达”；负责采捕珠贡者的首领则尊称为“管家”，或叫“珠轩达”。以此保障为皇家贡赋数量与质量的绝对安全和可靠。

从清宫内务府档案资料可知，珠轩达采珠规模的盛大与否，完全与本朝立国建制有关。增加东珠数量的提取与质量的精选，自康乾两朝始。“东珠”既是绝美的艺术品，又是财富和权力的象征，其政治需求关键是，大清朝规定以皇帝、皇后、皇子、王公及朝臣、将领的服饰上所佩戴的东珠大小和数目来区分等级与显贵程度。而网捕鲟鳇鱼历史悠久，有史可考，早在辽金之先，生活在漠北的古老土著诸民族，就凿木舟“威虎”(满语，即独木舟)、造大型扎卡帆船，乘风破浪，畅行在漠北黑水及其支流俗称宋瓦江、脑温江等水系，网捕鲟鳇鱼，成为北民重要的衣食之源。

鲟鳇鱼是漠北罕有的大型食肉鱼类，具有数亿年的生存史，体态硕大奇特，眼小鼻长，巨口生在颔下，身有五道尖锐的骨甲，凶猛力大，俗称“牛鱼”。辽金以来，便是中国北地诸部落向中原王朝献贡的名贵方物。中国北方诸族，素有网捕鲟鳇的独特方法和经验，发展到清代，鲟鳇鱼的冬季圈养和运输，都有一整套采暖以保其存活和死鱼冷冻保鲜防腐良策，而且鲟鳇鱼的烹饪和宴筵，均有独到的厨艺，誉满海内，成为有清一代皇家御宴的专备珍馐。在清廷祭祀陵寝大典上，鳇鱼又是不可或缺的祭神供品，神案上所供的大鳇鱼，长度竟达八九尺以上。这些都是来自吉林特产的大鳇鱼。

担负猎捕渔猎贡品的差役称为“打牲丁”。说来打牲丁们泛江寻捕贡鱼，是生死的搏斗，风雨无阻，十分艰险辛苦，而且清廷要求十分严苛，不仅贡额量大，还要合乎规格，所献鳇鱼必须是活鱼，要在八尺以上。吉林每年贡献合格鳇鱼多达一千七百条。清廷的惩罚制裁更是极其罕见，有违数额质量，轻者罚银，重者笞责、入牢甚至处死。

一九七八年，我参加由省计委组织的富有意义的吉林乌拉街镇扩大再生产经济调查，了解松花江水利资源和渔业的生产问题。当时，我与省计委的同志住到该镇所属的韩屯村、北兰村、哨口小屯。这一带松花江水势宽阔、平稳、流量大，河床底有坚固的沉积泥沙，在长期的水流冲击下形成无数个河底暗洞，成为鱼类天然的栖息居所。据当地民众传讲：“我们这儿在早些年是鲟鳇鱼最喜欢藏匿的鱼卧子。”“在清代乃至民国年间，这里曾经网捕过近千条大小鲟鳇鱼，只不过近些年人为破坏，挖沙掘石，树木砍伐，水土大量流失，不仅大形鱼类不愿游来，就连手指肚大的小鱼秧也难见踪影。”我与同志们在长长的江边漫游，偶尔还能在江滨发现一根根粗大的、朽烂的白木桩。据说都是当年“打牲丁”庆贺捕获硕大鲟鳇鱼所树立的喜桩。在韩屯村我有幸结识了当地著名的以专捕鳇鱼为业的捕打鳇鱼世家。在河沿村结识了傅吉祥老人，在乌拉街和周边的许多村屯我都听到大量的关于捕打鳇鱼和贡送鳇鱼的故事，他们都讲述大量老辈子不忘老传统，祈求松花江神年年贡献鲟鳇鱼，顺利完成给朝廷的鳇鱼贡的历史和民间故事。本说部所用资料系真实的满族族史的记忆和忠实的披露，都是当地捕鱼老户老人遵照他们的爷爷、奶奶讲述的故事传承下来的、脍炙人口的鳇鱼贡说部记忆。民间传承的“鳇鱼贡”说部从乾隆朝一直叙述到光绪末年，讲述北方渔猎民族二百年来在松花江上为皇家采捕鳇鱼贡的艰辛史和血泪史以及种种纠葛和冲突，生动逼真地表现和反映了鳇鱼贡的往昔生活，至今读后仍令人无限感叹。我将多年来所调查积累的民间传承的有关北方民族为中原王朝进献珠鳇贡差的奇闻轶事，以及我家族所传讲下来的鳇鱼贡的故事，汇成《鳇鱼贡》，于二〇一四年初交曹保明阅览。曹保明先生是我敬佩的民族民俗学家，经年累月采录民间濒临消散的固有文化，请他精心统考、补充和润色，使富有史传价值的满族说部《鳇鱼贡》，更加沁人肺腑，锦上添花。

二〇一四年七月一日

《鳇鱼贡》整理概述

曹保明

历代王朝的历史，细细想来，是一直伴随着贡品文化的历史。贡品是历史上边疆之民将自己本地的特产进贡给当朝政权的一种行为，东北贡品是东北各民族向中原王朝所贡送物品的总称。看起来贡品是“觐物”“朝贡”，在政治上，这种行为已经形成在版图和治权意义上的归属关系，完全不单单是一种经济方面的关系了。在我国历史上，世居东北的部族向中原王朝进送贡品，已有久远的历史了。据史料记载，远在周秦时期，居住在不咸山（长白山）北的肃慎、挹娄族曾向中原王朝贡送“楛矢石砮”，这是有文字记载的东北部族向中原贡送贡品的最早记载。说的是，有一只中了箭的游隼（一种俊鹰，又名海东青）落于陈国宫廷院中，国人不知隼与箭的来历，陈湣公让人到国宾馆请来孔子。孔子告诉大家说，这是肃慎人的箭啊。从前（周）武王灭商，筑路通九夷、百蛮，让他们各以本地方物来贡，使其不忘自己的职责，于是肃慎人献楛矢石砮，箭长一尺八寸。先王想明白无误地使德政达到远方，并使后人坚守这些诏令，才在箭杆上刻上“肃慎氏之贡矢”，分给各诸侯国。这个于公元4200年前所发生的有关“贡箭”的故事，充分证明了我国古代由地方部族向中原王朝进送贡品的历史。

唐和渤海时期，北方民族向中原王朝贡送物品更成为具体体现中央和地方权属关系的重要内容。到了清时期，东北向中原的朝贡被规定得更加明确，而且为了进一步加强和强化这种朝贡制度，朝廷直接在东北（今日的吉林乌拉街）建立了“打牲乌拉衙门”，使这种朝贡更加制度化、具体化，甚至国家化、军事化。清顺治年间，满族入主中原建立大清的头一件重要大事便是着手建立能维系自己稳定生存的重要机构——打牲乌拉衙门。表面上，这是清廷设立的专门负责采集贡品的派出机构，实际它负责清廷的政治、军事、经济、后勤方方面面的生活，是一个全方位集权的机构，其重要职责，就是上送东北地区的所有贡品，并且直属于清廷内务府。据《吉林贡品》〔吉林省档案馆吉林少数民族古籍整理办公室编，天津古籍出版社1992年版，潘景隆、张璇如主编〕记载，历史上，吉林打牲乌拉衙门，是我国历史上最大的贡物采集、猎获、捞捕以及加工、贮藏、运输等功能最为完备的一个机构，而且其官职阶级，比我国中原另一处最大的贡品集散地曹雪芹祖父曹寅的“江南织造”(这被认为江南重要的进送贡品机构)还高，官居三品(曹家只官居五品)。清代，满族作为统治民族，其世居的吉林是他们的故乡，清皇室的祭品、用品多取之于故乡，所以吉林打牲乌拉的贡品采办历史长达三百多年，这是中国的贡品之最，也是至今世界文化遗产贡品文化史上的重要的文化首选地。

在中国贡品史上，贡品有多少种？说不清。东北贡品究竟有多少种？各种说法不一，有说三千二百种，有说二千四百种，但有一点却是精确的，那就是森林、江河、草原、土地上生长的所有“方物”都已是朝廷的“贡物”了，所以真正的贡品数目和总量其实是在不断变化的，是统计不清的，主要看朝廷所需，而朝廷的需求，更是无止无休。比如在清代，就有“祭品”“贡品”“生活用品”以及外交用的礼品、对外族和下属的赏赉等项都列在贡品之中。祭品又分有春秋两祭用品和年节祭用品，还有皇室的家祭、族祭，皇帝、娘娘、贝勒、格格们的个人用度等，简直是数不胜数；而贡祭，又分为年贡、月贡、岁贡、万寿贡之不同，其实各种贡物都早已被列入了每一种贡制的必备之物了，任何“物”都逃不掉被“贡送”的命运。其贡物如人参、虎皮、松子、昆布(海事)等，这是一些重要的北土方物，是有代表性的东西，从唐和渤海进贡至长安到清时进贡至北京，千百年来都延续不变；其食物就更多了，如谷、麦、豆、米、蔬菜、果子、兽肉、鱼鲜之属，更是北土的上等贡品；其用物的贡品就更多了。生活、外交、军事上的各种品物如箭杆、桦树皮、骨角、鹿尾、雕翎之属，这些乃北方特有的重要贡品，早在四千多年前就已被指定为“古肃慎”之地的“宝物”，即战争所用的箭杆和箭头。前面已说到，当年，由北土肃慎人进贡中原的“楛矢石砮”，除了其箭杆是产于北土的一种“明条”也有说“苕条”“偏枣胡子”“鸡屎条子”“王八骨头”“浪木”“阴沉木”“胡榛”“铁荆木”(孙文采先生研究成果)等七八种，但都是在吉林、黑龙江的山林和江岸地所产，而箭镞的黑曜石料，更是在这些火山流岩地带产出，也都属于北土的自然资源。清时官员按职级佩顶戴花翎，这“花翎”便来自北土的“雕翎”。雕翎为自然的雕羽，是成龄雕的尾羽，这也成为了贡品中的重要物品。动物早已是贡品中重要项目，主要是动物的皮毛和肉质。从前，朝廷的各种人物按官职穿戴什么样的皮服皮饰是有固定要求的，甚至什么人穿什么山岗上什么动物的皮张毛袖都有详实记载。在清代典章制度中，对皮毛裘物要求从选皮加工到穿戴都有十分严格的制度，不同的阶层在什么活动场合穿什么式样的服饰，都有详实的规定，即裘皮也要有细裘和粗裘之分。上乘的貂、狐、羔羊、猞猁狲、海龙皮、獭子皮、虎、豹皮等为细裘，是给皇室及重要官员用的，而鹿、狼、猪、马、狗等皮张，一律为粗裘，为中低层人所穿，但都得由方物中一一贡来。以皇服为例，冬朝冠用薰貂；十一月朔至上元用黑狐，不带任何杂毛；拜祖上寿则以吉服为饰，冠以海龙薰貂、紫貂等；行冠，用各种黑狐或黑羊皮。

《打牲乌拉志典全书》(金恩晖编著) 中规定，貂皮要拣选体大、毛厚、色匀者进送。对所谓“毛道不统，张尺短小”(见《吉林贡品》) 的勒令退回，并要从重治罪的。同时，严禁私自贸易，私买貂皮。当时规定赫哲、费雅喀人等每户一年交貂皮一张，三姓副都统衙门每年所进貂皮数量不一，一般在2400张左右。各季按季交皮，要求所贡皮张必须饱满，又得清好熟好，不把“欧子”(一种皮毛里的小虫，专门嗑毛根) 带进皮张，如见一“欧”，处罚治罪。仅此一项，每年大量皮张被退回，许多人因之获罪。而为使贡物能顺利到京，沿途要动用大量人员“护送”，据清同治三年十二月初九日一份关于《吉林将军衙门为进送貂皮各地出派兵役按段护送的咨文》(见《吉林贡品》) 记载：“案查上年本衙门派员赉送贡物进京时，因沿途土匪滋扰，恐致疏虞之处，当经咨令等途一体拨派兵役，按段护送在案。兹查现届赉送贡物之期，本衙门差派骑都尉英林等，赴京赉送进上貂皮。于十二月十二日由省启程。除札饬十旗派兵十名，携带枪械，接替护送，暨札饬西路驿站监督，协领转饬各站，遂派若干兵役，携带鸟枪等械，按段护送。并札饬伊通佐领、巡检、威远堡边门章京等，一体出派兵役接替护送外，相应呈请，咨引锦州、山海关副都统、盛京将军、顺天、奉天府府尹、直隶总餐部堂等衙门查。希为饬属一体，按段护送可也。须至咨者——右咨——锦州山海关副都统、盛京将军、顺天奉天府府尹、直隶总餐部堂等衙门。”当年有多少贡车就是在沿途被土匪、马贼、草寇的队伍和人马劫了“皇纲”(贡品)，那些事时有发生，如同治年这类“咨文”时时飞马报上的皇京各驿，但还是屡屡出事，足见抢夺运送皇贡的人马、财物、贡物也是江湖之人的一个“生财之道”啊。

除了皮毛外，动物身上的所有部位都是“贡品”，这属于食物中的“肉类”贡品。什么虎心、猪肝、鹿尾、鹿舌、熊掌、鱼子、鱼泡，这些都已细化。吃食方面，简直应有尽有，如鲟鲤鱼、鲈鱼、杂色鱼、炸鲈鱼、山韭菜、稗子米、铃铛米、生熟条鱼、燕窝、百合、山药、昆布（指海带，又称“南海之昆布”。《渤海国志》卷二载：“昆布即尔雅三，纶似纶，组似组，东海有之者。今人名为海带者。”竹笋、松子、松塔、细鳞、匕鱼、白蜜、蜜尖、蜜脾、生蜜、东珠、人参等，都是北土的鲜珍精货。东北又是山药材的热土，贡品中大量的珍贵中草药，那是北京皇城“药库”的必备土产。什么“附子”（一种见血封喉的烈性药。《渤海国志》卷二解释说：“按：后魏书，辽东塞外秋收乌头，为毒药，射禽兽，曰华子，所谓土附子，今人名曰草乌头。”）、“鹿脸”（醉马草）、人参、天麻、五味子、东青、白芍药、红景天，还有无数东北的山菜，都成为朝廷的必备“贡物”，如寒葱、蕨菜、薇菜、刺嫩芽、山芹菜、马蹄叶、大蓟、大叶藜、木花兰草、山根蒜、中叶芹、山莴苣、黄花菜、婆婆丁、风花菜、龙须芽、关苍木、地肤、刺王加、葛仙米、西香谷，甚至就连老佛爷抽烟时用的捅烟袋杆的“灯草”杆儿，也要由她的老家东北长白山之地贡来，至今，吉林乌拉还有一个屯子地名叫“灯草屯”。

可是，古今出名的东北主要贡品除上述的一些物品之外，最最重要的就属鳇鱼和东珠了。清代，东北打牲乌拉贡进的“东珠”，俗称“北珠”，这种珍珠颗大粒圆，是名贵的饰物，也是历朝统治者都非常喜欢又必须索要的“贡品”。据《吉林贡品》记载，清初以来，朝廷“皆以东珠为至宝”。东珠，就指东北江中的宝珠，盛产于松花江下游及其支流各江口，包括当时奉天、吉林所属的伊通河、柳春河、三吞河、佛多霍河、拉法河、书敏河，宁古塔所属的嘎哈里河、布尔哈图河，三姓所属的海兰河、萨尔布河、舒兰河，阿勒楚喀所属的珂勒楚喀河、拉林河，黑龙江瑷珲所属的绰罗河、呼兰河、西北河、吞河，齐齐哈尔墨尔根所属的妥新河、绰勒海、吉舍河等流域。东珠的捕捞往往是集体合作，共同所为。据《吉林贡品》记载的一次捕珠活动称，捕珠人要乘巨木刳做的木舟，大者可容五至六人，小者可容二至三人，持木为桨，一人划之，左右运棹，其疾如飞。在捕珠之季，于东西膘草沟、东西土山，东西威虎岭，砍造威虎，并携带铁锅三百五十九口，账房三百九十五架，共派官员六十四员，派打牲丁一千零四十七名，加上协助衙门共一千二百三十七人，组成六十四莫音（队），分头捕打。其规模之大可见一斑。采东珠贡品十分辛苦、艰险，往往要凿冰入水，寒冷彻骨，“溺水而亡者不在少数”。这种残酷的劳作和悲苦的生活，逼得采珠奴常常自尽或逃亡，但凡逃走被获者，“鞭责一百；一年以外投回者，鞭责六十，二次逃走者，销档为民”。其实在当年，茫茫荒野，何处可逃？而一旦“销档为民”，责全家终生不得再进“贡队”，使得这些人生无着落。

而那“鳇鱼贡”是人类贡品史上惊心动魄的传奇。鳇鱼，是东北江河独有的鱼种，个大，肉鲜嫩，纯香无比，而且这种鱼是皇帝祭天祭祖时必备之鱼，据说之所以称“鳇鱼”，是因为祭祖时，皇帝要先从鱼上过去而得名，此鱼又称“鲟”，生于大海，游至江河产卵，所以常被人捕获。而为了贮存此鱼，等待朝廷祭祖时用，还要在沿江河处挖出许多“泡”，称为“鳇鱼圈”。把春季捕来的大鱼先养在圈中，等到冬季，再破冰取鱼，再浇水挂冰，以黄绫包裹好，装在贡车上，以护兵把守，千里迢迢送至京城。

送鳇鱼贡有严格的要求，赶送鳇鱼车进京的老板子，头三天不能与妻合房，要干干净净，精力充足地出发，捕来的所有鳇鱼要先冻上，得保鲜味儿，而对有的活鱼还要喂酒，使其半醉半醒，一路不停地敲打锣鼓，以“震鱼”使其不睡，直到京城还是活蹦乱跳。捕打这种鳇鱼更是有严格的季节、手法和技艺。如道光二十二年十一月，打牲乌拉总管衙门奉旨捕打鳇鱼，两百公斤鲟鳇鱼二十尾、鳟鱼十八尾、各色鱼八百尾。呈进贡品出派骁骑校一员，领催一名，珠轩头目，铺副四名。其应进鲟鳇等鱼，连包裹草囤等项，每次共计重一万二千余斤。用驿车二十辆，浩浩荡荡从东北出发，呈送京都总管内务府，交于肉库。古时，北京存贮贡品分若干“库”，各类贡品分不同式样分别进“皮库”（皮张）；“肉库”（肉之类）；“鲜贡库”（随吃的鲜货）；“干货库”（在地方上已晾晒好的干货）；“兵备库”（武器、箭杆之类）；“珠宝库”（地方上加工好的珍品，艺术品、宝石之类），也有的贡品直接交由各部，如大臣、贝勒、格格、皇娘；还有的要打兑一些府上要人、内务府管库上锁之人等，各种贡品分类清晰有序。鳇鱼的捕捞、贡送已成为有清一代朝廷的重要事项，并建立捕捞制度，设立捕捞村屯，称为“捕鱼八旗”，成为东北文明史上的一幅民俗文化图景。对于搜集、采编、记录历史上捕捞鳇鱼的经历、习俗等方面的逸闻逸事，我早有心思：一是这项古老的采贡活动已经结束了百多年；二是当年亲自采捕的亲历者均已作古；三是江河中的鳇鱼已近绝迹，当年的鳇鱼圈也只是空有地名遗迹无存，所以要想复原这段遗事几乎无望。

近年来，我正在逐渐地将东北各种贡品和贡品文化一一采写出来，可是越写越发现，不把鳇鱼采捕历史写出来那是最大的遗憾。于是，我于2000年之后，陆陆续续地下到松花江流域的吉林、蛟河、舒兰、农安、德惠、扶余、三岔河，黑龙江流域的哈尔滨、同江、街津口、抚远，乌苏里江流域的海青、四排、饶河、穆凌、三江口，嫩江流域的齐齐哈尔、大安等地，广泛搜集关于当年鳇鱼捕捞的民俗文化，并着手开始写“鳇鱼”。就在这时，谷长春交给我一项任务，把富育光的满族传统说部《鳇鱼贡》整理出来，荆文礼也让我去整理这部珍贵的资料。我接到任务后，心里非常感动，这是谷老、富老师、荆文礼老师对我的莫大信任，我一定要整理好这部独特的说部文化，让世上留下关于这项遗事的真实记载。

富育光是一位独特的文化人类学家，他的记忆十分丰富而具有立体性，他的鳇鱼文化记忆鲜活而完整，处处体现了一位人类文化学家观察和表述北土贡品鳇鱼文化的独特视角，而且与众不同。第一是对鳇鱼生存环境的自然挖掘不同；第二是对鳇鱼历史文化的认知很具体、生动；第三是对鳇鱼捕捞人物、世家的关系展示得极其细腻和鲜活，诸多史料都真实地表述出来，并将大量的民间有关鳇鱼的记忆整合进来。

我严格按照富老师的思路继续完善和整合鳇鱼文化的原生态，在保持先生讲述的一切关于鳇鱼的知识、习性、人物、技术、制度、事件的同时，我将自己这些年采集来的有关北土鳇鱼方面的文化进行了有序补充，并融合进原本的故事之中，使这部说部更加科学化、本土化、地域化、情节化、故事化。如在人物和事件上，加入了主要人物的捕鱼故事和送贡事件。如为了互相攀比，两大家族矛盾加大，甚至弄出了鳇鱼造假事件。在这里需要说明的是，历史上鳇鱼造假事件屡有发生，但不是在这个人物身上，是为了故事更加生动顺畅，我将其组合在一起了。征求了富老师的意见，他也觉得这并不矛盾。我们在这里加以说明，恰恰是将说部的重要特点和讲述方式进行了解剖，但绝不是创作和编造。故事中关家和孟家几代人的生活矛盾完全与鳇鱼的采捕和贡送有关，但一些情节却是民间多种传承下来的故事的组合与集中。因此，希望当事人或亲属、后代不要“对号”，我们所记的只是鳇鱼文化。

数千年来，人类曾经对生命有过真诚的承诺，只要你付出过，人类就不会忘记，这是生命的品质，也是人与历史的品质，而贡品文化虽已消失却以民间集体记忆的形式体现了这种品质。早在《尚书·禹贡》和

《山海经》中已有关于地域文化对人类精神文化影响的描述，包括九州的划分，各地土地、山川、动物、植物、农产、矿产的存在，还记载了大量的有关贡物的神话，可见“神话”也是地域的“特产”。此地，广阔富饶的松花江、鸭绿江、图们江、黑龙江和乌苏里江流域为先民们提供了良好的生存环境，而这样的环境，恰恰是贡品文化的摇篮。东北贡品文化的历程受多方的地理和文化的影响，才具有自己的特色和特点，“多样的自然地理环境，生产方式变革相对滞缓的历史，不同民族文化主导地位的更迭变迁，为这里人们的文化创造提供了特殊的历史舞台，成就了一方更有魅力的地域特色文化”(见《东北地域文化通览·吉林卷》谷长春主编，中华书局2013年版)，恰恰是这种独特的自然性、历史性、民族性，造就了吉林和东北贡品文化，鳇鱼文化便是其中具有鲜明地域特色的记录。

贡送贡品的北方民族为了民族自身的生存、新生和王朝的兴旺，付出了人们最为珍贵的血脉、生命和青春，人们在记住贡品的同时更应该深深地记住进送贡品的民族。那一条条凝固在自然与历史中的朝贡驿路影响了北方，并通过北方，影响了中原，又因其连接了中原的丝绸之路，在某种意义上说，也影响了世界。千百年来，北京、盛京与“贡车”“贡道”这些字眼儿有着深深的关联，吉林的鳇鱼圈与北京的东直门也联系了起来。《鳇鱼贡》中描写，在进送贡品的岁月中，每当秋冬，当北方的贡车风尘仆仆地一进入京城东直门，宫中的格格、贝勒、内务府的大小官员，各类库府如“皮库”“肉库”“粮库”“果子库”“珠宝库”的官员便蜂拥而至，他们到这里等待挑选自己喜爱的“贡物”，送贡之人还没来得及扫去帽子和肩头的雪花，就乐颠颠地去游北京城了。据史料记载，从前有个叫“洪喜”的押贡人，一放下贡车就上北京大栅栏玩，听到有人喊他的小名：“喜子，你来了？”他一看，是一个老头在喊他，也不认识呀。可老头却说：“吾家在九台的黑鱼洞，咱们是同乡。回去给我家人捎个信……”洪喜乐呵呵地答应了。可惜洪喜回到乌拉地方，怎么打听也没有“黑鱼洞”这个地方。这一古老的“贡品奇遇”传说在今天的东北各类古籍、志书中均有记载，可是，洪喜、老黑头、黑鱼洞都在哪儿呢？原来，那是在先人久远的记忆中。而这次我们已将这类的“奇事”写进了《鳇鱼贡》，就是为了留住北土独有的地域文化。

古老的鳇鱼文化已真的成了一则又一则神奇的传说了，然而，现实生活仍有传说的影子。就在2014年的春夏之交，吉林省大安市的孔令海先生在嫩江渔民那里得到了一条280多斤重的大鳇鱼，一时成为新闻，这使得《鳇鱼贡》又有了新的、更加具体的注脚。

《鳇鱼贡》是东北各民族在生产力低下的岁月里，在恶劣的自然环境中顽强生存、勇敢搏斗的生活记录，多年来无数可歌可泣的鳇鱼故事和传说在民间流传，它是东北黑土地人民创造能力的写照，生存智慧的写照，也是艰苦卓绝的拼搏精神的写照。

走进《鳇鱼贡》的记忆，就会觉得长白山、松花江、乌拉街、黑土地变得更加神圣、伟岸、神奇，处处都会给我们力量和向往。

我作为一名民族民间文化研究工作者与富育光先生已合作三十余年，我们所挖掘、采集和编纂的鳇鱼、东珠的故事和传说，都是我们迈开双脚，走向田野和民间，到鳇鱼和东珠产地踏察，亲自对鳇鱼的采捕人和其后代以及故事传承人深入采访的结果，在这过程中，我们感悟到深厚的民俗文化蕴藏在民间。

在东北的区域文化之中，在长白山和吉林的区域文化中，最能彰显东北区域文化特点的就是贡品文化，无论岁月和光阴如何消逝和磨洗，东北区域所传承下来的贡品文化总是那么鲜明和生动，并具有丰富性和多样性、多彩性，今天我们搜集、记录、整理它，不禁对先人的敬畏感油然而生。一条大鱼出水、贡送，该有多少先辈在茫茫老林和波涛汹涌的江河上奔波、付出、生生、死死，那些对荒无人迹的老林中的自然崇拜和老把头崇拜已流变成风，江河采珍、捕鱼、寒风暴雪中行围追猎已演化成东北人的性格，鳇鱼文化使我们找到了自己。

有心要把江沿离，
舍不得一碗干饭一碗鱼。
有心要把江沿闯，
受不住西北风开花浪。
双手抓住老船帮，
一声爹来一声娘……

一方水土之爱，养育了长白山林和松花江、鸭绿江、图们江三江两岸优秀子孙。

二〇一四年七月八日

第一章 引 言

各位妈妈、玛发、色夫、阿古，朱伯西我今儿个讲一部木克衣朱奔，讲阿金，讲塔娜格格，也就是讲水上的故事，讲鳇鱼，讲东珠。

我是想让老少爷们换个口味，重温惊心动魄的水上智伏蛟龙的鏖战。

各位可能会说，朱伯西的嘴，就是擅讲，他肯定会讲得天花乱坠，什么都惊心动魄，其实也不尽然。提起这鳇鱼，它虽然长得体格大，眼睛小，长鼻子，可它却是黑龙江萨哈连、松花江松阿里乌拉的特产，世世代代，有数万万年的生存史，是东北水中有名的“活化石”。

化石大家知道，那是亿万年地壳沉积变迁，把动物、植物挤压在下面，没有空气，没有阳光，渐渐地变成了一种物体，等到人发现了它，挖掘了它，它已成了一种“石头”。这是自然和岁月的记号。活化石，是说明一种物体，它既有久远年代的历程，可它本身又活着。而鳇鱼的价码可比“化石”大多了，珍贵多了。东珠也是东北自古一宝。清代，因为将东珠作为朝廷官服、官帽的佩饰而声誉鹊起，有清三百余年，致使“积年泛觅珠轩汨，留筑江滩尽哈山”。这是古人留下的苦叹哪。苦叹，其实是人的心声。

朱伯西我在这儿向各位先诵读几首传世名作，颇有特色，可见一斑。

清康熙皇帝玄烨一首《捕鱼》，写尽了网捕鳇鱼的情趣：

松花江水深千里，
捩柁移舟网亲掷。
流回水急浪花翻，
一手提网任所适。
须臾收处激频波，
两岸奔趋人络绎。
小鱼沉网大鱼跃，
紫鬣银鳞万千百。

更有巨尾压船头，
载以牛车轮欲折。
水寨冰结味益佳，
远笑江南夸鲂鲫。
遍令颁赐扈从臣，
幕下传薪递烹炙。
天下才俊散四方，
网罗咸便登岩廊。
尔等触特恩比托，
捕鱼勿谓情之常。

清乾隆帝弘历也有名诗《鲟鳇鱼》：

物巨其中目小者，
可知秉性必良驯。
即如雪象殊常兽，
自合江鲤异别鳞。
蹲岩钓难投美饵，
凿冰射要系长缗。
颓然陈业欣兼惜，
信胜椎牛飨众人。

乾隆帝弘历还有一首《松花江捕鱼》，也应共赏：

松江网鱼亦可观，
潭清漆尽澄秋烟。
虞人技痒欲效悃，
我亦因之一放船。
施罟涉涉旋近岸，
清波可数鲦鲈鲢。
就中鲟鳇称最大，
度以寻丈长鬐轩。
波里颓如玉山倒，
掷叉百中诚何难。
钓牵绳曳乃就陆，
抠牛十画一岁焉。
举网邪许集众力，

银刀雪戟飞缤翻。
计功受赐即命罢，
方虑当秋江水寒。

多少诗人墨客都曾对北土鳇鱼有过精彩描述和歌咏，清代名士，温州采珠镶蓝旗，吉林土城子乡渔楼村伊尔根觉罗赵氏第八世祖，富森曾撰《乌拉八景》，其中有《渔楼晓景》，亦堪称文采斐然的一首传世之名篇：

当贡鲟鳇筑一楼，
临江晓起景偏幽。
网堆舵尾渔翁睡，
月隐林梢兔魄收。
水扑朝烟笼四角，
山含朝气润中流。
任他波浪兼天涌，
我在齐云最上头。

村有楼，皆因存网，故名“渔楼”，老翁捕鱼累了，在船尾的渔网堆上呼呼大睡着，月亮隐进了云层里，野兔也悄声而去，江水拍打着船帮，水浪水花如烟尘一样笼罩着四野。这时，人感觉，自个儿好像在云彩之上一样。人、鱼、船在一起，编织成一幅大自然的水墨画。

古有无名氏，泛舟松水，闻珠鳇故事，慨叹江水之秀，留有《招魂》，传于后世：

白山黑水，
大漠圣境。
人杰地灵，
物华天宝。
趋财求味，
纷至沓来。
江河遗骨，
长风扬魂。
魂今归哉，
莫名永存。
抚维尚飨，
慨嗟以慷。

这说的是文人骚客以鳇鱼为题材写诗，至于民间以鳇鱼为由头讲“瞎话”（讲故事）就更多了，那是处处流传，人们百听不厌。

在松阿里乌拉上游有个地方，叫“鱼趟子”，据说那地方鱼多得是，家家户户，一想鱼了，就用柳条编个筐头子拎着，上江边去，对着江水弯腰这么一划拉，把筐端上来就能捞到鱼，足够全家吃个三天两头的。

有一个孩子，给大户人家放牛。

这年秋天，雨下个没完没了。孩子放牛累了，躺炕上就睡着了。

谁知他刚躺下不一会儿，就听东家喊：“小半拉子！你快醒醒！”

小半拉子说：“干啥呀，三更半夜的。”

东家说：“你听？啥声？”

小半拉子往外一听，就听“嗡嗡”响。

小半拉子说：“是水声。江发水啦。”

东家说：“不像！你再听……”

小半拉子一听，可不是咋的，除了“嗡嗡”的洪水声，好像还有“哞哞”的牛叫声，断断续续的。

小半拉子说：“可不是咋的，好像牛叫声！”

东家说：“那你还不快去看看！还磨蹭啥呀你磨蹭！”

小半拉子鞋也忘了穿，跳下炕跑出了屋。

到牛棚一看，半岁的小牛犊子不见了，他又一细听，牛的“哞哞”叫声好像从江边上传来，于是他撒腿就出了院子，直奔大江边上去了。

那时，雨也停了，风也有些住了，就见被大雨灌饱的江水卷着山一样的浪花，轰轰地响着从上游推了下来，翻江倒海，像一挂挂大车跑疯了，狂奔了下来。小半拉子再一看，我的妈呀，就见一条大鱼，把东家半岁的小牛犊子的头和脖子给吞进去了！可是这半岁的小牛犊子也不示弱呀，它的两只小犄角已长出筷子那么长了。它可能是渴了，半夜到江边去喝水，让这条鱼给吞进了脑袋。可是小牛犊子一甩脑袋，那两只小犄角正好从鱼的两腮里穿了出来，鱼想吞它，也吞不进去了！

就这样，鱼在水里往里拖牛，牛在岸上往上拖鱼，一牛一鱼，也不知折腾多长时间了，小牛犊子的身上都让汗湿透了。

小半拉子这下可看准了！他一步跨了上去，狠狠拉住牛尾巴，拼命帮牛往岸上拽鱼，可是殊不知，那鱼借水劲，那力气大得惊人，任凭小半拉子和牛一起往岸上拉拽，那鱼不但不上岸，反倒有几个回合差点把小半拉子和牛给拖回到江里去。

小半拉子一看不行，就大喊："东家，不好啦！牛叫鱼吃啦！囫囵个儿给吞啦！"他吓得也不知说啥好了。

这时，东家也跑出来了。

东家领着家人，打着灯笼，跑到岸边一看，也傻了眼啦。还是小半拉子来得快，他说："东家，你还愣着干啥？"

东家说："那可咋办哪！那可！"

小半拉子说："快！快回去取二尺钩子！"

这一下，提醒了东家。

东家立刻派人回院，拿出了几把二尺钩子。那是专门用来叼鱼的钢钩利器呀，在东家和小半拉子的指点下，大伙一齐动手，朝着江水里大鱼的背上就刨开了。这一刨不打紧，就见江水直翻花冒泡，血水和白肉四处飞溅，足足有一袋烟的工夫，江水里才慢慢平静下来。大伙拽牛尾巴，小牛犊子也四腿支地往岸上施，我的天哪，一只大鱼被拖上了岸，足足有一座小山包那么高。

当天晚上，大伙就给这条大鱼开了膛。让人万万没想到的是，在鱼肚子里发现了三副人的骨头架子，还有四副手镯子。大伙一眼就认出，其中一副，是肇大基老段家新过门失踪半个多月的媳妇小翠花的！怪不得这媳妇过门三天说回娘家，从此一去，音信皆无，原来是让这条鱼给吃了。

这一春天，东家可过鱼"年"了，天天上顿下顿尽是鱼宴。这件事在松阿里乌拉这一带那是人人皆知呀。可是也有人认出这条食人鱼不是鳇鱼，是狗鱼，或者是草根或青鳞子，这种"鱼精"在江里凶着呢。

第二章　离奇奏章

故事也就是故事，传说终归是传说，我朱伯西今儿个给大家讲的那可是个真实故事。

乾隆九年盛秋，七月晨丑刻。

乾隆帝，他素有天很早便起身晨练的习惯。

这晨练，是乾隆帝从小养成的一种习惯。每天一大早，他都从内宫出来，直接到宫院，先习拳练身数刻，然后再回乾清宫西暖阁中，静心御览宫内值班太监昨夜捧来的一大沓黄绫子包里的各地送来的奏折，那都是天下的大事呀！

这天早起，他晨练完了，就翻看奏折。他翻着翻着，突然，发现奏折中有一个是吉林将军巴灵阿上奏的折子一函，于是他一把就抓在了手中。

平时，这乾隆帝就很关注北土，关注他的老家吉林乌拉的情况，特别是巴灵阿将军的奏折，那是很重要的。因巴灵阿曾在先帝世宗雍正帝驾下供事，初为一等侍卫，又远征贵州、古州，与杨威将军哈元生撼平了逆苗滋事的叛者，是有功之臣，那是大功啊。想当年，乾隆初定天下，贵州苗人阿沙等叛军作乱，当时，巴灵阿善有机谋，又善于联络少数民族，甚得乾隆帝嘉许。乾隆九年，调宁古塔掌管军务，为宁古塔将军，兼理吉林地方诸务。正因此，他很关心巴灵阿的治政，总想看他都有哪些见解。于是，乾隆帝便首先抽出巴灵阿的奏折来御览。

只见奏章上的眉题，十分新鲜、奇特，这更引起乾隆帝极大兴趣。

奏折眉题这样写着：

兹松水藏蛟，汹涛拍岸，国运昌旺之兆由。

这样的“眉题”，使乾隆心上一震。

他巴灵阿到底要奏上什么呢？乾隆帝好生奇怪，于是便开始细览奏文中工整的笔墨楷书。文句中有：近来闻达，松花江肇原扶余段，朝夕波涛汹涌，白浪拍岸，乡民人等和舟船均不敢近前，有数艘木板巨船为激浪掀沉。民言松水藏蛟，物华天宝，乃国运兴旺方生此兆也。

乾隆帝是个很务实的皇帝，他平素就极不喜欢危言耸听之语，特别是一些无缘无故的讴歌朝政，他极为反感；而对那些望风扑影、虚构神奇事项之奏折，他更是反感至极。看到这里，他心中已有所不快。

他心中暗自说道："这个巴灵阿呀，越到老怎么越糊涂起来了？是老糊涂了？关心民情是应该的，怎么如今关心起流言蜚语来了？这个人哪！"但他想是想，心下也有些疑问。

于是，乾隆帝便喊道："来人哪。"

他身边的传旨公公莫老公公立即走上前来："皇上，奴才在这儿。"

乾隆说："你去，速召大学士傅恒入宫，朕要见他。"

平素他已经习惯了，一有什么稀奇古怪的事，或者他还一时弄不懂的事，他都召傅恒来打听、相问。

少顷，傅恒大学士来叩见皇上。

乾隆赐座后，嗔怪地将巴灵阿的奏折递了过去，傅恒立刻双手接住。

傅恒看过后，乾隆说："巴灵阿这个人，难道误朕光阴吗？奏章，必是国事军务，传此惑众的民间传言，非将军而为也……"

傅恒是非常稳健沉思之人，平时皇上召见他，无论怎么口气严厉，他都慢缓缓聆听，深思而后才禀奏。对这一点，乾隆常赞许傅恒是良臣辅弼。而傅恒，他又是皇帝的内弟，本已得皇上宠爱，加之傅恒见多识广，这就倍加引起乾隆帝的倚重。

而在生活中，傅恒非常聪明，办事有方，特别能揣度皇上的心情，所以每次与皇上见面，他都甚得皇上喜欢，龙颜大悦，皇上也特别愿意与皇后弟傅恒来谈心聊天。此次，傅恒来后，一见皇上有些不快，就知道是遇上不顺心的事了，又见皇上递给他的是吉林将军巴灵阿的奏章，心下已明白准是这奏章内容让皇上动气了。

他心下暗想，你这个巴灵阿呀，你怎么办事这么不周，考虑不全，是什么奏章惹皇上如此不顺？于是，他灵机一动心想，我干脆先拿出个引皇上喜欢的话题，逗皇上高兴，然后再讲皇上提出的事。这是他的老办法。

傅恒躬身向前道："皇上，近来臣到盛京、吉林一带巡视民风，千里满洲龙兴之地，特产丰饶，物华天宝，处处传颂。"

乾隆说："传颂什么？"

傅恒说："自从乾隆爷登基以来，大清欣欣向荣，民心无比欢悦……"

乾隆说："你也开始吹捧起来啦？"

傅恒说："您听我说，如今北土满洲盛产鲟鳇鱼，大者逾千斤，乃国泰民安之兆啊！"

乾隆说："这，如何见得？"

傅恒说："说起来，这鲟鳇鱼是有来历的。据里巷传述，甚有趣味。相传，这鲟鳇鱼在太古之时，只是一个小得不起眼的又瘦又细的小硬甲鱼，在江海中受各种鱼的欺凌。小硬甲鱼实在无法生活下去了，也是被逼得无可奈何了，于是就去龙宫拜见龙王。"

乾隆说："啊，它去拜龙王？"

傅恒说："对呀。它来到龙王神宫，拜见龙王，哭诉鱼类的灾殃。龙王听了，也真可怜起来，就对它说：'小硬甲鱼，我把这个龙头拐杖送给你吧。有了它，你今后就不会被任何鱼欺侮了！'于是，龙王就把自己的龙头拐杖给了小硬甲鱼。龙王给它这龙头拐杖，不是递到它手，而是扔给它的。龙王将龙头拐杖这么一扔，小硬甲鱼丝毫没有准备，正在低头听话，一抬头，这拐杖不偏不倚，正好打在了小硬甲鱼脸上，一下子插入小硬甲鱼的头上了。小硬甲鱼'哎呀'叫了一声，疼得连忙逃出龙宫了。在疼痛之中，龙王的龙头拐杖一下子变成了小硬甲鱼的尖鼻子了，眼睛也给挤下去了，长成又粗又大，怪怪的一种大鱼。最先，也没有个名字，后来人们把这种身上长鳞甲、长鼻子、小眼睛、一个大口袋嘴的又粗又大的鱼，起名鳇鱼，就是最大的鱼之意。"

乾隆问："鳇鱼怎么是最大的鱼？"

傅恒说："一开始，这个皇字没有鱼字旁，只叫'皇鱼'，皇鱼嘛，当然是最大的鱼啦。后来在'皇'字的旁边加上个'鱼'字，就成为今天的'鳇鱼'了。"

"哈哈哈，原来是这样！"

傅恒讲的故事，一下子把乾隆爷给逗乐了。

乾隆本来一大早上打开巴灵阿的奏折，听着上面的奉承话，挺生气的，可这一下子，反而被傅恒的故事给解了，逗乐了。他是听了傅恒的故事和传说，觉得挺有风趣，于是也不再生气了。这正是傅恒所希望的。

接下来，傅恒才又接着奏讲皇上提出的关于巴灵阿将军奏章之事。

傅恒大人说："皇上，臣以为，他巴灵阿之所以写此奏章，必有原因，待臣下详察后再禀奏皇上。不过……"

乾隆说："爱卿当说无妨。"

傅恒说："不过，近闻今年天下风调雨顺，江河水量适中，故而今年鲟鳇鱼捕量大增，远超去年。臣揣度，巴灵阿所奏'松水藏蛟，汹涛拍岸'，必为鲟鳇鱼所为。巴灵阿欣喜国泰年丰，乃皇上洪恩浩荡，福禄齐昌，故而喜奏圣上，不会有他意。"

乾隆说："啊？是这样？"

傅恒答："回圣上，是这样。"

傅恒大学士就是会说话。他的一席话，将乾隆一时的震怒说得马上就消了，脸上也露出笑意了。

于是乾隆说道："这就对了。大学士呀，朕看你要速去查询一下。这鲟鳇鱼乃历朝敬祖必备之祭品，今夏永陵、福陵、昭陵，皆要备足方是，不可疏忽。"

傅恒大人说："臣遵命。巴灵阿欣喜禀奏，皇上又下旨，就是说今年为陵寝祭祀，必备鲟鳇鱼，必要足数及时贡上。巴灵阿这个人，奏折文字缺乏严谨，没把松水藏蛟的事弄明白，臣必嘱其日后奏章情详文准，方可呈皇上躬为御览。"

乾隆说："一定要讲清他的这个毛病。"

傅恒说："圣上您放心，我一定纠正他这个毛病。"

傅恒一向深喜巴灵阿将军，处处在皇上面前为之美言，这也是作为内宫近臣应有的一种品德。在傅恒的一番巧妙解释下，终使乾隆帝心情平静下来。见乾隆帝又抽出其他江浙总督的奏折御览之时，傅恒便悄悄退出了乾清宫，乘轿回府去了。

说来，吉林将军巴灵阿此刻正在京师。

当时，由于户部议定，因嫩江洪水大，粮谷歉收，朝廷补给赈灾银，巴灵阿故来京师办理此事。就这时，得悉将军衙门师爷锁琪转告，大学士傅恒让巴灵阿将军速速赶来府中议事。

巴灵阿素来敬慕傅恒大人。

一来是巴灵阿将军知道傅恒是当朝皇上最为倚重的权臣大学士，在军机处行走，户部、吏部也都召他议政；二来是大家都公认，这傅恒大人为人谦和，素无官气，百官不惧怕他，有啥心里话、贴己嗑，都尽向他表述衷肠，而且他知道诸多朝中事项，甚多甚准，深得乾隆器重。

巴灵阿知道，傅恒大将军、大学士召他来，定有要事呀。

因为这傅恒大学士不是闲得没事好找人去聊天的那种人，今天特意召他，必定有要事面议，于是他便速速安排手下诸事，什么户部调拨赈灾银文书等事，均一一仔细交代，并嘱咐师爷与其随行，其他人把诸事办理妥当之后，可直接回到驿站安歇，明早离京赶回江城，不可耽搁。

然后他直奔傅恒的府上。

第三章 鳇鱼来历

当年，军机大学士傅恒的官府，本来是在京师西山，但因他每日朝廷事务繁忙，动不动皇上就要召见，而且户部、吏部也常常有事找他相商，行动不便，后来内务府就专门在京城内的海运昌胡同为大学士安排了一所住处，这样人们来往就方便了。

巴灵阿让人备上一台轿，就直奔海运昌胡同。

来到傅恒大学士府上，有人进去告知，不一会儿，傅恒大人走出府门，亲自迎接，说道："将军，请随吾来。"

巴灵阿道："谢大人。"施礼后跟了进来。

二人来到府内客厅，家院速速献上茗茶，二人各喝了一口，傅恒便开门见山地叙说起了正事。

傅恒不想对他隐瞒，便将今晨皇上召见，对他巴灵阿的奏折生气的事一五一十地说了一遍，又语重心长地说道："巴灵阿呀，巴灵阿，皇上对你的奏折多有责怪呀！说你给皇上的奏章，言不达意，只讲松水藏蛟，汹涛拍岸，乃国运兴旺之兆，可皇上最注意的是吉林打牲贡物，特别是鲟鳇鱼与东珠，今年贡赋差办得如何？你为啥舍本求末，只字不提？"

巴灵阿一听，立刻惊得站了起来，说："皇上生气啦？"

傅恒说道："当然是动了气。"

巴灵阿吓得一屁股坐在了椅子上。

他真是后悔不迭呀。

是啊，自己办事竟然如此唐突，奏折让本府师爷们抄写完之后，他本应详细地读读看看再上奏，可是他并未仔细过目，如今听傅恒大学士这么详细一说，巴灵阿懊悔自己有疏忽职守之过，他心中甚是忐忑不安。

傅恒见他的神色，知道目的已经达到，于是便开始安慰他了。

傅恒说："巴灵阿将军，别急了，我已为你解脱了。"

巴灵阿说："您在皇上面前，为我说情了？"

傅恒道:“说了。能不说吗?你与我是怎样的情义呀!”

巴灵阿说:“啊呀,那就太感谢大人了。”

傅恒说:“将军,其实皇上不是在怪罪你们,他是想知道鲟鳇鱼的情景。”

巴灵阿又一愣:“鳇鱼?”

傅恒道:“正是。你想想,这些年来鳇鱼贡每每牵动着朝廷的神经。你们吉林今年鲟鳇贡赋差办督查情况如何?这些事务要督办扎实,方能上报奏折,这才是至关重要的。”

巴灵阿连连施礼,说:“大学士,巴灵阿感谢您的美言,才使皇上息怒,给我解了圣上嗔怪之意。说来,这真是我的一时糊涂,也没细致了解即所谓的‘江中藏蛟’是何等怪物,只是一味听从是‘盛世祥兆’,以讹传讹,实属不该!”

傅恒说:“是啊。你回去后,应该速速详查一下,这东西究竟是什么,又缘何它使大江汹涌,激浪拍岸,竟打翻了巨船。力气如此之大,绝非一般鱼类所比。按我多年北上萨哈连的经历,江中最凶猛、最力大无穷者,非鳇鱼莫属……”

巴灵阿说:“是啊,我也这么想。”

傅恒又道:“此所谓‘松水藏蛟’,看来必是鲟鳇鱼无疑。”

巴灵阿说:“难道会有别的?”

傅恒问:“别的会是何物?”

巴灵阿说:“北土大的野生动物甚多,但多是在陆上啊?”

傅恒说:“将军啊,所以你也说不清。将军你多年身在江南与京城为官,只是近几年才到宁古塔,对松花江中的鳇鱼尚不十分清楚,说一些不着边际的话也是难免的,所以我在皇上面前为你开脱。不过日后,将军办事务要严谨,且不可听风是雨,凡事不察清楚,勿要妄下结论,有失国家栋臣的声誉和威名呀。”

傅恒的一席话,语重心长,对巴灵阿教育甚深。此时,巴灵阿是既感谢,又甚觉自愧。

于是便说道:“傅大人,此次您对我的教诲,吾当终生难忘,情愫永记。日后有用得着我巴灵阿的地方,您只管吩咐。我巴灵阿虽是北土之官,但手下也有诸多山民、猎手,他们简直可以上天入海,只要大人看得起我,我日后定会效劳的。”

傅恒说:“我傅恒感谢将军的好意,日后有求之事,一定告知。可时下，定要做好鳇鱼贡赋之事，不可粗心呀。”

巴灵阿立即答道：“我已记下大人的话。您放心，我巴灵阿不会辜负您的信任。现在，我满脑子都是‘鳇鱼’二字啦。”

傅恒一听，哈哈大笑起来，说道:“这就好！这就好！就是得记住‘鳇鱼’二字，多一个字也不要啦！哈哈哈……”

于是巴灵阿对傅大人施礼告辞，立刻动身返回驿站去筹办鳇鱼贡赋一应要事去了。

各位听者，现在朱伯西我在这里不得不向大家介绍一下傅恒大人和巴灵阿将军都在关注的鲟鳇鱼了，本说部也就是要讲鲟鳇鱼的逸闻。

鲟鳇鱼，又叫鳇鱼，满语叫阿金。

阿金，多好听的一个名字啊，简直就像北方人家的一个宝贝男童的名字，那是又乖巧又可爱之意。可是鳇鱼阿金，在汉语中古称“鳣”，属于鱼纲，鲟科，其鱼体形与鲟相似，可是与“鲟”又不同。鲟，满语叫“其奇夫”，鲟体形较小，身呈青白色，口为莲花瓣形，身上有三道甲鳞，长尖鼻子，嘴在下颌处，有须。让人一看，就像一个老顽童在打量你。

阿金这种鱼的体形硕大，口为圆筒形，属于深水之物，喜潜伏，静静地待在水下面石沙江泥之上，头向着水流方向。平时沉睡不动，让人误以为是江河中的礁石，就连大小鱼儿皆不知其为活物。它若饥饿时，便将长鼻下方颌部的嘴喷出，像一个大圆筒，水流便被这大形圆筒吸入鳇鱼大腹之中，鱼、虾、蛙便都会随水流一起被吸入鳇鱼的巨口之中，成为它的美食。

成龄鳇鱼体重大约有五百余斤，七八百斤的也有，甚至更大者有一两千斤重，食量更是大得惊人，非常能吃，也长得非常迅速，力大无穷，在水中的力气堪比陆地上的牛，有时吼起来发出似牛吼的“哞——哞”声，故在民间称鳇鱼为牛鱼。

鳇鱼是黑龙江流域萨哈连的特产，凡水深流急之处，往往有鳇鱼生活的踪迹。松花江、嫩江流域也是鳇鱼从海上洄游的栖息之地。这一带的人对鳇鱼，何时到、何时走，了解得一清二楚，因为它们的生活习性很有规律。

鳇鱼生活很有特性，它们繁殖迅速，母鳇鱼的子，像东北平原上的大豆豆粒般大小，产后顺流而下，在江河中巡游生长，稍大入海，幼鱼以甲壳动物幼虫为食，成鱼则吞食鲇鱼、鲫鱼、青鱼、草根鱼、大马哈鱼等鱼类。

每当初夏，母鳇鱼溯江产卵。性成熟迟，每只母鳇鱼性成熟约需十七至二十年方成为巨型鳇鱼。它们在细小鱼类时，从海滨上游顺水而下，进入江河或其支流的大河汊、河湾、河谷、沟沟涧涧之处，因这些地方水流缓慢，流淌有序，供其食用的鱼类丰富，是它们适于生存的地带。它们从急流中来到这些地段，便潜伏河底，坐吞各种食物，甚是逍遥自在，难怪有人又叫它们为“逍遥鱼”。

一到了捕这种鱼的季节，人们便会自言自语地说道，逍遥来了，咱们去会会它们吧。这种“会会”它们，其实就是要去与它们见面，寻找它们。

它们生长历史极为悠久。鳇鱼约生于白垩纪，是真正的水中“活化石”。由于能大量食肉，它们通常体大、长寿，自古以来就是北疆诸民族鲜美的食物。又因其鼻、脊柱、唇等部位，不但可以餐用，还能制作精良的鱼胶。当年，这种鳇鱼胶用量极大，是造船必用的材料。

鳇鱼一直是人们的捕捉对象。进入清代，捕鳇鱼进入了高潮，朝廷特设了吉林打牲乌拉衙门，并将此鱼定为辽东重要贡品。列为贡品，就等于皇权下达了命令，是必须缴纳的，这乃一大“鱼赋”，任何人不敢丝毫违抗，否则，会有抗旨之罪。为此，鳇鱼贡成了吉林地方上的沉重负担。

在清朝历史上，因鳇鱼贡差没有完成而遭到贬职和裁撤官职之人比比皆是。因此，这鳇鱼贡差，也成了一种要务。

第四章　北土物产

南方有南方的特物，北土有北土的土货。

这鳇鱼，就是只有北土才有之物，它与这里的山川、季节、气候，有着直接的关系。而历朝历代，把特产、特物定为贡品，这也是顺理成章的事。可有些人，开始并没感受到这一关节的重要，这巴灵阿便是这样。

巴灵阿多年走南闯北，参加过多种重要战事，屡屡立功，并没有在一个地方长期待过，他是新任署理吉林地方官务，并未感受到朝廷催逼鳇鱼贡差的压力和严苛。不过此次，他从傅恒话里话外中已然听出，他真不可小视这鳇鱼贡差，看来这是朝廷相当重要的贡差，必须竭力地督办才行，一旦完不成贡赋，皇上是不会饶恕的。但是究竟该如何更好地办妥这件差使，他巴灵阿还是想得不多，也不细。不过，听了傅恒大人的话后，他更加觉得此事非同寻常。

这时，他突然想起了一些现象。

原来，自从他进京以来，他都例行公事般地要到朝廷各个部处走上一走，他要见上一见各处的大人、官员、主管、督办等，他记得，他在朝廷里走访，不论是进内务府，还是朝廷的各部各处，人们都往往对他刮目相看，格外敬重，不论是寒暄或者评论，一个个倍加热情，想方设法地在与他套近乎。

“来啦，巴大人！快请坐！”

“啊呀，巴大人到。快，上好茶！”

对于朝廷各处对他格外亲近、热乎，开始巴灵阿有些纳闷、不解，这是怎么回事呢？我在朝廷也没有大人物的亲故关系呀？那么这些人一个个的都是为什么呢？

现在，他细细地想来，有些觉醒和明白了。

人们如何待他，其实根本不是看他巴灵阿的为人、为官，而是看我巴灵阿背后的“物产”，我巴灵阿有执掌贡赋的权力啊。尤其这鳇鱼可了不得，它全身是宝，不仅是北方名肴奇珍，而且这鳇鱼肝、胆、籽、皮、骨均可入药，又能治眼疾，可医盲症，特别是其鱼子可作大补之药，贵如金。原来，这“秘密”在这儿呢。

在这里，我还要向各位详说一下。

各位有所不知，那巴灵阿原驻地是乌拉以北的宁古塔，年初他才由那儿迁入吉林乌拉江城，因吉林乌拉之地，从清初的顺治十四年以后，就在此地设有吉林乌拉布特哈打牲衙门，隶属于内务府统辖，这是相当庞大的一整套专门管理采捕、运输、饲养、选取的井然有序的贡赋系统，涉及数千人之众，是满洲八旗属下的打牲丁奴。

这个打牲大衙门，由清内务府任命的总管大人统理，所掌握和献贡的地域十分辽阔，拥有东三省及至黑龙江以北、乌苏里江以东的所有采贡山场子和水场子、河口，特别是在辽东、吉林、黑龙江地域，遍布各处。担负采贡重任的各路人员，各部头领、贡达和打牲丁众，最初只有数百人，可是后来逐渐地增多，如今乃至数千甚至达万人之多啦。

打牲衙门总管之下，有繁杂系统机构。

有翼领、骁骑校、领催、珠轩达、仓官、笔帖式即众位大小师爷，还有管理文档的档师等等，种种官价官员哈番，大家一起来协助总管大人分头把关、管理、察验、督办、采贡、储藏、运送，以及刑审仵作，查办各种行为不端、办贡不利等，真是无所不能，这堪称有清一代天子脚下的“独立王国”，也就是权力最大的差事，声威之大、权力之大、财富之大，皆为天下第一，独一无二。这种权力，其实是因采集的“物”种类多、数量大、价值高，又太奇特，太独有。以物之贵，带起了“人贵”。

东北是满族的发源地，是清王朝肇始的“龙兴之地”，因此，凡满洲出产的物品，都视为祖宗发祥地之物，皇家垄断东北的物产，不仅是为了满足衣、食、住、行和节庆、寿筵、祭礼之需，更包含着不忘圣地养育之恩、牢记祖德宗功之意，故而几乎将东北所有特产都列为贡品了。

而这些辽东贡物数不胜数，如蜂蜜、黄烟、哈什蚂、榛子、松子、托巴（一种时鲜的山果）、山野菜、猴头蘑、榛蘑、草蘑、黄蘑、冻蘑、黑木耳，又如獾子、狐狸、水獭、灰鼠、花鼠、狼、山狸子、虎、熊等动物的珍贵皮张……在数不尽的贡物中，最为奇特、珍贵的要数产自江河淡水蛤蚌的珍珠（也称东珠）和产自黑龙江、松花江流域的鳇鱼。

而最难、最苦、最令人胆寒的贡赋役差要属采珍珠和捕打鳇鱼了，这样的贡差，民间称“水中取财”。捕鳇鱼、采珍珠，人要到深水中去作业，极其艰险，这水中之“财”，常常是以命来换的，故民间管“水中取财”的差事称为“命差”。

在打牲乌拉衙门管辖下担负采贡徭役的奴仆称为打牲丁，他们有的从事山野采集，有的从事林中狩猎，有的从事江河采珠捕鱼的“命差”。有的人家祖祖辈辈、子子孙孙担当这种徭役，代代都有为此贡而亡者，甚至竟有断子绝孙者，故也将其称为“绝户贡”。有的人葬身江河连尸首都找不到，许多采贡丁的坟都是“衣冠冢”，里边根本没有尸体，只是埋葬着一顶顶子、一段辫子、一块衣衫，或是一双鞋、袜子等死者的遗物而已。

在古代，并不太重视珠饰，北方族众很重视骨饰、兽牙饰、石饰、木饰等，后来南风北渐，又重视汉人男女崇尚的金银翡翠、玉石玛瑙之类，唯在清代，这种习俗有了变化。在清代，珠饰则定制为男女官服上的必佩之物了。

珠饰不仅是身份显贵的象征，而且皇室贵胄、王公大臣、文武官员的阶级、品位和显贵等级，是以冠冕和官服上佩戴的珠子的多少、大小、贡地来区分的。于是，珠饰顿时声名鹊起，以珠为宝、珠贵胜金的习俗不知不觉风行起来了。尤其分量重的大珠，晶莹剔透如夜明珠者，变得价值连城。随之，采珠和贡珠便成为有清二百余年之民间重负。

鲟鳇鱼这种特产，自古便是稀贵珍品，是满、达斡尔、赫哲、锡伯、鄂伦春、鄂温克以及古代的恰克拉、乞列迷等族人必采食之猎物，俗有“海有巨鲸，江有巨鳇”之称。到了清代，由于朝廷将其列为祭天、祭地、祭神、祭祖之供牲，皇帝赐宴之珍馐，高官显贵以品尝鳇鱼为荣耀，于是鳇鱼的身份也无可估量了。

采珠需勇敢与特技，要缘船将长杆子插入水底，捕者裸体抱杆，闭息深入水底，左臂抱杆右手摸蚌，再缘杆而上，这样不知反复多少次才能获蚌得珠。捕鳇，也得有奇谋特技，捕网捕具，独特而且硕大，可罩满偌大的江面，俗称“抬网”“呆网”，是指那网傻大粗重，一抬网下水，必用北方大船，十数壮汉一同装之、拖之。

因为采珠捕鳇被传为奇闻，所以，北土之人进京，当朝廷人一听说此人来自北土，都对其刮目相看，他们常常互相打听：“是辽东的吗？”

对方往往点点头：“本人正是。”

啊？大家于是围上来，必打听，寻问一些关于采珍珠、打捕鳇鱼之事，而且，也将这人细细打量，好好看看他们究竟有什么与众不同之处。

有的甚至拉过巴灵阿的手，翻来覆去地看，又自言自语地说，也没什么不一样的地方啊。那言外之意是，能捕捞上这么大的鳇鱼的人的手，应该有与人不同之处。

到这时巴灵阿才明白了，京城人甚至把能打鳇鱼的人看成了“怪物”，当然，那是一种钦佩，其实也是希望能从他的手里得到些北土稀奇古怪的物产。这使得巴灵阿心中有一种奇特的感觉，仿佛自己真的与众不同了。

第五章　主仆心声

话不赘述，咱们还讲巴灵阿。

这巴灵阿将军就想快点离开京城一路北行。这些日子在京城中，那是一连数日的应酬，凡是他去的部门，官员们都以盛宴重礼相待，他天天喝得酒气醺醺，任何一方请他，他都不能不出席。你不去，人们就认为是不给人家面子，都是有权管辖地方的顶头上峰啊。

这日清晨一更天，他就慌忙从馆驿爬起来。随从巴雅喇都齐泰佐领忙过来，询问他："将军，为何起得如此之早？"

巴灵阿说："早吗？"

随从说："早膳恐怕馆驿灶师尚未起炕。茶水都恐怕还没有预备，如何是好？"

巴灵阿说："罢，罢，罢。本将军就是为了快点逃出这京师虎口，所以才早早起来。不然天一亮，又不知会有哪一位京师大学士的家奴来请，又会被拉去入席，又得痛饮一日，你我如何受得了？快饶了人吧。"

随从巴雅喇都齐泰惊得睁大了眼睛。

巴灵阿说："你瞪什么眼睛？我不去就是不去。你快快到账房给我结账，收拾行囊器物，咱们早膳不能等了，痛痛快快地离开京师，回府去吧。"

都齐泰佐领本是巴灵阿的亲随，跟随将军多年，曾一同在江淮征伐苗地，弹压叛军，属于生死弟兄。便提议说："将军，你这一离开，能不能得罪一些人？"

巴灵阿说："什么人？"

都齐泰说："比如说，你和一些邀好了的人。"

巴灵阿说："我早已不再应邀了。"

都齐泰说："有没有他们邀你的？"

巴灵阿说："那没个完。"

都齐泰说："如此说来，到走的时候了。"

于是，巴灵阿和都齐泰主仆两人迅速收拾东西，很快地结了账，便悄悄地溜出了角门，又到马厩里拉出自己的战马，各自骑上一匹枣红马，为了歇马不歇人地赶路，又连上一匹备用换骑的战马，急急忙忙地出了馆驿，直奔大道而去。

那时，头上星斗满天，整个京城在熟睡，主仆二人便飞奔催马，直奔东直门，出了东直门，又瞅准了山海关方向打马而去。

战马，都是巴灵阿将军当年从诸多良驹中挑选出来的，又经过多年的喂养、驯服，是出生入死、久经战阵的骏马，所以很懂得主人的脾气和秉性。战马知道主人这么早急着上路，准是又有急事，跑得飞快。

巴灵阿这个人，是一个务实之人，也是一位埋头公务之人。他最头疼什么送往迎来，最怕那些客套过场，所以他此刻飞驰出京师，过通州、玉田、丰润，几百里的旱路一句话都顾不上说，好久好久，才喘了口大气歇息一会儿。

他回过头，询问佐领都齐泰："我说，这是什么地方？"

"这、这……"

都齐泰也说不清这是到了什么地方。

因为他紧跟着主人只顾盯着前方的路，根本没顾上看走到了什么地方。再说，他知道将军的性子急，尽管你怎么劝，将军都不会听的，说不定，他还要骂你几句，所以，他哪里还敢看别的。就在他"这、这"地犹豫时，巴灵阿就发火了，说："你今天怎么啦？你哑巴啦？我问你这是什么地方了？现在，我这肚子咕咕地叫起来。咱们是不是进个馆子，吃几口饭，再走还不行吗？你是要饿死我呀！"

都齐泰连连说："是，是，是。奴才听到了！"

可是，他答应是答应，还是不敢上前答话，因为他没看清楚这是什么地方。他急忙环视了一下四周，这才赶忙打马赶上去回话说："将军哪，您简直是在像飞似的走哇走哇，你知道吗，已经走了七百九十多里路了，前边怕是到榆关了吧！"

巴灵阿说："啊？榆关？"

都齐泰说："是呀。"

巴灵阿说："这样一来，山海关就在前边了。"

都齐泰说："是的，将军……"

巴灵阿听说快到榆关，前方就到山海关了，心中十分高兴，一下子也觉得心情轻松起来。他心想，只要能在榆关吃上一顿饱饭，喝上一顿饱水，就给他来个连夜奔走，一口气赶回吉林江城那是没说的。

巴灵阿将军与都齐泰佐领，进入道旁一个不太起眼的锅盔（一种大饼，以铁锅所烙制的发面饼）小店，点了两碗水豆腐和一大碗大酱、一捆大葱，接着就狼吞虎咽地吃开了……

看着将军吃得香，都齐泰佐领默默地站起来，他把锅盔饼里抹上大酱，卷上大葱，一个人来在外面墙头下的马槽子前，边喂马草料、饮水，自己手拿大饼也边吃着。因这种锅盔小店不像那种挂四个馒头筐幌的大店，专有照顾车马的脚工，喂牲口这事只好自己来办。当年，各种车店、饭馆子全看挂的幌。不过话又说回来了，找那种大店吃饭耽搁时间，他们只是打打尖，歇歇脚，还有长途要赶啊。

等巴灵阿将军走出饭店，都齐泰佐领嘴里正嚼着大锅盔，手里拌着马料，一见将军出来了，立刻将手里的最后一疙瘩饼块塞进嘴里，随即将将军的红鬃烈马的缰绳递到将军手里，他自己也牵上马，嘴里还嚼着大饼，便跟着翻身跃上战马，跟随主人奔向了去往山海关的土道。

对都齐泰这种能吃苦，眼里有活儿，凡事跑在前头、善解人意的人，特别得到巴灵阿将军的赏识和信任，都齐泰是巴灵阿将军舍不得、离不开的随从。

主仆两人，骑马赶路，可巴灵阿将军心中有事，就边走边唠，提到了朝廷命从宁古塔派人驻在吉林江城的事，还说到要他更多关注催办打牲贡、催办捕缴鳇鱼之差务的事，一来一去全说了出来。

巴灵阿将军说："在京时，傅恒大人一再叮嘱，到吉林后，把注意力用到鳇鱼贡差之上。目前，鲟鳇鱼贡总不能足数上缴，京师天坛祠祭署所需贡鳇，都难以按期备齐，乾隆爷十分恼怒，命内务府必详究其因，重裁渎职官员，罪在不赦。我所以寝不能寐，食不能安，匆匆脱身离开京师，就是为了快快回到吉林将军衙门，然后赶快召集吉林打牲乌拉衙门总管，好好议议此事。都齐泰呀，我与你新到这吉林地方不久，许多渔猎内情，咱们都两眼一抹黑，从哪下手都不知道。都齐泰佐领，你要放下军备，转入打牲之事。你原属吉林地方人氏，联络一些熟人、老人，进一步去摸清事情的来龙去脉，将情况早早报我。"

都齐泰一听，这才明白了原委。

怪不得这几天来，巴灵阿将军在京师判若两人，而且天天一言不发，心情总是急躁发怒，茶饭都不进，原来根在这儿。

都齐泰想了想，忙说："将军，我有一话，不知当说不当说？"

巴灵阿说："都齐泰，有话快讲。"

都齐泰说："将军哪，这鲟鳇鱼之差事，涉及多方人士，不是一朝一夕可以理顺的啊。"

巴灵阿说："啊？还有什么关节？"

都齐泰说："将军，说来话长。你知道，我家是瓜尔佳氏，正蓝旗，我的二叔全家都在肇源，是吉林乌拉打牲衙门属下的鲟鳇鱼捕鱼的贡差，我老太爷英格尔斤克老人，今年年过八旬，是著名的'鳇鱼达爷'，他最会看鱼踪鱼汛，十拿九稳，是有名的大江上的一个活神仙。自雍正年到乾隆年间，听我二叔说，就因为争抢鳇鱼的上好存鱼窝子，能捕到更多更大的鳇鱼，渔家都豢养武士打手，有家兵超哈，时不时地因为捕鳇鱼和鳇鱼贡的事刀兵相见，血拼不息。将军啊，这鳇鱼之事可不是轻而易举就能办妥的事，你可千万要小心应对呀。"

巴灵阿问："什么？小心应对？"

都齐泰答："正是这样。"

巴灵阿说："可是，我已在傅恒大人面前接下了此差，夸下了海口呀！"

都齐泰说："所以我才对你这么细说。"

"哈哈哈……"巴灵阿突然大笑起来。他觉得佐领都齐泰这么一学一说，使得自己对这鳇鱼之事更加警觉，也更加看重了自己的佐领都齐泰了。而且，他心里已有了底数。于是，巴灵阿说道："佐领啊，这太好了！你能知晓鳇鱼贡差中之事，这叫我心中多少有了依托，对于你的这些关节，我真是求之不得。咱们迅速回到吉林后，你给我提出一个可行的计谋来，如何能掌握吉林的鳇鱼贡之事，我得重重赏你。"

都齐泰说："啊呀，多谢将军对我的看重。我定会按您的打算行事，咱们争取马到成功。"

都齐泰是个热心肠的人，不仅是对自己跟随多年的将军表白，而且，他也想为故地的亲人们办些好事，就暗下决心，一定将此事办得漂漂亮亮的，让这鳇鱼差贡之事不再是压在将军心上的一块石头。于是就说道："将军，我家肇源，素有三肇之称，是关东的米粮仓，人才辈出，鳇鱼那是我家乡特产，我定能协助将军督办好此差，您尽管放心。"

巴灵阿听了非常高兴，频频点头称赞。

第六章　佐领昏睡渔王家

巴灵阿，都齐泰，边说边赶路。

俗话说“话长路短”。人在旅途，如果心中有事又有谈伴儿，边唠嗑边赶路，就会感觉长途变短，并不像寂寞赶路那么遥远了。

说话间，不知不觉天色已甚晚，快马已将这主仆二人送回了吉林将军的江城衙门处所。

吉林将军衙门，处于江岸的一块高地之上，门楼显得威武雄壮。都齐泰恭送将军大人回府，自己道了一声：“将军安歇。”眼看将军走了进去。

都齐泰见将军进门将府门关上之后，他自己并未先回自己的家门，而是去了江南。他直奔一幢高墙大院而去。那是一座典型的北方大户人家的院套，大门是红色油漆的木雕圆门，很有气派，很是讲究，都齐泰轻轻地扣响人家的门上铜环。

“叮当当！叮当当！”

几声响声之后，就听里边传来脚步声。接着从里面走出一位戴着深色墨镜的师爷。都齐泰佐领熟悉，这是府中著名的管账师爷宝大色夫，满洲章佳氏，镶红旗，原是旗衙门笔帖式，近年投奔松花江、嫩江、脑温江统理渔业督办大人来福，在其府中任账房笔帖式师爷，甚有名气。

其实，这宝大色夫未开门已先搭话，这是北方各大户人家的规矩，说明是有身份之家。

只听宝大色夫先是大声说道：“各位贵客，这么晚了，还来找大人？”

随后，那油漆大圆门里门的小敞门才轻轻拉开，宝大色夫探出头来。

宝大色夫一看是都齐泰佐领，忙关上小门，急忙去开大门，并抱歉地说：“哎呀！是佐领大人到来。有失远迎，恕罪，恕罪！”

是啊，那时的都齐泰，是北方宁古塔将军身边的红人，他在深夜造访，无事不登三宝殿。既然匆匆来到大人府下，必有要事。

他还想到，这都齐泰佐领的光临，说不定会有喜事，说不定大人又要忙起来！人一忙起来，家业事业都红火起来，人气旺了，家就兴了，下人也会跟着沾光啦。

宝大色夫说：“啊呀，佐领大人辛苦！快到屋。”

都齐泰也回道：“深夜造访，多有不便，还请谅解。”

宝大色夫忙说：“哪里哪里，快请快请。”他一边寒暄着，一边让都齐泰佐领快快进屋，两个人手拉着手进入内厅，忙让茶童送来新泡的铁观音。

都齐泰佐领风尘仆仆从京师回来，一路很累，没顾得上歇息，就急忙来到统领嫩江、松花江上游水系渔业总办大人来福的府上，身子实在是够乏的了。进了厅内，就躺坐在厅内最大的虎皮太师椅上，仰头大喘说：“师爷，我还没有吃饭呢……”

师爷一听，愣了一下。因这虽然是来客自己说出，但也让他心下有愧，自己为何不先问一下人家吃饭没有。不过这深更半夜，谁能猜到他连饭都没吃呢?

又听都齐泰说：“师爷，快快派人给我先弄点吃的，垫垫肚子再唠正事吧!”

这更加让宝大色夫心下不忍，哪有让人家来者自己要饭吃的。于是忙说：“好说，别急，就来，就来……”

宝大色夫便唤茶童快进内室，让伙房师傅快给送来一份丰富些的晚膳，快让佐领大人用上餐。

茶童跑出去不大一会儿，两个灶房师傅便端上一个小方盘，方盘上装着饭菜和碗筷，还有一壶热酒，给放在了桌儿上后，便退下去了。

一见饭菜，这都齐泰走了过去，拿起碗筷，盛上一碗热气腾腾的乌拉街白小米子干饭，就大口地吃了起来。乌拉街白小米是出名的，他对这家乡饭备感亲切。

一夹盘中菜，竟然是一大盘鱼肉。

那鱼肉，白中透着粉，粉中掺着白，一块块的，在盘底汁汤的浸泡下，味道美极了，他心中很是高兴，鱼肉就白小米子干饭正对口。

这时，就听宝大色夫说：“佐领，你多有口福啊。”

都齐泰说：“有何所指？”

宝大色夫说：“你知道你吃的是什么吗？”

都齐泰说：“什么？”

宝大色夫说："是鳇鱼。"

"啊？是鳇鱼？"都齐泰大吃一惊。

宝大色夫说："大人哪，您吃的是正宗嫩江鳇鱼。这鱼，足有八百多斤。你吃着，是不是觉着又肥又嫩又香？"

"嗯，嗯，嗯……"

都齐泰方才是太饿了，反正是一见鱼肉小米饭，就连吞带咽地造进了肚子里，连酒都喝得一滴没有了，这时才安静地背靠着虎皮太师椅，不一会儿，便鼾声如雷般地睡了过去。

这时，厅外传来匆匆的脚步声。

宝大色夫急忙跑去开门，只见总管大人来福急速地走来了。他方才是得到账房宝大色夫的传报，这才过来看望都齐泰佐领的。

宝大色夫一见总管，忙说："大人，他睡着了。"

来福总管一见都齐泰睡得正香，也就笑了。说："看来，他真是够累的了，就让他先睡一会儿吧！"于是让宝大色夫和几个侍人把都齐泰搀扶起来，扶进内暖阁，铺上棉被褥，让他好好地睡上一觉吧。

回头来福又说："宝大色夫，快快把账目整理出来。吉林将军衙门要查看上年的鱼贡上缴数字，趁机好好说一说。如今，鱼群来期渐晚，鳇鱼数目比不上往年，这都与近两年嫩江—松花江段水量少、天气干旱有关。鳇鱼水一小，它们就上不来，这是自然的啊！这些家伙们全靠水！"

说起来，这来福大人可不是一般人物，姓瓜尔佳氏，满洲正蓝旗，是世代专捕打鳇鱼的世家，祖上远在辽金时代居住在内蒙古草原科尔沁一带地方，据来福祖传瓜尔佳氏宗谱载，其远祖勤杜里兄弟俩，世居草原，后迁至长白纳殷部之中。清初时，为努尔哈赤部将费英东招抚降后金，到赫图阿拉投入八旗军，隶属正蓝旗。清太宗皇太极定都燕京，该族传至巴奇时便随军入京。后来，巴奇之子坎布林奉命回吉林驻守三道城，即靠近科尔沁的地方的一个古寨，但其后，因军务疏漏，贬官回籍，便在北边三百里远的地方之肇源一带以渔猎为生。因这一带，沿岸有富饶的松花江和嫩江，是真正的鱼米之乡，人弄点啥都能活下来，于是便在此居住下来。从此，这坎布林归入了吉林打牲乌拉衙门统辖，成为一户打牲丁。清中期统编打牲乌拉丁兵，因其住在松花江和嫩江岸边，便自然成为渔猎贡户，专门为朝廷做捕打鲟鳇鱼之差使了。

从前，居住在松阿里乌拉拐肘之地（人称三江口的扶余）附近一带，家家户户全靠打鱼为生为业。

松阿里大江，由北南折，匆匆向乌拉流去。

在这儿，有条庞大的支流，民间称为嫩江，也就是扶余之地，这儿正是嫩江由北千里流来，到此汇入吉林松阿里乌拉。这儿，上游来水水势汹涌、洪大，江合之后变得平缓，水面宽阔，林木丛生，草甸成片，盛产各种鱼类，特别是鲟鳇鱼。

这种鱼，由松花江西流逆水而来，最喜欢在这样宽阔、深凉的大江大水之底卧藏。它们从小一直都是潜藏在水底上，有时长年不动弹，就卧在那沙泥江底张口等食儿就行。这是名副其实的吃“等食”的动物。它们身不动，嘴动，只要张开大口，在江底尽情地嘴一抽一吸，各种大小鱼类、草虫、蛇蛙、虾蟹等，都会乖乖地进入到它们的肚里。

这儿的人常常潜入水底去看“活山”。

什么是“活山”？就是水底潜伏的鳇鱼，它们成群地卧在水底的泥沙上，简直就是一座座“小山”微微摇动。

据一些老打鱼的把头讲，他们有时组成一帮，说：“走哇！去看‘活山’！”

于是，这些人悄悄地结伙潜下水底，去察看。只见河底的石头上、沙泥上，潜伏着一条条大鳇鱼，时起时伏地蠕动，它们不翻腾、游闹，格外的安静，它们在江底时，江面上波涛不惊，一点儿不会被人们觉察到。

来福的祖上，就住在这里。

来福从小就是在这鳇鱼最多的江段上成长起来的。从他刚一懂事时起，就跟随家中或邻里的大人们，乘上大木船，在松花江、嫩江上下往来，也学会泅水到江中去观看鳇鱼群，从小就成为一个水性超强的后生，有时一个猛子扎入江底，坚持挺长时间闭息不换气，悄悄靠近鳇鱼，偷偷用手去触摸一动不动的大鳇鱼。上来后，小伙伴们都问他：“来福，摸着鳇鱼了吗？”

他自豪地说道：“摸着了。”

小伙伴们又问：“什么感觉呢？”

他说：“身子滑滑的！有点像女人的肚皮！”

“哈哈哈！”小伙伴们都笑了起来，并夸他是一条小蛟龙，来福对自己的这套本领，还不以为然，并说：“这算个啥，比起老渔达，我什么能耐也没有。”

第七章 江上老渔王

来福的话，一点也不假，别看小伙伴们夸他，比起经验丰富的渔翁来，那点小能耐不值一提。这里，我讲一段来福父亲的故事。

来福他们兄弟四人，大哥海桂，二哥常昇，三哥庆成，他是老四，最小的。他们的父亲那可是了不起的人哪，那是非常有名的渔达、捕鱼王，名叫英格尔斤克。顺治十六年生，属猪，最擅长使船、使网、走江、捕捉鳇鱼。他专门会看水势水纹，打眼往江水中一瞅，就知道这一片水中是否藏有鲟鳇鱼，而且十拿九稳，像个活神仙，所以渔家人没有不服气他的，人们每见他来，都待若上宾，人人敬重。如今，年过八旬的英格尔斤克完全由来福照料，一般无有大事要事，谁也不准去讨扰老爷子，再不准惊动老爷子出马干水场子活了。

英格尔斤克鳇鱼达的名声，是家喻户晓，人人皆知。

那还是康熙二十二年那年，正是圣祖爷东巡的时候传出来的佳话，使英格尔斤克一下子名闻辽东。

北方捕鱼，一般都是从开江之后的谷雨开始，各个网队和渔户都结伴从家里出发，早出晚归或干脆就住在网房子里，这一夏一秋气候适宜又多是天朗气清，是一年最忙碌的季节。可是这一次很怪，多日阴雨连绵，江面上的雾一直不散，天天雾气蒙蒙的，下大雨，不开晴。

英格尔斤克带着儿子海桂和常昇、庆成及嘎珊的捕鱼人，一连十几天都是在江中划来划去，天上阵阵雷声滚动，满江烟雾蒙蒙，往远处看不见以往的江岸、树林及茅舍和村落。

海桂、常昇、庆成一个劲儿地劝阿玛，这样的天，还打什么鱼呀。

海桂说："阿玛，这样大的雾，鱼上不来呀！"

常昇说："阿玛，什么也看不见，哪有鱼呀。"

庆成说："阿玛，咱们还是回去吧……"

可是英格尔斤克却不以为然。他对儿子们说道："你们的小心眼，阿玛都看得清清楚楚。你们看这天气，这霏雨蒙雾，以为根本不会有啥喜事，可也是，咱们一连许多天，别说鳇鱼，就连小鱼也打不到，什么白鳔子呀、小嘎牙子、小鲫鱼也网不到，快快回家转吧。你们说得多好听啊，等雨住了，天晴了，再下江捕鱼。如果都像你们这么想，那天一晴，雨一住，江上捕鱼人会比鱼多，还捕捞什么？雨天打鱼，遭罪是遭罪，可在这节骨眼上，咱们一定要挺住。"

其他网丁们，也都一致同意儿子们的意见，想快快收网回家，可不能再遭这雨天的罪了。可是，鳇鱼达英格尔斤克就是不松口。

英格尔斤克说："都给我稳住，不能收船回嘎珊去。我告诉你们，我早就算定了，这天头就该有大鳇鱼。孩子们哪，你们要学会吃得了苦，打鱼就是吃苦的活计，要有耐性。我观看过水纹，你看，下这么大雨水纹却一动不动，雨一下，只是上下直立冒泡，风一过，只是水皮儿动动，这种水纹的江面，说明水下准有老大的鳇鱼。它们能隐蔽，贴在江底，一般的网都挂不上它们，这是它们的能耐。咱们打鱼的人一定要有耐性，它们和人一样，有自己的心眼，别看鳇鱼眼睛小，远远看去像豆粒那么大，可它们的耳朵可灵了，江里、岸上有什么动静，它们老远就知道，而且会隐藏得更隐蔽。我常告诉你们额娘，每当咱们出船，千万别碰鸡窝，一碰鸡窝，鸡一乱叫，鳇鱼就知道打鱼的人起大早下网来了！"

老大说："啊？鳇鱼能听见鸡叫？"

老二说："阿玛，那公鸡不天天叫吗？"

老三说："快听阿玛讲吧！"

于是英格尔斤克说道："孩子们哪，鸡叫和鸡鸣不一样。鸡鸣是公鸡打鸣，在早上固定时辰有时有晌地叫，鳇鱼也掌握了这个动静和钟点。可是人惊动了鸡，鸡乱叫一气，鳇鱼老远就知道了。它们现在就跟咱们摽劲儿哪！不能收船回去，瞧好吧，我一定要抓住这条老大的鳇鱼老爷子！"

英格尔斤克是渔老大，船工大伙都得听他的话。他这么一说，虽然也不都相信他真能测到江水下会有大鳇鱼，但又觉得他说得挺奇特，只好都不说话，还继续在江上划船撒网捕鱼。

这时，江西北的雨雾越来越厚，突然，就见厚雨雾裂开一道缝，有阳光的白色照了下来，老渔达手一指说："走！船奔那边划……"

大家就按英格尔斤克的话，把船奔那道白光的水面划去，可那一带全是深汀，接着，英格尔斤克指挥人把大网撒了下去。众人不一会儿，就像以往一样，开始提网、拉网。

可是再提网，就觉得网十分沉重。

大家都觉着有什么大物怕是挂在上面啦，能是什么呢，拉也拉不动了。

英格尔斤克一提网，就笑了，说：“孩子们，这不请来了鳇老爷子了吗？网到鱼啦！别急，鳇鱼这家伙被网着后，它也想逃，必然要游动，我们要顺势而动，往岸边逗引它，准备抓这大鳇鱼！”

就在这时，雨蒙蒙的江岸上传来了一群人声，人们“噼拉叭嚓”地跑过来，还有敲铜锣之声，马蹄之声。

大家都觉得奇怪，江岸上来了何人？

英格尔斤克和众渔丁们，凭着江上的捕鱼经验，知道捕到了大家伙，他们按以往的方式，一点点逗引鳇鱼游动，让它慢慢地靠岸，不能太使力气，也不能大声吵动，怕惊吓了鳇鱼。渔丁们对岸上传来的嘈杂声很是反感。

这鳇鱼，在水中它有数千斤的力量，它会把船拱翻，网也会被这家伙给撕破，人也会被它撞伤。看起来鳇鱼挺乖、挺老实，其实凶猛暴烈，只要不触碰它尖尖的长鼻子，它一般不会发脾气，一旦发火就用尾巴攻击，因其力大，被它打着就伤得不轻。

英格尔斤克担心鳇鱼听到声音挣扎，立即命令儿子海桂备好铁锤，儿子常昇、庆成早备好了渔缰绳。当船和大网把江中的大鳇鱼慢慢引逗到江岸边上时，已见江中水浪里逐渐显露出鳇鱼的脊背，这时，英格尔斤克非常灵巧地走到船头，手中拿起长杆，看准了鳇鱼的鼻子，用长杆猛力地一点，鳇鱼一惊一疼，大尖鼻子突然穿出水面。

就在这一霎时，海桂早已跟进上来了。

他按照老阿玛的指点，用手甩出长长的铁锤，那铁锤猛地拍了一下鱼头，鱼可能被拍麻木了，动弹不得。就在这时，常昇、庆成迅疾跳入水中，早将备好的渔缰绳穿入了昏迷的鳇鱼下边的圆嘴里。他们从鱼的左右两腮将渔缰绳急速穿了过去，套好“回龙套”——这种套法，是古时捕鳇鱼人传下来的手法。先从左边腮穿进渔缰绳，拉出来后再在鱼头脖顶上拉过去再穿过右腮，而从右腮拉出后，再返回鱼脖项处，与原绳打个“花扣”，再穿进左腮；右侧的渔缰绳，也要如此走绳。这称为“回龙扣”。这种扣，不会把鱼勒死，就是鱼醒来，也不会感到疼痛，可又挣脱不开，越挣越紧。

等哥俩将“回龙扣”套好了，其他众渔工这才纷纷跳入江中，拉住渔网。此时，早有人手提渔网，从船上跳上岸，把一头渔网拉到江岸上，并岔开双脚，紧紧拖着网绳不打弯。

此时，船已渐渐地靠了岸，大鳇鱼已被捕到，绑在江岸之上。岸上的那些人已围了上来，高兴得连喊带叫。

英格尔斤克等人打眼一看这些围上来的人，根本不是本嘎珊的族众，而且一个人也不认识呀，这都是谁呀？

他正在奇怪，纳闷，这是什么地方来的人呢？可是，那些人好像与他挺熟，并说道：“老渔把头，您的手法不错呀！”

还有的说：“这种绝活，咱们见识不到啊！”大伙议论着，都兴高采烈地围了上来。

这时，就见为首的一位头戴黄缎子有红玛瑙帽球，身穿黄缎子上衣，那上衣分明是闪闪发亮的银丝镶边珠穗坎肩，下穿金丝盘龙的绣裤，手拿着一把绢绣精致小折扇，年岁不大，挺和气可亲的人，走了过来。众人都前前后后地围着他，让他详细观赏这新捕的大鳇鱼。

此时，只听一位身穿万字蓝袍、蓝色坎肩的老者说：“这鳇鱼，足有八百斤，可是头排大鱼……”然后，他转过身来，向英格尔斤克说：“祝贺你们发财，没白辛苦。这大雨天，万事如意，是老天爷的恩赐，这可是升平盛世，吉星高照啊！”

英格尔斤克询问众人：“请问，你们是哪个地方的？”

这位老者说：“我们是过路之人。正巧碰上，特来观赏鳇鱼。”

英格尔斤克说：“既然是这样，就请你们多等一会儿吧。如果不外，就等片刻，我等将鱼运回嘎珊，也请你等尝尝我们渔家的风味如何？”

老者说：“这……”

说着，他用眼去瞧那位年轻的客人。

那人对老者说点什么。于是，老者对英格尔斤克说：“老人家，谢谢你的好意吧。我等还要赶路，就不打扰了。”

英格尔斤克说：“那欢迎你们有时间再来，我们会好好地款待你们的。俺们北方人说话是算数的。”

“多谢！多谢！告辞！告辞！”于是这些人就由一群马队护送到上游，他们登上一条彩船远去了。

第八章 陪帝御驾

有福之人，必有福事。

那天的事，后来英格尔斤克等人才知晓，原来，他是碰上大人物啦，天大的人物啊。

你知道那人是谁？我不说众位可能也已猜到，原来，这正是清圣祖康熙帝，东巡来到了乌拉，由佟国纲玛发等大人陪同，冒雨访查松花江。

当时，皇上他是一心想看看捕鳇鱼的场面，还真是巧，他正看到了英格尔斤克他们捕鳇鱼的实况，很有趣儿。康熙帝不但真看到了捕鳇鱼情景，而且还学到了不少的知识。

当然，那天英格尔斤克老人邀请客人来品尝鱼并不是鳇鱼，那鳇鱼不是打鱼的人随便能吃的，这地方之人的热忱，康熙等人也心知肚明。

不过只过了数日，宁古塔将军委托打牲衙门转来康熙帝赏赐的白银千两，祝贺那日见到打鱼丁雨中捕捞鳇鱼，奖其勤勉又祝其渔猎丰收。由此，肇源地方和瓜尔佳氏英格尔斤克捕鱼达的名声也传出去了，而且英格尔斤克真有福气，他亲眼看到了康熙皇帝。

英格尔斤克鳇鱼达，因其捕捉鳇鱼多，在乌拉打牲衙门中也甚有名气，有许多佳话都出在他身上。乾隆九年，英格尔斤克已经年近八旬，仍为鳇鱼达。老鳇鱼达每天行走健步如飞，精神矍铄，不减当年勇。在深水中潜游仍可畅游十里也不会被人落下。更重要的是，老渔达看风使舵那是最有经验，八面浪来袭，但只要跟随他而行就不会出任何险事、恶事，而且各类意想不到的事都能化险为夷。

单说乾隆八年，乾隆三十三岁，第一次率皇后、太子来北方出巡，盛京、吉林将军领旨护驾，选拔最可靠的八旗军等人组成小独轮车队，每车载不少于百斤的载量，装载当地的油、米、新鲜蔬菜、果品，沿途供圣驾需用。这次圣驾到来，吉林地方又将英格尔斤克等人选中。英格尔斤克老人带大儿子海桂，每辆小车子只准俩人推，车上给皇上送的全是新鲜的鳇鱼肉、鳇鱼子、鳇鱼翅、鳇鱼肝，是吉林将军巴灵阿专让英格尔斤克去备的。规定小推车吉林共十辆，由英格尔斤克带领，全部是鳇鱼宴上的鲜品。

小推车上插的是黄龙旗，旗上专门绣有黄龙金字的“吉林大鳇鱼”五个醒目汉字，据说是肇源的一位九旬高寿的老秀才亲笔书就，由嘎珊中的众格格们用金丝绣成的。绣这种旗字，格格们都要选长得俊美、白净的丫头，一个个在嘎珊中早已是绣工出名。特别是那种字要在底布上隆起，以示字的活态鲜明，每个字全使“堆绣法”，将多针刺在一个笔画上，高矮、厚薄各有其度，然后是绣旗边。旗子的边缘齿形尺度全以金线走边。格格们的巧手在这里发挥得淋漓尽致。那旗边花纹全使“勾套走针法”绣出的，一个个勾花清晰俊美，有如空中的云卷在迎风飘荡，耀眼得很，风光得很。

按圣旨规定，盛京奉驾民车，从榆关相迎，吉林奉驾民车，从盛京相迎。

吉林这段，主要是圣驾由盛京启程亲赴赫图阿拉的永陵拜祭先祖陵寝，小车子和人众在去永陵的山麓上的上爽河一带地方，将御贡小车停下，然后跪叩等待。

那天，长天晴朗万里，没有一丝乌云，四野清风吹荡，真是一个无比爽朗的日子，人们心情欢愉，都在期待圣驾的到来。

果不然，经过两个时辰，圣驾的东巡人马络绎不绝，浩浩荡荡地行了过来。顿时，人们山呼万岁万岁万万岁，欢声震荡晴空。这时，护驾的大臣老早就看到吉林的御贡车子了，特别是车子上插着的一面面精致鲜艳的小黄旗在清风中哗哗飘荡，于是他便下马审察。

那护驾是专门干这个的，他先看车旗外表，然后验看车上的贡物，待一切无虞，便一挥手让众小推车人等起来。这时，那小车子上鲜美的鳇鱼气息飘荡过来了，那时，车上装的全是来自祖宗发祥地吉林打牲乌拉衙门的特产——黑龙江水系的珍馐鲟鳇鱼，皇上格外感到亲切，因这是祖宗发祥地的特色。圣驾一路上还未遇上如此吉祥美味，护驾大臣就让吉林贡车跪地迎驾。

这时，护驾大臣又速速骑上马，返回大队，禀奏几位御前大臣，说：“大人，吉林的鳇鱼贡车来了。”

众御前大臣互相望望，他们在考虑该如何对圣上说明此事。

因当时乾隆帝一路心情畅爽，看不够的山河秀水，口中念念咏诗。

忽闻御前来报奏，说吉林来贡鲟鳇鱼十小推车。

本来，乾隆帝在京师中闻听鲟鳇鱼不算新鲜，此乃特殊之珍品，唯献天坛等祭祀重地所专备。乾隆极为虔诚，也格外看重吉林的鳇鱼贡，他曾一再严命内务府、户部严饬督办，不可有小小疏忽。此番东巡，进入盛京境，又闻知吉林来献鳇鱼，龙颜大悦，加之吉林将军堪为本朝栋臣，甚解其心，真是可嘉可喜也！皇上一时高兴，下旨大队人马停在上爽河。

乾隆帝说道："快让御马停轿。朕要下去亲眼看看鳇鱼！"

旨令一下，千余名东巡大军立刻驻足山路，众护驾大臣、王公，随皇上来到吉林贡车前。英格尔斤克等二十名旗丁，跪在地上叩头含泪狂呼："吾皇万岁！万岁！万万岁！"

"图门色！图门色！图门色！"

英格尔斤克真是有生以来莫大的福分啊！得亲眼看到龙颜，这真是祖上的造化啊！

乾隆帝一个车一个车仔仔细细地查看。

乾隆爷多年来在京城常吃鳇鱼，却从未这么近距离地看过，于是，他一块一块地看鳇鱼，一块一块地翻动详细品看，又召来英格尔斤克，说："老人家，你叫什么名字？"

英格尔斤克跪地答道："回皇上，奴才叫英格尔斤克。"

乾隆说："这鱼，你捕它时，它老实吗？"

英格尔斤克说："回皇上，捕捞时，我们有一种手艺，给它戴上套头……"

乾隆："啊？鱼还能戴套头？"

英格尔斤克说："是。"

乾隆又问："怎个戴法呢？"

英格尔斤克说："是先击它昏睡，专门使人下水，靠近它，一点点地就系上了……"

乾隆点点头，不断称赞他们的手艺，又问了许多捕鱼细节，问得津津有味。得知英格尔斤克八旬高龄，能亲自叩谢、送鱼，皇上更加欢悦。一再说："老人家你要多多地保重啊。"

英格尔斤克感激流涕："奴才感恩皇上。"

乾隆帝从护驾大臣口中得悉，原来这位英格尔斤克老叟年轻时曾在雨夜迎候过圣祖爷，圣祖曾御览他捕得鳇鱼之盛况，立即对老叟英格尔斤克刮目相看，敬慕有加。能迎驾两朝皇上，这该是何等的荣耀、何等殊荣，也是何等奇贵不易呀！于是，乾隆帝点点头说："朕已牢牢记住了肇源的英格尔斤克福叟了。"

英格尔斤克又叩头谢恩。

乾隆帝说："老人家请起吧。"

几个随从前来扶起了老人。

乾隆帝立即下令，命护驾大臣："收下老人亲送来的鳇鱼贡物。"

随驾人答："喳。"就接过了贡车，把鱼一块块搬放在车轿上。这时，其他人等退下，返回了吉林乌拉。

英格尔斤克刚要转身走，乾隆帝发话道："老人家，你且留下。"

英格尔斤克一愣，说："我？"

乾隆帝说："对呀。朕想让你与朕同祭永陵，与朕同享鲜鳇鱼。"

英格尔斤克一时惊呆了，他"这这这"地说不出话来，这该是多大的福气呀，这一切是真的吗？他简直不敢相信自己的耳朵，并一再打量随他而来的迎驾官员，不知该怎么办好。

这时，护驾大臣对吉林来的迎驾官员说："你们不必牵挂，老叟陪驾后，会由东巡内务府臣僚专门陪护，然后送回神叟。"

众吉林迎驾官员立刻跪地答谢："谢皇上，感谢皇恩。"于是率其他人返往吉林乌拉衙门而去。

英格尔斤克八旬之时蒙圣恩，能与皇上同到永陵，又被赏赐御宴，饮御酒，尝鳇鱼御宴，真乃祖上有德三生有幸，福事不尽哪。

那些天，他时时陪在皇上身边，皇上也不停向他打听北土风习，特别是大鳇鳇鱼如何生成，又游来江中，又是如何被渔人捕得 。乾隆帝什么都好奇，又是一个爱学爱问的人，而英格尔斤克老人早已对北土民间生活种种新奇之事熟记于心，百问不重复，事事回答得风趣生动，这让乾隆帝万分快乐。

圣宴时，皇上定让老人坐在自己身边。

平时在乡下，英格尔斤克天天捕鱼、打鱼，大小鱼类吃了个遍，可是唯有鳇鱼，轻易是不能先吃的，那是贡品，常人动弹不得。如今，英格尔斤克坐在皇上身边，看到那一盘又白又嫩的鱼肉，真是大吃一惊，这就是自己捕来的鳇鱼吗？并且，那鱼经过宫廷御厨的精心烧制，香味儿四溢，变成了真正的人间佳肴、世上美食，心里的感受真是前所未有的。

开始，英格尔斤克根本不敢动筷。

乾隆帝一看，笑了。皇爷挽了一下袖子，亲自给他夹了一大块鱼肉，说：“老人家，你劳苦功高，来，快吃吧。”

这段经历，从此一下子成为英格尔斤克的口头禅，他几乎天天要对人讲起皇上赐他御宴，赐他随龙陪驾之事，这乃瓜尔佳氏祖宗之荣，子孙之荣，肝胆涂地，世世代代永报恩情，不忘恩情，贡献更多鲟鳇鱼，进献内务府，以报答浩荡皇恩。

那以后，英格尔斤克仿佛越活越年轻了，他干什么都来劲儿，别人也说，英格尔斤克老人返老还童了。

第九章　祭江议事

英格尔斤克的故事太多了。

来福本人也总是讲不够、讲不完老阿玛的荣耀往事，瓜尔佳氏阖族都因英格尔斤克老人而人人感到荣耀自豪。

单说来福。他来到屋内大厅，与宝大色夫互相问话，一下子把睡得正香的都齐泰佐领给弄醒了。自从把他搀扶进大厅里间的内暖阁，厅里的一切动静其实他都知道。

都齐泰一听来福大人来了，赶忙爬起来。

都齐泰伸了伸懒腰说："唉，实在太累了，真是越睡越香。"

来福说："别忙。您再睡一会儿。"

都齐泰说："行了，不睡了。此番去京师，一路跟随将军忙于各部司的应酬，连一点站脚的工夫都没有，又碰上急性子的巴灵阿将军，更让我日夜不得偷闲，不想到你渔业总办大人的府邸，竟然还没办事就睡过去了，实在是抱歉！抱歉啊！"

来福说："佐领大人，别客气，别客气。"

佐领都齐泰忙走过来，来福让佐领大人坐到正堂大茶几的正位上，命仆人捧上茶水，来福、宝大色夫两人从旁相陪，这才双双落座叙谈。

来福说："都齐泰佐领大人，说来，咱们都是同姓同旗，你到我府，就是真正回家了。公事公办，还按衙门官府的称呼吧。不知大人此次匆匆来舍，将军有何传谕？"

都齐泰说："果然有要事。"

来福说："请大人快快告知。"

都齐泰说："朝廷分外重视咱们的鳇鱼贡啊。巴灵阿将军长年多是驻扎在宁古塔地带，近年来迁到江城设府办公。往年，将军之任主要是维系一方之军政要务。但迁入江城，除原来的政务之外，皇上特别下旨，让其协助打牲乌拉管理、查验一切贡差之事。其中，最重要者当属鳇鱼、东珠之贡，数额大，催贡急，要求质量高，且采贡又极其艰难繁重，为此内务府竟至皇上都寝食不安，惦记在心。此次巴灵阿将军入京，深深感到江城贡差之重之要，令他深打烙印，故而，命我亦速速转换‘一日三餐吃个饱，兵匪杂务慢慢熬’的懒散之风，干啥事都要雷厉风行，要转入以督察吉林贡差为先，干出新的起色之事为要旨啊！所以，咱们这鳇鱼贡，可得精心去做，竭力去办……”

各位听者，乌拉皇贡差务发轫于顺治年，延续到乾隆朝，秩序井然，深得朝廷信任，内务府和各部司都很满意。八旗打牲丁子子孙孙，忠于朝廷，任劳任怨，宁有多大风险，多少天灾人祸，多少尸骨抛地，多少魂飞人亡，可各项打牲皇差未有耽搁、拖延和短缺，朝廷甚是满意。更何况，乾隆时代，东三省狩猎业资源极为丰富，最难捕的鳇鱼，最难采的东珠，只要人力足，不避艰辛，也皆可以完成皇贡。总之一切顺利，一切畅通。

来福说：“都齐泰大人你放心，咱们瓜尔佳氏家族完全保证皇贡，按时完成皇差，额数、质量不会差的。”

都齐泰说：“这样，将军就放心了。”

来福说：“大人，其实你来得正好，正巧我们要在近几天就开会聚议，订些采捕规程，你就听一听吧！”

都齐泰说：“那可是太好啦，我要听一听。”

所说的“聚议”那是要举行祭礼的大举动啊。都齐泰长时间在吉林骑兵营，东征西杀，这次有幸回旗中参与神圣的萨满祭祀仪式，那可太叫人兴奋了！

在北土，族人议事必与先祖祭祀同时进行。在这大事特事开启之日，都齐泰已经快二十多年没有亲自见过和参加此种集会和仪式了，今天要参与瓜尔佳氏阖族举行江祭之祭礼，那该有多大的见识和收获啊。对于都齐泰来说，自己远房爷爷辈的英格尔斤克老人就是本姓主祭萨满之一，海桂也是本族的小萨满，而这种祭祀活动是嘎珊里的特大集会。

祭堂中间悬挂瓜尔佳氏祖先影像和江神祭众神影像，那些影像一律是选取有资格的老萨满从山林向阳面的山坡上猎得的梅花鹿的皮，经过精心熟制，以铁梨木制成四框，内中使牛皮弦拉平，钉在框上后，再选嘎珊中巧手艺人来精心细画上去的，这种鹿皮画影像，人物十分鲜明，画匠在上面给人物涂上以矿物、植物采集来的物质提供出的颜料来上色，人物的脸、眼、嘴有红似白、栩栩如生，似祖先正与你对面，和蔼可亲，使人万分尊重，透出一种神圣的气息。

瓜尔佳氏江神祭祀有独特的地方，就是在西炕上神架悬挂着太祖罕王努尔哈赤圣像，并悬挂英格尔斤克曾叩见过的圣祖康熙皇帝和当今乾隆皇帝圣像，这是其他满洲姓氏少有的礼节。

英格尔斤克即是瓜尔佳氏德高望重的家主，由他发出邀请，将在盛京、吉林、黑龙江和京师一带本姓族人都尽可能召集到肇源，男女老少近二百八十多人。祭祀占用了两个大院，院中设灶，男女忙碌，分外热闹。

祭祀时，英格尔斤克大萨满玛发和其长子海桂穆昆达，在献牲祭祀到嫩江、松花江滨时，用满语唱咏神歌和祭词，一下子增加了族人的神圣感。

他们唱道：

崇敬的天神，江神；崇敬的瓜尔佳氏祖先，
我们祖先英雄神祇，
在今日吉祥的日子里，
阖族敬祀瓜尔佳氏八方神祇。
我们在一起颂表誓言，
我族承担大清皇帝——
顺治帝、康熙帝、雍正帝、乾隆帝六代（包括太祖努尔哈赤、太宗皇太极在盛京东陵、昭陵的各祖先神灵）皇帝的贡差，
对待这些贡差，
我们忠贞不贰；
完成这些贡差，
我们不敢懈怠；
这是瓜尔佳氏族对祖上的忠心，
我们全体族人生死不渝；
这是奴才对主子的情义，
我们全体世代不渝。
今日族人大祭，
我们敬请众神灵，
多多佑我族人。
平安顺遂，捕打鳇鱼，
人船顺水，浊浪不凶；

子孙吉宁，来往平安，
多捕贡鱼，永享恩惠；
贡品多多，贡车辚辚，
往往来来，一路畅通；
祖上兴旺，氏族永昌，
四十年无病，
六十年无灾；
百年人丁兴旺，
长寿永年永永年。

老萨满英格尔斤克每说一句，儿子海桂跟着说一句，众人也跟着齐诵。

这时，英格尔斤克又面向先祖影像发誓："我们捕打到大鳇鱼，我们捞到颗粒大的东珠，一定再设祭坛，来祭祀祖先们的恩德，请祖先多多保佑族人出行顺当，顺顺当，捕捞快当，快快当，大小船只，满载而归……"

大伙一齐念道："满载而归。"

院子里，已经放上了十多个大长条桌，每桌按族人中的辈分排好了位，有的虽然看上去年纪轻轻，但辈分大，一律让到头一个桌子就位，早有姑娘、媳妇们麻利地端上饭菜，摆上筷子、碗、碟。辈分大的人已先入了座，这时，各桌的人才依次入座。

而此时，先人祖宗的影像已"请"回到屋子里的西炕上。在影像画像前的供板上也要摆上丰富的供品，而且还要特殊摆有大鳇鱼肉。在平时的祭祀中，鳇鱼是不准摆的，但如这种开江捕鱼仪式的活动被称为"大祭"，由于要有祖先的"影"（也就是影像）出现，所以一定要上大鳇鱼，这表明人对祖先的敬仰和虔诚。那里的牌位分外神秘、郑重。

小孩子们不能靠前。

当老萨满英格尔斤克给祖先影像摆供时，只有儿子海桂在跟前，还有几个小伙子抬着供品，等在老人身后。英格尔斤克净了手，然后命儿子海桂说："上全猪！"

海桂虔诚地递上供全猪。那是一个已经分好的大猪，已分成头、身子、蹄，但又整齐地组合在一个大木盘上，老玛发亲手接过，摆放在祖影之前。

老玛发英格尔斤克又喊："上鳇鱼！"

海桂又回身，把几个年轻的渔夫们抬着的大木板，上面整齐地摆放的大鳇鱼各个部位的代表肉块，分别对接好的，因一条大鳇鱼有八百多斤，更有超过千斤的，根本无法全抬上来，只好合理组合地摆上来。

这时，祖宗牌位和影像前已摆上堆积如山的各种供品，花花绿绿，丰富极了。这种场面，最吸引的就是孩子们。他们一看屋里的供桌前摆上了那么多“新鲜”贡物，有许多是他们不曾见过的，如祖匣上的刻画、家谱上的字画、影像上的鹿皮画以丝线绷紧的拉丝，样样新鲜，件件讲究，他们一哄而上往屋里挤，一齐喊：“快来看哪！”

有的说：“那是我玛发剪的花！”

还有的说：“那是俺玛发刻的……”

孩子们争抢着往屋挤时，多半被守在门口的人给哄走：“去去！不懂规矩！”于是孩子们只好又一起乖乖地跑出外屋，但又不甘心，于是挤在院子里屋外的窗台前，一张张笑脸往屋看，把窗子挤得不透阳光。另有两伙秧歌队前来“献”秧歌。他们有的来自前屯，有的来自后屯，但秧歌的鼓调和扭法各不相同，又有些互相比赛的意思，轮流在院里院外的空地上开扭，走“秧歌阵”，阵阵鼓乐传来，给这场祭祀仪式活动增添了许多热闹情趣，真如年节一样红火。

第十章　祭江大典

突然有人喊，又有人送“艺”来了。

送艺，就是一方有仪式，乡间的各方艺人、匠人，用自己精湛的手艺做出各种各样的精致艺术品献来，以表他们对瓜尔佳氏族人的友情和敬佩，也说明瓜尔佳氏在这一方水土的乡民中有人缘。这时，主祭的英格尔斤克的长子海桂要亲自去门口迎客，还要把来者领到“上等桌”坐下，饮酒参宴。

各位听者啊，可不要小瞧瓜尔佳氏阖族萨满祭礼。这种族人的大祭是大礼，是调动全族上下齐心协力、共议大事的聚会，瓜尔佳氏家族要整整大祭五日，献牛一头、羊三只、猪五口，还破格献鳇鱼两条。北方的打牲丁生活非常艰苦，没有特殊待遇，朝廷只给打牲丁旗人之家微薄的俸禄，再没有任何待遇了。汉族人不承担打牲贡差，而旗民必须承担，是奴才对皇帝主子的献贡，生命与财物均不能顾忌，主子让奴才死，奴才不敢不死，主子让奴才亡，奴才不敢不亡，奴才为主子卖力打牲，死亦是荣耀，天经地义，奴才为主子献身，不但是义务，而且是理所应该。

有清一代，打牲衙门属下的一代代打牲丁，为皇家采捕贡物，就是在为主子效力，是奴才的本分，是对主子的一片忠心。所以，打牲衙门也是主子的奴才，他们不是打牲丁的主子，只是一些督办者、办差人而已，打牲衙门上下人等都是皇家的奴才、为皇家效命。正因为如此，凡承担打牲的满洲各姓旗人，都是一心一意为朝廷出力，以优异成绩提高本族地位，获得皇恩赏赐，使族人有出头之日。瓜尔佳氏的祭礼就是阖家阖族的大聚义，发动族众再接再厉，以争取本族更大的荣耀和前程。

瓜尔佳氏的江祭格外隆重，最热闹的一天是第五日。一二日为启祭，三日四日是祭祖，五至七日为祭江神，厚礼重供，最热烈隆重，而且别具特色。

这日，祭礼队伍由家院出发，浩浩荡荡，由主祭的大萨满英格尔斤克老人率领，奔往江边，然后乘巨舟扎卡船开祭。

大萨满全身穿着萨满神服，头戴九杈盘鹰银蜥的鹿角大神帽，穿九镜、九铃、九珠、九穗的大神服（九是象征着天地间最大的数额，是表示人对一切神灵的敬畏），手抓鹿皮抓鼓。除英格尔斤克外，儿子海桂也穿上大神服，是鹰翎、鹰羽、蟒皮神服。神服也有讲究，神服象征宇宙天地山川江河的所有方位、地段，悉数尽在管理之中。

常昇击抬鼓，鼓声不能停。队伍出发，鼓有出发鼓点，到了江岸，有江岸宝山鼓点，等到了江心，就有了登上巨舟的江心鼓点。那鼓点一下是一下，仿佛人每起一步、每落一步都有相应的鼓点，在江边呼啸的江风中，鼓点十分震撼又清晰。

巨舟扎卡是由九根巨大的松木拢成的大船，上面十分宽敞平坦，能多容人员，又可以跳神舞蹈。民间名曰扎卡大船，其实就是古代的大木筏子，多根大粗原木合并在一起，由整根的白桦木当穿杆子固定排木，放入水中十分平稳，犹如平地。四处的角边上各有一个操桨划行，前后又有观哨舵公在观水和把舵，使木筏能稳稳被人控制到达人想去的任何地方。

大木筏行入江中，彩旗飘飘，锣鼓喧天，声震数十里，动人心魄，分外壮观。随这个大扎卡之后有数十艘大小渔船，上面是参祭的各户族众，又全装载着丰富的祭品，如各种兽肉、兽血、糕点、果子、花卉、香烛、纸码等，大小船在江中延续一二里地长，络绎不绝。

按照民间古老的祭江习俗，舟船要沿松花江先上溯到嫩江与松花江交汇的河口一带，再继续北上，抵达至八郎、大赉，上溯至月亮泡，从辽金以来江祭都是如此，一直到安布拉嘎珊地方，又称大屯堡地界，才将祭品摆到两岸。杀的猪，必是黑毛獠牙野猪一口，拢起九堆篝火，祭天祭水，宣布祭江开始。这时，由“鼓头”常昇领着，上百面大鼓一齐擂响，在鼓乐声中，由安布拉嘎珊顺江而下。

要知道，嫩江从安布拉嘎珊至伯都纳江入松花江南折入河口一带，水势湍急宽阔，洪水期更是一望无边，周围荒野一片汪洋，真如大海啊。

这里，水草丰美，草甸片片，泊泽连连，野花遍开，芦苇成巨大苇塘。夏季随风摇摆，秋季芦花漫漫，十分壮美。于是这里招来了各种水禽飞鸟，成群结队在此飞翔觅食，有定期迁徙而来的候鸟如天鹅、大雁、丹顶鹤、长脖老等儿，各种鸟儿往返飞来飞去，鸣声阵阵，这儿真正是鸟儿欢乐的天堂。

在铿锵鼓声和英格尔斤克洪亮神歌的诵唱声中，大木筏子从安布拉一带划过来了。嫩江和松花江两岸的人们听说有族人祭江仪式，也都聚集江边抬着鼓来观看，岸上的鼓声和船上的鼓声一齐“咚咚”擂响，真是惊天动地，船上的人更加威武了。

这时，只听大祭的主祭穆昆达海柱受阿玛老萨满英格尔斤克的委托，一声令下：“索查！”

大家也一齐跟着喊：“索查！索查！”

这是满语，意思是：“献祭！献祭！”

这种喊声，又齐又响亮。岸上的众人，也都停止喧哗，只让喊声和大鼓声在开阔的江面和无尽的原野上回响。

片刻，大木筏后边，那数十艘扎卡渔船里的族人们，一个个从船上站起来，他们搬起、抱起、拎起、抬起早已切割好的牛头、羊头、猪头、牛肉、鹿肉、猪肉、羊肉、大小活鱼和各种糕点、糖果、馓子、花卉、玉谷、杂粮往江里抛撒、投放，让其顺水而下漂荡而去……

在滚滚的江涛中，这些供品迅疾滚入江心，转眼被汹涌的江水吞噬了。

与此同时，众族人又将从嘎珊带来的用各种容器盛装的米酒、葡萄酒、狗奶子酒、茶花酒，也一块儿撒入江中，敬献给江中众神享用。

鳇鱼最喜欢吞食各种肉食了，它们本身就是肉食鱼，在江滨一带久居的八旗渔民最知道鲟鳇鱼的这种脾气秉性，它们是鱼类中的长寿鱼，是大肚子汉，最能活，又最能吃，也长得最迅速，渔民们年年往江中投送猪羊鸡鸭，养着江中鳇鱼，使其长得越壮越大越胖。

长得快的鳇鱼，两三年就可以长到千把斤，成了“鳇鱼大王”，满语通常称为“依寒尼玛罕”——牛鱼，或“木都离尼玛罕”——龙鱼。

在人们看来，“牛”“龙”都是大个，所以用“牛”“龙”来称呼鳇鱼，就可想而知了。捕捞鳇鱼前都要进行祭江，这是世世代代传袭下来的古俗，久传不衰，这是渔民对江河的神灵的一种敬畏。

满洲瓜尔佳氏正蓝旗《江神祭》《敬献颂辞》满文的祭词十分古远，现记录如下：

郭勒敏衣郭勒敏毕拉木克，
沙延衣沙延毕拉木克，
占出浑阿木丹卡毕拉木克，
巴彦衣巴彦毕拉木克，

木克特勒衣木克特勒木克毕拉，
郭发沙布莫乌吉勒木克毕拉，
图门扎兰图门扎兰木克毕拉，
索——查——窝西浑阿布卡——，
索——查——窝西浑巴那——，
索——查——脑温毕拉——，
索——查——松阿里乌拉——，
索——查——扎兰衣妈妈玛发——，
索——查——窝西浑尼玛呤恩都力——阿布卡恩都力——，
索——查——窝西浑毕拉衣乌拉恩都力——
根恩纳勒——！根恩纳勒——！
根恩纳勒——！根恩纳勒——！
额啰啰——，额啰啰——！额啰啰——。

这些古歌，传唱千年了，在北土的民间，在古老民族满族各氏族嘎珊和部落中间，一代代地传下来，那种古朴的气息，传递着北土民族对自然的理解，对生活的认知，是对大自然中的山川、江河、祖先的一切传承下来的文化的真实记录，一点不能走样，一点不能改变，这才是自己族人的能力。

那时候，族人必须要懂得这些古歌的原意。这种古歌的词、调和唱说时的表情、情绪，都必须要一致，没有谁去改变它，而且，唱这种古歌的是谁，由谁来唱，都必须是固定的。如果唱者“走”(故去)了、老了，都要事先对下一个唱者有明确的安排，不能传承不下去、失传或无人接续。因此，这种古歌在北方的大江两岸是一种深深地传在人们心底的一种语言，是一种特殊的语言，族人们一辈一辈地在心底记着，他们自然而然地传承着，永不会错，不会忘记。

在北方的这块土地上，古歌就是凝聚族人的一种号令，它一响起，一切人都忘了自己，想起的是族人，是先祖。于是，浑身就起了一种力量，干什么事就齐心合力、同心同力了。

第十一章 惹怒别族

这首祭江古歌，其译文如下：

长长的河水啊，
洁白的河水啊，
甘甜的河水啊，
富饶的河水啊，
兴旺昌盛的河水啊，
养育抚育的河水啊，
养育万代万世的河水啊，
献祭酒肴，求天庇佑，
尊敬的青天啊；
献祭酒肴，求天护佑，
尊敬的大地啊；
献祭酒肴，求天保佑，
嫩江啊；
献祭酒肴，求天永佑，
松花江啊；
献祭酒肴，求天庇佑，
世代的妈妈玛发；
献祭酒肴，求天护佑，
尊贵的鱼神，天神；
献祭酒肴，求天永佑，
尊贵的江河众神灵；
手举高杯跪地洒酒啦——，
手举高杯跪地洒酒啦——，
手举高杯跪地洒酒啦——，

手举高杯跪地洒酒啦——，
额啰啰——，
额啰啰——，
额啰啰——，
……

那种古歌使祭江仪式展现出一种神圣的气息，人们个个无比虔诚，也使得这次祭江更加的神奇而隆重。都齐泰全部参加了阖族的江神盛典祭祀仪式，七日才圆满结束。

都齐泰满心欢喜，心想，肇源的故乡族人都一心投入贡差，经过盛祭，众心更齐了，劲更往一处使了，必有新的成绩、新的丰收，将会令巴灵阿将军高兴，让皇上欢悦。可是，他万万不知，其实，通过这次祭祀反而引起了更多、更大的波澜。

英格尔斤克瓜尔佳氏隆重的阖族江神大祭，使居住在附近的满洲孟哲勒氏镶红旗家族大为不满，他们个个愤愤不平，很是嫉妒。

孟哲勒氏，是满洲诸姓中很有名气的一个大姓望族，古代汉字写成莫尔迪、莫尔廷、孟尔底，清初世居黑龙江地方，祖上本是打鱼人，世世代代在黑龙江流域，直到入海口一带，广捕江中大鱼、鳇鱼、海中鲸鱼，最能捕捉最凶猛的大个头食肉鱼类，经验丰富，水性相当好，就好像他们的子子孙孙本来就是鱼类一样，能潜水时间长，从不觉得气不够喘，而且更奇怪的是，他们擅通鱼的语言，知晓鱼的声音和鱼的心情与喜好，这简直是一个水中鱼族的无比传奇的部落。

所以，从辽金以来，孟哲勒氏就是萨哈连黑龙江上的捕打大鱼的部族，只是后来社会发展，族人到各地生活，又学会了其他营生，就不再单独地从事捕鱼业了，他们也种地、上山伐木、打猎、采撷，或从事别的生计。

孟哲勒氏子孙，有的是由黑龙江迁入内地，如呼兰、呼伦等地，吉林乌拉也都有他们的子孙。在呼兰下游到肇源、八郎、月亮泡，也都有孟哲勒氏族人以捕鱼为生，而且孟氏族众十分抱团、彪悍、骁勇、好斗，水性无敌。所以，其他部落之人不敢轻易招惹他们，各活各的，各尽其所，非得惹人家干啥呀。可是有时，意想不到的事总会发生。

这不，孟哲勒氏在肇源嘎珊的总穆昆、大头人孟哲勒七十三，人称“老三爷”依兰都都生气、上火了。

“七十三”是指他的阿玛在七十三岁这一年生下他这个最小的儿子之

意，所以起名“七十三”，这说明祖先的能力该是多么强盛，年岁那么大，还能给阖族传下一个种，这是值得庆贺纪念之意，爹娘也觉得是这样，于是就给儿子起名叫七十三，也就传开了。

孟哲勒七十三，如今也已经七十八岁了，儿孙满堂，一直是肇源、大赉、月亮泡、扶余、三岔河一带孟哲勒氏全族中的德高望重和最有权威和号召力的头领，为人敢说、敢讲、敢承担责任、敢做敢当。而且，他的头脑很清晰、有智谋、有办法，大家都信服他。他本人，虽然已经是七十八岁的人，可还像五六十岁一样，一呼百应，成为孟氏族众的主心骨、顶梁柱。

七十三，也是老三爷，依兰都都。

都都，那就是“头一名”，办啥事要走在前头，不落人后才行。

他闻听瓜尔佳氏英格尔斤克能召集全族，大肆操办“江祭”盛典，又把什么将军衙门什么都齐泰佐领也给蛊惑住了，还说什么他们最能捕鳇鱼，这怎么能行呢？要说捕鳇鱼，我们孟哲勒氏才是最拿手，我们孟哲勒氏才最会捕鲟鳇鱼，你们竟敢与我们来比？乌拉打牲衙门和他吉林将军应该以八抬大轿请我们去承担和主持捕捞鳇鱼大事，我们不服气！

孟哲勒七十三，七个不满，八个不服，气得老爷子大喊大叫，把全嘎珊的孟氏分支头领色蛋、巴嘎、留青、杜岱、门突呼、波尔冬等头人都召集来了，痛哭痛骂子孙们不争气、不争光，为啥让瓜尔佳氏抢了头彩？

各分支头人意见也不完全统一，有的说，江这么大，人家先动了手，这也是人之常情，为啥非得和你“七十三”打招呼；有的说，他们这是要给咱们一个脸色看看，欺到咱们头上啦，要在咱们头上拉屎撒尿。反正说啥的都有。

孟哲勒七十三听了大家的议论，他沉思一会儿，突然觉得有办法了，要这么这么这么办。他这个人，从来都是敢说敢做，是一不做、二不休的主。年轻时就是这么个生性脾气，就是鲁莽，办事不计后果，不怕死。

孟哲勒七十三说道：“色蛋，巴嘎，门突呼！”

三人齐答：“在。”

孟哲勒七十三说：“你们快快出个主意，到底咱们该怎么办？”

色蛋说：“什么怎么办？就是先动手！”

巴嘎说：“万事先下手为强。”

门突呼说：“这，我看……”

孟哲勒七十三说：“还这什么，我看色蛋、巴嘎说得对，咱们先动手，把这段松花江、嫩江看住，派出咱们自己的尼玛哈超哈，看守住河口、水道，天天时时地看守，我就不信看谁敢下江捕抓鳇鱼？”

孟七十三的话，那就是全族的圣旨，谁也不敢违拗，人们一一应承。

这孟哲勒各处的头人色蛋、波尔冬、门突呼更是一些天不怕地不怕之人，一个个都有点自练的武把式和水上的功夫，又有了七十三老爷子的话，就更是没把什么人看在眼里了。于是他们说：“玛发，您老不必发怒，既然您发话了，我们去办就是了，您就等好信吧！从此，这江面咱要让它姓孟哲勒不就完了吗？！”

孟哲勒七十三乐得直点头。

这样，各处的头头们就立刻纷纷出动。

门突呼、波尔冬、色蛋与巴嘎、留青、杜岱几人仔细做了分工，分两组，一组去上江，一组去下江对各个河口、鱼卧子、亮子等处，带人严防死守，不许任何外族外姓靠前靠近，日夜不许缺岗漏哨。

那时，各姓自己的家族都可以养几个，甚至几十个家丁人手，也就是超哈、武把式，是专门守江、护鱼、护网的家兵网队，他们的报酬、装备，皆由各族自己内部摊派。有的大户望族的管鱼超哈兵员还很讲究，战斗力很凶悍，连吉林将军属下的正式骁骑校指挥的八旗兵都对他们格外小心，绝不可轻视。

这些人都有弯马、盘马、角斗、弄拳的功夫，大户人家看他们有武艺才请他们。入阵之后，各户又请关内的汉人武师，什么沧州、吴桥一带的“拳师”，前来带徒教授，培养出一些高手。特别是，这些人与衙门的八旗兵比起来，他们水性个个叫绝，打不过时，只听“咕咚”一下子，进水底啦，人不见啦。那水性，八旗兵丁正愣神儿，人家在下边一推船，一船人马立刻落水而亡，可不能小瞧他们。

有一年，吉林将军所属府衙鱼圈里的三条大鳇鱼被大雨涨水冲得无影无踪，府衙的人急坏了，就贴出告示，悬赏寻鱼。来了三个很不起眼的人，揭下了告示。

当时吉林将军府衙的人问他们：“你们有啥条件？”

三人说：“吃饱就行。吃一顿饱饭……”

这是条件吗？可既然人家说了，也得办哪。于是府上问他们，吃什么？

三人说，一律烧肉，每人一顿三十斤！

吉林府衙不敢怠慢，每人给他们烧了三十斤牛肉。这三人，吃完了，抹抹嘴就走了，府上派几个人跟着，帮他们打下手。

只见这三人，出了门直奔北去，顺着风向和雨流子，来到一处四外都是柳条树丛的江湾上，衣裳脱巴脱巴，一个跟一个就下去了。大伙都奇怪，这鱼能藏这儿吗？

你还别说，这些人在水下足足待了二个时辰，就见他们每隔两袋烟的工夫上来换口气，然后再下去。后来，终于牵着三条鳇鱼上来了。

原来这三条鳇鱼已经都给带上笼头了，可是雨太大，发洪水，把鱼圈给冲毁了，这些戴笼头的鱼才跑出来。亏得这些高手把鱼完好地找回来。后来一打听才知道，这三个人就是孟哲勒七十三老玛发手下一个部落里养着的专门吃“鱼饭”的看网人。这些人厉害着呢。

第十二章　怨气撒向都齐泰

这孟哲勒七十三格外重视这些人。

这些成年在江风冷雨中专门干护鱼、护网、护船、护院的人，都是专门训练出来的人，其中有一位还曾在五台山出过家，其法名叫贯一的和尚，他这人专门会一种“水下”气功。他能憋一口气，然后潜入水底一个时辰不出水，有水中换气之能，备受孟哲勒七十三和所有渔家人的敬重，人们像待神仙一样侍候着他。

这贯一和尚，听说了家主“老三爷”为瓜尔佳氏祭江之事十分恼火，便心下有了主意。

这一日，贯一和尚召来了老三爷的孙子小贝儿，说：“小贝儿！”

小贝儿说：“师傅，我在。”

贯一和尚说：“去，告诉你爷爷。”

小贝儿说：“说什么？”

贯一和尚说：“就说此区区小事，何足挂齿？”

小贝儿说：“是指江祭一事？”

贯一和尚说：“就是此事。你告诉你爷爷，不必为什么英格尔斤克的行动操心，伤了老爷子的身板，咱们不合算。此事，老僧自有一个妙计，让他等好信吧。”

小贝儿乐呵呵地跑回了家，把事情的经过一五一十地告诉了老爷爷。又加了一句：“爷爷，贯一和尚说，让您尽管放心。对付英格尔斤克一事，他已有安排。”

老三爷“哈哈”大笑。他心里明白，他的周围都是一些能人，啥事都能办，自己何必为英格尔斤克生那么大的闷气呢。现在，小贝儿告诉他，连贯一和尚都要动手了，瞧好吧，看最后还是谁在笑。

老三爷猛然又想到，前两天，刚招待盛京将军衙门二等笔帖式礼部郎中仓官全福大人，其实他也算本家人，只因多年在外为官，又是掌管盛京大库的仓官，而且是主要管理粮谷、货物、地产的送送往往、出出进进，这些节点过码全由他说了算，那可是肥缺，又有地位又很有钱，是盛京将军最倚重的辅将谋士，是亲信，而且通过宁古塔将军鄂尼台的介绍做媒，比武招亲，娶走了孟哲勒氏七十三的大女儿孟倩云为妻。这倩云可不平凡，是贯一和尚的亲传弟子，武术高强，手使双锋银鞘剑，在水上可用轻功“蜻蜓点水”，能脚踏水面，离水面五尺，脚下生雨，不坠水中而行走。同时，可以从这只船轻轻点一下水，就可以登上另一只船，十分厉害。

倩云的水中功夫，受贯一亲传指点，她只要潜入水中，就犹如鱼归江河，一下子便无影无踪了。当年，这倩云的名声很大，盛京将军都非常喜欢她，倩云成为盛京将军府中的光彩人物。

这全福为什么回肇源老丈人家了呢？是为了给妻妹保媒，才亲自由盛京骑马回肇源。他给自己的妻妹倩霞选得门当户对的郎君“沙音哈哈”(俊小伙)，老三爷能不高兴吗？

全福仓官给老三爷找的新一门亲家是哪里的人呢？说来，也真令人羡慕。原来，这是京师管理皇家贡物的光禄寺司库之子叫刘文琦，二十三岁，翰林院任孔目，文书之职，其父十分有名，专门管理入库的各类贡献物品。吉林乌拉打牲衙门所有食物贡品，皆由司库审验之后方能入库，权柄甚重，东北三省将军都尊敬有加。

记得当时，全福向老丈人介绍这门亲事时，曾经特别强调说：“老三爷，今后有何事情，你尽管言声……”

孟三爷连连答道：“是，是，是。”

全福说：“要知道，这门亲事是天赐良缘，孟家从此注定要飞黄腾达啦。”

孟三爷又是连连称：“是啊，是啊！”

老三爷能不高兴嘛，他当即同意这门亲事，收下了初聘的三枚金锭，说定于五月端阳刘家正式办理订婚契约，另有盛宴和“端盅礼”。

可是，现在万万没有想到，全福走后不久，英格尔斤克竟然来了个祭江大典，这惹得孟老三爷一肚子不快，还全仗贯一和尚、色蛋、巴嘎、门突呼他们的安慰，勉强算平静下来。老三爷在想到全福时自然又想到了二格格。

这二格格找到了京师光禄寺里的得意女婿，于是那被恼怒弄得不快的心情立即好了起来，于是，又笑逐颜开了。他想，对了，干脆我就借此机会，大露几手，为女儿操办定亲之事，请盛京、京师和吉林将军衙门的一些大人到来，这样热热闹闹地一操办，必要时举行鳇鱼宴，非好好气气英格尔斤克不可，把他气死才好呢。

说到做到。当下，老三爷便把儿子和手下的人都召集到自己的身边。

老三爷说："色蛋，巴嘎，门突呼，你们都是我的心腹，你们立刻出去沿江搜寻，查看那些早已插上高木桩的鳇鱼窝子！"

三人答道："是。"

老三爷又说："然后，给我挑选最大个的头排鳇鱼，都要在五六百斤以上的鳇鱼，都存放到我孟三爷所住的江崖下坎的河套子中，到时客人来了好屠宰食用。"

三人齐答："立刻照办。"

老三爷又叫贯一和尚到自己跟前。

老三爷说："贯一大师啊！"

贯一和尚说："孟大人，贯一在。"

老三爷说："你一直是我最信任、最爱戴的人哪！现在，由你率领十几个家丁超哈，将松花江、呼兰河下段，从牛头砬子到嫩江河口杨树林子五十里的江岸，这里水深流急又江底水稳，便于鳇鱼隐藏之处，皆立高桩，做上标记，并一律插上孟家虎头小旗，表示不准任何他姓船只人员入内，以免骚扰鳇鱼生息。"

贯一和尚爽快地答道："大人，贯一立即出行。"

看看巴嘎、色蛋、门突呼、贯一等人出发，老三爷这才松了一口气，靠在椅榻上吸起了烟。

当时，在这一带打鱼作业，捞捕鳇鱼，各姓都有自己的标志小旗，虎头旗、狼头旗、鹰头旗，如有侵犯，便会发生殴斗。那种殴斗很厉害，谁势大谁就占了上风，必须赔偿对方的损失。因这种事时有发生，所以官府也不乐意直接去过问，特别是各姓后台都挺硬气，都有"靠"(在官府当差的亲戚朋友)，所以地方官府也都是睁一只眼，闭一只眼，能不管就尽量不管，不参与这些乱事，结果酿成了地方上的一大祸事。老三爷就是这一带不好惹的太岁。

这事，巴灵阿将军和都齐泰佐领他们是万万想不到呀。

巴灵阿、都齐泰他们哪知道这个底细呀。都齐泰佐领满以为他来到地方，亲自看到了本姓瓜尔佳氏盛大的祭江之后，瓜尔佳氏家族就会顺利地捞捕到更多更大的鳇鱼，万事如意，他都齐泰也可以回到将军衙门向巴灵阿将军交差，以使巴灵阿将军闻知喜事，必会满心喜悦，平抚京师傅恒大学士的惦念，巴灵阿将军也会对自己办事能力的稳妥大加称赞，无比信任。

都齐泰越想越兴奋，自鸣得意起来。

可是，突然只听“咣当！”一声，门被人给撞开了，确切地说，是被踢开的。

只见英格尔斤克老玛发怒目圆瞪地闯了进来，他的后面，跟着海桂、常昇、庆成三个儿子，也都是怒气冲冲。

英格尔斤克咆哮着说：“哎呀，哇扎嘎，哇扎嘎，这简直是一帮无法无天的贼强盗，还让我们活不？都齐泰！都齐泰！你还算不算咱们瓜尔佳氏族人的大佐领，你还在这儿偷着乐呢，不知道羞啊？那老孟家已经欺侮到咱们瓜尔佳氏的头上啦，正在咱们头上拉屎、撒尿！他们把咱们的所有鳇鱼卧子全都给占上了，还插上了他们的虎头旗，这还有没有王法啦？啊？都齐泰，你快给我吭一声，到底是咋回事？你们吉林将军衙门到底管不管？你如果说一声不管，好，我们瓜尔佳氏阖族自己去办，我们去对付他们！我英格尔斤克别看八十多岁了，可我照样可以弯弓盘马上阵去斗、去干，看看谁行谁不行。我就要去跟他孟哲勒七十三拼个你死我活，我们瓜尔佳氏也不是好欺侮的，也不是吃素的！”

当时，都齐泰正在炕上坐着想高兴的事呢，没想到英格尔斤克突然闯了进来，而且，他带着自己的几个叔叔生气到来，还无休无止地骂个没完，他还没弄清楚是怎么一桩子事。

这时，都齐泰急忙跳下炕。

都齐泰说：“啊呀，老玛发来了。快坐！快坐。”

英格尔斤克说：“不坐，站着说！”

都齐泰忙赔着笑脸说：“老玛发，别急，天大的事，有我都齐泰在，您老坐下来，坐下来慢慢地说说……”

英格尔斤克说：“你说得好听，我能坐下来吗？还坐什么坐？天都塌下来啦！”

这时，在一旁的几个儿子压不住火了。

海桂、常昇、庆成等人，上来一把就揪住都齐泰的脖领子，一下子把他从炕上拉到了地上。他们气呼呼地说：“都齐泰，快跟你爷爷和我们走一趟吧！”

都齐泰说：“上哪儿？”

三个人说:“上江上!”

都齐泰说:“上江上?”

三个人说:“对呀! 你别在这儿猫着，你得去看看了! 这个老孟家只想灭了咱们瓜尔佳氏，要驱赶咱们走啊! 这帮家伙毒哇，比那山里的毒蜂子还毒!”

英格尔斤克也更加发怒了，说:“走! 拉他都齐泰去见识见识!”

这时，已经不由分说，人们揪着他的袄领子一下子把他从炕上拥了下来。

第十三章 大打出手

这时，都齐泰没有防备，被哥三个奋力一拉，一个跟头从炕上翻下来，几乎嘴啃泥。

都齐泰还想解释什么，海桂、常昇、庆成就大声斥道："都齐泰，快跟你爷爷和我们到江堤上看看，老孟家这是无法无天啦，他们是真正地想灭了咱们瓜尔佳氏，要驱赶走咱们哪！"

都齐泰迅速从地上爬起来，被海桂及众叔叔和英格尔斤克爷爷拉着，大家急匆匆地拥出屋，大步迈出了院门，径直奔那江沿儿而去……

远处，就是那滔滔远去的大江。

那天，风也挺大，但阳光照射着宽阔的江面上，天上云彩的影子照在江水上面，大江显得更加苍苍茫茫，急流淌向远方，与地平线连在了一起。

这时，大家才觉得势头不对。

只见在遥远的江岸上，站着黑乎乎的一片人群，这都是孟家的人，有的是河工，有的是家丁，每个人手里都拿着大木棍子、大砍刀。个个威风凛凛，守护着沿江那一排排新插上去的渔业木桩子，木桩子上，有一面一面的虎头旗在迎风飘动着。

海桂一见这些飘动在江中栏渔柱子上的虎头旗，怒火就冲了上来。

突然，海桂纵身一跳，飞腾起三丈高，像一支箭射向江中。

他也真有水上功夫。就见他像在水面上大步行走一样，快步地纵飞，"嗖！嗖！嗖！"一连从江水中拔起了五根大木头桩子，然后连那虎头旗一起，抛向河岸……

常昇、庆成一见大哥动手了，立刻像猛虎"啊！啊！"地喊着，像蛟龙一般纵身跳下江中，和哥哥一样，他们也用气功麻利地往下拔孟家插在江中的那些木头桩子。

海桂兄弟这么突如其来的行动，乍开始孟家众守江护鱼的河工超哈，根本没有防备这一招啊！此时，一看瓜尔佳氏兄弟们动手了，他们哪能答应啊！

孟哲勒家族的人立即跳起来，个个像出笼的猛虎，暴叫着、呐喊着与海桂、常昇、庆成打到了一起。他们这些人都有一定的武功、水功、轻功，在江中打在一起。只见江中顿时翻起了一片滚滚的怒浪，人与那浪头卷在一起，也分不清哪是孟家哪是瓜尔佳氏人啦。

那时，江上的孟家河工、渔丁、网户超哈足足有百余人，瓜尔佳氏仅仅只有英格尔斤克和三个儿子，总共才四个人，其他瓜尔佳氏族众人都没到江边。整个形势，孟家的势力太大了，人太多了，海桂他们哥三个已被人家老孟家的人给团团地围住了，对他们哥三个连打带踹，一个个都被按在水里，眼看就要酿出一场人命案。

“住手！给我住手！”

这时，突然传来一声喊声。

这是都齐泰。他一看实在没法子啦，于是跳上岸旁的一个土堆子上大声喊叫：“快停下，你们都给我住手！我是吉林将军衙门的护军佐领都齐泰！有事由我将军衙门来办，你们不能大打出手……”

可是，谁听你的？

当时是一片混乱。双方叫吵着打成了一团。孟家人越聚越多，根本不听佐领都齐泰的喊叫，而且那时，他的喊叫声简直比蚊子的叫声大不了多少。

咳！停下！

突然，江岸上传来了一嗓子吆喝。

这吆喝，如惊天的雷鸣，把正在殴斗的人都给镇住了。

原来，这是孟哲勒氏大头人来了。

孟哲勒七十三开始听家丁和守江的人传话说，瓜尔佳氏英格尔斤克亲率儿子等人马到江边来闹事来了，并且把江里的渔桩子都给拔下来了！这还了得？他以为瓜尔佳氏来了不少人，所以这才在家人的带领下来到江边。可是他一看，心中一下子明白了。

原来，人家瓜尔佳氏连英格尔斤克加上一共才只有四个人，而自己的人马、河工、渔丁超哈却密密麻麻地站满了江岸。而且，江岸上的人群，把人家英格尔斤克老头一个人给捆在岸上的一棵大树上，又有一群人把人家三个儿子都给摁在江水里了。这是多数人打人家少数人！

况且老三爷知道，江边的渔人都会水，都会潜水，摁到水里也只是一时的事，憋不死人，但要是时候长了，也许就救不活了。所以他才大喊一声。

其实，孟哲勒七十三还是个明白的人。他知道，自己人多，人家人少，双方殴斗，不死人还好办事，一旦出了大事，要是死了人，在公堂上就不易赢了。所以他观察形势后，马上大喊一声："兔崽子们，住手！别在江里打啦！"

孟哲勒七十三一声令下，孟家的河工、渔丁们都马上停了手。然后，他们一齐把海桂、常昇、庆成从江中扯上了岸。这三人早被众拳、众腿给打得昏迷过去，又在江中喘不过气来，一个个都像半死似的。他们被孟家人拖上岸，都是一动不动，被扔到了江岸的石滩上。

英格尔斤克老人被绑在树上又蹲在地上，见自己的儿子像死去了一般，他忍不住一阵大怒，口吐鲜血，昏厥过去。

孟哲勒七十三走了过来。

他走到英格尔斤克身边，左看看，右看看，然后俯下身子仔细观看。随后，他命身边的巴嘎，说："快把他给我扶起来。"

色蛋走上去，将英格尔斤克扶起来，坐在地上。

孟哲勒七十三用右手在英格尔斤克后背上，"啪啪啪"猛猛地拍了三下，又用双手摁在他的双肩上。不一会儿，英格尔斤克突然"哇"的一声，就见从口中吐出一些血水和一块白痰，醒了过来。

突然，英格尔斤克眼一瞪，大叫道："唉呀，可气死我啦！孟老三，我跟你没个完！"可是他想从地上站起，起不来。

孟哲勒七十三根本不理睬英格尔斤克醒没醒、骂没骂、气没气、恨没恨，他早大步走到了瘫软在江边的海桂、常昇、庆成三人身旁。

命巴嘎、色蛋照样扶起他们坐在地上，然后孟哲勒七十三在他们的后背上猛然地拍打了三至五下，只见海桂、常昇、庆成一下子都睁开了眼，醒了过来，一连在地上大口大口地吐着腹水。他们吐出的水满地流。

三个人完全醒过来了，立即爬了起来。

就在这时，孟哲勒七十三用手招呼自己的儿子们说："孩子们，跟我回嘎珊去！"

说完，首先孟哲勒七十三大步上岸，众河工、渔工、家丁超哈也就迅速地跟随主子上岸，耀武扬威地走了。

沿江河岸上，只留苏醒过来的英格尔斤克和海桂、常昇、庆成，以及站在河滩上呆若木鸡的都齐泰佐领。

江风呼呼地刮着，天已刮起了漫天的尘土，江水也在嗷嗷叫着，田野在风水声中只能见到英格尔斤克四人不断上下大口喘息的样子，十分可怜……

孟哲勒七十三一伙打手，大打出手，动作也太快了，没让瓜尔佳氏四个人缓过劲儿来，就集体冲上来一顿暴打，给打迷瞪了！

都齐泰虽没挨揍，但他也被这突如其来的变故吓傻了，被这突然发生的袭击震惊了，对于什么鳇鱼呀、贡品哪、今后的前程啊、将军的命令啊，这一切，他都迷惑起来，简直不知所措。

而孟哲勒七十三呢，他们得了手，然后得意地招呼他的人撤走。可是当时，他的儿子们还不甘心，不想就这么离开。走了几步，这些人又站住了。众河工站在边河的堤上说："事情就这么完了？"

色蛋说："主子，这让他们给拔出来的木桩子和虎头旗扔了满地，咱们咋能走？"

巴嘎说："咋拔出来的，就让他们咋扶起来。"

门突呼道："我们这样了，好像咱们没理啦，这总不行吧！"

可是，孟哲勒七十三却不这么看。

孟哲勒七十三说："孩子们，就这样吧。"

儿子们说："什么，就这样？"

孟哲勒七十三说："他们拔下的木桩子还有那段河，就归他们啦。"

儿子们大吃一惊："归他们？"

孟哲勒七十三说："孩子们哪，你们想想，玛发是这么大岁数的人啦，我吃过的盐比你们吃过的米都多，我走过的桥比你们走过的路都长，我们这么多人，打了人家三四个人，还算什么英雄？咱们要学会做事仁义一些，不要再计较他们！"

儿子们又听不懂老玛发的话啦。

他们纷纷地说："不是我们不仁，是他们瓜尔佳氏不义！"

"对呀，他们来先动的手。"

"我们的桩子被拔下来不说，连虎头旗也给摔在了地上。这虎头旗，就是咱们的脸面。他们等于踩在咱们的脸上，这是在欺人灭祖！"

怒火重又被点燃起来，众人说什么的都有，恨不得立刻再返回去把瓜尔佳氏人打扁不可。但是，孟哲勒七十三还是极力说服孩子们。

他说："听着，不要鲁莽。你们想想，我们已占了整个河道、江段，也得给人家点活路啊，既然他们拔了咱们几根柱子，那段河道就给他们，不要计较啦。哼！他们瓜尔佳氏如果再敢乱动我的木桩子和虎头旗，咱们就不让他们在这一带活下去！走，咱们走，我倒要看看，他英格尔斤克能有几个胆！”

孟哲勒七十三嗓门从来就大，现在他这么一喊，其实不但是给儿子们听，也是让声音传给英格尔斤克和他的儿子们，让他们也听听，说完他就很仗义地带着人都走光了。

第十四章　都齐泰钻牛洞

空旷的江岸上，就剩下英格尔斤克和三个儿子。他们都苏醒过来，但一个个怒火中烧。

他们爬起来，眼看着老孟家的人得意扬扬地走远了，于是一齐冲向了都齐泰。

海桂首先爬起来，上去一把抓住都齐泰的衣袄领子，大声吼叫道："都齐泰，你们将军衙门站在哪头？啊？你说话！还有没有天理国法？老孟家这么欺负我们，你们管不管？你们不敢管，我们今天晚上就与他们血战在嫩江河口，我把孟老三的血都放进松花江和嫩江里喂鳇鱼去！"

英格尔斤克老人气坏了，他的脾气也很暴烈。此次受到这么欺凌，更感到不可容忍和气愤，老人对都齐泰说："都齐泰，你为何不说话？为何？"

海桂、常昇与庆成，不容分说，一下子把站在面前的都齐泰抓住，又拳打脚踢起来，雨点般的拳头落在了都齐泰的头上。

都齐泰是瓜尔佳氏晚辈，现在三个叔叔打自己，自己也觉得窝囊啊。是啊，当时自己为什么没有冲过去制止海桂等人的野蛮行径，以致造成这严重的局面。老孟家得了胜，人家占了上风，他们走了，现在自己的族人揪住自己不放了。

他什么话也说不出来。

说啥呀，他成了"罪人"啦，什么法子也没想出来，真是憋气又窝火。

"哎！走！"英格尔斤克"哼"了一声，迈开大步走在前边，海桂兄弟紧跟着玛发，他们这是回嘎珊，准备招集起全族之人，领兵马取兵刃去，决心要与孟哲勒氏家族的人决一死战，一决雌雄。

说实在的，在肇源这一带的江段上，他们瓜尔佳氏是世世代代的土著渔民，是世居的人丁兴旺之族，他们才是这里的主人。而孟哲勒氏呢？

他们哪是这里的本地人哪。前书说过，孟哲勒氏都是从上江陆陆续续地迁来的，人口也不如瓜尔佳氏多。他们靠什么这么凶，这么狠，这么目中无人，还不是仗势上峰有人，这才无所顾忌、为非作歹。这个火药筒早早晚晚得爆炸，今天不就真烧起来了。

都齐泰佐领其实也是倒霉。

他本来是赶到这儿来探亲加上巡视一下地方，哪承想偏偏就遇上事了。现在，他被本族人给拳打脚踢了一通，人们把气都出在他身上了。是啊，大伙的气再明白不过了，你都齐泰说话一点也不硬气，不像个什么佐领，说话不如放个响屁。瓜尔佳氏被人欺负时你都不出来制止，任由瓜尔佳氏遭受欺侮，制止又一点用也没有，人家根本不在乎你，你还算什么吉林将军衙门的武官啊！

这时，都齐泰佐领被一顿打，打醒了。

他见英格尔斤克领着儿子海桂、常昇、庆成气呼呼往嘎珊走去，而且连走带跑，大喊大叫。他想，坏了，这英格尔斤克父子不是回去完事了，他们是去组织人马啦，这样一来，定要酿出大事，两姓发生相斗，冤冤相报，必是一场血战……

族人血战，太可怕了。

记得有一年，也是老坎子和套木嘎两个地方族人，因为亮子上的渔事起了矛盾，于是两族血斗了。那种血斗，整整打了三七二十一天，双方死伤无数！更可怕的是，这种血斗不是一代，就连下辈子下代的人都记仇，而且各族一旦血斗，族人的老人就会嘱咐孩子，不许再与他们结亲、轧好，从此一代代不许往来。从祖上起至近年，老坎子通往套木嘎的那条乡道都荒了起来，双方族人出门赶集宁可绕道，也不经过对方的嘎珊道口。唉，这可是个世仇，太可怕了，悲剧不能重演。

不行，无论此事缘由在哪里，无论事情怨谁，纠纷出在哪一方，眼下，我都齐泰必须制止双方的殴斗，先平息下可能发生的血斗，再论是非。

可是，制止谁呢？他都齐泰还是瓜尔佳氏族人，要制止，只能先去制止英格尔斤克老玛发和海桂等叔叔，只能去劝说他们；那一方孟老三，自己一个也不认识，说也没有用，弄不好还会适得其反。

都齐泰佐领也甚觉左右为难。特别是海桂、常昇、庆成三兄弟一顿拳打了他，因为在瓜尔佳氏与孟哲勒氏两个部族互相争斗时，他没有立即出手相助，还算什么瓜尔佳氏。不帮架，就等于是在帮助别姓人欺负自己人，给孟哲勒氏加油喝彩。

这都齐泰被打，也属应该。

还有一层意思，我朱伯西还没有讲。

原来，这里还有一个原因，那就是都齐泰佐领经将军衙门一位师爷作引见，于前年冬天续弦，因他前妻亡故，留有一女，于是新娶了一位漂亮的小妻，名曰玉姑。这玉姑是谁？

这玉姑阿沙，父亲叫色涩里，是孟哲勒氏族人，其家居住在呼兰七家堡，本是著名的网户，有二十几个船工，专在松花江上捕大个的鱼——鳇皇为主业，年年挣下不少银子。而且，专门熬制鳇鱼鱼鳔胶，卖到盛京、山海关和榆林地方，这是一种很出名的货物。在中原地带，这里最出名的特产就是这种高级的鱼胶了。这种鱼胶，熬完以后，是一块一块的黄色晶体物，每当这种鳇鱼胶一上市，地方人都认得，集上的人没等鳇鱼胶进市就一哄而上，抢购一空，知道这种鳇鱼胶是“宝物”。

当年，这种鳇鱼胶价格很高，用户甚广。这样一来，玉姑家也挺有名气，在吉林将军、黑龙江将军中都是有名分的，占有一席之地。因为各将军府中都有江河防护舰船，那骑军营、水师营、健锐营有许多皮革布帛的甲骨，都要用胶，这种胶一上去比缝制还牢固。另外，玉姑她爹色涩里是黑龙江将军衙门里一位出名的匠师，所有的马鞍、马具、车轿修饰都由他指导和制作，享受俸饷，现在都是红人。加上各地船舰的制造，也要用大量上好的鳇鱼胶，而色涩里家熬制的鳇鱼胶，在船板“对缝”“密封”“靠板”上不但结实，还不生虫子，不漏水，加上他的手艺，很受欢迎。这里的人一见色涩里来了，都热情地打招呼：“啊，大工匠来了……”

“啊，老色夫来了！”

那是人人尊敬、个个爱戴的人物。

就因为都齐泰佐领与孟哲勒氏家族有这层姻亲关系，所以这次，当孟氏、瓜尔佳氏两姓殴斗时，都齐泰佐领表面上好像呆若木鸡，手足无措，显出好像万般为难的样子，其实也跟这些内情有关系。他心里明白，你们动手时，我上去也没用，我劝人又不听，干脆我先眯着，装作不知所措吧。

可是，现在不行了，两家出了大事，都齐泰佐领一想，自己身为吉林将军衙门的人，管这些事是本职要事，必须要设法平息这场恶斗，不能酿成人命，如果出了大事，人命恶事，我都齐泰是得吃不了兜着走的。

所以，都齐泰是硬着头皮也得顶上去。

英格尔斤克老人领着儿子们前边走，都齐泰佐领在后边紧跟紧随，并不断地喊着叔叔、叔叔，但是没人理他。

没有理他，他也跟随着人家。

进了嘎珊，英格尔斤克老人回了自己的院舍，海桂他们各奔自己的院舍。都齐泰决定先去拜见海桂、常昇、庆成叔叔他们，先做好他们的工作，让他们千万息下怒火，双方坐下来共同商议，看看下一步怎么办，要和气生财，不可硬打硬拼，若再打起来两败俱伤。眼下关键是做好海桂等人的工作，才能安抚英格尔斤克老人。

都齐泰佐领想好自己的主意之后，他便径直去往海桂府上。门军问清名姓，告知进去通报，让他在外等待。可是看门人进去后，一直不见有人给他开门，这是人家闭门谢客，根本不想见他。

都齐泰等不及了，便叩门大喊："海桂叔叔，我是都齐泰呀！开门来！开门来！"

可是，没人理他，门就是不打开。

都齐泰又喊："叔叔，我有要事相商，开门来！开门来……"

院里的海桂就是一声不吭。

这可咋办哪，都齐泰急坏了。

他在人家海桂的院门外踱来踱去，有时想离开，一想不妥，不能在这个节骨眼上退缩。瓜尔佳氏家族，海桂是最说了算的人物，也最受英格尔斤克信任，老人办什么重要的事，全都听他的大儿子海桂的话。所以自己必须要找海桂商议，只有他发了话才能制止瓜尔佳氏众族人不去与孟哲勒氏七十三家族血战血斗。可是，这海桂就是不理在外头转悠的都齐泰。

都齐泰的犟劲也上来了。他想，你不见我，我一定要设法去见你。他急中生智，不能自己光在大门外喊、叫，得设法进去，然后乘其不备闯进海桂屋，到他面前，看他还能对自己怎么样，你不见我，我倒要去硬碰碰你，然后再论道理。

可是，怎么进去呢？人家这样的人家，院墙都很高，但都齐泰倒不是过不去，以他的武功，翻这样的院墙是不在话下的。可是，在当时的处境下，人家英格尔斤克族人在挨打时你不上手，现在要见人家却翻越院墙，这多少有点失礼，也不是他都齐泰该干的事。看来只好用别的办法进到院里去。

都齐泰左看右看，他围着海桂家的院子转圈儿寻找能进去的地方。突然，他发现海桂家大门左侧的木栅栏有破旧和空隙的地方，可能是有小牛犊子常出入院套，给钻出来的洞，于是有了主意，干脆，就从这儿进吧，他都齐泰缩了缩肩膀，一弯腰，“哧溜”一声就钻进了那个牛洞洞。

人，在着急的时候，已顾不得什么脸面和身份了，这就是所谓无可奈何、急中生智吧。

第十五章　传帖文案

俗语说，人逼急了会有道道。

话说这都齐泰，一看人家海桂家的院墙上有个牛洞洞，他再也来不及多想，一弯腰就钻了进去。你还别说，还挺顺利，一下子这就来到了海桂家。

他直起腰看了看，院子里没人，连看院的人也不见了。他望了望上房，断定那是海桂的处所，便立刻大步奔那而去，到跟前拉开房门，就直接进了内室。

可是，室内却不见海桂。

这时，走来一个女佣模样的阿沙问："大人，你找谁呀？"

都齐泰说："我，我找你们主人。"

女佣说："是海桂大人吧？"

都齐泰说："正是正是。"

女佣说："他不在。"

都齐泰不信。他说："我眼见他从大门进来的，怎么能不在？"

女佣说："他又走了。"

都齐泰说："我一直在门口，不见他出来。"

女佣说："他不是从大门走的。"

都齐泰又一愣："难道还有别的门？"

女佣说："大人回来转了一圈儿，又从后院走了……"

啊呀，对呀，人家还有后门呀！

都齐泰这才急得直跺脚。自己怎么这么糊涂呀，人家这样的大户人家，能一个门吗？唉，赶快追吧！

于是，佐领都齐泰急忙也来到后院，在后门出了院子。可他又愣了，这海桂上哪去了呢？他细细一想，对了，这海桂肯定去兄弟常昇、庆成家那里，他们要商议，要组织族人，看样子真要与孟家大战一场、血战一场。

都齐泰冲出后门来在街上，他一边打听一边找，终于找到了常昇府上，拉门进去。果然，就见院中已有二三十人，海桂、常昇、庆成都在其中，他们三人正在鼓动族人，商议如何动手。突然见到都齐泰来了。

人们一见这都齐泰，这气就更加大了。人们一齐喊道："好你个都齐泰，你不讲族里规矩，不帮助我们出气，反而净找我们的碴儿。你为何不去找你老丈人那边？你心太偏了！可耻！可恨！小人！你，你快给我滚出去！"

众人见主人对他这样，也都一齐冲上来，人们围住都齐泰，不让他前进一步。

都齐泰这时已非常清醒了。

他知道，他现在再也不能忌讳是本家晚辈了，他得拿出他的本事了，他毕竟是将军府的佐领官员，不能真这么婆婆妈妈的了，他得施展威力了。

于是，他大喝一声："你们都给我住手！"

都齐泰说着时喊着时，用力一推，一下子推倒了围到他前边的一片人……

那些人"啊呀"一声，倒在了地上。

要知道，这都齐泰是一般的人物吗？他是著名的武将，多年来，他跟随巴灵阿将军南征北战，剿匪，平叛，屡立奇功，他可是抵万夫的勇猛之士。海桂身边虽有许多家丁超哈，但哪里是他都齐泰的对手啊！

一见自己的人被都齐泰猛然地推倒在地，这下可惹怒了海桂。海桂一下子冲上来，要推都齐泰，可是，他哪是都齐泰的对手啊，他一出手，早被都齐泰来了个"反手压腕"，顿时也将海桂摁在地上。

众人一见，海桂大人被打倒了，就撸胳膊挽袖子想一起冲上来，想与都齐泰决斗。谁知就在此时，都齐泰又大喝一声："你们都给我退下！"

突然，就见都齐泰举起一样东西，大家一看，原来那是朝廷的一道"令牌"。

都齐泰喊道："现在，我都齐泰在执行公干，现在你们谁再敢乱来，我就给他戴上锁链，押送到将军大牢去……"

啊？令牌来了？

众人这时才渐渐安静下来。

他都齐泰看大家都冷静些了，于是又把话拉了回来。他申明道理地说道："海桂和众位叔叔，各位族众，不是都齐泰我偏心眼、拉偏架，不管怎么说，你们想想，我都齐泰也是咱们一个姓一个族的人哪，我从心里讲，那什么孟哲勒七十三，我从来不认识。冤有头，债有主，这是自古的一句老话。你们听我的，上有将军衙门，再上头，有朝廷，会为正理做主。看他孟家如何仗势欺人，我们据理力争。我为你们做主，就是咱们先不要去打仗、争斗。如果一斗，就什么理都被斗输了。现在，最要紧的是把孟哲勒七十三唆使他们的河工超哈怎么破坏了你们的那些渔亮子、渔场、网地都一一查出来，查清、记准。海桂叔叔，常昇、庆成叔，现在你们人少，又被欺，你们被他们压在水里，险些丧命，真是无法无天，我能不心疼吗？现在要紧的是，你们要立刻把这些事一件件一宗宗，写成状子，我这就直接带你们去将军衙门，咱们面见巴灵阿将军去，让他据理定夺！这该多好。这样一来，你们多光彩，多仗义？恐怕巴灵阿将军听后，也不能偏向他孟老三，这样我们不就一身理由了吗，咱们不是从根上赢了吗？叔叔们啊，我都齐泰说的话，一是一，二是二，就是任何人听了也在理，何况他巴灵阿是个头脑清晰的人，遇事他定会依理分析，决不会出什么闪失。再说，还有我在一旁也是个见证啊！"

都齐泰佐领这么一铺一盖地一说，又仔仔细细地把事情的前因后果解释了一遍，他讲得头头是道，讲得也心平气和，海桂等人一听，也就不再怒火燃烧了。

大家平静下来之后想想，觉得都齐泰说的话没有丧良心、拉偏架、帮助他孟家孟老三，而是实实在在地分析了事情的来龙去脉和往后该处理的结局，也符合人之常理。

想到这儿，海桂说："都齐泰，方才我们都错怪你啦……"

海桂兄弟们的气马上消了。大家也都愿意听从都齐泰佐领的安排，看看朝廷下一步的打算和行动了。

接下来，大家议论、商量，由海桂安排，先请出瓜尔佳氏账房师爷等人，率人重新回到江岸，一一观瞧，记录所遭孟哲勒氏的族众对瓜尔佳氏所有江段木桩的损毁程度、个数，一一记下。再丈量出现场距离，都以笔记下，写成呈子，准备呈送给吉林将军衙门，请将军来验证，进而制裁孟哲勒七十三等人之罪。

瓜尔佳氏正在紧张忙碌之时，其实孟哲勒七十三等族人也没闲着啊。虽然双方恶斗之后，孟家占了上风，一看瓜尔佳氏的英格尔斤克、海桂等人已经从死亡中缓过来了，他虽然领着众人回去了，离开江岸了，但其实他并没有停止心里的算计。他知道，那英格尔斤克决不会完事。为了彻底制服英格尔斤克，他下了狠心，他派出色蛋、巴嘎速速骑快马去盛京。

他说：“你们快去找盛京礼部的仓官全福，诉说嘎珊的瓜尔佳氏英格尔斤克家族欺负咱们了，把他们的可恶说出来，列出来，他们霸占咱们的松水嫩江，不让我们孟氏族人网捕鳇皇类，纯粹是要饿死我们，把我们事先下好的木桩和虎头旗全部拔下，踩在地上，这纯粹是欺宗灭祖！让他快快发出命令，驱赶瓜尔佳氏族人，让他们迁居远处，离开我们孟家的地盘，越远越好，我们再也不想见到他们啦！”

他这是恶人先告状，把水搅混。

色蛋、巴嘎两人立刻答应，骑上快马连夜直奔盛京而去。

色蛋、巴嘎二人快马加鞭，很快就干到了盛京，见了全福，把孟三爷编排的“理由”一五一十地说了一遍。又加了一句：“可了不得啦，我们没法活下去啦，如果你们再不下令把英格尔斤克的族人驱走，再酿成血案，可是不好收拾啦！”

“啊？是这样？”全福问。

二人齐答：“正是如此。”

全福也真能耐，他一听事情都弄到这个份上了，还等啥呀？于是，全福立刻动手了，他马上派人直奔京师。

消息传到京师，全福立刻把这边的“察情”传给了自己的妹夫——在京师光禄寺司库之子，让他禀报他的老爹说：“北边出事了，江上酿成大血斗了，快出人设法整治一下那作恶多端的瓜尔佳氏族人吧。”

那光禄寺也真听话，便下了传帖。传帖写道：“传旨吉林乌拉，增捕鲟鳇鱼在原数七百尾之下，再增加三百尾，年尾缴送内务府验收。孟哲勒家族已超额奉献贡额，由内务府收讫完毕，特通文嘉奖。”这显然是为孟哲勒氏撑腰。吉林将军衙门和打牲乌拉衙门双双同时收到传帖。

巴灵阿将军与打牲乌拉总管绥奈大人一看传帖下来了，这就是上峰的“旨令”啊，他们不敢怠慢。接到传帖马上行动，当即赶到松花江、嫩江段，督办察验此事。

可是，邪不压正，在恶人先告状并得到其“后台”支持的时候，事情却发生了变化。就在巴灵阿将军和绥奈大人刚要起行时，突然有下人来报说：“大人，京师有‘文案’传来！”

巴灵阿说：“快快递上文案。”

下人递上文案。巴灵阿接过一看，只见上面写道："近查光禄寺有人违规与吉林刁民合谋，从中渔利，需严查重裁……"发此文案的正是傅恒大人，这件事可太重大了。

巴灵阿将军见此文案，更加重视和忙碌起来。他心里知道，这傅恒大人办事那是十分认真仔细的，那是皇上的重臣，他传下文案，从不虚妄，这种文案，说不定有皇上旨意呀。既然传下此文案，必须要调查清楚，绝不可含糊，看来，事情有些来头。

他又想到，都齐泰佐领从京师回来，就匆匆下去督办差事，一定是万分的繁忙，都没顾得上回江城吉林一趟。好吧，我这次就要亲自下去，与绥奈大人同去，一并办理此案。再说，也得看看都齐泰，他下去已有一月之余，什么音信都没有，不知结果如何，想来，下边江沿贡差之事一定甚是复杂，不会出什么事吧？

第十六章　各类人士来闯关

都齐泰会不会出什么事呀?

夜晚，巴灵阿甚至做起了一个噩梦。他梦见都齐泰被人绑着，塞进了一条大鳇鱼的嘴里，那大鳇鱼“咔嚓”一闭嘴，就听都齐泰“啊呀”地惨叫了一声，红血四溅……噩梦把他惊醒了。

第二日，巴灵阿将军与绥奈大人带上众仆人出发，同赴肇源段江路的道上。巴灵阿心想，到下边便可以见到都齐泰佐领了，又可以让他迅速投入办理文案之事了。

一上路，这绥奈大人就滔滔不绝地打开了话匣子，什么鳇鱼桩子、虎头旗，什么血斗血拼，还有什么风向、水纹、鱼卧子，江段上的事，他都能讲个头头是道。

巴灵阿将军心中有些奇怪，他咋啥都懂。

但巴灵阿又不便细问，也不想细唠，他有他的身份地位和打算。

原来，这打牲乌拉衙门总管大人绥奈，别看他的品级远不如巴灵阿，可他处处都想显摆一下，好让巴灵阿将军另眼看待他。这究竟是为什么呢？就因为他这官是傅大人推荐皇上批准的。

绥奈大人，满洲镶黄旗，富察氏，京师户部尚书兼在军机处行走的大学士傅恒与他同是本家，祖籍宁古塔。他就是由傅恒举荐，乾隆帝特批，由内务府下调乌拉打牲衙门，在乾隆十七至十九年任打牲乌拉总管，朝廷期望他好好治理打牲乌拉衙门的贡差。这些年来，黑水孟哲勒氏族人依仗与盛京、京师中一些官员的关系，耀武扬威，鱼肉乡里，作恶多端，此事乾隆帝已知，龙颜盛怒，命傅恒详查严办，不可姑息。经初查，盛京礼部仓官全福失职渎职，最近已摘掉他的四品顶戴花翎，待查清后再定夺去留。京师光禄寺一位郎中，已经调离光禄寺，也正在监审中。朝廷已命绥奈速与吉林将军巴灵阿详查此案，然后据实上奏，朝廷再依奏做最后罪有应得的处罚，以儆效尤。所以，巴灵阿将军与绥奈大人到此案发生之地松花江—嫩江段来认真查办，吉林将军衙门的刑查大人与几名师爷也一同随来江段现场。可见此行，事关重大。

对绥奈的夸夸其谈，巴灵阿将军想，有能耐你就显摆，我不与你去争高争低，要在办理此案时再见分晓。将军的谦逊更加衬出绥奈的那种自大自傲之态了。

巴灵阿将军、绥奈大人到达肇源嘎珊，立即由地保选出房舍，备设公堂，就地办案。都齐泰佐领首先叩见巴灵阿将军，并又以礼见过打牲衙门总管绥奈大人，当地渔业统理督办大人来福也来叩头。

人来人往，忙忙碌碌，好不热闹啊。

英格尔斤克老人率着诸子族众，一齐走了上来，有的背着，有的搀着，其状惨烈，来到临时的公堂衙门前报案。

英格尔斤克老玛发哭喊着高呼冤枉，他说："求将军大人为小民申冤，严惩孟哲勒氏七十三，为我瓜尔佳氏做主……"

他们跪了一地，从屋里到屋外，一直到大道上，都是瓜尔佳氏的人。

都齐泰佐领受命安抚、管理前来申冤者，他不断地说道："不要哭，先不要哭诉，要好好诉说，把话说清。一个一个来……"

他正在忙不过来时，突然，听人群后有人大声喧哗。

这时，有一位中年女子坐着轿子匆匆地赶了上来，没下轿就哭着大喊："天哪！没有王法啦！我的天哪，我要见巴灵阿将军，谁是巴灵阿将军？我要见巴灵阿大人……"她哭得像个泪人似的。

众人一看，原来此人是都齐泰的妻子玉姑格格。

这都齐泰的妻子玉姑格格，咱们前文已有叙述，其父色涩里是北方江河一带著名的鱼胶工，巴灵阿将军和绥奈大人对她爹都很敬重，可现在，不知她为何也来添乱。

都齐泰一见妻子玉姑格格，也愣了，忙上前拦住，想尽量把她拉到一边，并说："玉姑啊，你来这里何干？有你什么事吗？快快给我退下。我正在处理公务……"

玉姑执意不从，说："你干啥？你不要拦我！"

都齐泰说："你有何事？先与我说。"

玉姑说："我要面见巴灵阿将军才能说。"

都齐泰说："你，你到底想来干什么？"

原来，玉姑这次来，是背着夫君都齐泰来的，她有她要办的大事。

这次玉姑出面前来闯堂，其实是被她的小妹玉媛所请，求她无论如何一定要找到巴灵阿将军和都齐泰佐领，向官府说些好话，为玉媛的丈夫刚玉说说情。刚玉是那个全福仓官的下属，这次因贡差不轨之案牵连，与全福等人一起收入大牢。这刚玉与玉媛新婚不久，感情甚密，如今突然被抓，空守新房，终日寻死上吊。玉姑心疼小妹，又架不住刚玉父母一再苦苦哀告玉姑救命，于是玉姑才让家人套上轿车，赶来寻找多日没有回家的丈夫都齐泰，本想通过他再去叩见巴灵阿将军，从中斡旋一下，看能否把全福的随从刚玉放出来。

说起来，这刚玉也是章佳氏，为人忠厚老实，无论干什么活计，不动脑筋，主人让怎么干就怎么干。在这次案件中，贩卖鳇鱼四十余尾，全福从中得到不少好处，可是帮助谋利的刚玉，一概不知，也分文未得，糊里糊涂一股脑被抓入牢中，业已十日有余，且音信皆无。

单说玉姑挤开众人，径直来在公堂。她将事情的经过一五一十地向巴灵阿将军和绥奈大人说了一遍。都齐泰佐领在一旁也帮助妻子玉姑说了些好话，求将军和总管大人查询一下，开开恩放人。

玉姑心肠甚软，说说话便流起泪来，像她自己的事一样：“大人哪，千万给办一下，刚玉是个冤屈的人哪……”这巴灵阿将军和绥奈大人听着也很感动，但真是不知如何下手为好，便说道：“玉姑啊，你且先退下，待我们查问一下，再……”

刚说到这里，突然，远处传来了一阵急促的马蹄声。

只听马蹄声和马铃声来到门外戛然而止，接着有人推开门，只见十几个人匆匆地走了进来，为首的人正是孟哲勒七十三，他后面跟着色蛋、巴嘎等众随从。

这孟哲勒七十三，绰号咱们前边早已说过，叫依兰都都，那含义就是为人刁钻，横草不过，而且伶牙俐齿不讲理，能把死人说活了，也能把活人给说死了。大伙都知道他的人品，他好颠倒黑白，从不讲理，所以人们也处处躲着他，尽量不与他打交道。

依兰都都，其实他早已闻听信息了。他所依靠的在京师光禄寺当仓官的全福已被皇上下旨拿办并打入地牢。

这朝廷的光禄寺，关系复杂，上下勾结，贪腐成风，是个阴毒、黑暗的地方。光禄寺里有个旧规矩，老说道，那叫“家丑不可外扬”，所指便是窝里斗、窝里消，互斗一气最后窝里摆平，外界看亮光光、平静静。所以一般真正奔前程的有为之人，明知这光禄寺有油水、有权势，也宁守清贫不愿来此为官。

而光禄寺有权有势，掌握特供物资，官府、亲朋甚至皇家的贝勒、格格，如果需要什么，小至各种食品大至珍珠玛瑙，只要光禄寺有人就能办到，因此，又是许多人羡慕的地方。

这回，皇上下旨，让查办光禄寺司库之事，这是很机密的事，却不知是怎么又传到了吉林孟哲勒七十三的耳朵里。

他孟哲勒七十三是一个从不服输之人，他不甘心自己的靠山出了大事，如果靠山倒了今后的贡差就不好顺手办了。于是他左思右想，必须找人，万事只要交人，就能够通顺，一潭死水也能变成活水，就可以死而复生，他老孟家就会柳暗花明又一村。

孟哲勒七十三自信自己有顽强劲，比如他现在找到了吉林主管将军巴灵阿。巴灵阿是从宁古塔调过来的，曾任京师健锐营副统领，当年大学士乌拉老臣陪乾隆皇帝检阅健锐营时与他有过一面之识。当年，孟哲勒七十三因进献一枚硕大、晶莹的东珠，“两宫”甚喜，也得到乾隆帝的赞赏。为了奖励孟哲勒七十三家族献宝珠有功，特赐准允在校场观赏健锐营马步竞技，而这场竞技正由巴灵阿指挥。孟哲勒七十三因闻知他来自宁古塔，自己少年也在宁古塔住过，这真是在京师遇到了英雄的故乡人，便主动与巴灵阿搭话，从此常常吹嘘巴灵阿是他的“朋友”。所以他此次奔将军而来，心里很仗义，有侍卫拦他，他反而大喊大叫：“闪开！闪开！我要见巴灵阿将军！”完全是一副目中无人的样子。这真是各类人士都来这里闯关哪！

第十七章　东珠光闪闪

侍卫兵丁还是拦住了他。

可他硬喊:“闪开，我要见巴灵阿将军！你们休想拦我。”

这话，巴灵阿将军听到了，于是便说:“让他进来吧！”

这样，侍卫闪开，让出一条缝，孟哲勒七十三耀武扬威地进了临时建起的案堂。

孟哲勒七十三，与光禄寺司库犯案事有瓜连，他想救出司库自己也就开脱了，这才特意来找巴灵阿将军。他想，这巴灵阿无论从宁古塔老乡来说还是从曾在京师相识来说，都能通融一把，让我平安过关哪。

可是，他孟哲勒七十三的算盘打错了。

哪知，自从他进了屋，巴灵阿将军态度非常严肃，连瞅他一眼都不瞅，依然与别人讲话，根本不理他孟哲勒七十三，把他完全晾在了一边。

那孟哲勒七十三待了一会儿，觉得不对，也是自己过于高傲，再装也装不下去了，他要讲话了。

这时，孟哲勒七十三决定孤注一掷。他也不管人家巴灵阿将军理他不理他，生气不生气，大步地就走了上去。

孟哲勒七十三说:“宁古塔同乡，健锐营老伙计，别来无恙，我在这里给您道福啦……”

巴灵阿还是与别人叙谈，不理他。

他又说:“别这样，都是老乡，不说绕弯的话。自康熙爷时起，不是就有犯了贡差罪可以用明珠来抵偿的先例吗？说吧，巴将军，光禄寺司库全福大人下狱入监，正在受牢狱之苦，正在查验罪证，我孟哲勒七十三，全数负责，由我拿出按罪应缴的东珠，足数赔偿，行了吧？你到底要多少，多大的价码，说吧！多少？只要你给个数，我孟老三都给你将军大人奉还，这总行了吧？”

这时，巴灵阿停止了与诸人的叙话。他问孟老三:“是吗？你赔？”

孟哲勒七十三一看到这份上了，说："我赔。"

巴灵阿将军从宁古塔过来，长期不管理督办贡差事务，还真不知道这以珠抵罪、以罚代刑的惯例，听孟哲勒七十三这么一说，反而提醒了他。于是便问身旁的乌拉打牲衙门总管大人绥奈："皇帝确有这个旨令吗？要赔该是多少数字呢？"

绥奈还真知道这个朝廷早年定下的规制。便说道："啊呀，对，对。正如孟老三说的，只要不是图谋造反，不是有人命案，只要单是贡差之罪，不论大小轻重，可以以上乘东珠抵其罪。"孟哲勒氏素以采东珠有名，其祖在顺治朝时，就是著名的善采河珠之奴，最有奇招妙法，别家捕不到打不来的河中老蚌，只有他孟哲勒氏才能采寻捕捞到，而且多以亮珠、大珠、色泽奇异之珠为朝廷所喜欢。康熙爷的皇冠和朝带上的五颗二钱七之大宝珠，是历朝之冠，皆为孟哲勒氏祖上之贡品，甚得圣祖康熙爷的喜欢，称其为"大清献宝之冠"，这也是他家族之功绩。绥奈大人想到这里又接着说："孟哲勒七十三，既然胸有成竹，可以命其先献出珍贵的东珠，你我首先鉴赏评定，是否够其分量，如若是东珠之冠，便可以以珠抵罪。若真是大的宝珠，天下罕有，尚可另得厚奖呢！"

"啊，原来是这样。"巴灵阿将军这下听明白了此项规程。于是，巴灵阿将军向都齐泰招手，让其前来。他对都齐泰说："让孟哲勒七十三靠我来说话！"都齐泰走到孟老三跟前说："将军允你靠前说话。"

孟哲勒七十三仿佛心中早已算定巴灵阿定会召见他，于是他大摇大摆地走了上来，并不给将军和大人下跪。

众巴雅喇大声喊道："跪下！"

孟哲勒七十三仿佛没有听到，不理睬。

巴灵阿由于有了方才绥奈的讲解，所以对孟老三的举止也并不在意，他与绥奈乌拉打牲总管大人站起来，却很客气地对孟哲勒七十三讲道："孟管家，请坐下吧。本将军与总管大人已认定，既然你带来了上乘珍珠，可以按照圣命，以珠抵罪。不过，我们要验看你带来的珍珠，是否够分量，质量是否上乘，请拿出来珍珠吧。"

孟哲勒氏一听，眯起眼笑了一下，更加狡猾地说道："不，大人，不行。"

巴灵阿说："你还要什么？"

孟哲勒七十三说："大人，咱们得先定下文凭……"

巴灵阿说："什么？"

孟老三说："文凭。没有这个，我不干。你得让我见到你们立下的文凭，交给我七十三手上了，然后我才能给众大人呈上珠宝。是不是？自古以来也是这么个规矩。"他还很有理。

孟哲勒七十三的傲慢和目中无人，着实让巴灵阿将军、都齐泰佐领感到十分惊愕，他们都在寻思该如何应对这个家伙。

这时，绥奈总管大人却说话了。

绥奈说："将军，我看就依他孟哲勒七十三吧。我深信，他们必有珍珠。他这个人就是这种目空一切的脾气啊！"

巴灵阿将军一听总管大人都说了话，便说道："孟哲勒七十三，既然总管大人也非常信任你，那么好，现在我就给你一张凭证，你把珠子也给将军我预备好吧。"

孟哲勒七十三说："好，将军！痛快！痛快！"

巴灵阿将军接着便命令随来的胖师爷快给写出一张收契之文凭来。只见胖师爷迅速地从背褡子里取出文房四宝，蹲在地上，工工整整地写好了文凭，又盖上了将军和衙门的大红印章，立即双手呈交给巴灵阿将军说："请大人过目。"

巴灵阿将军接过文凭看了看，感到准确无误，便随手递给了绥奈总管去看，他看后又呈给了巴灵阿将军。巴灵阿接过来，这才将文凭正式交给那时依然昂首挺胸站在面前，并未坐下的孟哲勒七十三。

孟哲勒七十三接过文凭，并不看上面的文字，那目光只在上面的大官印处扫了扫，便点头将文凭装入自己的衣兜之中，然后，从自己的背囊之中，缓缓地取出一个虎骨镶嵌的小方盒，慢慢打开，又从另一个兜子里掏出一个小皮夹子来。

这时，大家才发现，原来他早已随身带来这些东西，只见那小盒子里是一层一层的闪闪发亮的珠子，都是上好的东珠！孟哲勒七十三用自己的小皮夹子，小心翼翼地从中选出两颗又明亮又大的东珠，轻轻地放在胖师爷早已备好的红绸子绢布上。那亮亮的东珠在红绸中滚动，发出炯炯光彩，站在一旁的人们都"啊"了一声。

巴灵阿将军和绥奈总管大人也忍不住走下位子，缓缓前来。他们来到近前，弯腰细观，看得一清二楚啊。

特别是巴灵阿将军，他头次亲眼见到如此明亮晶莹的东珠，真是大开眼界。过去，他只是听人讲过，北方的东珠是如此如此神奇、美丽、大气、稀有，这一次，他是近在咫尺来观赏、查验，能不感到惊奇吗？

都齐泰也是如此。多年来，他们都想亲眼看一看那真正的宝珠，这一下算是如愿了。

这时，孟哲勒七十三又举起珠子来，让大人们再细观一次，然后他迅速收回手，慢慢地把虎骨珍珠盒关上，轻轻地递给了都齐泰。然后又特意令人眼馋地说道："将军，其实我家珠子太多了。"

巴灵阿说："啊？还有？"

孟哲勒七十三说："不瞒将军，我家小珠子一袋一袋的，像小米子……"

巴灵阿一惊说："小米子？"

孟哲勒七十三说："那都是供小孩子们玩的。还有大的……"

巴灵阿问："大的？大的有多少？"

孟哲勒七十三自觉此处说走了嘴。于是赶紧更正说："大的，大的没了。大的就这两颗，已经交你们看过了，验过了。"

巴灵阿、绥奈等人互相望了望，会意地点了点头，没有再问下去。

这时，孟哲勒七十三又说道："大人，这珠子已经交给你们了，何时把全福、刚玉他们给放出来呀？"

绥奈总管大人说："快，快。我们现将珠子呈上，朝廷办案的也认为珠子合格，就会由大理寺放出来的。放人得归他们。放心吧！你们回盛京去等信儿吧。"

吉林、黑龙江的所有贡差之务犯事犯法者，最后皆由盛京统一发签发落，也就是到盛京将军衙门去限签票，才算结束。

孟哲勒七十三说："那不行。"

都齐泰问："你还有何话，请讲！"

孟哲勒七十三这个人，办事粗中有细，别看他平时好像大大咧咧非常大度，说话很是随意，仿佛不经过脑子就冒出来似的，其实他的话都是有用意的。别看他现在身揣着将军府衙给他开具的文凭，但他心里依然没底。他明白，在过去也不是没有过先例，各种案情明明已理清、文案凭书已到手，可是人迟迟不肯施放，理由有的是，往往推到各个环节上，一拖拖得到猴年马月也不见人出来，那是常有的事，所以他不能同意让他回去等这码子事。当都齐泰问他你还有何请求时，他说道："我得跟着去看，去等！"

都齐泰说："朝廷办案，没有你这样去跟着看，跟着等的！你这不是藐视朝廷吗？"

这时巴灵阿却说："好吧，既然孟三爷有这个要求，就依他。但办案现场你去不了。人家办案在盛京或京师，你可住在馆驿等候，听信。这总算行了吧？"

"好，就依将军所言！"孟哲勒七十三终于算吐口了，大家这才松了一口气。

第十八章　宝珠救了人

孟哲勒七十三这个人，果然不一般。

当时由他献出的两颗松花江产的东珠，那是堪称世上难见人间难寻的宝珠、奇珠，在松花江偌大的水系中也是不常出世呀。

其实在民间懂“珠”的人都知道，珠乃天精地华之宝。所谓宝珠，就是一有重量，颗粒大型的珠，这在蛤蚌中独特少有，往往数十年方能生成一颗；二是有成色，色必须要白，洁白无瑕，光明剔透，因其圆而明亮，在无光照时发出一股泽泽细光，温柔似乳，而在光照之下，反映出一股白色光晕，腾腾升起，故称夜明珠，夜明珠之名是形容其光辉闪烁；三是要有寒意，寒意指东珠来自寒江，出于幽水，深藏于大江之底的蛤蚌体内，属于暗中瑰宝，寒气袭人。

东珠入药，有疗治热症之功。一个人如有东珠在身，可去燥热，清身清心，平喘顺气。民间还传说东珠可以驱邪秽、治痼疾，热邪不敢侵。人，就是无病无灾，如果能怀揣北土东珠，亦可健身祛病，邪魔不犯。那些达官绅士，皆以能有一颗东珠在身而引为荣耀啊。

这孟哲勒七十三竟藏有这么珍贵的宝珠，使巴灵阿将军可真是大长了见识。都齐泰佐领也是跟将军一样，对孟哲勒七十三不得不刮目相看了。

要知道，当年，由京师下往地方的“兵票”和由地方送往京师的“兵票”，都是通过驿站一站站传递上去的“火信”。为呈送宝珠之事专门传递一次“兵票”，不久，盛京将军衙门发来“兵票”，上面写道：

> 贡珠由吉林将军等亲呈户部大学士傅恒，因罚珠重昂贵，恐纰漏闪失，难负其咎。

巴灵阿将军收到盛京“兵票”，一想，也是这么个理，不能传至盛京或经他人之手，万一出现什么闪失，悔之晚矣。于是，他决定亲自去往京师，面呈户部，又能见到傅恒大学士，可以当面请示一下傅恒大人，看看今后吉林贡差尚需有何提振之举，也好让乾隆帝龙心大悦。都齐泰佐领当然又是随从，一同前去京师送珠。

孟哲勒七十三也是年高之人了，为了更早知道消息，他派出儿子色蛋带着仆人跟随，跟着巴灵阿和都齐泰一起走，但一早一晚住店投宿，由他们自己花费打点，不影响巴将军和佐领的公务。

由打牲乌拉总管大人绥奈帮助和指导，派人进深山，找到那种粗壮的古椴树，截上一段，又找来当地出名的木雕艺人王老赏以雕刀细细地雕出一个精美的手掌大的木盒，盒里铺上红彩绒，彩绒中间特意缝制出二个凹坑穴，专门将宝珠放入小凹坑里，使二珠不碰、不撞、不摩擦，固定好。扣上盖后，又把小木盒外的小铜钩挂扣上。盒外，再包上一层黄绫子，又一针一线地缝上，今后谁也不许再打开了。在盒的封口处和黄绫子的接口处，都盖有吉林将军大印。制作极为细致。因为，这珠子可能皇上都得亲自过手过目，不得不万番仔细。

长话短说，巴灵阿将军在都齐泰佐领的陪同下，携带东珠，日夜兼程，赶往京城。他们先来到了傅恒府上见了傅恒大人。傅恒见过珠子也十分高兴，便命巴灵阿将军次日立刻进户部，再转呈光禄寺，待其将宝珠收讫，再批复大理寺和刑部放逐全福等一干人士，批为无罪，回盛京等地照常听差办事。

不说全福等人众千恩万谢，十分感谢吉林将军的好心帮助，解脱了牢狱之苦。傅恒大人又仔细嘱咐巴灵阿将军，务要将精力用到贡差之上，特别要用心多多关注鳇鱼贡和东珠贡之大事，并速速细查贡差中的各个环节还有哪些漏洞，不得有丝毫的懈怠，不能再起任何纠纷、事端。孟哲勒七十三族人也已如愿救回了全福、刚玉等人，各方都已安心回归北土。

这鳇鱼贡、东珠贡在朝廷历来是常贡，量大，事繁，因其珍稀、贵重，朝廷格外重视，各部司大人都盯着，担当贡差的大户互相争斗，江湖上的歹人也惦着。不仅采捕难，在进贡的各个环节还充满风险，就以鳇鱼贡差来说，捕到鳇鱼之后还必须管理好鳇鱼的喂养。这鳇鱼在大江大河里生存，本来不用人去专门喂养，可是一旦捕来，引入“圈”中，可就得专门靠人来喂养了，不然弄不好它们不是瘦了就是病了，或者发大水冲走了，甚或死掉，那都是管理鳇鱼贡差的人的罪过。所说的喂，就是照料它们，在圈里一点点长大、长成，等长足了分量，够了一定的规格时，才能贡送。一般是一条鳇鱼一定得长到五百斤以上，八尺长之后，才能送往京师。待送到京师东直门海运仓胡同的鳇鱼库，要查验分量和尺寸，如果不合格，一律要受到重罚，甚至贬官。

经过这次处理两姓争斗和贡差违规大案，巴灵阿将军才悟明白了，原来到吉林地方任将军，很多的精力不是用在军备、兵务、诉讼、民生等事上，而是要过多地花费精力在贡差之上，稍不注意，就可能惹出不少是非来。

可是，是非总是难免。这次“宝珠救人”的事件就为后来埋下了祸根。

究竟后来发生了什么事？我得从孟氏扬眉吐气、大出风头说起。只因那孟哲勒七十三为救盛京仓官全福一干人等，竟拿出了非常神秘的贵重的珍珠——东珠，一下子震动了朝廷，将全福等一切罪证全免，孟哲勒氏家族也在吉林、盛京、黑龙江、京师一下子露了名，出尽了风头，谁不啧啧赞佩啊，人人都一致地说：“瞧啊，还是人家孟哲勒七十三有能耐呀！有那么多好的上乘的珍珠！”

“哼，说不定还有啥更稀有的物！”

“那是，人家这只是露一点点！”

“说一千道一万，爹有，娘有，不如怀揣自有。到节骨眼上，人家说干啥，就能干成，说打哪儿，就指哪儿。啥叫王法？说啥有理无理？有能耐就是理呀……”

人们，说啥的都有啊。

说来，这里不能不再提一下这东珠，也别嫌我朱伯西啰唆。

其实，大伙的议论是有道理的。珍珠这种饰物，自从清顺治朝定鼎中原，在燕京确立大清朝，清王朝的王公贵族的服装、冠冕以至腰带、鞋子，完全要以珍珠来装饰，而且必须是来自老家东北的江河珍珠——“东珠”。从此东珠一下子成为珍稀无比的物件，甚至比昆仑玉、和田玉、蒲田玉、巴林玉等名玉更加贵重，这还因为它是出自满族自己的老家，谁要是不佩戴自己家乡的珍珠东珠而佩戴中原的珍宝玉石，就会被人看不起，这股强烈的宗族观念无形之中把东珠身份一下子提升到无与伦比的地位，它成了大清的国宝，也是人心目中的宝玉。

采珍珠，要得重赏，并已写入大清律条。

吉林、黑龙江、盛京三地八旗旗民和打牲丁谁不想采捕蛤蜊取珠，可是，能采珠、会采珠、真采到宝珠有几人？孟氏家藏大量的东珠张扬出来能不惹人羡慕和忌妒吗？

孟老三就像变戏法似的把宝珠“变”出来，把人犯救出了监牢大狱，被人们广为传颂。

第十九章　江水与人

以宝珠换人确实很光彩，可也是祸根。

孟哲勒七十三，这次虽然大大方方、光光彩彩地以珠子救了自己的内线——全福等人，可是也有一大忌：暴露了自己的家底非同一般。

孟哲勒家族，特别是这数十年来，他们从北边的黑龙江，南迁到依兰、呼兰和肇源一带，阖族一点点发展起来了，势力逐渐地强大起来了。可是，也得罪了不少地方其他满族姓氏，正是他们仗势抢掠，以大压小，多少仇家，恨之入骨。如今，为了救人，又不得不露出宝珠，这就更引起世人的注意，与他们家为敌的人定会不少。

单说瓜尔佳氏英格尔斤克家，个个怒火上升，咬牙切齿要报仇雪恨。前者，他们突然遭到孟哲勒七十三手下一些人欺辱，在他们祭江之后偷拦江段，使海桂、常昇、庆成和英格尔斤克老人险些丧命，好好的祭江被他们给搅乱了，本想祭江后大干一场，下网捕鳇鱼的打算和安排也全让孟家给搅了，断了他们下江捕鳇鱼的念想，一家人的希望、一族人的前程都被他们给毁了，损失甚大。更加可恨不能容忍的是，前账还没算，后账又来了，他孟哲勒七十三又用献珠之计救出全福等一应罪犯，这纯粹就是以势压人、欺人，如此下去，松花江中段的山水，都成了孟哲勒七十三一家的领地！再不会有瓜尔佳氏的生路啦。

英格尔斤克和海桂等几个儿子其实也都挺有名，特别是来福，掌管松花江至嫩江段五百里经过的江面、河道、沟岔、江湾的地牌，他担承渔业采捕、督办之职，人称渔业总管大人，也十分有权，说话算数。来福渔业总管为人正派、肯干，善于交际，能广交各族名士和能人，因其采捕颇有经验和人缘，每年打牲业各种项目都完成得甚好，不仅乌拉打牲衙门绥奈大人满意，而且他从未让宁古塔将军即吉林将军操心，凡事操办得大家乐，实属不易。

更使来福出名的是，他的办事能力和人品得到了皇宫中最显赫的人物内务府太常寺郎中主事鲍琪大人的喜悦和首肯。鲍琪大人，瓜尔佳氏正蓝旗，深得户部尚书傅恒的器重，凡宫廷礼仪、供品、器皿等事，都由鲍琪去执办和处理，他总是办得井井有条，干干净净，从无差错，且账目清晰，一目了然。每次禀报事项，他都口若悬河，一清二楚。有一次，傅恒突然去太常寺，询问一应事项，鲍琪禀报起来，令傅恒刮目相看，这才认识了太常寺的郎中主事，故此他深得傅恒大人的夸奖。

京师太常寺是内务府中最重要的部门之一，下属的广储司、常礼司、营造司等有数千人，都要受到太常寺的制约和统辖，权限很大。这鲍琪大人在一次赴吉林、黑龙江巡视督察时，巧遇来福，他也像傅恒突问巴灵阿一样，突问来福各种事务，那来福果然是对答如流，办事也井井有条，账目清楚，颇像他鲍琪大人一样，他非常喜欢。再一询问，知道他竟是自己的同族、同姓，这真是无巧不成书啊，也是他们平生有缘。从此，鲍琪便与来福结下了莫逆之交，亲如一人，来福在朝中也就有了最大的靠山和帮手，办事也就更加仗义和自信了。

孟哲勒七十三献珠的事，来福都知道，而且献珠时他的那股子傲慢劲儿，目空一切的架势，说话不分大小的样子，他都看在了眼里。但来福从未显露出来不能容忍或愤怒的表情，仍若无其事一样。这之前，同族的几位哥哥海桂、常昇、庆成受他们那么大的气，这孟老三欺负人，强夺人家江段、地盘，人家去了又将人家按在江里，险些要了人家的命，他也知道。孟哲勒七十三献珠后，瓜尔佳阖族不少人都来找来福，当时，那气势对这事都表现出决不善罢甘休的样子，他都看在眼里。

海桂说："咱们不能这么窝囊，要出这口气！"

常昇说："到京师，咱们也找人告他！"

庆成说："简直让人没法活啦，我们一定要扳倒他孟哲勒七十三……"

大伙说啥的都有，非要弄出个甜酸味不可。

可当时所有这些情绪、议论、争吵，都让来福一一给压下来，给冲散了。

英格尔斤克老人，非常爱他的海桂等几个儿子，可他最喜欢的就是来福。老人认为他有心计，别看他平时一声不吭，办起事来却头头是道、有板有眼，从不在他那里惹是生非或出现什么罗乱。所以，英格尔斤克老人不听其他儿孙们的吵闹，能稳坐泰山不动摇，多半是由来福的情绪和做法使之。也正因如此，瓜尔佳氏族人和孟哲勒族人也没有闹起来，孟哲勒七十三和英格尔斤克后来也没出现争殴之事，主要就是碍着来福之面，对方无法再争执。

来福当时，他是一心一意与吉林将军巴灵阿、乌拉打牲衙门总管绥奈、都齐泰佐领等朝廷大人来商议，看看今后如何将肇源松花江至嫩江这一段五百多里水路的满洲各姓打牲丁族人统一召集起来，特别是如何把瓜尔佳氏和孟哲勒氏这两大主要望族的人力、物力、财力、智力，更主要的是心力，都能凝聚起来，使他们能互相帮助，少生是非，不要殴斗，更不再起争端，合力将即将开始的捞捕鳇鱼重任圆满办好，这才是天大的大事。

按当年朝廷的规旨，总的采捕额数为两千尾鲟鳇鱼，而且，每尾需在五百斤以上，这五百斤以上的鳇鱼献贡额是必定的数，现在在圈里已存有七百余尾鳇鱼在池圈里喂养，尚有两千余尾还必须得在今夏夏日采捕上来，一齐投到池圈里，等到上冬，大地冰封雪冻，再凿冰捕捞，打捆装车和爬犁，直接奔往京师送贡完差。而且，那必保的两千条要与现在已在池圈中的七百余尾一起混养一段，再从中选大个的、足尺寸的、达到一定分量的大鳇鱼才能送往京师。

按当时的年历，那时正是乾隆十年的乙丑年。那一年，冬季苦寒气硬，雪大冰厚，漫漫的关东旷野还是铺着一层厚厚的雪壳子，快到清明了，可江河还不见一点开江的动静，人身上的厚棉袄、厚棉裤还是脱不下来。

在北方，开江是有“动静”的，首先是大风。那风，往往在开江前三到七天必刮起来，那风，呼啸着刮来，猛猛地从白天刮到深夜，甚至把林子里的大树都连根拔起，山上的一些枯树，都在这时被这大风“咔吧咔吧”地刮折了，于是人们知道，快开江了。

这时候，各嘎珊的老人都懂。他们一个个叼着烟袋，披着棉袄，蹲在门口，听那风刮的声音。听着听着，只要大风刮了三天左右，当风慢慢地减下来时，又会在山谷和江上不时地传来“嘎嘎”“吱吱”的冰裂声，于是他们知道，要赶快出发，到江边上去看自己的网地、船卧子去，因为他们知道，用不了多久，那大江就开了，大江一开，桃花水就下来了。

开江前后的桃花水在北方是属最厉害的寒水。那些在山坡、山谷、山顶上存的积雪，当春风一起，便会在一夜间化成冷水汇成激流，顺着山谷的沟岔奔流而下，转眼间就形成汹涌的大水，在许多沿江的人家稍有不注意，就会连牛、马、驴、网、船都被卷走，甚至房子也被卷走。这叫“凌风”，又叫“跑桃花”，这是开江的信号。于是接着，大江就开了，跑冰排了。如果是文开江，江水慢慢地融化，这还好一点，可一旦武开江，那江水托着冰排，就会一下子冲上岸，转眼间就会把村庄和人家给压倒，人和牲畜都淹没在春季寒冷的汪洋中。

特别是有贡差的人家，在这个时候就该动手了，要早早地去预防这“桃花水”和“开江跑冰排”的“灾”。遭了灾的人家，有的房子被冰排撞坏了，得修盖；有的牛、马都被卷走了，得上牲口市去买，以备拉网上江段；有的甚至船、网都被开江的洪水、冰排给冲毁了，得寻找、购买，组织人修理，备好。一切的一切，全要为了这夏季至老秋打下这二千尾鲟鳇鱼，好交办贡差。

古语说：七九河开，八九雁来，九九加一九，黄牛遍地走。按当时的气候，这个季节还没到来，可是节气不等人哪，人也不能等节气。

采捕就跟种庄稼是一样的，船上、网上的河工、渔丁都要跟着节气走才行，一点儿也差不得。俗话说，节气跟不上，一年没有望；节气跟不上，自己气够呛；节气跟不上，事事都被动。采捕是专门走水的活儿，水活儿分冷暖，到老秋水一凉，鱼就沉底了，藏在深水处不出来了，鱼不出来，打鱼的人打啥？再说，万一赶上哪一年雨水不勤，天旱、水少，蚌蛤什么的就走了，它们一走，你还上哪去捕蛤采珍珠啊，什么贡差也办不成了。鳇鱼更是这样！

江河中的水一不足，它们就悄悄地走了，往哪儿走的，什么时候走的，人全然不知。水里的生灵，它们知道江河的脾气和规律，它们会早早发现一些变化，于是早就溜掉了。

所以，民间称江里的蚌、鳇、各种浮游类都会“躲季节”，它们是自己去找好的河床、河道、河段以至草多、林子密、水土固定、易做停留的地方去了。

第二十章　底火又起

江，都有其“道”；万事按其道而行。江水的道，就是河床。鱼类，例如鳇鱼，它喜欢找好的河床，那儿水深流急，又是稳水区。这上部水流湍急而水底下都属稳水之处，一般都是河床中的深沟，这种深沟地带，两边有山崖峭壁、石砬子，这江段、河床缝隙里鱼能藏身，一般再大的风浪，江底安静得很，鳇鱼专找这些天堂地段，沉睡其间。饿了张嘴吃几口顺水流下来的虾、蛙和群鱼，饱了就伏在河底，一动不动，它只要吃饱之后，鱼群游过它都不动。

鱼虾等水中动物其实都知道鳇鱼什么时候吃饱了，于是就选择它不吃食的那个节骨眼儿，成帮结队地在它身边游过。偶尔群鱼碰它、撞它，它也不动，仿佛它就是河床，黑乎乎的像是江中一段大黑土仓似的堆在那里，就连水獭等大些的动物钻到它的身子底下，或上上下下钻来钻去玩耍，它也不理，不动也不躲。鲟鳇鱼甚有伪装和隐蔽的能耐和本领，但江上渔夫都知道鳇鱼的这个脾气。

农历的五六月间，北方的江水从开江到跑冰排之后，经过阳光的照晒，江水由寒江渐渐地变成暖江了，当水温升到一定度数时，鲟鳇鱼就开始活动了，因江水水温一变化，它们的食量就开始增大，也开始到了生育期，所以必须是吃得多，活动多，也最容易在这时候被人发现并捕捞到。

为了赶在这个季节之前把捕鳇大户之间的关系调解好，以便在鱼汛期有更大收获，这是一件大事。

巴灵阿将军已经知道孟哲勒七十三与英格尔斤克两姓不和，如果他们两家不能和睦共处，同舟共济，根本无法圆满完成沉重的吉林贡差大任，又可能闹出血案、大案，耽误贡事。所以巴灵阿与绥奈一再叮嘱来福和都齐泰佐领，一定要细致做好督办差务之事，不能生出纰漏来。

巴灵阿和绥奈心中有底，做好瓜尔佳氏与孟哲勒氏两家和好之事，靠来福和都齐泰俩人通行，他俩都是瓜尔佳氏英格尔斤克之后代，在全家中有影响，可以去左右全族，而都齐泰佐领又与孟哲勒氏家族有姻亲关系，其夫人玉姑在孟家甚有影响，只要她玉姑一出面，孟家的记恨之心就会缓解。

前书简单介绍过，这玉姑本是姊妹两个，妹妹叫玉媛，是全福仓官下属刚玉笔帖式之妻，她们的父亲是吉林和宁古塔将军属下非常受器重的制鱼胶的名匠，叫色涩里大师傅，其父康因，兄弟二人，兄长叫那朱达，史书上也写成纳密达，论起来是孟哲勒七十三的叔叔辈，少年时代，被孟哲勒之祖父杜都老爷老玛发过继给他们英格尔氏家族，汉字标英姓，其实都是孟哲勒氏，后因各在一处谋生，自称一姓，虽然平时不太往来，但从家族血脉上讲，仍是同姓同宗啊。

当时，孟哲勒氏家族主要是占据着依兰至富锦松花江水系，是一方之霸。而英氏也很有名气，在呼兰至扶余即肇源至嫩江口段，一提起英家船、英家网是家喻户晓。当地有民谣唱道：

英家船，英家网，
一道大墙江上拉；
各种鲜鱼都不要，
专门捞捕大鲟鳇……

正因为英家有这么大的能耐，又因有玉姑这层关系，孟哲勒七十三对玉姑家格外看重。都齐泰佐领纵使是瓜尔佳氏英格尔斤克之人，因有玉姑这层关系，孟哲勒七十三对都齐泰出面劝和也就能听得进去了。

瓜尔佳氏家族虽然有不少人在痛骂孟哲勒七十三，寻机报仇，解他们心头之恨，但皆因来福有捕鱼重任在身，一一说服他们消消火，来日方长，从长计议，并三番五次地往两家走动，诚恳地把劝和的话说尽、说透。

在巴灵阿将军、绥奈乌拉总管衙门大人的说合下，孟哲勒七十三、英格尔斤克、纳密达等满洲大户望族，都被定下了承担采捕鲟鳇鱼的贡差。但无论怎么说合，三家也不在一起合力采捕，都主张各户各办自己的采捕差使，自己呈交自己的额数，互不相扰，互无干系。万般无奈，来福也只好同意这个举措。因他心里也明白，人一旦有了隔阂，硬往一块拉，那是强扭瓜不甜，矛盾得一点点地化解，硬了不行；再说，反正双方都已表示互相不再闹事，各打各的鱼，也算有了表态；再说，打鱼捕捞这种活计，族人各姓各干各的也对，每个族人和家中人手都很多，可以分成若干小股，如果硬结合在一起，也不一定是好事，这样三大股，他们互相间也有一个比头，于是来福也就认可啦。

乾隆初年，清廷打牲乌拉珠贡，鲟鳇鱼贡，那是属于大贡，凡承担此项重差事者，都得专与吉林将军衙门、乌拉打牲衙门议订章程、契约，再由吉林将军衙门分发奔赴各地采捕时经过关卡准予放行“官票”。没有这个“官票”，那是寸步难行，有了这个“官票”，受各地八旗军派的兵丁保护，视为上差，如需粮米，或运具缺少、损坏，皆可报批，当地会协助办理，不敢拖违。凡有违拗者，采捕者呈报将军衙门，有所违犯的地方官府官员必遭弹劾严办。

所以在当年，在北土大江流域，凡从事采捕“大差”的牲丁户，都受到保护，因为他们是在办皇家的贡差，所以称为“大差”，属头等差事，任何“差”事都要为这个大差让道。

鲟鳇鱼贡与采珠贡差，朝廷发放给地方船队的官票期限为一年有效期，下一年再从事此差时，再重新申请办理另一角官票，办一次，称一角官票，即一张之意。此官票是由盛京、吉林、黑龙江三省将军共同发放，上面签有三大将军印章，办一次很费时费事，很麻烦，要层层申办，先从各自的将军衙门申报，然后呈报到盛京将军衙门，再三衙会审、批准，同时盖上三大将军的印章，才是有效官票，这才能在东北三省各地任意流动，所有江河均可去采捕，各地一路放行无误，不得阻拦。

这官票十分正式。都是木刻字模，由茅头纸印出，蓝色字迹，盖红官印，有朱砂笔在上面签契。官票上的文书，多为四四方方的正方形格式。此官票一直沿用到光绪末年，文字格式虽有些变异，但主体格式依然不变。其文意如下（一律满文）：

采贡官票

盛京吉林黑龙江将军允，
为鲟鳇鱼珠物采捕事宜，
兹发采贡官票一角，
事关紧要，相应各地马上知悉，
此票仰沿途州县驿道官吏文到
即准放行，
昼夜星飞驰，毋得稽迟，应速办理，
有事援援切切。

右票仰经江地方官

更准此

乾隆九年二月十五日

准行　限一年缴回

捕采官票四周以花格为框。框格内是白地蓝色花纹，云卷或网丝花，整齐工正，肃穆大方。

经三方协商，瓜尔佳氏采贡达为英格尔斤克领伍，孟哲勒氏采贡达为尼亚哈领伍，纳密达英哲勒氏采贡达为纳密达领伍，在不同江域各据水设棚采捕，互不相扰，分别与将军衙门和打牲衙门交涉办理，赏罚自负。

采贡官票，满语称“比木扎发哈番比特昌”，即官家发给的贡捕通行官书。此书必须好好保存，不得丢失。在社会上和民间，这种采贡采捕所用的官票，非常有用，吃喝、出行、办事，有了它，就有了一切，被称为“天下任尔游，谁也不敢阻拦”的出行证。可是，如果没有它，或者在“官票”上出了疑问，也就出了大事啦。

孟哲勒七十三和瓜尔佳英格尔斤克与纳密达三大家后来产生惊天大案，就是首先从“采贡官票”上发生的。

那天，在吉林将军衙门，由巴灵阿将军设宴款待三姓采捕鲟鳇、珠物的伍达。席间，巴灵阿将军一再叮咛，说：“诸位伍达，众位所得此票证，系三省将军共同签据共同发放之关卡，办理此票既手续麻烦又不易批准，而且有了它，一切八旗兵防、边隘、卡伦、驿站，皆可顺利通过。故此票为世间歹人、小人、颇有用心之人日夜窥视之，你等务必严加保管，视作你们的护身之物，不得有丝毫疏忽，一旦丢失，无法补办，这一年所有贡差之务无法进行，损失大矣。所以每张官票，要由各族人员的伍达保管、收藏，每天行动，又都要出示，可由你等伍达自行负责，将军衙门概不负责，按法理也不准当年再行补办。大家各位伍达，你们可听清楚啦？”

诸位伍达齐回：“听清楚了。”

巴灵阿将军又问：“听明白了？”

诸位伍达又齐回：“听明白了。”

巴灵阿说：“听明白了、听清楚了后，我再强调三遍，你们也别嫌我说话啰唆，我是为了你们好，让你们长记性。”

于是，巴灵阿对“官票”的管理条款又说了一遍，直到大家都心服口服，并认为早已记清了将军的三令五申为止。

大家以为事情已万无一失，就放心吃酒。

谁承想，正当大家吃着饭，喝着酒，眼看快吃完了，就在将要散席分手之时，突然，英格尔斤克一下子被孟哲勒七十三和他的几个儿子尼亚哈、阿思虎、台岱给团团围住，并上去揪着他的头发辫子，大喊大叫地滚打在一起，整个将军府的酒宴，立刻乱了套……

第二十一章 官票风波

巴灵阿万万没想到会出现这一幕。

这顿“团圆饭”吃完了，大家即将各自出发各奔自己的江段，开始去完成贡差之事了，也可以叫“散伙饭”吧。前一段之事已经过去，一切将重新开启，可就在此时，双方动手了。

先是孟哲勒七十三和他的几个儿子狠狠地揪住英格尔斤克不放，他们把老人摁在地上，双方滚打在一起。

只听尼亚哈骂道：“强盗！别让他跑了！”

阿思虎说道：“胆子也太大了，真是神偷！”

台岱说道：“问问他，你偷走我的采贡官票，是何居心？”

英格尔斤克那可是个刚烈性子的老人，何况已压在心中多少日子的怒火，一直没有发泄，这伙人说他拿了人家的官票，这是天大的污蔑，这是孟哲勒七十三几个儿子又在欺人，他们合伙在整英格尔族人。

这分明是不让我们活呀，欺人太甚，竟当众污蔑我，骂我，还揪我老人家的长辫子，我能答应吗？特别是那台岱，跳起来压在老人身上，要翻英格尔斤克的身上！

英格尔斤克的怒火实在压不下去了，便一纵身挣开了孟哲勒七十三、尼亚哈、阿思虎等人的手，来了一个飞腿旋子，把孟哲勒七十三和一帮儿子都给扫倒，大声骂道：“你们何等欺人！讲什么强盗，谁是强盗？”

双方叫骂撕扯在一起。这事发生得非常突然。

当时，巴灵阿将军正与乌拉打牲衙门总管大人绥奈和来福渔业总管督办大人边饮酒边兴奋地谈论着下一步如何办贡之事，采贡官票已经发放下去了，宴席之后，各自返程，归各自的嘎珊，就得抓紧催办采捕贡事宜，吉林乌拉采贡重任在肩，季节不饶人哪！哪想到，就在这时还没等动地方，那边的宴桌席上就大打出手了，这一来，众人等都惊呆了。

巴灵阿将军也万分震惊。

他与绥奈等几位大人匆忙站起身来，巴灵阿大喝一声：“快给我住手！”

可是，双方已经动手，哪能制止下来。英格尔斤克老人一个飞腿旋子，把上来的人都给打倒，疼得他们唉呀呀直叫。

巴灵阿将军和都齐泰佐领忙把孟哲勒七十三扶起来，便说：“各位伍达，你们为啥殴斗起来，太不应该了！有话好好讲！”

尼亚哈忙说：“将军，我们的官票让他给偷走了！”

英格尔斤克说：“胡说，我何时动了你的官票？我们一直都在喝酒，谁能拿你们的什么官票！真是血口喷人！你们太仗势欺人了，这天下还有没有什么王法了？”

英格尔斤克老人气得眼珠子都要睁出来了，他又要冲过去与那尼亚哈交手，讨回自己的清白。

孟哲勒七十三口角流着血，大声地痛骂英格尔斤克说：“我儿子的官票，怎么就能丢？这个桌子就咱们三家，除了纳密达，就是你们瓜尔佳氏了，为啥干此勾当？”

巴灵阿将军急坏了，忙上去劝说：“哎呀，我的各位老哥哥，快快息怒，快快息怒！都是满洲众弟兄啊，怎能这么竞争呢？一定要摒弃前嫌，皇家差事大；咱们都是皇上奴才，要一心一意为皇上的贡品出力啊！不要辜负了皇恩浩荡啊！什么样再大的纠纷，也比不了咱们承担鲟鳇鱼贡和东珠贡的事大啊。”

巴灵阿将军又接着说：“台岱呀，你好好仔细找一找，想一想，咱们也未到外边去，就都在宴席上喝酒，怎么会把这么重要的官票丢了呢。我相信，英格尔斤克老玛发他们不会在这酒宴上拿你们的官票的，好好找一找，找一找。”

巴灵阿将军这么一说，众人也觉在理，于是都各自坐下来，各自翻查自己的官票。

谁知就在这时，突然台岱大声叫喊起来：“哎呀，阿浑（哥哥）啊，你看这是什么？”

大伙上前一看，是采捕官票。

台岱说：“可这，不是我的。”

尼亚哈一看，是他的官票。可是尼亚哈的官票怎么就会在台岱的帽子里呢？

台岱说：“阿浑（哥哥），我可没拿你的官票啊！”于是，他把官票递给了尼亚哈大哥。

尼亚哈接过再仔细一看，果然是自己的采贡官票，便不好意思地说：“哎呀，这官票怎么到你那里去了……”

台岱说：“这，这……”可是半天说不出是怎么回事。

这种事也太奇怪了，台岱记得自己根本没揣大哥的官票，再说，就是揣也不能“揣”在帽子里呀，这不是奇怪吗？他有心与大哥争辩，但一多辩就会诬蔑或牵涉到英格尔斤克等玛发，又要争吵起来。巴灵阿将军看到这场争议又要发生。

于是巴灵阿将军连忙拍手说：“大家静静，都别说什么啦。找到就好！找到就好。”

在巴灵阿将军的压制下，英格尔斤克老人只好压下怒火，不争执了，也不再想追问这采贡官票是如何到了台岱的帽子里了，但心下却总是在划魂儿。

事情虽然平息下来了，但此事却更加引起英格尔斤克老人的警觉。这孟哲勒七十三为人向来狡诈，心胸狭窄，这采贡官票所谓的丢失，又突然嫁祸于他，其中必有隐情和图谋。这事儿确实有很多谜团，尼亚哈手上的采贡官票缘何会到了台岱的帽子里？又是谁真正拿了尼亚哈的采贡官票？用意何在？英格尔斤克越想越奇怪，而且当事情就要闹大，还偏偏当场又找到了，这又是为什么？这简直是一场“戏剧”，但是谁在导演，谁在后台窥视？英格尔斤克总觉得在暗处，有一双恶毒的眼睛在注视着他瓜尔佳氏族，但这人是谁？他还半明半暗猜不准，先把这事放在心底吧。

我说书人说到这里也想把这事情放下了，让我朱伯西慢慢地一点点地把故事打开，慢慢去解说，这也许会使大家都听得更仔细一点。

眼下当务之急，就是要全力督办采捕，各姓的舟船尽快下江作业。打牲乌拉衙门只管记录采捕户户籍、承担的采捕牲类、项目、额数以及奖惩、真正催办督察等公务，均由将军衙门负责。所以，最得罪人的差事是将军衙门的八旗衙署。

在当年，各打牲丁渔户、河工，最易出现的情形就是不愿离家赴苦差，季节到了还慢慢腾腾、不慌不忙，必得让人催着他们，赶着他们出动。这都是一些老习惯。将军衙门里的户帮、采捕帮、打牲帮们，可就忙碌起来了，他们下到各嘎珊、各村屯去催、去督查，虽然是办差也得好言好语地劝说：“时候不早啦，你们就早早发马出舟吧。早采早歇，早完早得，心中敞亮，风风光光，大吉大利……”

像哄小孩似的都把他们哄出去。

接下来，他们还得分头出发，去渔上、林上、皮上、药上，也就是为渔猎服务的各行各业的作坊，去督查他们为渔业采贡需要的配套工作，督查其质量、数额、完成时间等，也一点不能含糊。这些催办管理差使，都齐泰佐领事最多，也最忙了。

都齐泰佐领为人肯干、忠诚、实在、任劳任怨，凭着他的本事和耐心，好说歹说，终于把这三姓的各采捕队的伍达劝说好了，率队分赴各自选定的江河段采捕之地。到达预定地点之后，要立灶开伙，住上十天半月的，熟悉情况，又叫“摸季”。

这摸季，主要是指要摸摸“季节”的脾气。这是每年开渔前的习俗。每年各渔伙渔帮在采捕前，都要先走走、看看，熟悉一下地气、天气、风气、水气，看看这一年自去冬以来各处有没有什么变化。其实，自然并不是一成不变的。虽然古话说“应节气”，但不同年头在同一节气里大自然也会有些细微的变化，往往也会影响这一年的渔业收成，所以叫“摸季”。比如观看江边的草出的芽早晚，就知道去冬到今春地气的凉热，如果草芽出得早，那就预示着鳇鱼出水早。鳇鱼冬季在水里静卧，一旦水温上升，它们就会早早出来觅食，在冰下待了一冬，春天的头一次出行，游得慢，行动还不是十分利索，所以易被人所捕获。还有，就是看云。

在北方，春夏之交天空的云，会出现明显的变化，如果一连三天都下雨、打雷，这说明一百八十天后要下霜，渔业下手要及早。如果天上的云总是很低，而且一杠子一杠子的，就是一层层的，又厚又浓，那就是“雹子”要多了。

雹子有“雹道”——就是下雹子的方位和走向。如果“雹道”在江的上方，这一带的鳇鱼就起来晚，它们在水下躲雹，于是就要在“雹道”前面较远的地方下“荡网”，这叫“雹子引鳇鱼”。这“摸季”需要渔把式的经验和智慧。

“摸季”不能只在一个地方，每一伙要选出三五个或更多的地段，以备换场和搬迁，这才能定下何时开网。这些个说道，都是千百年留下的“老俗”，打鱼人必须熟知这一套。

第二十二章　离家奔江

孟哲勒七十三、英格尔斤克与纳密达三姓，各自的出发时间和去向，奔往什么地点相互都是绝对保密，互不泄漏的。

可是，各家都有暗探在摸对方的底细。

一到这样的季节，其实各种“探活”的人都出来了。探活，是一种行话，就是“探子”秘密探听别人去往何方，有什么“暗话”(秘密采捕计划)，“暗仓”(打得鳇鱼存放的地点、方法和技术等) 在哪儿。

这样的季节，嘎珊里常常来一些莫名其妙的人。当天一蒙蒙发亮，村屯、嘎珊的道上会传来吆喝声：“收猪鬃——！ 猪毛啦——!”人们知道，这是收猪毛的来了，也有人喊：“收皮子，熟皮子啦——!”这些本来是常见的行当，可是，容易引起人的反感，因为“探子”常以这些行当为掩护，有的走到你院外，扒着墙头或站在门口往里望，边看边思索着，人一出来，他们便叫喊着走了。“收猪鬃——!”或“收皮子——!”英格尔斤克一见这样的人在村口或院外喊叫，他就对儿子们说：“放狗——！ 放狗去轰他们!”

夏至之后，北方江河的气温渐渐地升高了，但也有些地方残雪刚刚化尽，大道上有些地方还是泥泞，春雨有时在夜里悄悄地下，小草已从地面上渐渐地露出了头。渔猎户的打牲丁，到了采捕鳇鱼贡出发的时候了。

清晨，庆成就早早地起来，把三大缸都挑满了水，又把院子里的柴火垛插码好，以免下雨把柴火浇湿不好烧，又登梯上房把烟囱上的“插板”(控制走烟的石板) 拉了一下，省得已经有“七个月”身子的媳妇登梯上高不方便，这才进屋，亲了一口正在炕上熟睡的七岁的儿子小友子。媳妇阿兰已把给丈夫煮的几个鸡蛋放在凉水瓢里冰着，以免吃时不好剥皮儿，又挺着大肚子在炕上铺开一块蓝印花布包袱皮儿，放上一件小棉坎肩，再把煮好的鸡蛋放在小棉坎肩上包好，抬眼望着丈夫，已是满眼的泪花……

阿兰说："一早一晚，你穿上点小坎肩，江边凉，累了就坐下来歇歇，别一个劲傻干。你这一走，说不定得五六个月，那时，你可就是两个孩子的爹了。"阿兰说着，把头倚在庆成胸前，有些恋恋不舍。

庆成说："我知道，你放心吧，我又不是三岁孩子！"

阿兰说："你以为你是大人哪？你处的那些事就跟小孩似的！"

媳妇阿兰说的这话是有所指的。原来就在几天前，阿玛英格尔斤克老人把三个儿子召到跟前，与他们商量如何打好这一年的鳇鱼，缴得上贡差，但现在碰上最大的难处就是好的江段几乎都让孟哲勒七十三他们家族给占上了，剩下的都是些很少有鳇鱼的江段，如老北江等地方，好的江段如松花江的上江、下江一带，英格尔斤克家族却没有捞着。可是如今玛发英格尔斤克却做出一个让人意想不到的决定，他决定让三儿子庆成就去老北江，让大儿子和二儿子海桂、常昇去上江和下江江段，去"挤江"，就是和孟哲勒七十三他们互相混着捕打。

当时，三儿子庆成有些不理解爹的意思，他说："玛发呀，你这不是糊涂吗？我大哥二哥他们两个人去和孟家争打，我也应该去呀，多一个人手是一个人手，为何偏偏把我弄到那兔子不拉屎的老北江？"

英格尔斤克说："庆成，这正是阿玛的主意。我让你去老北江，就是为了迷惑他们孟家，给他们造成错觉，认为我们已无处可去了，只好捡这些没人要的江段。这样，他们注意力一放松，你大哥、二哥他们也好与孟家竞比起来，我们也得留个后手！"

庆成当时有些不愿意，他赌气回到家时媳妇阿兰看出了他的脸色，阿兰也气得去找英格尔斤克，说："玛发，你是看你三儿子庆成好欺负是不？为啥偏偏让俺们庆成去老北江？"

英格尔斤克说："阿兰哪，你就别跟着胡闹、乱掺和了！我这样做是有我的打算，咱们万事都得提防着孟家呀，我让庆成去老北江，是让他不和孟家正面冲突，也是让他去另开辟一个窝子，兴许就能找到好的江段，有什么不好？"阿兰被英格尔斤克老人说了一顿，回来还是心里不服，总觉得老人办事不公。而庆成呢，心里也很无奈，可是又不能违背，所以几天来他闷闷不乐。

这时，他一边给媳妇抹着眼角上的眼泪一边说："行了，别哭了，我又不是一去不回来。记着，如果生的是小子，就叫二友子；如果生的是丫头，就叫玉花……"

阿兰抬起头，抹了把眼泪说："为啥叫玉花？"

庆成说："玉和鱼，发同一个音，'玉花'，鱼花，这是咱们网达打鱼的人的命啊，看见了鱼花，就有鱼了，这是好兆头啊！咱们就盼着到了江上能看着鱼，捕到鱼呀！"

阿兰对丈夫说："有你这话就好了。"

这时，儿子小友子突然醒来了，他一看炕上的包袱，就揉揉眼睛说："玛发，你又要出门呀，我知道你这是要去打鱼去了。玛发啊，等我长大了的时候，我替你去下江，让你和额娘在家唠嗑。"

儿子小友子这么一说，把庆成和媳妇都说乐了。庆成从包袱里拿出两个鸡蛋塞到儿子手里，然后把包袱背在肩上，一步迈出了自家的院子。在嘎珊口的上坡处，已有十几个牲丁坐在地上等他，一挂四匹马的大车上堆着山一样高的"荡网"。见庆成来了，牲丁们说："庆成哥，咱们这季放荡网，是上江还是下江？"

庆成说："不是上江，也不是下江。"

大伙说："那是哪儿？"

庆成说："是老北江。"

大伙都愣了，说："什么，什么？是老北江？"

庆成说："对。是老北江。"

庆成这次出发去往老北江采捕，带了十多个伙计，还有十几个人已先期到达老北江了，其中一些伙计如土豆、罗子、冷子，那都是他的好朋友，也是他的采捕鱼帮伙中的得力助手，可一听说是老北江，心里都凉了。

土豆说："我就知道，咱们是老北江的命。"

罗子说："庆成大哥，真是跟着啥样把头吃啥样的饭哪，跟着一个熊把头，总喝稀的，吃不上干的。这老北江是别人谁也不愿意去的地方，那儿咋会有鳇鱼呢？你们是傻呀还是呆呀，要去这样的地方？"

邻子说："别嚷嚷啦。我看，庆成哥也不是愿意去老北江，这其中必有隐情。好了好了，啥也别说啦，认命吧，去就去吧！"

庆成无话可言，可又不能把玛发心中的安排和盘托出。他低声说道："弟兄们，都怪我庆成无能，让大家跟着我受苦了。咱们尽力吧。也许这一季，老北江会出现奇迹，鳇鱼备不住能顶上来。"

土豆说："哼，也许吧。"

罗子说："但愿吧。"

冷子说："哼！大嫂是娘们！"他再也不说什么，手握大鞭子一甩喊了声："驾！"立刻，马儿奋力往前一拉，大车上了土道。

鳇鱼从遥远的鄂霍次克海游向黑龙江、乌苏里江，再进入到松花江来产子，可以游至松花江中游和上游，汛期松花江与嫩江水顶托，甚至将鳇鱼顶到松花江源头附近的额赫纳阴（今长白山的抚松一带），所以说老北江也并非绝对没有鳇鱼。

这老北江是属于嫩江流域的地段，在松花江流域肇源的西部，平时鳇鱼如从松花江上来，根本顶不到这里，所以捕鱼帮很少来这一段。对于老玛发英格尔斤克让儿子庆成去老北江，庆成心里憋屈，这帮渔丁也认为庆成窝囊。

真的，接着憋气的事就来了。

第二十三章　冤家路窄

从庆成他们居住的泡子沿屯奔往老北江网卧子要经过一道土岗，人称卧龙岗。这卧龙岗是一个三岔口，往北，是去往上江的大道，往南，是去往下江的大道，往西，才是去往老北江的土道。庆成他们的拉网大车刚从卧龙岗的坡顶到坡的中段，就见迎面一挂也是拉网的大车从坡底就顶了上来。

道窄，难错车，走到跟前双方都站住了。

庆成一看，对方是孟哲勒七十三的儿子色蛋。

庆成说："色蛋，你往旁边让让，我过去。"谁知，色蛋听了庆成的话，冷笑一声，说："你让我先过去吧！你往后退退吧……"

庆成一愣。他想，这不明明是熊人吗？自古道，在江湖上走车，历来都是往坡上来的车要给坡上往下的车让道，哪有下坡的车给上坡的车让道之理？于是，庆成就是不动。可是，这色蛋一下子从车辕子上跳下来，他走到庆成的面前说："庆成，你可听着，你还是快点给我让开，你可要知道，我的网可是拉到上江去的。"

对渔伙子来说去上江自然比去老北江"牛气"，庆成一听"上江"二字，气不打一处来，心想，你不就是狗仗人势占个好江段嘛，有什么了不起！

还没等庆成回话，色蛋又逼问道："快让开！我可是到上江的网地，如果你耽误了我开网，你可吃不了兜着走。"

"我要是不让开呢……"谁知这时，庆成的车伙子里来一个声音，庆成回头一看，说话的是赶车的老板冷子。

冷子是泡子沿老冷家的老大，他阿玛在雍正爷年间在打牲乌拉衙门任领催，有一年，江水泛滥，把圈在泡子里的鳇鱼给冲走了，犯了失职之罪，后来越狱跑了，杳无音信。冷子十多岁就领弟弟妹妹顶门户过日子，常受恶人欺负，所以从小养成了一股子犟劲，一遇事，他敢于和人玩命。这时，冷子对色蛋说："小子，你让开路不？"

色蛋还没吃过这个亏，万万没想到英格尔斤克家一个赶车的竟然这么横，于是便说道："你，你想干什么？我要是不让，你能把我咋的？"

冷子回头对渔丁们喊："弟兄们，听到没有，都欺负到咱们头上了！我告诉你，我还没见过像你这样不讲道理的主儿！你分到了上江、下江，有啥了不起？老北江就不是人待的地方吗？我就愿意去。你乐意咋的就咋的！今儿个，如果你不给我冷子爷让道，弟兄们，给我抄家伙……"

立刻，土豆、罗子他们一些网丁们，一个个地从网垛底下抽出了绞锥、垫杠，红着眼珠子喊："冷大把，听你的！"

对方那些网伙子也不是白给的，也都抄起了家伙，一场恶斗一触即发。

这时，庆成突然对冷子喊道："冷子，放下家伙！"

庆成想，冷子呀冷子，你咋这么糊涂，你不知道这个时候不能惹事吗。再说昨天夜里，就在庆成要动身的时候，英格尔斤克老人又把儿子叫到自己的屋里，一再嘱咐说："庆成啊，千万记住，路上遇到什么事，都别发火，把什么事都忍下。等这一季咱们打足了鱼什么都好办了，如能顺利交了鳇鱼贡差，说啥都好听，打不着鱼，一切都是梦。"

可是，谁听他的？这时，骄横不可一世的色蛋一挥手，叫喊着："弟兄们，给我往死里打，打这些去老北江的笨蛋！"

而冷子呢，这时他也不听庆成的劝说了，喊道："兄弟们，好汉不吃眼前亏！"

立刻，在肇源土道岗上，渔叉、垫杠叮叮当当声响成一片。

这一打，把马惊毛了，只听"隆隆"一声响，双方的马车一下子扣了过来，车上东西散落地上。

这时，突然传来一声吆喝："住手！都给我住手！"

正当色蛋和庆成两伙人在岗上恶斗时，只见几匹马飞快地从正东的方向奔驰过来，原来是都齐泰佐领赶来了。

早上，都齐泰佐领受巴灵阿将军的指派，到肇源的一些村屯查看各网队出发的情况，正走在路上，忽然有人来报，去往上江的孟氏和去往老北江的瓜尔佳氏两个网达的车伙子们干起来了，于是，他立刻骑马带人赶到这里。停止打斗之后，双方各说各的理。

都齐泰佐领听完双方的述说，把庆成拉到一旁说："庆成啊，你好糊涂啊，你惹谁都中，怎么又惹起了孟哲勒七十三人家呢？你难道不知道人家是怎么得到上江的江段的吗？别说是你，现在就是我见了人家到上江去的人也得让他们三分。那段江，谁占了谁发，谁接了谁得，那是人家的福分啊，谁让你家又没抢上那段江？我知道现在两车相遇你有理，有理也得让人啊！”

庆成说：“那你们衙门是不是讲理？”

都齐泰佐领说：“啥也别说了，把气先都咽到肚子里。给人家让路，让人家过去……”

庆成张了张嘴，可是终于没有说出什么。他到嘴边的话，又咽下去了。他只好扭头对渔丁们说：“弟兄们，把人家上江的车，给掴起来，把咱们的马卸下两匹，帮人家拖上坡去吧。”

但他的话，像没说一样，冷子、土豆、罗子他们坐在地上不动弹。庆成发火了，大声骂伙计们，并自己动手，弟兄们这才一个个气呼呼地给人家抬车、垛网，又把自己的马卸下来，套在人家车上，往上坡赶。而色蛋他们的人呢，却一个个坐在地上不动手，直到自己的网车被庆成他们给拖上了坡顶，这才扑打扑打屁股上的浮土站起来。色蛋对庆成说：“车、网是上去了，还没赔礼……”庆成忍气吞声地向他道个歉。

一场风波过去，眼泪还在庆成眼里打转转，几十个打牲丁都在看着他，他实在压不住心中的怒火，手几次去摸挂在他腰间的牛耳尖刀，那把刀是他瓜尔佳氏祖上传下来的，它杀死了无数的野兽，还没杀过人！现在，该杀的家伙就在自己的身边，他可以一刀子捅下去，结果这个东西的性命！可是他又想起了阿玛的嘱咐，一定要稳住，现在是打鱼的季节，不要让别的事纠缠住，等事情过去再做理论。于是，瓜尔佳氏庆成，又把吐沫咽下去了。

第二十四章　江上说道多

捕打鲟鳇鱼，是江上的活计，有许多说道。这说道，有的是经验的积累，表现了渔伙子的智慧和技能；有的是因环境艰险，听从命运摆布而产生的迷信，为了讨彩头、求吉祥而形成的各种禁忌。

朱伯西我在这里讲几桩渔伙子的奇事、秘事。

孟哲勒七十三家的尼亚哈，有一次到嫩江口子罗锅滩去巡河看水，他脱了衣服，往河里蹚着前行时，突然一下子，“扑通”一声就没影了。他是掉进暗沟里了，水流把他冲出去老远，多亏水性好，才挣扎着蹿出水面，爬上岸。他虽然险些丧命却很高兴，因为这一“险”让他认清了这里的“水情”。原来这一带平时看去就是一片沙石湾，由于嫩江下游冲来的水流一年年地冲刷，把河滩越淘越深，冲出去一道几里长的又深又险的大暗沟，从外边一点也看不出来，这其实是一处上等的大鱼卧子。

他发现这个宝地后，就带着弟弟阿思虎、台岱，成天守着，怕别人家发现给占了这个地址。后来竟在这里岸上盖了房子，围上了木障子，还修羊圈，住上了人家，这处鱼卧子就被孟哲勒氏永久占据了。

渔猎人家各有各的道道，各有各的高招儿，各有各的计谋，互不外露。有的人家在灌木丛遮掩下难以被人发现的河弯子里，打桩围起个藏鱼库，将捕获的小鳇鱼秘密地养着，待长大再交贡。有的捕一些鳇鱼喜食的鱼类，用围网将其圈在常有鳇鱼出没的水域，以作为诱饵，这当然也是秘密的。

渔网的说道就更多了。鲟鳇鱼的网最讲究，最不易织。织这种网，不能一次织成，要织若干网片，然后组合在一起，它究竟得多大、多少网片够用也没有个定数。这网很特别，分层。上层是网纲，上有若干浮子，这层网是小眼网；第二层是大眼网，又称腰网，是圈裹鳇鱼的部分；第三层中眼网，下面坠若干沉重的铅网坠子，由一条称为“大掏”的粗网纲相贯通起来。这种网，其长度由渔家想覆盖多大水面来自定，纵向可“沉底抓石”，而且，不管是鳇鱼还是其他鱼种，只能是大鱼入网小鱼漏网。渔网大同小异，而这“小异”，渔家各有各的高招儿。

渔伙子在江上行船捕鱼有许多禁忌，这禁忌约定俗成，人人皆知。

在船上吃鱼，吃完这面，要吃那面时，不能说“翻过来”，要说“划过来”，因这“翻”让人联想到翻船，忌讳。在江上提“翻”提“扣”提“折”提“断”，都是不允许的。干活时，如果斧子、锤子掉头了，不能说“掉头”，要说“出山了”。

禁忌语虽然是迷信，但它一来迎合人们避灾避祸的心理，有使人不惧不忧的精神作用；二来这是世世代代传下来的老规矩，遵守它也有尊重祖先的意思。

讨口彩也是渔家的习俗。如果你到江边的打鱼人住的网房子串门，或者到船上来玩，走时，人家都会热忱地送你两条鱼，同时还要问你：“还来不来？”你即使再不来了也得回答“还来”，因为这时的“来”与“不来”已不是“你”来与不来，而是“鱼”来与不来，你“不来”还打什么鱼？这是图吉利讨你的“口彩”。

渔家还有一条规矩就是不能见死不救。英格尔斤克老人就给子孙们讲过这样一个故事。说有一个打鱼的，天天夜夜守在江边的窝棚里，挺寂寞的，心想，如果能有个人来和自己说说话该多好。一天夜里，有一个老头来到窝棚里和他说话唠嗑。

老头带着一壶酒，打鱼的拿出鱼，二人边吃边唠，东边天一现鱼肚白，那老头就走了。

就这样一连数日。有一天老头临走时说：“我要出远门了，再回来得百年之后。我告诉你，明天有人过江，出什么事你也不能救他！”

打鱼的觉得这老头神魔鬼道的，对他的话半信半疑。

第二天，果然见一个女人背着个大孩领着个小孩过江。打鱼的冲他们喊：“不要过，危险！”可这时小孩已经被水流冲走了，他“扑通”跳到江里把小孩救了上来。那女人千恩万谢，并告诉他说，她背着的大孩子是先房的，这领着的小孩是她亲生的。

这天晚上，那老头又来了，生气地说：“不告诉你别救她吗？”打鱼的说：“帮人，行善，是老辈子留下的规矩，渔伙子哪有见死不救的？”老头恐吓他说：“明天还有人过江，你要再救他，就会有血光之灾。”说完就走了。

第二天，打鱼的又救起一个落水的瘸子。下晚，老头又来了，这回老头可急了，又哭又骂地说：“我再也不能转世托生为人了……”说完一溜烟似的没影了。

原来，这个老头是个淹死鬼！他妄图抓住个“垫背”的，自己好转世托生。

孟哲勒七十三和英格尔斤克这样的大家族，老人们常常给各自的子孙们讲述江上的规矩和渔家的习俗，留在一辈一辈的记忆中。

江上的活计时时处处都有危险，民间有句歌谣说：“有心要把江沿离，舍不得一碗干饭一碗鱼。有心要在江上闯，受不住西北风，开花浪，双手抓住老船梆，一声爹来一声娘！”正因为这是危险的行当，行船走网的渔伙子才说道多、规矩多。

第二十五章 老爷爷的提醒

书归正传，故事不断。

单说那孟哲勒七十三，在那夏至夜晚，天上七星那拉呼出齐，四野静悄悄之时，他把儿子们招呼起来，“快起来！快起来！”

然后，他率长子尼亚哈、次子阿思虎、小儿子台岱和众子孙，到神堂里去叩拜祖先之位。宰杀黑毛猪一口，梅花鹿一只，野鸡九只，又以牲血制灌成血肠，摆猪、鹿、鸡三堆“件子”。

贡品拼摆成一定的样式，称为“件子”，件子是人送给神灵的礼物，代表着人的虔诚和敬畏，人神通心、通情、通礼、通意。拜祖之后到江边祭江神、水神、鱼神。在所有即将出发的七条大小船只的船帆、船锚、船舵、船桨上，完全涂上牲血，显得非常庄重、神秘，由萨满击鼓相送。

这一日，尼亚哈穿戴得很是奇特又神圣，一身鹿皮的板衣，这是民间皮匠的“白皮桌”手艺，即将毛熟掉、使皮软柔洁净，十分高雅。白板上身，坎肩皆白，下身白板长裙，腰系黄皮带，这是当年女真人传下来的古老神服，也是采捕达的采捕战裙。这身衣衫，已经足足穿了三代人了，是孟哲勒七十三阿玛留下来的，阿玛去世后，就传给了孟哲勒七十三，孟哲勒七十三前年又将这身衣衫传给尼亚哈。谁穿上它，谁就在全族中最有号令权、指挥权。

萨满鼓“咚咚咚咚，咚咚咚咚”敲得更急，孟哲勒七十三在侍人们的搀扶之下，缓缓来在江滨供桌前，摆放的通肯（大抬鼓）前边，拿起了熊骨骨槌，猛劲举槌敲响了通肯，只听“咚——！咚——！咚——！”的山响。

这声音，震动得两耳欲聋。

这是出征鼓，表明孟哲勒氏家族采捕皇贡的差使，正式开始了。

只要这个大鼓声音一响，阖族上下一往无前，全力为皇家贡差冒死不悔，争取喜报频传，满载而归。

尼亚哈率领众弟兄，敲响自己身上的铜锣，命令七船并发，立即张开风帆，七只船驶出江岸，离开孟哲勒七十三等本族男女送行的族人。今晨晴朗，满天星斗都可以看到，启明星在南方亮着光辉，江风习习，还带有寒意。在尼亚哈号令之下，首船“乍忽台”，也是尼亚哈的指挥船在前开路，阿思虎乘坐珠轩船紧随。

这个叫“塔娜扎卡”（采珠船）的大船上人最多，有十数名乘捕手，人称“水鬼”，是一些最能潜水之人，故称“水鬼”，这些人都是阿思虎多年培训出来的江中能手，个个像游鱼一般灵巧、机敏，水中任何宝物，都逃不出他们的神眼和快手。

老三台岱，他率领着刀船快船紧紧跟随着“塔娜扎卡”，他那是运货船，船上载着一路的粮米、用具、衣物等，接着他的这艘船又是会捕获物的各种鱼类的装运货物船。

阿思虎的儿子拉兴和图必赫，还不到二十岁，少年英俊，别看年少也都是水中英雄，水性好，江上活计样样精通，深得大爷尼亚哈、阿玛阿思虎的信任。由他哥俩率队，带领其他小船跟随，随时听候采捕达尼亚哈的调遣。

满族江上采捕，禁忌甚多。凡选定上江随船出发的人等，头五天就在江岸上举行净身礼，夫妻就不准同房，全家都懂，家人要专门给他选一个单身屋，自己在里边吃住，自己妻妾伺候，帮助擦身子，不说肮脏话，不说伤人话，不打架、骂人，违犯者，到江上必遭江神惩罚，甚至再也回不到岸上。

打牲渔丁进到江上，再不准乱说话了，一切听采捕达的号令，不冲江水小便，船上都有茅房可以方便。不许往江水里倒厨灶的柴灰，在江上吃剩的鱼骨鱼刺鱼鳞等，都不能乱往江里扔，一定装一个小兜，上岸后埋掉或烧掉，保持江水河水清洁干净。

尤其是当采捕的船队到了江河口岸滩头之处开始停靠时，全队人均不行乱说乱问，这是大忌。在江上采捕打捞十分讲究，打牲的捕鱼船是由江神指引到一定的地方，这才能停靠，停在哪儿，奔往哪儿，都是江神的安排，能捕到鱼或捕不到鱼，也都是江神赐予你或不赐予你，这都是看你这一趟这一季的命运如何了，看你虔诚不。所以，所有捕鱼人都不敢有违忌的行为，使江神震怒就得不到渔猎丰收。

出发的所有人众，都要听从采捕达的号令，这采捕达就是尼亚哈。

他坐在乍忽台主船舱中，焚香叩拜，求江神保佑。

尼亚哈最听老艄公奔臣玛发的话。奔臣老艄公是孟哲勒七十三的七叔，今年已八十六岁，一副苍白的须髯飘洒在胸前，满面红光，身子十分健朗。他久在江上捕鱼，到过黑龙江出海口，在库兀(库叶)捕过大鲸鱼，与白熊(北极熊)打过交道。从前，奔臣老玛发与他大哥孟哲勒七十三的大爷还从北海带回过一只白熊小崽，可乖了，养了半年多后来死了，可使奔臣老玛发流了好几天的泪。那张小白熊皮到现在奔臣玛发还保留着，一有空儿就拿出来摸一摸，看一看，走到哪儿都带到哪儿，如今奔往上江，老玛发依然把这张小白熊皮带着，缠在腰上，天天不离身，大家知道，老玛发是多么有情意的一个人哪！

奔臣玛发老艄公，是孟哲勒七十三家族中最受尊敬的人，久经世面，漠北辽东所有大大小小的江河，他没有没去过的，喝过所有江河的水，听过所有江河上的鹊雀叫，他一听，就知道是哪一道江湾上的鸟儿，吃过所有江河中的鱼，说他是漠北江河中的老神仙，没有人不承认的，就连瓜尔佳氏的英格尔斤克也非常敬重他。奔臣玛发老艄公说到底，他是这次下江采捕鳇鱼采捞东珠的真正主心骨。尼亚哈言听计从老七爷的话，按他的一切指令办事。

老爷爷很信任孙子尼亚哈的指挥才能，放手让尼亚哈大胆指挥。尼亚哈有了靠山，就干起来更自如了。

奔臣老玛发大声地问："尼亚哈采捕达啊，咱们的乍忽台先开到哪道河口？哪道滩？要在哪个石砬子处停靠呢？"

尼亚哈知道，这是老爷爷在考问自己了。

于是，尼亚哈便胸有成竹地说："爷爷玛发，你老把船一直朝南开。"

奔臣老玛发："朝南开，到哪里？"

尼亚哈说："开到下水的梨树沟……"

奔臣老玛发又说："为啥开到梨树沟？"

尼亚哈说："因为那里是老窝子。"

奔臣老玛发说："老窝子，怎么样呢？"

尼亚哈说："老玛发，平时，您不是总在告诉我说，喔莫罗(孙子)呀，开江别忘了老卧子，老卧子、老窝子，阿金(鳇鱼)熟。一冬天，它都爱睡在老卧子里。那梨树沟一带是出了名的阿金老卧子，找它们还得去堵阿金的窝。这个规律，孙子我已经牢牢地记住了。您说对不对呢？我的玛发老爷爷？"

奔臣老玛发老艄公，听了孙子尼亚哈的话，高兴得乐了。他说："沙音！沙音！（好，好），我的小喔莫罗，真机灵。对，这就对了。开江千万别忘了老卧子！好，你们坐好了，老爷爷我这就把大船开到梨树沟去。可是，到老窝子是到老窝子，还得想什么呀？”

尼亚哈说：“还得测测今年这窝子有没有变化。”

奔臣老玛发说：“这就对了。这老窝子虽说出过鳇鱼，可是一年一个样啊，先到这里是对的，可是世间万事怎么样？”

尼亚哈说：“万事不能一成不变。”

奔臣说：“还有呢？”

尼亚哈说：“今年一定要打上足够的大阿金，交足了贡差，这才是本事。还有，咱们无论如何也不能败给英格尔斤克瓜尔佳氏家族，一定要捉到个今年最大的老阿金，给皇上贡个大厚礼！”

听孙子尼亚哈提到瓜尔佳氏的英格尔斤克，奔臣老玛发沉思了一下。又说：“我说采伍达尼亚哈呀，你们听说瓜尔佳氏他们今年奔往的是哪条江了吗？”

这一问，把许多族人都问笑了。

众人纷纷告诉老爷爷老玛发，瓜尔佳氏的英格尔斤克家族，被咱们逼得无处可去，他的三儿子庆成只好带着一伙人奔了老北江，有人说：“瓜尔佳氏是傻透了，那老北江是最荒凉的地方，鳇鱼咋会去老北江呢？”

也有人说：“咳，他们去了老北江，还不是咱们给逼的吗？他们不去那里去哪里，被咱们逼到无处去，英格尔斤克的其他两个儿子海桂、常昇也无奈地只好往这上江、下江挤，但是，咱们还是先动了手。”

这时，奔臣老玛发问大孙子尼亚哈，说：“我说，尼亚哈伍达，你说这瓜尔佳氏为啥选了个老北江？说说看？难道他们傻吗？”

老爷爷老玛发以审视的目光盯着大孙子，仿佛在问大孙子，又仿佛是在自言自语，老人的目光在平视着远去的大江，仿佛心中有一种说不出来的忧虑。

大孙子、众人的采捕伍达尼亚哈想了想，说道：“老玛发，我一直也在奇怪和纳闷，他们为啥选那老北江？而且是大张旗鼓，还在卧龙岗和咱们家族的色蛋打了一架。依我看，这里有说道。”

奔臣老爷爷想了想，又说：“可是这一仗，表面上咱们的人胜了，可事实上，咱们的人‘败’了呀……”

尼亚哈说：“什么？咱们败了？”

奔臣老爷爷玛发说：“人家虽败，犹荣啊。人家以礼在先，而且又把咱们的车、网给装上，又卸下自己的马，帮着拉上了坡，你想想，他们为何这么依顺？”

“这……”

这一回，采捕伍达尼亚哈张大了嘴，一句话也没有回答上来。

第二十六章 庆成过驿

那天，庆成他们的拉网车队开进了碾子山驿站院子，天已快黑下来了。

由于路上打仗、拥车、卸马耽搁了里程，驿站院子里的院心早已接到衙门的通报，有出江的贡差网队路过，要好生招待。关东称在驿站、车店、货栈管理接待客人等杂务的头行人为“院心”，这儿的院心叫胡太，人称胡大叔。他早就安排了几个伙计提着灯笼站在驿站门口等着，见网车一进院子，立刻上来几个伙计把马一匹匹卸下来，先牵到院子中央宽绰的地方让马打滚解乏，然后把马牵到西墙根下一排马槽子前去给马饮水、喂草料。院心胡大叔喊，快带弟兄们去洗脸、洗手，赶紧到南屋吃饭。立刻有好几个闺女、媳妇，一个个拿着胰子（用猪胰脏和碱制成的肥皂），端着一盆盆温水，胳膊上搭着一块手巾，笑盈盈地走上来，大哥、兄弟地叫着，给渔丁们挽袖子，递胰子，递手巾，就差没帮着洗了。

碾子山驿站是个不大不小的驿站，可它是个交通要道，也是个出名的驿站。

这里，是从牡丹江奔往吉林乌拉的必经之地，又是从乌拉去往黑龙江的富锦、鸡西一带的必经之地，而从双城、肇源去往伯都纳和卜奎也都得经过此地。所以每天这里人来人往、跑来跑去，特别是一到了开江采捕的季节，那网队的人马就多了起来。

泡子沿瓜尔佳氏的渔丁伙计们洗完了脸，进了南面大屋，里边一面大火炕，上面摆着长炕桌子，高粱米豆饭，炖大豆腐，酱泡腌的咸菜，外带鲜鱼汤，香味儿飘来。泡子沿的伙计们早就饿了，顾不得说话唠嗑，一个个上炕端起饭碗就造。

院子里只剩下胡太和庆成。

这时，胡太把手里的灯笼摇了三下，西厢房的暗影处，一个女子走了出来。

这女子，个头不高不矮，一身蓝印花布的夹袄夹裤，头顶上高高地盘起一个疙瘩髻，上面绑了个粉色的蝴蝶结，年岁也就在二十四五岁左右，鬓角处，两丝秀发清晰地流淌下来，衬出好皮肤更加的细腻和白净。她走上来，接过庆成一直挎在胳膊上的蓝色包皮的包袱，胡太把自己手里的灯笼递给她，女子轻声说："庆成哥，随我来。"

庆成随着这女子穿过驿站西厢房过道进入了后院。后院有一条小毛道，穿过一条小毛道向右一拐，来到一间小屋门前，那女子手轻轻一推小木门，只听"吱扭"一声，那扇小木门打开了，屋里飘出一股浓浓的长白山不老草的清香。

庆成一步迈进去，身后的女子将门轻轻一靠，门关上了。还没等庆成转过身来，他的腰已被女子的胳膊紧紧地裹住，身后传来一声轻轻的召唤："庆成哥！"

庆成没有回身，他只是盯着眼前一步之遥的小火炕。炕上，放着一张饭桌子，桌上摆着四盘子热腾腾的菜，有他最爱吃的白肉血肠、土豆烧茄子、尖椒干豆腐、水煮江虾，还有一把倒扣着一个小碗的锡壶，锡壶两侧摆放着两个牛眼珠子大的酒盅，桌子上还点着一盏小油灯。屋顶上挂着一盏粉红的灯笼，那粉色的光芒，使屋里的气氛更加柔和，真有点像"家"，而且，为了让庆成上炕吃饭不硌屁股，还在炕桌子后边铺了一床干干净净的蓝印花布的炕被，那干净的被头白白净净的，上面绣着细碎的小花，一看就是女人的手活，而且，炕上还有一对枕头。

庆成说："金莲，看见这被和枕头，我真是有些累了，就想睡觉。"

女子金莲说："庆成哥，你想先睡觉？"

庆成不自觉地点点头。

可是，金莲却说："不行。庆成哥，我知道你是累了，但是，也得喝一口我给你烫的肇源小烧啊，这是东烧锅特意给驿站送来的头溜酒王，你不喝不行。再说，你喝一口我给你烫的酒，吃一口我给你炒的菜。我呢，吃一口阿兰姐姐给你煮的鸡蛋。你家我虽然没去过，可是泡子沿的鸡蛋我想尝尝，再说，也领略一下姐姐给你缝的衣裳的手艺。"说着时，金莲已把庆成按在炕上，给他脱下了鞋袜。

庆成说："金莲，我真不饿，心里像火炭子似的，你先给我舀碗凉水！"

金莲说："你呀，你这小心眼里想的啥我都清清楚楚，路上发生的一切事，我都听说了。自从春起，你们瓜尔佳氏就让人家孟家欺负，占不上好江段子，又憋气又窝火，后来你们老爷子又让你去老北江，你又憋气窝火，这样憋来憋去，一个大活人不是活活地憋屈死了吗？我告诉你，自从英格尔斤克老爷子指定让你到老北江，孟哲勒氏孟哲勒七十三和他的几个儿子都高兴，我更高兴！他们乐的是把你们瓜尔佳氏给逼得无路可走了。可我认为，走上江、下江不是什么本事，敢于走老北江才是英雄。别看老北江江岔子多，江湾子乱，可那里正是能人大显身手的地方。人这一生，就得闯，闯荡出一条生路来，闯荡出一个前程来！我金莲希望你来！你敢来，这说明我金莲没看走眼！我跟上你，觉得这辈子喝口凉水都甜。别听人说三道四，听蝲蝲蛄叫还不种大田了呢！你就不能从今往后当一个老北江渔王吗？再说，我早为你安排好了老北江那码子事，不就是打鱼吗？你怕个啥？来，喝酒，先喝个大醉再说！”

金莲的话，掷地有声，庆成一下子愣了。

原来，金莲是“靠人”的，庆成与她是“老靠”了。

自明永乐年间之后，东北渐渐得到开发，到了清代大量开发，再不是人烟稀少的蛮荒之地了。到了乾隆朝之后，一些山东、河北、河南等中原一带闯关东来的人逐渐增多，伐木的、放排的、挖参的、放蜂的、淘金的、打鱼的、采珠的、赶车行船拉脚搞运的，以及收购山货土产跑行商的……络绎不绝。他们要在途中的驿站、车店落脚，不少人经常在某个固定之处落脚，成了那里常客。而他们又没带家室，于是有些妇女把这些“跑腿子”单身汉当作“生计之源”以身相靠，这种女人被称为“靠人”的。渐渐就有了“靠人”这种职业，而且在当地，笑贫不笑娼，那是人人皆知，个个明白，那些独身在外人家中的老婆也理解，觉得丈夫在跑南闯北能有个“靠”，既能得到家样的温暖又免得去妓院嫖娼，反而让人放心。一来二去，也就成了一种人人认同的社会风习啦，民间歌谣这样说：

过前坡，嫂子店，
南来北往站一站；
如果你不站，
后悔没个完……
这里娘们都好看，
宁舍身子不舍店！

靠，又分“长靠”“短靠”。靠上闯关东流落到此，还没有成家又在当地有稳定职业（如大户人家的长工、用人）的就长期靠着，以至有的靠到与其结婚，这就是长靠；靠上并不在本地居住，由于干伐木、捕鱼、采药、挖参、淘金等营生而常在此地落脚的，相聚时在一起过一段日子就走，该分就分，该聚就聚，这叫短靠。短靠也不是见谁靠谁，而有固定的对象，因此也叫“季节婚”。靠人不完全是“图财”，讲求情投意合、两相情愿。

金莲不是那种水性杨花的女人，她有自己的丈夫，就是院心胡太的侄子周响。可这周响，抽大烟，瘦得跟个虾米似的，什么活也干不了，碾子山驿站店的生意，全靠金莲。打金莲主意的多了，金莲可不是什么人能随便靠上的。她的身子只舍给经她细情、细意品察过的好人、能人。她其实只对两个人实心实意，一个是泡子沿瓜尔佳氏英格尔斤克的三儿子庆成，一个是现在还在老北江的荒野上“拉杆子”的土匪连子。

盛产鳇鱼的亮甲山江段，不知从北边什么地方来了一群虎，把许多窝棚、网卧子都给撕毁了，百里的人家听之都闻风丧胆，再不敢来这儿打鱼。

后来，听说有人领几个炮手把虎打跑了。

谁？金莲一打听，原来是泡子沿屯瓜尔佳氏的三儿子庆成。那一年，庆成才刚刚十八岁，这个后生不仅勇敢还忠厚、仁义。

金链靠的第二个人，就是连子。

连子，本名连凤山，老家是松花江上源额穆山的西龙王庙苏尔哈屯，父亲名叫连横贵，也是个打鱼的，给一个大户老翟家看守苏尔哈套子，每年老翟家打完了鱼，存养在“套子”(渔业队的存鱼地)里，由他给养着、看着。到秋冬，吉林乌拉衙门要收鱼了，再从这“套子”里起鱼，派人送往船场乌拉。

那年头，乱着哪！来取鱼的人，一会儿说是将军衙门的，一会儿说是协领衙门的，一会儿人说是盛京或者宁古塔的，反正都是官。有一次，有个姓闫的协领与东家勾结把五条鳇鱼私卖了，犯事后衙门追查，他们却栽赃给连横贵，说他监守自盗，把鳇鱼卖了。

在当年，别说是偷卖鳇鱼，就是吃鳇鱼都犯罪。连横贵被判了“五马分尸”的板刑。

连凤山将父亲埋葬之后，寻机报仇，杀了闫协领全家。在出逃在外期间，在碾子山住过。金莲上街去赶集，见墙上贴着衙门的告示，抓一个杀人罪犯，她越看越像在她家正住着的这个人。

回来后她问连凤山：“你杀人啦？”

连凤山一愣，随即问：“你咋知道？”

金莲说："可街筒里都贴上告示啦！你为啥杀人？"

这一问，连凤山再也忍不住心中的怒火，就把他家如何被人诬陷，爹遭惨死的事一五一十地说了。又加了一句："这狗日的世道，逼得人无法活呀！大姐，我不能连累你，我这就去把他妈告示揭了，谁抓我，我就砍了谁！"说着就往外走，却被金莲一把给拉住了。

就在这时，搜查的兵丁走进了院子，金莲一看不好，拉着连凤山就进了自己的屋，掀开大柜把他推进了柜里。

后来，连凤山走了。

他在西北老北江一带拉杆子，起局绺，报号"乌龙老北风"，成了一名大响马。由于树起了杀恶济贫、扶危帮困、不祸害百姓的好名声，走到哪里都有人掩护他。

金莲这个女人，长的是女人相，心胸却是男子汉，她佩服连凤山，靠上了他，亲切地叫他连子。

眼下，金莲知道了瓜尔佳氏老三庆成这一季定下去老北江打鱼，她心里别提多高兴了。别人认为去老北江是无能，打不着鱼，其实他们根本不了解这段江。她告诉庆成，说老北江没鱼，那都是传闻，是他们不敢来，她听连子跟她说过，那一带水势奇怪，江底下由于嫩江、松花江水从不同方向冲来，全是大沟，有些沟就是鱼卧子，"乌龙"的人马也打鱼。金莲心中有底，只要她出面和连子一说，连子会给庆成开道，还怕打不着鱼吗？

庆成听金莲这么一说，心里敞亮些，便吃喝起来。他真是又乏又困，还未等吃饱喝足，便一头栽倒在金莲铺好的被子上了……

第二十七章　意想不到

梨树沟，这地方属于松花江扶余段。

这段江段，在与嫩江河口的交汇处，绵延四十余里，数百年来，河水年年岁岁的冲击，形成了一片沼泽湿地，汛期一望无边的大水，处处是绿滩柳林，河道纵横，是各种鱼类、龟类、獭类栖息之地。江的主流下面有许多深汀水洞，鳇鱼也喜欢在这里寻个安乐窝藏身，这里各种鱼群甚多，食物最丰富。

这一带，有梨树沟、老鹳窝、甩湾子、黑瞎子洞、狗奈子滩、大背楼山等沿江地方，都是这一带出名的鱼卧子。

嫩江入松花江的汇合处，是洪泛区，那儿水深、流急、漩涡多、滩头也多，不常来这一带的打鱼人，往往一进入河道就迷糊起来，因为一进河道，到处都是柳条通，地形都一模一样，人在其中转来转去，一天半晌也出不去河道，会迷失方向找不到滩头上不了岸。

渔家人称这种地方为“套”，套即套子，是迷魂阵地段，江底的水草根子地带鱼多，能藏住。

尼亚哈乍忽台船前，站着的是专门领水看水的河工小狗子，他举起三角红旗，高高摇晃。这是信号，其他各船只要见到三角红旗一晃动，便按旗指引的方向前行。举旗的小狗子只听尼亚哈的号令，老艄公奔臣也按小狗子的小三角红旗的摆动来把舵行船。

船，很顺，像一条长蛇，飞驶着进入了嫩江河口的柳林深处，这里就是梨树沟江段鱼卧子地了。

还没等尼亚哈发令，七只船已停靠在梨树沟的江段子上，大家准备施网、撒网、捕鱼，可是突然间，他们听到“动静”不对！

本来，这一带是很静的，没有人烟。

可是眼下，他们却听到柳树林子处的江里不时地传出一阵阵人们的喧闹声，很是热闹。他们透过密密的柳条丛，隐隐约约地看到，江湾中早已有几只乍忽台和刀船，还有威呼等小船，正在晨雾中忙碌着，黎明的晨雾罩在头上，林子里朦朦胧胧的……

那些人正在下着大网，喊着整齐的号子。

听着那些人的喊声、锣响声，船越往里进，离那些人也越来越近，终于，吓得尼亚哈急了，他张着大嘴向里边喊去："喂——！是谁在占我们的河道捕鱼？"

只听远处的江中传来回答声："是我！"

尼亚哈问："你是谁？"

对方回答："我是英格尔斤克！"

尼亚哈问："谁？"他听不太清。

对方回答："英——格——尔——斤——克——！"

"啊？是他们，瓜尔佳氏族的人？"

这时，又传来对方的喊话："怎么，难道行你们来这儿摸鱼，就不行我们来吗？对不起，我们已经早早来到梨树沟了……"

尼亚哈："啊？我们也到梨树沟啦！"

英格尔斤克老人说："尼亚哈，你让我们把已经投下的大网再收上来嘛，你们这是刚来，可我们起大早就来了！"

"哎呀呀——！哎呀呀——！"尼亚哈急得直跺脚，他万万没想到，这瓜尔佳氏英格尔斤克真有道眼，他先派出自己的三儿子庆成大张旗鼓地出发，说是去往老北江，给人造成一种错觉，可是暗中，他却偷偷提前，在深夜里就出发，趁孟家不备，突然地占领了梨树沟这么上好的江段鱼卧子。

我的天哪，他英格尔斤克真厉害呀，别看不动声色，却暗中使劲儿，咱们还庆幸人家傻，不会选卧子呢！看来，真正傻的正是他孟家孟哲勒氏呀！

他恨死自己晚来了一步，没脸见族人哪。

正在他万分焦急、不知所措时，老艄公奔臣老玛发说："喔莫罗，咱们让给英格尔斤克，不要跟他们计较。走，咱们去那边离梨树沟不远的老鹳窝，到那儿下网。"

众渔丁都说："不，不去！"

"咱们就在这儿捕！"

"对呀，为啥咱们让给他……"

大伙说啥的都有。

可是，尼亚哈最听爷爷的话。

他命小狗子说："小狗子，啥也别说了，摇旗！"

于是，小狗子对船队摇旗，尼亚哈说："前行！咱们的船快点进入老鹳窝！别让别人再抢先一步，咱们就真正成了起大早赶晚集了！"

众船依照小红旗指令，依序越过英格尔斤克的众捕鱼船，进入前方柳条通中的老鹳窝。老鹳窝，就是指鸟儿老鹳在树上做的窝，这一带，树上的鸟窝一个接一个，成群的野鸟飞起来把阳光都遮挡住了，天空中黑乎乎一片。

船往前行进大约五里多水路的样子，就进入到一个绿海茫茫的水域，只听"突突突"，柳林中无数野鸭子、大雁等各种鸟被惊得飞了起来，头上、船上，到处都是野鸟"嘎嘎""咕咕""吱吱"的叫声，似乎在抗议惊扰了他们。

奔臣老玛发安慰孙子尼亚哈说："孩子，凡事不能心急，捕鱼更得细心，捕大鳇鱼更得有耐心。不是说我们到了鱼卧子就必定能得到鳇鱼了。要知道，那老阿金（鳇鱼）可狡猾啦，专门和人斗心眼。它们表面上，一尾尾傻乎乎的，还挺可爱，好像在水里睡大觉，一动不动，其实可灵着哪，早在那里揣摩着人，到底什么时候来捉它们，从哪边来，怎么下手，它们都有防备。鱼越大心眼越多，所以，它们不一定就在梨树沟……"

尼亚哈说："爷爷玛发，你是在安慰我们吧？"

奔臣老人说："孙子，爷爷不光是安慰你们，也是在教给你们经验。那梨树沟不下网就不下吧。可是这老鹳窝得一定下网，咱们先在这儿搜上几遍，一定要耐住性子。凡事想一口吃个胖子不成，想一下网就能打上两千斤的大阿金，不容易！尼亚哈，沉下心，就在这里扎下根，跟老阿金斗斗毅力，不怕它不上钩！"

奔臣老玛发老艄公是一位久经水战的老渔翁，他在给孙子尼亚哈吃定心丸。老人的一番话，才使方才从英格尔斤克先占了梨树沟鱼卧子的不快心情中走了出来，开始平和多了，气也顺多了。

尼亚哈命令小狗子准备好摇旗。

尼亚哈说："小狗子！"

小狗子说："采伍达，我在！"

尼亚哈说："各路注意，迅速进入各船水位，网工快准备好大网，闲杂人等，一律退后。准备旗号命令！"

小狗子摇开了三角小红旗传令。

这时，拉兴和图必赫，迅速在前面划着威呼当引导，进入了水汀。

大船迅速将大网运到拉兴、图必赫所来的深水汀。深水汀，人们打眼一看便知，水流很急，但水纹很清晰，很深的道道，投入一个小石子，只听“扑通”一声，连浪花都不溅。他们按照水流的走向，开始下网。

下网，都是从上游一直顺水往河流中下网，这才能使得网张开，形成了水下的包围圈，这又叫“打范围”，是一句行话，但也是一种经验。

网在速速地往水中滑着，人们一声不发，只能听到四周的流水声，网在阳光照射下放射出闪闪亮光，就像一面面镜子投入水中。

大约过了一个时辰，小狗子又传令了。

小狗子手中的旗上下一飞，一落，一飞，一落。

大伙明白，这是要让人“拍水”。

拍水，是在大网下去之后的又一道工序，是让人敲打水面，以此“惊鱼”……

这时，负责“拍水”的拉兴和图必赫，还有一些渔工，大伙用早已准备好的木棒子在水面上猛地击打起水面来，只听江水发出“嘣嘣，嘣嘣”的响声。

其实，这种敲水声，在水下是很响的，它们震动的响声，使水下的鱼群一下子惊恐起来，于是它们立刻逃窜。可是，往哪儿逃呢，只要头鱼奔哪个方向，其他的鱼也就朝那边奔去，真是万鱼奔腾！

经三个多时辰的忙碌，奔臣老人觉得差不多了，他对尼亚哈孙子说：“孩子，该到时候了。”

这时，乍忽台上的尼亚哈明白了爷爷的意思，他命令身边的几个渔工说：“敲锣！”

立刻，船工敲响了铜锣：“哐哐哐”，这是起网信号。接着，众人一起唱起渔网的渔工号子。

那号子，太优美了，简直是一首古老的民歌，从茫茫的嫩江、松花江交汇的原野上，飘向远方，也飘向了久远的岁月……

此时，鸟儿们也不飞了，仿佛风也停了，大自然在倾听，一切生灵都在倾听北土渔人那发自心底的劳作之歌。

第二十八章　空网寒心

满江都响起了渔工的号子声：

［主唱］：

德依勒勒，
德依勒勒，
起网哟，起网哟——
德依勒勒，
德依勒勒
起网哟，起网哟——

［主唱］：

众位阿浑，
众位阿浑，
拼住力哟——
哟嗷——，
（呼应）：唉哟，狠拉网啰——
众位阿浑，
众位阿浑，
别溜号哟——
哟嗷——
（呼应）：唉哟，用上全身劲啰——

［主唱］：网出江啰——

哟嗷——
（呼应）：哟嗷，啥样鱼哟，
哟嗷——

［主唱］：江神赐福——

哟嗷——

鱼满舱啰——

哟嗷——

哟嗷——

(呼应)：唉嗷，江神赐福，

哟嗷——

哟嗷——

使劲拉上网喽——

［主唱］：大阿金来啰——

哟嗷——

送到京师——

哟嗷——

皇上乐啰——

哎哟——

咱们的福哇——

哎哟——

(呼应)：大阿金来啰，

哎哟——

送到京师——

哎哟——

皇上乐啰——

哎哟——

咱们的福哇——

哎哟——

哎哟——

哎哎哟——

……

狗子摇动令旗喊："拉兴，图必赫，网达命你们重报鱼名。"

拉兴、图必赫答道："好嘞。"

不一会儿，拉兴、图必赫再报："前报无错，不见鲟鳇……"

小狗子："什么什么？"

拉兴说："不见鳇。"

图必赫说："不见鳇。"

小狗子问："都见什么？"

拉兴、图必赫说道："都是一些草根子、枝椴子、泥球子、石块子……"

他们的声音很大，所有的人都能听见。

这时，小狗子有点傻眼了，尼亚哈一时间也愣住了，怪不得网沉，原来是这些东西，不是鳇鱼，这可怎么办呢？难道这地方根本就不会有大鱼？

顿时鸦雀无声，像天空打了炸雷，一下子把所有的人都惊呆了。打鱼的人，其实是最怕"空网"，而这次来到老鹳窝江段，头一网就给你来了个空网，这个兆头不好，也不吉利，是不是吉祥的头彩让人家先到的英格尔斤克给夺去了？一时空，样样松，这将预示着这一季要完成不了贡差，这叫出师不利呀！

但是，捕鱼的人规矩大，遇有这样的情景时，不能乱说话，一切得听采捕把头伍达的，这也是考验采伍达的时候。

果然，尼亚哈喊道："小狗子，清网！"

清网，就是把这一网，无论打上了什么，都要一一地清理出来，不要有丧气的样子！

于是，小狗子举起小红旗，左右一摇，所有的渔丁、河丁开始动手，大家开始清网。大伙齐心合力，大网下江，使这样大的网在江上"关门"(截住了整个江面) 拉网，可是上来后，只有几尾百来斤重的哲罗鱼和一些小杂鱼、蛀蚌等，没有捕到要采捕的鲟鳇鱼，这是多么大的打击呀，连一尾小的鲟鳇鱼都没见到踪影儿，就是再懂规矩，再有耐性，也忍不住啊！

这时，有的人开始怀疑起来了。

有的人说："采伍达，你再好好看看水吧！"

有的说："不能打来打去总这样啊……"

这时候，奔臣老人的船慢慢地驶到了大家翻网、清网的地界上。老人捋着胡须想了想，说："尼亚哈，来，我看看，我看看！"

奔臣老伍达走上前，在那渔网里翻来翻去，一个二个，他一连着拣出了二十多只龟，壳又大又硬，四周都长了绿毛，只有背的脊顶处被什么磨得光滑滑的……

奔臣老人一见，立刻说："我的孩子们呀，这是好兆头哇，你们看，来了这些龟，这是鳇鱼的讯号，大阿金就在下面！"

大伙问："何以见得呀，爷爷？"

奔臣老人说："龟是在江最底下生存的物，它平时总是沉下去，在蚌啊、大鱼的下面游来游去。你们看，它的上脊的壳，磨得锃亮，那是紧挨着大阿金睡觉，不知不觉地磨出来的，龟与大鳇鱼还是'朋友'呢呀！"

他这一说，把大伙都说乐了。于是大家就问："爷爷，它们咋是朋友呢？"

奔臣老伍达说："我年轻的时候在下江打鲟鳇，也很在意头一网，这头一网如果打上来许多龟，就说明鳇鱼要上来了！因为这龟呀，专门游到静水处才沉下来，卧在那儿歇着，而沉水处，正是鳇鱼也愿意待的地方。鳇鱼在水温低时，它不动窝，什么来动它，碰它，它也不理会，于是那些龟呀、沉在江底的蚌啊，甚至就是水獭啃它身上的水虫儿，它也不理会，这些东西身上的痕迹，就是大阿金的幌子！孩子们，大阿金快来啦。"

奔臣老伍达的话，一下子重新点燃了大家心头的欲望之火，一定要打到水底下的大家伙。这么一说，大伙手上的动作就快了，迅速地捡出网里的杂物，又将大网一层层顺好，一块块叠好。

其实，方才奔臣老伍达是在适时地给孩子和后生们打气，鼓励人们别灰心。俗话说得好，鱼过千层网，网网还有鱼，大江大河应该是打不尽的呀，所以对于打鱼人，重要的是给他们希望，这回不行，下回；这网不行，下一网。总不能怕尿炕就不睡觉了吧。老伍达奔臣的话，那是起了作用的，嘎珊里的人，都相信老人的话。是啊，他吃过的盐比我们吃的米都多，他走过的桥，比我们走过的路还多，不能犹豫，只有寄希望于下一网。

这时，尼亚哈立即命令，让小狗子摇动三角小红旗传令。小狗子喊："各船准备，重新抬网，一起上船……"

大家按照旗令，迅速把这一网的物件都分归好，叠上大网，迅速又上了原船。

小狗子又按照尼亚哈的命令摇旗，并说："下第二次捕鲟鳇网，不可怠慢！"

众人齐回："知道啦！"

众人齐心响应，不灰心、不丧气。是啊，这上一网没打上大家想要的大鳇鱼，经老人一说，尼亚哈一下令，大伙就和老伍达一个心情啦，再下一次网吧，一定要打上大鳇鱼才完胜，不能半途而废。

所以，这第二次开网，船从岸边向江心驶得很快，一个时辰船就到了江心。尼亚哈问爷爷："老伍达玛发，还在原卧子下网吗？"

奔臣老人点点头，说："一定还在原处下网，这叫一回生，二回熟；在哪儿跌倒，在哪儿爬起来。"

尼亚哈答道："爷爷伍达，我明白了。"

其实，这是古理，又是大自然的一种规律，打鱼人在江上，如果头一网下去没打着，一般的人就换地方了，可是在松花江、嫩江一带捕打鳇鱼不一样，一网下去没有，一定要接着在原处打第二回，因为头一网打的只是小鱼，而大鱼，特别是大鲟鳇，头一网擦它身上过，它头一缩，没碰着，它反而不走，它只是把身子再往河沙上沉，它以为人已经走了。动物再奸、再聪明，它也斗不过人哪！而如果人就此放手，那你就被它给骗了！

经老奔臣伍达这么一指点，尼亚哈命小狗子摇旗，人们又在放网的同一个卧子上，依序下上了长长的捕捞鲟鳇鱼的大眼三层网。网在缓缓地下入江中，情景甚是好看、壮观，那是人们的希望啊！

网在缓缓下着时，尼亚哈命令小狗子摇旗，其他的人赶快吃饭，吃完了好接替这伙人下网，因下网的时间很长，等这伙人吃完了，那伙人再来吃。

在江上干活，要插空吃饭，没有正经时间，只有到了夜晚下了船，才能在网房子里吃上一口热乎饭啊！打鱼的人都是苦命的人哪。

第二十九章　网网皆空

大网就这样又落入老鹳窝江段之下了。

于是，孟哲勒族人就开始等网。

等网，是指网入水后，要有一段长长的时候，大伙不能走，不能动，人要时刻守候在船上，等待着大网在水底运开。

运开，就是网在水流的冲击下，一点点张开，形成如水流一样的波动，让鱼和其他生物感觉不到网的存在，这需要时间。

这时候，人可以稍事休息，坐在船上抽抽烟，喝口水，擦把汗，聊聊天。但是不许大声说话和喧哗，说话往往是打手势。所以渔民都会手语，俗话叫“比画”，而且很多丰富的动作，一歪身子，一举手，一投足，都是内容，都属语言。比如抽烟，叫“草啃”，人在江上捞起一根水草，叼在嘴上，再一打手势，就是管另一方要一根烟抽；比如要睡一会儿觉，就将双手一合，放在耳根上，就表示别打扰我，我要来一觉。真是丰富极了。

这样的时光，也是渔人盼望的时候，因为用不了多久，就又要开始起网、劳作，年复一年，日复一日，时光就这么打发掉了，所以人非常珍惜这等网的分分秒秒的时光。

谁知，又过了三个时辰，狗子下令旗。他打了旗号，喊道：“收网！”

立刻，江上、船上又热闹起来了。

在大江大河捕鱼，收网是喜悦的时刻，这就等同于秋天庄稼的收割，丰收在望，大家有盼头。所以收网时，一片喧嚣吵闹，人声呐喊，说笑话，互相打趣，也都有了。接着，又是震天的号子，人称巴图鲁号子。一般唱时，都是以满语来唱，后来汉人随旗的增多了，逐渐地，只是开头起始时用满语，后面就满汉合璧，蔚成自然。所以，那捕鱼拉网的号子就变得更加通俗和流畅了。

渔工的号子，十分嘹亮，震得从岸上的林子里发出回响，惊得乌鸦、天鹅突突地展翅飞上高空，还有的鸟儿在嘎嘎地叫。

在铜锣声中，大网缓缓地上来啦。

狗子令旗传令：“拉兴、图必赫！”

二人答道：“在。”

狗子说：“速报网中出水鱼名！”

二人答道：“是。”

可是，令人吃惊的是，二人一报，立刻让众人灰心丧气。原来，这次还赶不上上次，没有大鱼，只有两条大胖头，五十余斤小杂鱼，其他物任何都不见……

太可怜，太令人心疼了！

因捞捕鳇鱼的网，都是大眼网，任何小鱼都能从网眼钻出去逃跑，网内只挂满了各种绿草、木棍、苔藓等。

尼亚哈一看，时辰已过了很久，大家连着打了两网都不见鱼，他就命令将船停在老鹳窝，上岸歇息。众族人个个无精打采，像泄了气的球，躺在草地上叹气。

有的说：“哎，这是怎么回事呢？”

有的说：“不是得罪了哪方神灵吧，连打了两网，竟然什么都没有……”

这时，更加令人气愤的事情发生了。江上空旷，声音传得远，大家清晰地听到从远处梨树沟方向传来一片锣鼓声和欢笑声，从那热闹的声音中可以判定，人家英格尔斤克他们必定有大喜事。捕鱼人的大喜事是什么？一定是捕上来大的鱼啦！大的鳇鱼，大的阿金啦，无疑是这样的好事。

尼亚哈再也坐不住了，地上的草好像是针在扎他的屁股！

于是尼亚哈喊道：“狗子，你过来！”

小狗子答应一声，来到采伍达的跟前。

尼亚哈说：“小狗子，你划着船，快着点划，快点去给咱们探听一下，看看那边究竟是怎么回事，他们到底捞上了什么？”

狗子奉命，立即划着快马子小船，奔往五里地外的梨树沟英格尔斤克他们的驻地和河段，打探情况去了。

不过多半个时辰，小狗子回来了。

他划得气喘吁吁地禀报说：“主子，果不其然哪！人家梨树沟出财宝呀，英格尔斤克他们正在和打牲乌拉衙门的来人在同贺呢！”

尼亚哈："啊？同贺？"

小狗子："对！他们捞到一尾足足有八百多斤重的大阿金！那家伙真不小，像小山一样，大伙乐坏了，都在放鞭、敲鼓、打锣庆贺呢！"

尼亚哈、阿思虎、台岱同声追问："小狗子，他们抓到的阿金，你亲眼看了吗？"

狗子说："主子，我偷着凑过去看了，真是一条大鳇鱼。阿金已经上了笼头，拉到了岸上河边，拴在老槐树下的土坎子下边，还不老实，尾巴还是扬得老高，把水拍得啪啪响！我怕他们发现我，看了几眼就悄悄地划船回来了。那鱼太大了，足足有八百多斤！"

大家都很丧气，越听越丧气。

这时，奔臣老玛发老艄公，也从乍忽台上走下来，正叼着小烟袋，一口一口地慢慢吸着，他是听到大伙的议论才走过来的。

老玛发老艄公说："狗子，你再跟爷爷我说说，那阿金有多粗、多胖，什么颜色？你都看清楚了吗？"

小狗子说："爷爷呀，我都看得清清楚楚。"

奔臣老玛发老艄公听着，吧嗒着旱烟嘴，若有所思地说："孩子们，打鱼有耐心，不怕失败。谁家不吃几顿饺子啊？别丧气，乐呵点！咱们刚下了两趟网，就决定胜负啦？我老头子还没觉得就是输了呢！"

尼亚哈、阿思虎、台岱和众采捕丁们，大家都格外敬重奔臣老艄公，他老人家可是孟哲勒氏的主心骨啊，是希望所在，听老玛发的话可是话里有话，一个个马上又燃起了希望之火，马上都坐了下来，他们都盯着老玛发，整个气氛立即又活跃起来。

奔臣老玛发看了看尼亚哈和阿思虎众兄弟，说道："孩子们，这就对了。干啥事，别急，特别是这打鱼的活，两网没上来，这也是常事。大伙都累了一天了，现在都已经过了时辰了，该吃饭了。大家吃饱了，歇足了，再想下一步怎么办。现在，咱们该吃肉吃肉，该喝酒喝酒。我老头子就喜欢听你们的笑和闹，不爱看谁在那儿耷拉着脸和丧气的样儿！来来，造饭，给我烤几条'牛尾巴狼'……"

大伙一听要造饭了，而且奔臣老爷子要吃"牛尾巴狼"，都哈哈地笑了起来，立刻去捉"牛尾巴狼"！

原来，这"牛尾巴狼"不是狼，而是当地的一种鱼，它们普遍生在北土江河边上的湿地里，人在这儿一经过，它们就会一下子叮在人或大动物的屁股上，像什么东西挂在人的后腰上"啷当"着，所以叫"牛尾巴狼”，其实应是牛尾巴啷，啷当着的意思。这种鱼只有筷子那么长，但肥得如一根肉滚。人们只要在湿地、江河边上的草根子里一走一过，一两条“牛尾巴狼”就上来了，到手了。

立刻，有几个人去河边的草泥水里去抓“牛尾巴狼”。几个人立起锅灶，生火做饭地忙碌起来。捉回了“牛尾巴狼”的人以木条棍将鱼穿起来，架在火上烤，不一会儿，四野就飘起了“牛尾巴狼”的香味儿，大伙都喊饿了。于是，大伙都围着奔臣老玛发吃起饭来，有人还喝起了老烧酒。

打鱼的人，常年在水边上，在江上，身子骨易着凉，喝点酒是好事，能扛凉去潮气，身上发热，不坐病；再说，喝点酒，也提提神，解除些疲劳。所以，打鱼的人，一般都会喝酒，每人一个酒葫芦，拴在腰上，这是一种习惯。在高兴时，老奔臣玛发也和儿孙们喝上一口，他其实是在给孩子们打气，稳住，别急，别慌，不能乱了军心。

可是，不是什么人都能吃下饭去。其实，奔臣老玛发表面说他爱吃“牛尾巴狼”，可心底，根本吃不下去。

当尼亚哈命小儿子摇起三角小红旗，小铜锣一敲，喊道：“开饭喽！开饭喽！”“布达者喔！布达者喔！”(吃饭！吃饭！)

可是奔臣老玛发一拍手，让尼亚哈、阿思虎他们两个速到他身边来。他对两个孙子说：“尼亚哈小孙子，你们哥俩先别忙着吃饭，你们划上桦皮船，偷偷去梨树沟鱼卧子，一定不能让英格尔斤克看到，你们从梨树沟林子里走，悄悄地观察，一定等英格尔斤克他们离开了梨树沟后，再回来。要看得清而又清，记得准而又准。我们其余的人在老鹳窝这段河口等你们，你们带上干粮去吧！”

尼亚哈和阿思虎哥俩，遵照老玛发的吩咐，立即划着轻快的小桦皮船离开他们的驻地，很快就隐入绿茫茫的河道柳树之中不见了。远处，惊起了几只野雁鹰，嘎嘎地叫着，飞出了柳树湿地，在河道上盘旋飞盘。

见孙子们走远了，奔臣老玛发这才提起孩子们给他烤好的“牛尾巴狼”，狗子给老人提着酒篓，他们回到了扎卡台船上去吃这顿饭，喝酒，歇息去了。

再说尼亚哈、阿思虎两人。

他们俩悄悄地向梨树沟河段划去，十分小心，尽量不使船桨拍水声太响，以免惊动水鸟，这样会暴露目标。好在他俩都非常熟悉这一带的江通水道，柳丛、湿地，他们在江上划起来也很顺畅，而且悄然无声。

不久，就来到了英格尔斤克老人们的捕鱼江段梨树沟之地。

为了不惊动他们，他俩找了一处树木密集的江道，把小船拴在江面有草丛的树上，然后悄悄地上了岸，走到岸边高岗处，选了两棵高高的大杨树便快速地爬了上去。这样，他们就可以蹲在大树上，往下面的江边上看，从这里可以清清楚楚地观看瓜尔佳氏英格尔斤克是如何率众人在江上捕鱼收网的情况了，真是一处观察的最佳之地。

从上面往下看，不但看得清，而且江风呼呼地刮呀、刮呀，树叶一翻一翻，外面人根本看不见他们。

第三十章 庆收锣鼓敲得欢

空中江风呼呼响，林子里树叶哗哗响，何况江上的捕鱼人还在忙碌着，根本想不到树上会有人在偷偷地观察他们。

这时，尼亚哈发现了新情况。

原来，英格尔斤克这头一趟出发、出网，人家出了两艘乍忽台，比他们孟家人多一艘，这一下子可以带来本族中的更多男女，热热闹闹的，人气真旺！

其实这是北方民族捕鱼的习俗。

从前，北方满族人家有这个老传统，开春头一网，最要显示氏族的力量，所以他带领了众多族人，造成一种热腾腾的气势。除了把三儿子庆成派往老北江之外，他率领大儿子、二儿子和族人都来到梨树沟，与孟家争夺江段，结果下手早，真就占住了鱼卧子，而且，网网都不空啊！一出鱼，族人欢庆不停，整个梨树沟一片沸腾。

而孟哲勒七十三却不这样，他这次一改往日传统，命儿子尼亚哈简单率人下江，以为这样可以轻装上阵，又以最快的速度赶往梨树沟，想抢占这块鱼卧子地盘，这样你英格尔斤克就落在了我的后头。他这样想，主要是因为前些日子，冲击了瓜尔佳氏英格尔斤克的族人江祭，闹出是非，后来为救仓官全福等人出大狱，被罚拿出自己家藏多年的宝物东珠，受了不必要的损失。所以他们家族也不想把声势闹那么大，太招风，干脆收敛点，所以他这次只命三只小船和四艘中型船共七只上阵，根本没把英格尔斤克放在心上。

而人家英格尔斤克，这次除了派出有两条乍忽台达卡大船出来，还有两条刀船，和七只快马子、威呼等。这些大小船，要载人有载人的，要奔往江上撒网、摘网，那些快马子小船正派上用场，真是想得周全哪。而且，人家英格尔斤克家族兴师动众，在锣鼓声中齐心合力，一网接着一网，网网都拉得热热闹闹，都有大个的家伙。看来，这个卧子真有货，全都是大阿金。

尼亚哈、阿思虎二人越看越眼热……

你看看人家，那些大阿金一尾尾都是大个的，背上灰滑得发亮，又胖又壮，都是在江底下藏了一冬天了的家伙，真是馋死个人！

他们俩再也看不下去啦，再也不能在这梨树沟久留了，看来这梨树沟的鱼卧子里藏了一冬的老阿金也被他们抠得差不多了，你看人家那样子，个个兴高采烈的，真是得了开江大丰收啊，大吉又大利。

当年，乌拉打牲衙门有个传统习惯，凡是哪一伙打牲丁获得最大的丰收，捕到了最大的鳇鱼，只要超过了五百斤以上者，都要先去报喜。报喜的人骑快马，来到衙门门外，从马上跳下来高喊："日头冒红网！日头冒红网！"然后"噹噹"敲锣，这就是报喜。然后，衙门里的人要"接喜"。

接喜的人，要背着鞭炮，带领报信的人一同出发。报喜信的人在前头带路，后边衙门的人，一边敲锣打鼓跟着，一边直奔江边祝贺。还要有特赏，往往是一篓一篓子的老酒，还有"红包"，里边是赏银。衙门来的人要喊："××× 采伍达！看赏！"

这时，采伍达要喊："衙门送赏来啦！"

族人大伙一起喊："谢！"

然后，将鞭炮一齐点上，只听"噼噼啪啪"地响，锣鼓一齐敲打，整个江岸一片欢乐。

现在，人家这里的江上岸上就是这样。在英格尔斤克的瓜尔佳氏人之中，就可以看到有乌拉衙门派来的快船，岸上还有几匹马拴在树上，船上还有红红的彩带，很是显眼，这是衙门送赏道喜的彩带，锣鼓也敲得很欢实……

只见在锣鼓声中，人家各条船都在整理工具、物品，正在收拾东西，准备满载而归了。果然，人家高高兴兴地收拾完了"胜利品"，便离开了梨树沟水域，回到自己的部落里去了。

等人家英格尔斤克的人马全都走净后，尼亚哈、阿思虎才从树上下来，他们急急忙忙乘船进了梨树沟。这儿是他们最熟悉的鱼卧子，可这次没想到让人家英格尔斤克族人给抢了先，让他们把大阿金给抢跑了！

哥俩越想越不甘心。他们望着渺渺的江水，一劲儿直捶胸脯，直跺脚，悔恨自己比人家晚来了一步。

还是阿思虎说："阿哥，咱们快回去吧！说不定老玛发已经等急了。"

尼亚哈说："回去？回去咱们怎么说呀？这么大的梨树沟，已让人家瓜尔佳族人翻了个遍，咱们怎么跟老玛发说，怎么和族人交代呀！"

阿思虎说："咱们还是快快回去，还是让老玛发拿个主意吧……"

尼亚哈一想，也只有这样了，于是急忙拉着阿思虎的手，立刻跳上桦皮船，迅速地划回老鹳窝，面见奔臣老爷爷去了。

见了奔臣老爷爷，尼亚哈和阿思虎的眼泪就止不住了……

尼亚哈说："老玛发呀，英格尔斤克他们来了十只大小船，带着捕得的老阿金，高高兴兴地走了！还有，乌拉打牲衙门的人，还派来一艘贺喜船，专门来犒赏他们，锣鼓喧天、热热闹闹地陪着他们回去了！"

阿思虎说："老玛发呀，我们哥俩又在江上走了一遍，到处都让人家给翻了一遍呀！"

尼亚哈说："老玛发，都怪我尼亚哈当初太大意，没想到让瓜尔佳的人走在了咱们前头，让他们占了开江第一网的大吉大利！咱们却什么也没捞着，太让人伤心啦！"

说着，哥俩抱着老玛发老艄公"呜呜"地哭起来。

奔臣老玛发突然道："收回去！"

哥俩一愣："收什么？"

奔臣老玛发说："眼泪。"

哥俩说："眼泪？"

老人说："对。"

本来，哥俩以为他们回来一五一十地向老玛发一说，然后就收拾船具、网具打道回府，或转场到别的江沿，可现在，老玛发却斥责他们，连哭都不行，让他们收回眼泪，这是怎么回事呢？于是连连说："老玛发，那咱们该怎么办哪……"

"哈哈哈！"这时老玛发却爽朗地笑了。

紧接着，老玛发搂着两个小孙子的肩头说："我的小喔莫罗呀，你们别伤心。自古道，男子大丈夫有泪不轻弹。走，快收拾东西，出发！"

阿思虎、尼亚哈说："去哪儿？"

老奔臣说："梨树沟啊。"

尼亚哈、阿思虎都愣了，怎么，难道老人是被他们给气糊涂了吗？那个地方已被瓜尔佳氏的人翻了个遍，你再去那里不是白费个劲儿，哪会有什么鱼呀！

可是，奔臣老玛发老艄公说："孩子们哪，咱们再回梨树沟看看去，我就不信梨树沟这个老鱼卧子就不给我八十六岁的老头子一个面子!”

尼亚哈说:“老玛发,你真这么定啦?”

阿思虎也说:“爷爷,这能行吗?”

“对。”奔臣老玛发斩钉截铁地说,“对,能行,不要含糊,快点开船,去梨树沟老鱼卧子!鳇鱼这鱼我太熟悉它们了,别看前一拨人在这儿又打又捞的,但人走动,船漂动,它们都知道,人船走了,它们以为这一带安全了,反而又回来了!走吧,咱们快去吧,老阿金们在等着咱们呢……”

老玛发的话,把大伙又都说乐了。

狗子在尼亚哈的指令下,忙摇起三角小红旗下达出发令。于是,老玛发的船队立刻由老鹳窝起锚,孟哲勒氏的大队人马船只划向了梨树沟水域。

尼亚哈率领众船只和兄弟们很快又来到英格尔斤克他们刚刚离开不久的梨树沟地方。奔臣老玛发马上让尼亚哈重新安排一下捕鱼力量,命令众船直接进入梨树沟水域的梨树林丛之中去。

这梨树沟之地,河道甚多,左右纵横,人乘船在这种江道上行走,走着走着往往以为到头了,可突然就会又出现一处河湾,走也走不尽。这地方,人从远处一望,嫩江进入松花江口处处都是绿岛,根本看不透里边的实情,不可能把每一处江湾子、河岔子都打捞个遍。这时,船已行走到方才英格尔斤克他们下网捕到大阿金的水域了。

尼亚哈说:“就是这里!”

奔臣老人说:“看准了?”

哥俩说:“爷爷呀,就是这儿。没错!”

奔臣老玛发说:“好,孩子们。你们立刻率船队,就从这儿再进去。记住,要下头排长裙大网,要麻利点!”

尼亚哈又有些犹豫地叨咕:“老玛发呀,人家英格尔斤克他们已经在前边下过网了,已经捕得大阿金了,难道咱们还要再打网不成,这不是在白费力气吗?”

老玛发说:“不要多说话。快下网,连续下,一直下到前边五里地的尽头,把这个江岔子都要给我捞一遍再说!记住,要靠左边江岔子苇丛走!”

尼亚哈说:“老玛发,为啥靠左边的苇丛呢?”

奔臣老人说:“孙子们呀,爷爷让你靠,你就靠。记住,这是爷爷的话，不是别人说的。爷爷的话，你就照办，没错！”

于是，众船只立刻按奔臣老玛发的指令，一齐照江汉的左侧苇根处去了。

第三十一章　夜遇黑店

第二日早上，庆成他们鸡一叫就爬起来，匆匆吃过饭，就离开碾子山驿站，直奔老北江一带而去了。

车拉着网往前走好像越来越沉，轮下都是江滩地泛起的沙土，车轮子时不时地就误进了泥潭里。到晌午时庆成就和伙计们在沿途的一片树林子里埋锅造饭，对付着做点饭吃了，又急忙赶路。可是这往西走的道越走越荒凉，到太阳快下山时也不见一个屯落。

庆成抬手打个遮阳往西望望，只见前边黄沙漫漫，荒草萋萋，一眼望不到边的野甸子。他不禁想起了碾子山驿站金莲的话，往西去，处处都不太平，千万多加小心，等到了连子的地界就好了，为了怕途中出意外，她还特意给连子写了一个字据让庆成带上，以便这次去往老北江捕鱼得到他的帮助。庆成摸摸那缝在衣衬里的字据，又望了望天边的荒野，有些犹豫是住还是走，因他明白这东北的日头，别看太阳老高，但傍下晚的太阳那是说落下去就落下去，正如俗语说：早骑马，午骑牛，下晚骑个葫芦头！如果不趁着太阳没落就找好村屯住下，到天黑找地方就麻烦了，一是不好找，二是容易遇到“马贼”。

马贼就是胡子，东北人叫胡子，这些人见啥抢啥，虽然打鱼的车是刚出发，也没有鱼可抢，但他们抢马，见面一看车上没“货”，往往就喊“卸连子！卸连子！”(就是把马卸下来牵走)在这一带，官家，村屯人家靠马，胡子也靠马，马是他们的“腿”，他们四处奔走全靠马，所以称马为“自己的腿”，双方打仗也喊“掐”马腿，意思是把对方的马打折腿，他们就不打自退了！

这时，押车的罗子说：“庆成采伍达，我看咱们别这么走了，该找屯子住下吧。不然太阳一落山，咱们无处投奔，甸子上不是胡子就是狼啊！”

庆成说：“兄弟，我也这么想哪，可这一带，咱们是初来乍到，我也是两眼一抹黑呀!”

就在这时，冷子突然说:“庆成采伍达，你看，那边好像有个放羊的……”

大家往那边一望，树毛子后边影影绰绰的好像真有一个人。一看到人，大伙心里就有了希望了，因为这老北江一带太荒凉，多年没人敢进入，再说由于不是通往固定采捕点和别驿之地，所以也没有驿站。凡是到这一带来的官家公差，一过碾子山往西，就都得自己带干粮或自找村屯，官家无法为其安排吃住事宜，全得自己想办法，所以大伙知道，往西走就“断驿”(没有驿站)啦。现在庆成这伙打鱼的看着人了，能不高兴吗?于是，庆成带着冷子，让罗子他们看守网车，他俩就直奔那个放羊人那片林子里去了。

那边林子里真有一个老头，六十多岁的年纪，领着一条狗在林子里转来转去，好像在寻找什么。庆成便上前打听:“老人家，我们是打鱼的拉网车队，走迷路了，想向您老人家打听一下，这是什么地方?往前走有没有村落?”

那老者一听，说他们是打鱼的，走迷路了，挺热情挺和气地说他是放羊的，羊走丢了几只，他正领着狗在寻找羊。他告诉庆成:“这个地方叫‘西荒片’，前几年发大水，村落人都搬走了，在前边十多里地有个村落叫‘三家子’，不远，一会儿就到!”老人还告诉他们，要不是忙着找羊，自己就领他们去了，他也是三家子的，进屯子找大户人家老杨家，就是他的东家，吃住没说的。

庆成和冷子谢过老人家，就往车跟前走，并商量着，干脆按照老人家的指点，往西北上的三家子走，十多里地，天黑前准能赶到三家子，住上一宿，赶天亮再奔往老北江。于是，庆成他们简单地喂喂马，立刻朝偏北方向去寻找三家子去了。

真是俗话说的那样，早骑马，午骑牛，下晚骑个葫芦头，走着走着天就黑下来了。庆成他们赶着网车急火火地走了大约十多里地，就是不见这三家子村落的影子。庆成说:“咱们还是趁着西北有点亮光再往前走走，兴许三家子就在前边……”

于是，大伙又赶马吆喝着牲口向前边走去了。人在荒郊野地就怕迷路，这不，庆成他们又往前走，一气又走了大约一个时辰，眼看快半夜了，也不见三家子村屯的影儿!

是走迷瞪了还是走错了呢?

这时罗子走上来对庆成说："采伍达，不能再这么走了。这都快半夜了，就是人行，牲口也不行了，蹄掌都'耷拉'地了……"

这牲口蹄掌"巴达"地，是一句长年在外跑车老板子的行话，是指牲口长途跋涉，过于劳累，已经抬不起腿了，脚掌子在地上发出"巴达巴达"的拍土声，指牲口已无力再赶路了！

可就在大伙想卸下牲口原地打地铺安家度夜时，冷子又突然发现远处有灯光，庆成他们这下可来劲儿了，说："看！有亮！是不是前边就是三家子？走，咱们再咬咬牙，上那儿去歇着。"于是庆成这伙人就立刻摇鞭驱马前行，没用一袋烟工夫，人马果真就来到了灯亮处。

到那儿一看，原来是一户人家，一个院套，三间房，听到外边车响马叫，就从里边走出一男一女老两口。

老头一见庆成他们说："哎呀，大柜，这是从哪儿来？到哪儿去？"

庆成上前施了个礼，把他们如何来这里，本来是去老北江打鱼的，半路听说有个三家子屯，可是找不着三家子村屯的事一五一十地说了一遍。又加了一句，问："老人家，这是三家子吗？"

老人一听，愣了一下说："哎呀，采伍达，你走反了，三家子在西南，你们这是干到西北来了，正是两拧着！不过，天这么晚了，赶快进院，在这儿住下，吃完饭好好歇歇脚，也让牲口打打滚。走这么远的路，人行牲口也受不了哇！快到院，进屋！"老人家又回头对身边的老太太说："我说你呀，你还站着干什么？还不快点给客人烧火，做饭！"

那老太太答应着，立刻抱柴火去了。

庆成他们很感激，也就把网车赶进了院子，卸下马喂上，然后坐在炕上，等着老头、老太太抱柴火、点火、做饭。不一会儿，外屋就传来了炸鸡蛋酱的香味儿，一大泥盆小米水饭、大饼子，还有一筐小葱、山野菜就端上桌来。几个人早已饿坏了，一见这么香的农家饭，就围着桌子吃开了，连说话的声都没有。

吃着吃着，庆成心里起了疑问。今儿个这事儿有点怪呀，怎么偏偏路上遇着个放羊找羊的，告诉往西走十多里地就是三家子，可是他们走了半夜也没有三家子，却遇上一户人家。这老两口看上去老实巴交的，说是在这甸子上看苇塘的，人也热情，还招待他们吃喝，可是庆成总觉着那老头的眼神不对劲儿，还不停对老婆子说快点做饭，让客人吃了好安歇，他的心里不禁想起临走妻子阿兰说的话，出门在外，遇人千万留个心眼！于是，他刚吃半碗水饭就不吃了……

就在这时，他往旁边一看，罗子、冷子和丁子他们几个伙计都一个一个里倒歪斜地倒在了炕上，他这一下子明白了，这是遇上黑店了，叫人在饭里放上蒙汗药啦！这下可完了！想着想着，他也渐渐迷糊着躺在了炕上……

可是庆成心里清楚，不能装明白，不然会被歹人杀掉，他要详细观察，这到底是什么地方？这老两口到底是什么人？

果然，他听那老两口在外屋也悄悄说话。那男的说："咋样啦？"

女的说："都麻倒了。"

男的说："好，你守着，我去告诉二哥，让他们快来人……"

女的答应一声，男的已迈出屋子，来到门口又绕到房后，只听另一个声音问："怎么样？到底多少'连子'？"

男的说："五六匹！可能还有'黄大娘'(金子)！"

另一个问："能有黄大娘吗？"

这老头的声音："外出打网，能不备'黄大娘'吗？不过，这都是你的功劳，把他们给支到咱们'窑'上来了。"

那人说："这都是大哥交代的，任何人进了咱们地段，就别想再活着出去。"

庆成终于听出来，那个说话的人正是路上放羊的！

又听那放羊人对这老头说："你快点动手吧，我去向大哥他们报喜，这回咱们又多了这些连子，再出去'砸窑'就多有腿了。"

那老年男子说："你放心去吧，这几个送上门来的'财神爷'，就交给我了！"

那个放羊的又嘱咐道："要有'黄大娘'你们可别独贪！"说完走了，脚步声渐渐远去，四野又恢复了安静。接着，外屋传来"刷刷"的磨刀声，那女的不停地往磨石上浇水，说："好久没送上大货了，你可要利利索索的。"男的说："你放心吧。杀他们，如斩乱麻！杀死这些官家人，就是给大哥报仇！"说着，庆成听见，那老两口，一个提刀，一个提斧，已经走了进来。

男的对女人说："先砍哪个呢？"

女的说："一个一个来吧，都得砍……"

所说一个一个来，在炕头栽倒的正是冷子，决不能让这些歹人伤了冷子兄弟。想到这里，庆成把身子微微往下一缩，手就够到了他出门时就插在腿上的"刺子"(一种随身携带的牛耳尖刀)，然后一个鲤鱼打挺

"呼"地一下从炕上就站了起来，说时迟，那时快，就在那个男的正在女的指点下，举刀准备向冷子的脖子切去，注意力没在这边，冷不防手中的刀"当啷"一声就被庆成的"刺子"给拨了下来，掉在地上。他大喝一声："大胆贼人，竟敢图财害命！"

庆成说着时，又飞起一脚，那个女的手中的斧头也被庆成踢掉。庆成一下子跳起来，双腿一抡，那两人"哎呀"一声苦叫，双双栽倒在地，庆成一脚踩着一个，厉声问道："你们是什么人？为何伤害无辜？"

第三十二章 鱼过千层网

在梨树沟鱼卧子，奔臣老玛发正在指挥。

他命儿孙们把大长裙网下到江里，让他们要贴着苇子根的左侧下网。老人说啥，孩子们没有不信的。对于鱼，特别是大鳄鳇鱼，它们的生性，奔臣老爷子那是太熟悉了！鳇鱼这种鱼，喜欢亮，在江底没有多少光感，一旦有点亮，它们就靠上来，所以奔臣老玛发让儿孙们把捞鳇鱼的网贴着左侧的苇子根下去，正是这个理儿。

网按照老玛发老艄公的指点下去了，老人又喊：“快点！再下，连续下，一直下到前边五里苇塘子尽头，把这个江岔子都要从水下捞一遍再说。”

孙子尼亚哈和阿思虎都非常信任这江上的老神仙老采伍达奔臣老玛发的话，众人在尼亚哈的带领下，按照老玛发的话，撒下了头排大网。

第一大网下江，经一个多时辰，起出第一网。大家上前一看，有鱼了！

虽然，网里只是上来鳄鱼三条，其中两条约有五六十斤，还有一尾一百五十多斤重的，可算是大的了，但大伙心里立刻有了盼头……

打鱼这种事，有瘾。人总觉得下一网定会有鱼，所以就是上来了小鱼也算是有了迹象。再说，鳇鱼卧子里不可能一遍网都拉尽，这反而证明了江湾里有货，再加上这是老渔把头老采伍达老人的主意，错不了。

接着，奔臣老人老采伍达玛发又命令，让孙子们把船再往里开进，并继续沿着左侧苇根再撒下第二大网，经过一个多时辰的样子，众人合力起出第二大网，这一回，网中欢蹦乱跳，网在江面上下翻腾，原来网到了一条三百多斤重的大鳇鱼，还有四尾五十来斤重的鳇鱼及哲罗、胖头、草根、狗鱼和青鳞子等鱼。真是丰收的兆头啊！

尼亚哈心里别提多乐了，他问老玛发：“爷爷，咱们还撒网不？”

奔臣老玛发说：“怎么？你知足啦？”

尼亚哈笑了，说："不，不是。我是想见好就收……"

奔臣老玛发说："那怎么行呢？我不是说了嘛，船一直往前开，开到那边最远处的江岔子尽头！记住，在那片柳林通中，一片绿岛之中，有货，现在，那老阿金已离开苇根岔子，奔那个地方了。你们开船，要注意避让河滩的地方，给我继续往前干，再撒下一个大网，俗话这叫'兜底网'……"

尼亚哈说："兜底网？"

老玛发说："对。这兜底网，就是在江中最深的河汀、暗道、暗沟和老树根子、苇茬根子底下下网，把所有能藏鳇鱼的地段水域都用大网兜一下，快给我撒大网啊！快点动手，一点也别迟疑。"

尼亚哈、阿思虎和众人齐答应："知道了。"

尼亚哈命打牲丁们，很快在那方圆三里多地的水域布上了大网，一个多时辰之后，只见狗子摇三角小红旗，铜锣在响，开始收网。

这次，在尼亚哈指令下，众乍忽台上的人都协力往水外提网，可是，越提越是觉得无比的沉重，比以前几次下网都非常的沉重，像大网挂拉着江中的石砬子一般。到底是什么呢？

大家你瞅瞅我，我瞅瞅你，谁也不出声。越是这种时候，大家越心知肚明——这是大家伙上来了！但究竟多大？啥样？人人都只是在心中猜测着。

在北土，捕打鳇鱼有一个共同的规矩，越是到了紧要关头，大家反而一言不发，把说话的权利都留给老玛发、老采伍达。在这种场合话说多了，容易冲撞了神灵，鱼还没到手，先说出去易将天机泄露，如没打上鱼来会落下埋怨，老采伍达会严厉惩罚这样的人，所以大家只是干活，一声不吭，但脸上的喜悦之情已难以掩饰。

奔臣老玛发对大家说："孩子们呀，不要太急于猛劲地拉网！要悠着点拉网。拉几下，送几下，拉拉送送，送送拉拉，一拉一送地往外收网，这叫'顺达网'……"

其实，这是捕捞大鳇鱼的技巧。

顺达网，又叫"顺到网"，是指在捕大鱼时，要让网顺着鱼来的劲拉。因在此时，网中的鱼还不太知道它已被网住，如果拉网的人立刻使劲儿去拽网，鱼会立刻受惊挣扎，人和船会在它的巨大力量的挣扎下受伤，翻船，甚至葬身鱼腹，所以要"顺"着鱼的劲儿，一点点加速，当网拉到人完全可以控制住它时，再迅速拉网，它再挣扎也来不及了。

顺达网，其实是人的心理和技术结合的一种手艺，要活鱼必须这样！如果是捕上就行，死活没关系，那就好办了，渔工可以用大“插钩”，又叫“插杆子”(长木把头前带铁钩子的渔具)去钩就行了。

打这种“顺当网”，要唱起“网歌”来拉动。

网歌，就是，从前江上打鱼人唱的一首古老的民歌，又叫“拉网谣”。

拉网谣，很好听。是这样：

［满语］

阿浑德衣，萨克达玛发衣，阿苏乌中嘎——
乌合衣，木吉勒沙沙，呼苏图母嘎——
乌中哈——！乌中哈——！
安班阿金宝贝，木克其，图其克——
珊——！珊——！

［译文］

兄弟们，老爷爷，用力拉网哟——
齐心协力哟——
用力拉哟，用力拉哟——
大鳇鱼宝贝哟，从水里出来喽——
好啊——！
好啊——！

那歌谣，穿过茫茫的江面、树林子、草甸子、苇塘，飘荡在嫩江湾的野地里、大江上，真是动听，震撼人心哪。

这时，江上波涛翻卷，一浪更比一浪高。众捕鱼人都知道，这网这么沉重，这江水如此泛起大浪，江中的水可都鼓起来了。水一起鼓——也叫起“水包”，就说明水下物大，而且，水面上时时地出现一座灰色的山一样的脊背，它一露现，大船在水中越颠得厉害，人在船上都站不住。

往昔在北方的江河上捕鱼，一遇到大鱼，江上的风都会跟着呜呜地响，这叫水在报信，风在喊话，在告知人们我来了！据说在大海里捕鲸鱼时，大鲸一现，水也是有变化，水推浪涌，浪助风起，这是自然的一种现象。

奔臣老艄公一看这情形他一边紧紧地把住舵，一边大喊：“尼亚哈，阿思虎，你们可要沉住气，千万把紧大网啊，拼死也不能松手啊！”

尼亚哈和阿思虎一齐答道：“记住啦！”

奔臣老艄公说：“脚下，要给我像钉子一样钉在船板上，一定要站稳，一定要使好劲儿！这是水底下来了咱们日夜盼着的大阿金，这个大宝贝，它在跟咱们较劲呢，它运足了力气不上来，咱们也不能让它跑了……”

可是，说是说，那网时时挣得紧紧的，而且时不时地还猛地回拽一下，这每一拽，船上的渔丁们都“啊”的叫一声，然后运足气，死死拽住不放手。网纲上的水浪直跳，水花升腾着，水雾在网纲上腾腾升起，四周灰蒙蒙一片水气，一种神秘的气氛顿时袭来。

这时，已经肯定，他们网住的是大阿金。

奔臣老玛发对孙子说：“尼亚哈，你快快让狗子上岸，奔木房子通信去，咱们捉到了比他英格尔斤克打的阿金还大的家伙，是一尾大阿金宝贝！这是一尾头排老阿金！”

渔丁们一听，都“啊啊”地欢叫起来。

当年在黑龙江、松花江和嫩江各江河的岸边上，都有一些小木房子，那是吉林乌拉打牲衙门专门安设在那里的监察点（监察哨卡），人称“木房子”，里边住着打牲衙门的人，专门负责催办、处理、查验、记录沿江一带渔帮们采捕鲟鳇、东珠的情况，一旦有采捕信息，特别是捕到上乘贡物，大鱼或大颗粒的东珠，有人去小木屋报喜，然后小木屋人必立刻敲锣打鼓前来恭贺。

尼亚哈让狗子马上划快马子去报喜。

众捕鱼人拼力与江中的大鲟鳇鱼搏斗，拖住网纲不放，奔臣老艄公亲自指挥。网中的阿金，已被大网裹得越来越紧，那是一层又一层的三层网缠裹着它，老鳇鱼再大再有力气，它在水中也无法施展力量了……

奔臣老玛发怕鳇鱼拼命挣脱，把网挣断，便不断地发着紧紧松松不同的号令。

大伙随着喊：“嘿哟！”

奔臣老玛发又喊：“轻拉网！”

大伙随着喊：“嘿哟！”

奔臣老玛发又喊：“松网！轻拉网！”

大伙随着喊：“嘿哟！嘿嘿哟！”

这是一些欢乐而紧张的呼喊声。

这时，一直在江中顺水随鳇鱼游动的船，简直就像一辆小马车，被一匹狂怒的马拖着，前前后后，上上下下，左左右右，不停颠簸，摇晃，可是大伙心里乐呀，这真是鱼过千层网，网网还有鱼呀。

第三十三章　喜得大阿金

众船在大网的拖动下，一直漂出六里多地时，慢慢地，前面贴近了一片河滩绿洲。

这里，水开始浅了些了。

人们这时再往水中那么一看，都惊得“哎呀”一声叫喊起来！

人们只见，在江中的大网中，一尾巨型的大阿金已经渐渐露出了身形！那简直是一座大山，一座小岛子，好像突然从水中间升出来的，能不让人目瞪口呆吗！

那大家伙，单从水面上露出来的鳇鱼大脊梁和高大的鱼尾来判断，就该足足有千斤以上！但鳇鱼已被粗网拖出了数里之遥，加之途中不断地甩尾，拧身，翘头地挣扎，可能已是筋疲力尽，现在它根本无力了，但人们还是不敢靠前……

别看它已经被折腾得够呛，但它照样不老实，还不停地在“呜呜”地叫，从远处一听，又有点像谁家的老牛在“哞哞”地叫，并不断地乱挣、乱动，把大乍忽台撞得一个劲地左右摇晃，人们站在船上，眼睛直冒金星，腿都站不住。

尼亚哈手提长把大木槌，多次走到乍忽台船头，靠近到老阿金的头近前，想看个庐山真面目。但那老阿金有时拼命晃动鱼头，根本不让人看清它的样子，有时还想把头扎入水中，躲开人们的视线。动物很灵，因为它明白，过一阵子，船上的人就定会去抓它，它得寻机逃走，逃得远远的，再也不来这片水域了。它似乎顺从地跟着网，可是等攒足了一些力气时，就猛地挣扎一下，这一下，天惊地动，船儿欲倾倒……

缠裹在它身上的那大荡网越来越紧，它渐渐地已无法施展自己的劲儿啦，船也渐渐从深水区拖到近岸的浅水处了。

现在，尼亚哈终于瞅准机会啦。

这种瞅准机会，就是渔猎能手选准老阿金脑壳前半部中间部位。鱼的脑神经集中在此，人要以木槌去敲，去震它，它就昏迷了，再也不闹了。但如果选不准位置就去敲打，不但它不昏迷，还容易激怒它，那可就坏了，它会更加凶恶，甚至自己碰死，但人们要活的，不要死的。这些，都需要渔猎能手有技艺，而且，只能“一锤定音”，不能有任何闪失。

这时，尼亚哈趁那老阿金又一次抬起头的时机，举起大木槌就猛力砸去，只听“嗡”的一声响，那大木槌正好落在老阿金大鳇鱼的脑壳正中，只见那老阿金大鳇鱼当即就昏迷不动了……

站在大乍忽台船另一头的阿思虎一见，立即跳入江中，这时，该他展示绝活戴笼头啦！

给鱼戴笼头，不同于给牛、马、驴、骡戴笼头，这活计完全要在水里完成，这种“戴”，其实是“系”，也就是缠绕，这要有一整套的套路。这话难在，一是鱼没有明显的脖子，无法卡住绳索；二是它的身上十分滑腻，绳子很难固定；三是这戴的过程要十分的迅速，因为它昏迷的时间也就一袋烟工夫，一旦它醒来，人再也无法靠前啦。这种“戴”鳇鱼笼头的唯一手法叫“打腮扣”。

打腮扣，又叫“系腮扣”，是指要将绳子从鱼腮穿过，然后系在头上才能牵动它。

打腮扣的“扣绳”，是用在水泡中沤好的苎麻纺织成的麻绳，系上后不但结实，且极度绵软，特别是江水一泡，它们就如棉花一般，既有拉力、抗力，又不伤害动物的身体。

那阿思虎一见老阿金昏迷了，就匆忙跳入江中，将早已准备好的鳇鱼笼头七手八脚地麻溜地套进大鳇鱼的头上，又从鱼嘴前将绳拉出，连接在渔网绳上，戴好笼头就开始往岸上牵引了。另一伙人在阿思虎的指引下，立刻喊着“拖鱼号子”拖鱼上岸：

哥们哪！——！
嘿哟——！
一起地拉呀——！
嘿哟——！
哥们哪——！
嘿哟——！
一齐地拖呀——！
嘿哟——！
老阿金哪——！

嘿哟——!
到俺家啦——!
嘿哟——!
大宝贝呀——!
嘿哟——!
快快地来啦——!
嘿哟——!
嘿哟，嘿哟，嘿哟——!

人们在欢乐的号子声中，慢慢地拖着鱼，要慢慢地拖，在号子的歌声中，人们一点点地将老阿金扯到了江边上，然后放长绳，将绳拴在老榆树粗壮的树根部位上。这老阿金，山一样堆在那里，人人见了，惊奇无比。

这时，就听远处铜锣响啦，“嘡嘡嘡，嘡嘡嘡……”那铜锣敲打出的仿佛是一连串花点，好像是在告知人们：“捉到了，捉到了，一条巨大的老阿金，已经上来啦!”这也是在宣告，一尾巨大的老阿金的捕捞已胜利完成。

奔臣老玛发老艄公，带领着尼亚哈等众族人，上岸边到老榆树前仔细来观看，这条硕大粗胖的大阿金鳇鱼，它究竟有多大呢？阿思虎下江到浅水里卧着的老阿金前用双手量了一下，哎呀，这老阿金长有七丈，宽一丈半，身上的五排骨甲，每一片都有小孩的巴掌那么大，左右尾鳍和后尾纹，竖起来足足有一人多高，这是自从乾隆初年以来捕到的最大的老阿金啊，初步估量能有二千七百多斤重，可以说是松花江流域中最大的老阿金了。

算算它的年龄，也得上百年了吧！这是个老阿金祖宗。

尼亚哈、阿思虎、台岱等都很不解，为什么老阿玛老艄公爷爷他就知道江里会必有老阿金呢？他是怎么预测得知的呢？

于是，他们争先恐后地上前询问。

尼亚哈说：“玛发呀，您是怎么算计到这梨树沟鱼卧子还能捕到这个阿金王呢？”

阿思虎说：“玛发呀，不是英格尔斤克他们已经捉到一尾大鳇鱼了吗？”

台岱也说：“爷爷呀，就说是鱼过千层网，网网还有鱼吧，可他们刚刚离开，怎么他们没捕到这个老阿金呢，难道是这尾老阿金在专门等着咱们吗?”

孙子们一连串的问题，倒把老爷爷奔臣给问乐了，他“哈哈哈”地大笑了起来，眼泪都笑出来了。

奔臣老人笑完了，他告诉孙子们说：“孩子们哪，那个愣头愣脑的英格尔斤克，他是一个傲慢的人，傲慢到耐不住性子了，他抓了一条老阿金，就立刻打道回府了，这怎么能行呢？采捕鳇鱼我多少回都说过，一定要耐住性子，沉住气，别急性，有耐性准成，老阿金是跟人斗智的！它们这种鱼类，也总是尽量躲着身子，越是年头老的老鳇鱼，越有心眼，它们总是尽量找最深的汀，最难寻找的砬子根、老树根多的地点，钻进去，藏着身子，那里吃喝足够，又保险。当初，我听狗子回来讲，英格尔斤克得了一条八百斤重的大鳇鱼，我琢磨，那是一条公阿金，我猜这梨树沟必然还藏有一条母鳇鱼，大阿金！顺藤摸瓜准能找到老母。母鳇鱼个头比公鳇鱼大，我判断得对不?”

大伙都喊：“对对！老玛发是老神仙!”

奔臣老人继续说：“我就想，这梨树沟鱼卧子，一个大冬天，怎么能仅剩有一个公性鳇鱼呢？一定有大个的!”

众人听着奔臣老人的话，个个点头称赞，好像在听一个古老的传奇故事，都夸赞老玛发是世上神人，能神机妙算，什么江中有没有鱼，甚至有什么样的鱼是公是母老人家都知道得一清二楚啊。正在这时，人们听到江道深处也传来了“叮叮咚咚”的锣鼓声，原来是衙门木屋的人把喜讯已传给了肇源衙门，他们于是顺江乘船来道喜来啦。

第三十四章　初进老北江

那老头老太太哪里是庆成的对手？只三拳两脚，便被庆成打翻在地。庆成厉声问道："你们是何人？为何对我们无辜之人要下毒手？我们一个打鱼的，要钱没钱，要鱼没打上来呢，你们就忍心动手？说！你们想干什么勾当？"说着，庆成将牛耳尖刀一下子按在他的脖子上。那男的吓得连连说："这位大爷，别动手，别动手，我说，我说还不行吗？"

庆成说："快说！"

那老头说："我们是连爷的人。这一带都是连爷的地盘。你不要伤我们，你若伤了我们，你也跑不出这里的。那个放羊的也是我们的眼线，他已去告知连爷，一会儿人到了，好汉还望你手下留情分……"

他们正说着话，只听院子里传来杂乱的脚步声。那老头和老太太说："听着没有，主人来了，连爷来了！"

就在这时，院门"哗啦"一声被推开，五六个人站在门口，一见庆成把两个人踩在脚下，立刻拔出了刀剑。

庆成说："你们知趣都别动，不然我一刀结果了他们的性命！你们竟敢在暗中动手，算什么好汉？"

就在大家僵持着时，就见站在放羊人身后的一个人问："你是哪儿来的？为何到我们的地盘又押住了我们的人？"

庆成说："请问，说话的人是何人？"

那人说："我是'乌龙老北风'！"

庆成听后一愣，又问："啊，您是连大柜连大哥？"

那人也一愣，说："我是连大哥的兄弟，连二哥！怎么，你认识他？"

庆成说："认识却不是，不过见了面，他会知道我是谁。我要见你们大柜大哥连大人。"

那个人见庆成不卑不亢，又见其武艺高强，已将那"老两口"打在脚下，也就觉得庆成是有来历的人，于是对庆成说："好汉，看来你也是咱们盘里的人。那你就放了他们两人，他会解麻术，可以救你的同伙，我领你去见连大哥！”

说着话，庆成抬起脚，老两口从地上爬起来，他按照放羊人的话，给冷子、罗子他们各喝了一碗水，过了一会儿，几个人才苏醒过来。就这样第二日早上天一放亮，由放羊人带路，庆成亲自赶着网车，直奔老北江而去。

一连走了三天，道路越走越荒凉，问放羊人还有多远，他回答说快了，庆成发现，他们的车马一直往西，是沿着一条江岔子走，可是那条江岔子，又宽又隐秘，藏在一丛丛的杨树林子、柳树毛子里，不易被人发现，岸边有许多大木桩子，带闸门，上边有的还插着大粗木，挂着粗粗的锁链子。特别引起他注意的是上面露出厚厚的网边，证明水下挂着大网，这不是鳇鱼荡网吗？这更叫庆成吃惊不小，是谁干的？

荡网，是那种专门捕捞鲟鳇鱼的网，是何人已事先占据了这一带，还说这里无人打鱼，阿玛你可真糊涂哇！庆成在心底暗暗埋怨老阿玛英格尔斤克。

第四日头晌，他们来在一条江边，只见江边有不少捕鱼的，吵吵嚷嚷还挺热闹。江边岸上的树林子里有一个大院，里边是五间大房子，四周院墙角上建有炮台，还有哨兵在游动。放羊人告诉庆成大柜住的地方到了，他让网车停下，对庆成说：“对不住，我得给你戴上‘罩’，咱们去见大柜。”

罩，就是“蒙眼”，一块黑布把眼睛蒙上，来人看不见道，由别人以一根木棍牵着，亦步亦趋地走进去。

庆成只觉着那院子挺大，走了好半天，又上了十多步台阶，他们进了一个地方，庆成听到里边有一些说话声，好像正在饮酒吃饭。只听一个声音厉声地问道：“老二，你给我带来个什么人？”

只听那放羊人答：“说是你的‘曲曲’。”

那个声音又说：“我的‘曲曲’(朋友)？我的‘曲曲’多了，哪路‘曲曲’？”

放羊人说：“水中取财(打鱼的)。”

那个声音说：“啊？来个打鱼的？正好，我这儿缺些个打鱼的。你给他下罩子，我看是什么‘曲曲’……”

说着话，放羊人已给庆成摘下了蒙眼布，庆成揉揉眼睛，这才看清，原来他们已进了一间大屋子，眼前一铺大炕，炕上放着一张大桌子，五七个人正在炕上饮酒吃饭，中间一个汉子，年岁也就在五十岁左右，很是英俊，但一脸的凶气，想来他就是这伙人的头了。果然，只听那人喝问："你是哪的人？到这儿来干什么？谁是你的'曲曲'，我不认识你！快说，到这儿来何干？"

庆成沉住气，他把自己家住在泡子沿，是瓜尔佳氏老三，阿玛是英格尔斤克，为这季朝鱼贡的事不得不来老北江一五一十地说了一遍，又加了一句："请问，您就是连大柜乌龙老北风吗？"

放羊人厉声斥责："你不要提名道姓的！这是我们老北风乌龙大柜，有话你就说！到底是怎么个'曲曲'？"

他这一说，倒提醒了庆成。

于是庆成说："乌龙老北风大柜，咱们真是'曲曲'……"

炕上的乌龙老北风这时也一愣，忙问道："你说你和我是'曲曲'，怎么个'曲曲'？你说说？"

庆成说："此处说不便。"

炕上的老北风说："当说不妨，这都是我的四梁八柱，没有外人。你说吧！"

庆成想了想，说："那好吧，你看看这个……"

庆成说着，伸手到内衣里兜，掏出了金莲写给乌龙老北风的信，由放羊人递了上去。庆成见炕上的老北风打开信在看，不禁心中七上八下的，他这个走江湖之人，会对此事怎么办呢？

谁知此时，就见炕上的乌龙老北风看着金莲的信说："哎呀，真是'曲曲'，还真是我兄弟呀！快快，庆成兄弟请上炕，坐到我身边来。你咋不早说是金莲的兄弟？唉，金莲这个人，也有一副犟脾气，我多次让她上山，到我这边来，她偏舍不得她的什么碾子山驿站，屁他妈的驿站！那是给官家卖命，还得打点四方，活得多累，没有我这里快活轻松！啊呀，庆成弟，你有金莲的接引(信)，咱们真是'曲曲'，而且不是一般的'曲曲'。来人哪，把这桌菜撤下去，重新上菜，我要好好给我兄弟接接风！我们是'一眼连桥儿'啊！"其实这乌龙老北风连凤山曾经在金莲那里听说过庆成，只不过从未见过面。

炕上老北风一席话，倒给庆成造了个大红脸，众兄弟们也都哈哈大笑起来，没承想，他们对此事一点也不顾忌，不瞒着。当下，就有人撤下桌子上的菜，不大工夫，竟给庆成他们上了一桌子"鳇鱼宴"。

庆成一看，大吃一惊。只见满桌是真正的鳇鱼宴，鳇鱼身上的各个部位都有，鱼唇、鱼嘴、鱼子、鱼眼，那都是庆成他们八旗打鱼丁可望而不可即的物，别说吃，就是看看而已，摸都不敢摸呀。八旗的捕鱼丁只打鳇鱼不敢吃鳇鱼，尤其是大鳇鱼，那是皇上和京师的大人们才能吃的。现在可倒好，那一大碗一大碗的白嫩嫩的鳇鱼肉摆满了桌子，散发着浓浓的香气，可把庆成馋的，口水快流下来了。

乌龙老北风早看出了庆成的心思，他说道："兄弟，你不要再顾忌，到了我这里，咱们啥说也没有！平时他们朝廷什么皇亲国戚的可以山珍海味地造，怎么就不行我们吃？到我这儿就是天子有啥咱有啥，别人不敢吃鳇鱼，我乌龙老北风可没这个令。来！上酒，我要和我庆成兄弟好好地喝上一通！"

乌龙老北风大柜命放羊人将庆成的弟兄们冷子、罗子他们安排到西屋的另一张桌子上，也是鳇鱼宴，大碗酒、大碗肉可劲造。多少年了，庆成天天与鳇鱼照面，可从来未品尝过鳇鱼肉是啥滋味儿，只是有一年在查巴彦淖尔网房子，一条小鳇鱼死了，厨子一看打鱼的人太累，太辛苦，就偷偷地放在别的鱼里一块炖上了，也没告诉是鳇鱼，等吃完了厨子问大伙，今儿个的炖鱼，你们吃出别的味没有？大伙说，没有啊，就是炖鱼。厨子急得直跺脚，说："哎呀！可吃白瞎了！吃白瞎了！今儿个，咱们这是炖鳇鱼呀！一条小鳇鱼，死了，叫我炖上了！"

大伙齐说："没吃出来呀！"

如今，庆成等泡子沿的渔丁们却大开了眼界，饱了口福，那鳇鱼肉可是太香了，白嫩嫩的，不腻又不肥，香鲜可口，再喝上乌龙老北风连大哥在这一带自酿的"小烧"，直吃得泡子沿的渔民个个大眼瞪小眼，庆幸没白跟采伍达庆成出来一回。

对于庆成的到访，乌龙老北风连凤山万分高兴，他告诉庆成，老北江这地方可不向外边传的那样没有鱼，打不着鳇鱼，那都是传言，一是这儿离各部落路途遥远，江弯被荒甸野林遮掩着，看不出有鱼卧子，所以很少有渔伙子来；二是由于他老北风在这儿，没人敢来。可是这几年四外的江段都被人给占上了，唯独老北江没人敢闯，这反而把许多大阿金给撵到老北江来啦，这一下子，使他连大哥成了真正打鱼的。

老北风告诉庆成，其实当胡子、土匪，是官家逼出来的，而打鱼才是他的正业。从前爷爷、玛发，都是打鱼、看鱼圈、护鱼的能手，自从摊上了黑官司，他才不得不扔下了打鱼这一行，当上了江湖响马。可自从当上了"草头王"，这荒江老水却成了他的渔场，于是他和弟兄们除了时常地去周边的村屯“砸砸窑”(攻打有钱大户人家)、“绑绑票”(抓抓人质)外，也便重新干起了捕鱼的活计。所以庆成的到来，他非常高兴，当天晚上，连凤山和庆成都喝多了。酒后吐真言，连凤山甚至向庆成发誓，除你之外，任何人都休想靠前，他真想娶金莲，而且，不但让她当压寨夫人，还要让金莲去京师开办“关东棚”，连凤山告诉庆成，他在京师有三个“关东棚”。

第三十五章 京师“关东棚”

各位阿哥呀，说到这里，我朱伯西不能不给你们说说这京师的“关东棚”了。

何为关东棚？其实就是在京师专门卖东北特产的市场。

前边我们说过，清王朝通过打牲乌拉总管衙门将东北的特产作为贡品源源不断运往京城，供皇室享用。可是，皇室之外的达官贵人、商贾富户也想享用啊，而且，东北特产运到京师贩卖有利可图，于是，以有权有势的人为后台和推手，搞起了经营东北土特产的生意。

初始阶段，只是在北京天桥、柴草市的露天市场里搭棚设摊，小本经营，因而得名“关东棚”，后来遍布前门大栅栏、珠市口、海运仓胡同等京师繁华处，渐渐地，有些人不再搭棚摆摊，开起了专门经营东北土特产的店铺商号，但人们仍习惯地称其为“关东棚”。“关东棚”各有各的背景，谁也不敢问其来历。正如一首民间竹枝词说的那样：

关东客始到京城，
各处全开狍鹿棚；
鹿尾鲤鱼风味别，
发祥水土想陪京。
要问此物何人送？
样样都是家乡情。
只管挑来只管买，
其间来历勿打听！

这话其实一点儿不假。每到冬季，当大雪一落地，京城“关东棚”便红火起来了。从北到南的驿道上，载着“关东货”的大小车辆络绎不绝地赶往京师。各个驿站都得开“绿灯”放行，因为他们一伙伙、一车车全有“官票”。那种“官票”都是经由盛京衙门、吉林衙门、黑龙江衙门或各种协领衙门、将军衙门给正式开具出来的。虽说当初朝廷规定，送往京师的各种“贡品”一律由盛京衙门开具“官票”，可是各路衙门又都明白“鳇鱼给皇上，鳟鱼给大臣，杂鱼给官吏”的说法和道理，驿站见到哪个衙门的“官票”都放行，谁敢打听是给哪一个呀？甚至京师都闹出过这样的笑话：朝廷祭祖，上供的大鱼竟然没有前门大栅栏“关东棚”里卖的鱼大、鱼好，有许多次，朝廷内务府的人只好背着官家，偷偷到大栅栏的“关东棚”里挑选几样，回来就说是北方送贡而来，用以祭祀、祭祖，却不敢细说来由！

内务府也有难处，每年除打牲乌拉衙门定期定时向皇上进献贡物外，吉林将军、副都统等地方官吏，在每岁庆贺年节时，也要向清廷官员进献贡品。据《竹叶亭杂记》载，除主管衙门外，其他将军、副都统每年四月间要单进油炸白肚鳟鱼肉丁十罐，七月间进窝雏、鹰鹞各十只，十月间进二年期野猪二口，一年期野猪一口，鹿尾四十盘，鹿尾骨五十块，鹿肋条肉五十块，鹿胸岔肉五十块，晾干的鹿脊条肉一百束，野鸡七十只，稗子米一斗，铃铛米一斗，鲟鳇鱼三尾，翘头白鱼一百尾，鲫鱼一百尾，山楂十坛，梨八坛，山韭菜两坛，野葱五坛；黑龙江将军、副都统也要采办，主要有鹿、罕达犴（驼鹿）、四不像、鹤、马、貂鼠子、灰鼠子、飞龙等等，所有的东西，其实已和给内务府的差不多了。

而每次进献，朝廷内务府传皇上旨令，给到达京师之送贡人放假，让他们到京师繁华之处走走，玩玩，看看，逛京城得用钱啊，所以他们每次来京师，也都带些“特物”，如珠子、石砚、山核桃、皮张、骨器等，到大栅栏换些零花钱。一来二去，那些当地的商人一眼就能认出他们的身份，往往设计收买、欺骗、威胁、利诱他们与自己合作，专门“收购”北土贡物，这成为又一类“关东棚”。

有一个叫关四的乌拉贡丁，那年押车前往京师送贡，临走前，当地的一个协领暗中托他带上二十张貂皮，让他到京师后抽空去大栅栏给卖了，回来所得对半分，他满心喜悦地答应了。

送完贡物，贡车人马放三天假，他说有一个朋友要去看看，就只身一人背着二十张貂皮进了前门大栅栏。这地方是你一个外地人说来就来，说去就去的吗？他是一点也不懂啊！当年，一到冬月，京师一些吃“混集头子饭”（专门在市场上打外地人主意的人）就在各处游动。他们打眼一看关四那几步走就知道是山野狩猎、捕鱼之人，又闻他身上有鱼腥味儿，也就明白了，一看他背着个大包袱，就上前招呼。

混集的问：“客人，住店哪？”

关四哪明白这个，顺口问："什么价？"

那人说："价你看着给。"

关四问："地点要大栅栏。"

那人说："就在大栅栏正中。"

关四一听还有这好事？正好卖完貂皮，再在这里逛逛，两天后回去，谁也不知道干什么去了。于是就和那人走了。

来到一处客栈，正是大栅栏中街。

二人推门进去，一看一铺大炕，挺热乎就炕头上躺着一个老头，炕沿上放着一个碗，碗里好像是一碗开水，而且还冒着热气儿……

那人说："就这里你看怎么样？一铺大炕你们俩人住。"

关四说："宽绰是真宽绰。价呢？"

那人说："价你看着给。"

关四想，哪有这样便宜的事让他给摊上了，于是就立刻答应，在这儿住。

谁知，关四把貂皮包袱解下来往炕上一放，只听"咕咚"一声，那炕沿就掉下来了，而且这炕沿一掉，一下子把炕沿另一头放在上面的那个大碗给掀掉在地上了，只听"啪嚓"一声，碗打了，一股药味儿飘来！

那个人听关四答应了，本来转身要出去，可一听到这炕沿的响声，又站住了。那人回头看了看，对关四说："我说客官，这你就不对了！你住店就住店，咋又把我客店的炕沿给碰下来了呢？炕沿碰下来也就碰下来了，可又把炕沿上的碗给人家打了。你知道那碗里装的是啥吗？"

关四问："是啥？"

那人说："是药。你赔吧……"

关四说："什么价？"

那人说："五十两银子。"

关四吃了一惊。忙问："何药这么贵？"

那人说："这是一碗龙凤珍珠汤，是人家老爷子补身子用的！本价是一百两银子，我这看你是外地人，还少要了你一半！"

关四一听，惊得"扑通"一声就坐在了地上。这时，从门外涌进来好几个人，他们不由分说，将关四捆绑起来，让他拿钱，赔人家老头药钱，不然就押往官府。关四苦苦哀求，推说是自己进京师，没有亲朋，无处借钱。那些人就问他："那么你说，是官了还是私了吧？"

关四问："官了怎样？私了怎样？"

那帮人说:“官了，就是把你送进大牢，押至死拉倒!”

关四问:“那么私了呢?”

那帮人说：“私了就是把你带的东西赔上，再把你身上的钱交出来得了。”

关四一想，那还是私了吧。

于是，他眼睁睁地看着人家把他辛辛苦苦从长白山背来的二十张貂皮一张张卷去，又把他身上带来的七八两花销银子掠去，又把他一把推出了门。

在京师地面，人生地不熟，敢于在此落脚，决然不是一般人所能，而当庆成听连凤山说他在京师开有二三处“关东棚”，真是羡慕不已，便说道:“连大哥，如此说来，改日小弟一定随大哥去京师，走一走咱的‘关东棚’!”

乌龙老北风连凤山连连称诺，他说等秋天山货下来，他们一同去京师他的那些“关东棚”看一看，让他开开眼界，而且他告诉庆成，那些“关东棚”，都是他的得意兄弟们开着。这些人在京师有权有势，都和内务府，一些贝勒、奶奶、娘娘、格格们有往来，甚至卖的“货”有许多是这些朝廷和皇帝身边大人们的“私货”，在他的“关东棚”里代卖，非常保靠。

乌龙老北风连凤山还告诉庆成，别看他落草当了胡子，可是地面上拿他也无办法，他在这里占据着老北江，可以上通京师，下通民间，京师的那“关东棚”一年要有大量进项，这也使他不必专门外出去干那些江湖生意，倒是可以静下心来干他的老本行——打鱼!

于是，连凤山对庆成说:“兄弟，你到老北江，咱哥俩在这儿打鱼，我也有个伴呀!不然一年我可苦守着这荒江，连个说知心话的人都没有啊!”

第三十六章　顺手捕蚌

在“叮叮咚咚”的锣鼓声中，贺喜船来了。

为首的是打牲衙门的德伸阿骁骑校。他满脸的喜气，向采捕达尼亚哈交付朝廷的“赏”。这些奖赏包括稻米八斗、布帛七匹，还有一定的银子，那银子却是根据打鱼的人所捕捞的鳇鳇鱼的大小而另外裁定。

先由尼亚哈领着来人验鳇鱼。

那大阿金目前是一头拴在江边的一棵老榆树干上，身子全都浸泡在江的浅水处，远远望去，有如江中的一块大礁石，十分壮观！当骁骑校德伸阿走到大鱼旁边，大阿金可能是听到了人的脚步声，立刻甩动巨尾，“啪！啪！啪！”地连拍三下江面，那浪头掀起一房子多高，德伸阿惊奇地叫道：“好鱼！好鱼！”

尼亚哈说：“大人，怎么样？这大阿金见了您，还高兴地摆尾欢迎您哪！”

德伸阿说：“看到了！看到了！尼亚哈。”

尼亚哈答：“在。”

德伸阿说：“你们要好好存养这鱼，待再捕到二至七尾，我要呈报总管大人，择时呈交打牲衙门采捕哈番。”

尼亚哈说：“知道了。”

这时，奔臣老玛发老艄公让尼亚哈好好选一个驯养鳇鱼阿金的地方，他才能放心。

老奔臣玛发说：“孙儿，阿金的鳇鱼圈选好没有？”

尼亚哈说：“老玛发，放心吧，鱼圈早都选好了，定好了。”

奔臣老玛发说：“在哪里呀，孙儿？”

尼亚哈说：“就是嫩江入松花江的回水流的地方，那有五里长的大暗沟，两头一堵上，是天然的鳇鱼圈，多大的鳇鱼都能在这里养活。小鳇鱼在这里也能养成大个鳇鱼，地场老大了，水又深，汀又大，有各种鱼虾，真是江神赐给咱们的一个天然大鱼圈哪！”

奔臣老玛发听了孙子尼亚哈的话，连连地说行，好，这个地方中。他又对尼亚哈说：“你们赶快行动吧。让你兄弟阿思虎带上几个人，赶快把老阿金送到圈里去，让它好好歇歇，连压压惊。”

阿思虎答应一声，带了几个人走到大榆树下，解下了拴在上面的粗麻绳，那是绑鳇鱼的绳子，他们将绳子拉到江水里，又悄悄地跳上刀船，将绳子的一头绑在刀船上，然后，小伙子们齐力划桨，那大鳇鱼在绳力的牵引下，慢慢地转过了头，那巨尾又在岸边的浅水处“啪！啪！啪！”地拍打了几下，这老阿金王就随着船奔下游的沙滩回水流地方的“鱼圈”方向去了。

大伙在岸上欢舞跳跃。

老阿玛一再嘱咐：“阿思虎，你可千万要绑好了渔笼头，别让这个大阿金逃跑了。”阿思虎一再答应说：“老玛发，你就放心吧。我也不是看守一年鳇鱼滩了，我是多年的老把式啦。”

奔臣老玛发满意地点点头，威武地打量着船队领着大鳇鱼远去了。

奔臣老玛发让阿思虎牵着大阿金走了之后，其他的人等都以为大事完毕了，他们该要划船回到嘎珊部落去，今年的捕鱼季大丰收了，该回家歇息了，任务也顺利完成了，哪知，奔臣老玛发却说：“尼亚哈！”

尼亚哈说：“爷爷，您有话说吧。”

奔臣老玛发说：“把网、工具什么的，给我收拾一下，装上船。”

尼亚哈说：“装完了，爷爷。”

奔臣老玛发说：“让台岱带一些人，划船回去吧……”

尼亚哈说：“我呢？”

奔臣老说：“你跟我走。”

尼亚哈问：“不回寨子？”

奔臣老人：“不回。”

原来，在奔臣老玛发的指令下，他只让台岱几个人划着乍忽台回去，而把采珍珠的珠轩船留下了，他要干什么呢？

奔臣老人亲自挑选了精干的捕珠人十数人，由老玛发亲自为珠轩船掌舵，让尼亚哈在船头上望水，他说：“出发。”那珠轩船箭似的奔向了江心。他们又去采东珠去了。

船上的十几个人一个个脱去了上下衣裳，只穿了个大裤衩子，赤着腿，用一块布子包上头，成了一个个名副其实的大江采珠人。

奔臣老玛发说："哈哈济们（孩子们）呀，趁下晌天色甚早，江上又风平浪静，我们要干一件大事！"

众人说："大事？爷爷，是采珠子的大事吧？"

奔臣老玛发点点头乐了，说："孩子们，我早就观测好了，这一带水上，洁净而有光亮。你看那水上的波纹，一道道起格子，打起亮褶，这说明这儿的水很深，很凉。那波纹一层层闪现着日光、水光 、江底光，这告诉咱们，这深水底下必藏有大蚌蛤，咱们这叫顺手牵蚌。在打鳇回去的路上，别空手，一边行走，一边下江，一边潜水捞蚌，看一看，能不能捞上一些大蚌来，好好找一找蚌里头的宝贝——大东珠啊！"

众人一听，个个都异常兴奋，连连说："爷爷，你想得真够周全。是啊，俺们还没干够呢！"

满洲男儿，其实个个都爱水，听老玛发发话了，能不来劲吗！他们每一个人水性都好，最喜欢潜水，在水下藏猫猫玩，有时打赌，看谁在水里会换气，待的时间长。一个人那一个猛子扎入江里，让另一个人去瓜地摘瓜，等吃完两个瓜，那人再从水底下钻出来。有人比赛江底找烟袋，一个人将烟袋抛进水里，然后多大时辰给找回来。还有的比赛踩水，双手举着衣服过江，踩水游到对岸衣服不许沾湿。这类游戏，只有江边的打鱼人才能玩赏。玩时，互相不服气，甚至赌钱和赌好吃的东西，各种花样翻新。现在，一听老玛发下令了，一个个你瞅瞅我，我瞅瞅你，接着一个个"咕咚咕咚"地跳下船去，扎进深水底下去了。

小伙子们扎下深水里去找大蚌大嘎拉，其实这活计是和捕捞鳇鱼一样，是个让人上瘾的活，而且这是打鱼的小伙子们最有趣儿的营生。人扎进深深的江河中，潜入水底，双手摸抓在石头上和泥沙中的大蚌蛤，这是一种惊险的功夫。

人在下水前，要深深地吸上一口气，闭息扎潜到水底下，用双脚去触摸寻找在石缝、泥沙中的大蚌蛤，踩着蚌时来一个滚翻，头朝下脚朝上，双手将其一抱，然后双脚要用猛力拍水打水，头向上一蹿，人才能从深深的河底像飞箭一般迅速蹿出水面，而这时，正好一口气用完了。

当人头露出水面，赶快换气，然后迅速用力攀船舷跳上船，把手中的大蚌蛤扔在船板上了。也有时，船上的人手操一把大抄网兜子，当潜下去的人刚一露头，船上的人迅速递过网兜，以便让其将捕捞的大蚌蛤扔在网兜里，再由此人将其提上船，扣在船板上。

这时，船上的人正在准备另一道工序。人们在船上架起木炭，点燃熊熊火堆，上面放一口铁锅，烧上一锅热水，当水快开时，把刚刚采捕上来的大蛙蛤往锅里一放，那河蚌一经热，就马上把壳张开，人们顺势把大蛙蛤取出，用快刀把蚌壳一剜，蛙蛤肉立刻便脱落下来。个头大的蚌，一个蛙蛤肉就能装满一大碗，又鲜又嫩。

当人们以利刀割下蚌肉时，便细剥细察寻找珍珠。那晶莹闪光的小白颗粒，非常坚硬，圆润可爱，这便是赫赫有名的北土珍珠——东珠。

东珠有小有大。最小的，如小沙粒，大点的像绿豆粒、黄豆粒，再大一些的像豌豆粒，最大的东珠有鹌鹑蛋那么大。

珠子一出壳，就有人拿出戥子（以毫、钱计量的小型秤），称量其重量。当年慈禧老佛爷凤冠上的珍珠就是东珠，每颗的分量都超过二钱，属世上罕见。

尼亚哈的两个侄儿，阿思虎的儿子拉兴和图文赫，他们都是著名的采珠能手，水性好，擅游渡，擅潜水，有在水下恶劣环境中寻找到大蛙蛤的本领，人们都叫他们“拿蛤手”，是指什么样的蛙蛤都跑不出他们的手心。

其实，江底的蛙蛤是相当狡猾的。可伪装为石头，可藏身于泥沙，加上自身的保护色，一般的人很难发现它们。即使捉到了，如果踩水的功夫不到家，稍一用手拍水，它便会趁机从人的手中滑落下去，逃走了，这时你再追它，可就不易了。

捕蛤人都明白，一旦蛙蛤脱手，就放弃它，而去寻找另一只蛙蛤。

第三十七章　江中赛采珠

人们以为蚌蛤是同一物，其实有区别。蚌，总体说是椭圆形，但有的长得细长，有的近似长方形；而蛤，都是扇圆形。

珠轩船上堆满了蚌蛤，奔臣老玛发特别高兴，在得到了大阿金之后，他还想在采珠上也得个头一名，把英格尔斤克远远地落在自己的后边。

可是，英格尔斤克瓜尔佳氏何尝没有这个比赛劲儿。他们以为先占了梨树沟鱼卧子，捕到了一尾大阿金，肯定得胜了，哪承想，尼亚哈在奔臣老艄公指导下，在他们走后也在梨树沟网到比他们捕的那尾阿金更大的阿金王。英格尔斤克的心能平静吗，他恨自己太心急，太想快点在乌拉打牲衙门挂名啦，结果轻易离开好好的梨树沟鱼卧子，吞下了这么大一口的后悔药，败得太惨了，太蠢了！

英格尔斤克不甘心哪。于是灵机一动，也想让孟哲勒氏他们来个意想不到。

霎时，他命令他的儿子海桂、常昇速速开船，再返回嫩江口那个地方去。

海桂问："阿玛，您老是怎么个打算哪？"

英格尔斤克大声说："快！快快。咱们不能让孟哲勒七十三他们再占了大便宜。返回嫩江口也去采东珠。"

英格尔斤克这么一说，提醒了海桂、常昇他们众弟兄，他们说："对，不能让他们再抢先！"

于是，他们开着两条大珠轩船出发，比尼亚哈他们早几刻占据了嫩江入松花江口的几处有利水道。

这时，说来也巧，往回走的尼亚哈他们的一条珠轩大船正从老鹳窝方向划来，奔臣老玛发把着舵，打老远就见到了两条大珠轩船已经占据了他们正要开去的水域，一望便知对方的来历和意图。

这真是冤家路窄。来的又是瓜尔佳氏英格尔斤克的采珠船。怎么办？

尼亚哈一见这个情景，忙问老玛发："咱们该怎么办是好？"

奔臣老玛发说道："咱们就在这地方停船！"

尼亚哈说："停船？"

奔臣老玛发说："对。不走了。反正嫩江口很宽，这里都属这种河道，江水滚来滚去，水下的蚌蛤只要是水深，有泥沙有石头，它们就到处游动，咱们就在这儿下河采蚌蛤，全凭江神的惠顾啦。这样一看，咱们还是比他们先来的呢！"

在奔臣老玛发的安排下，尼亚哈命珠轩船就地抛锚，马上与阿思虎在船上分配人力，开始了看水、潜水、采珠、烧水、剥壳、剖珠、验戥、入柜等一系列工作，共分六个组……

采珠关键是看两种人的能耐，一是"水师傅"的看水本事，二是采珠手的潜水本事。看水，就是从水的流向、流速、波纹、漩涡、清浊等江面的水情，来判断水下有无蛤蚌，依此确定下水地点，"水师傅"要有"看透江底的神眼"。

采珠手，一定要水性好，在水中要像鱼一样浮潜随意、翻转自如；二要手疾眼快，发现蚌蛤要马上抓住，迅速抱蚌蛤出水，这一切全在瞬息之间；三就是要有体力。

体力是采珠人的根本。在水中上上下下多个回合，气喘吁吁，精疲力竭，倒在船上，歇歇可以爬起来，这还是好样的。一旦是在水底体力不支，或腿抽筋，就会一下子被水呛昏，人再也上不来了。

人下水采蚌蛤，船上专门有人"看香"，就是点上一根香，专门算计你下水的时间，如果那香已烧过五分之一，还不见下潜的人出水，那就是出事了，要立刻组织人下水去救人，但往往救上的人也早已不省人事了。更有一些体力不支的人在水底一昏迷，就会被水底潜流冲走，连尸体都找不到。采珠人能力大小，决定采珠的成败，其他皆是次要的。

就这样，在嫩江河口广袤的江面之上，有三只大珠轩船，在熙熙攘攘地各自忙碌着，只见三条船上的采珠人，都是三人一组，几乎一模一样，都是跳入水中，忽然又纵身上船来，都手提大蚌蛤，来往穿梭地忙着剖蚌取珠，如一幅嫩江采珠的风景画。

英格尔斤克瓜尔佳氏和孟哲勒七十三孟氏家族就又在这嫩江湾水域上展开了角逐。

只见船的前前后后江水翻花，人不断从水中钻出来，放下蚌蛤，每次蹿出水面就有人递过去烈酒，让他们很快地搁一大口，暖暖身子，然后又“咕咚”一声扎入水中潜入江底，一切动作都那么轻盈敏捷。船上不时地传出报喜声：

“报喜，得到百年大蚌蛤五个！”

“报喜，得到二钱重珍珠两颗！”

为了振奋采珠的兴致，剖珠人求得珍珠后，先交给手掌小戥子的人，由他称一下，然后，大声通报珍珠的分量，每通报一次，众人都随着喊一声：“大喜！”“安巴乌勒滚！”接着敲锣祝福，用这种热烈气氛去振奋那些辛苦的采珠人，鼓舞他们的斗志，这简直是一种采捕仪式。

蛤蚌在用吸盘吸食食物时吸入了小沙粒，不能消化又不能排出，便本能地分泌一种液体，慢慢将沙粒融化，便形成了晶莹的颗粒——珍珠。因此并不是每个蛤蚌都有珍珠，更不是每个蛤蚌都有大珍珠。多捕蚌才能多得珠，采捕时间一长，珠轩船上被剥开的蚌蛤堆积如山，怎么办呢？

有一个约定俗称的规矩，即各采珠船决不准将死蚌蛤再投入江中，这样做江神必会震怒，必遭天谴。因此，凡剖碎之尸壳，均要送至江岸。

送至江岸也不能随便一扔，要摆。

摆时，要将割开的壳一方冲着东方，那里有太阳的光芒，一是对死去的蚌蛤一种敬畏，是让它们随着升起的阳光，精灵飞去，变为永恒之灵；二是东方是最早迎接太阳的方位，让日光和天风风化它，成为蛤蚌壳干粉（这是一种自然现象）。

摆这些蚌蛤壳时，人要虔诚地叨念：

蚌蛤蚌蛤你别怪，
你的硬壳已张开；
快让日光走一遍，
快让大风刮过来。
他年你会再入水，
育出宝珠给人戴！
安巴乌勒滚——！
安巴乌勒滚——！

随着朝廷收取东珠数量之多，在黑龙江、乌苏里江、松花江、嫩江、拉林河、浑江、佟佳江、霍林河、文牛格尺河、洮儿河的江岸上，凡采珠人曾驻足之处，年年岁岁积累下来的蚌蛤壳，无计其数，民间称其为“蚌蛤山”“蚌蛤丘”“蚌坟”。

每年，每一伙采珠人都有溺水而亡者，有的打捞上了尸体，而有的不知被冲到了哪里，尸骨不见，使人们受到精神刺激。人们出于对死者的怀念之情和对神魔鬼怪的迷信，便出现了溺水而亡的采珠人在蚌尸蛤骨中冤魂现身之传说和故事。在清朝雍正四年，有一个采珠人溺水而亡，那一年，他的老母亲从远方来看儿子，人们不忍心马上告诉她儿子已不在了，就把老太太安排在窝棚里住下，说儿子在大江上干活呢，过了些日子才实话实说，儿子在两个多月前已经故去。

那老太太本来被采珠人安置在岸上的窝棚里，天天由看守窝棚的人好吃好喝地招待着，安慰她说，等上秋天冷了，再与大家一起回嘎珊（屯子）去。可是，奇怪的事情发生了。老太太天天乐乐呵呵的，她根本不像知道如今儿子已死去两个多月了似的，每天夜里老太太都起来，只身一个人往蚌蛤堆走去，人们听得清清楚楚，她在那儿叫着儿子的小名："狗娃！狗娃！"

这时，大约是在老太太唤儿三声之后，人们真能听到狗儿的回答："娘啊！娘啊！"

娘说："你在哪儿？"儿说："我在这儿……"人们听得毛骨悚然。

就见老太太朝蚌蛤壳堆中走去，里边传出了娘儿俩的亲热说笑声。

后来，在七七四十九天之后，有一天，娘走进蚌蛤堆里找儿子，再也没回来。从此，采珠人都离开了这段江岸，再也不敢来了。

孟哲勒氏奔臣老玛发率领孙子尼亚哈和英格尔斤克率儿子海桂等采珠人，采着采着，太阳已经平西了，不一会儿，天色就暗了下来，但双方谁也没有要走的意思，于是都点上火把，连夜采捕。

但是，依照规矩，采珠人要将自己遗弃的蚌蛤壳堆放在自己的江段岸上，绝不可混摆乱放，而摆放时的祭祀歌也大致相同。英格尔斤克早已让人从嘎珊里带来了萨满老人，他站在岸上，每当采伍达派人背来蚌蛤壳，在摆放时，他都唱起祭蚌蛤歌，敲起“咚咚”的皮鼓，在夜里，这响动十分洪亮，但却凄冷苍凉。

孟氏家族由于是后来决定停船采捕的，奔臣老人命尼亚哈派人骑马回到庄子现请来一位萨满，也如人家英格尔斤克一样，在摆放蚌蛤壳时，以萨满祭歌超度大江之中蚌蛤的灵魂。

孟哲勒氏在大玛发老奔臣的带领下，瓜尔佳氏在英格尔斤克老人的率领下，两伙采珠人真正是棋逢对手地干了三天三夜，采蚌万余枚，各得东珠若干。

但究竟每伙采珠人得了多少珠子，这个数字历来都是相互保密的，从不外泄，这也是采珠人的规矩，不能说清多少粒，也不能随便打听，就是知道，也说不知道，这表明珠子会永远地采捕不完，江河永续，财源万年。可见，人类的丰收，却是自然的毁灭呀。

乾隆年间便是如此啊，那种无序的野蛮采捕，残酷地剥割蚌蛤生灵，江河之中的大蚌大蛤一年比一年少，眼瞅着连年巨减，可是贡差不减，致使采珠人年年不得不扩大采珠的江河新水域，而每开辟一处新采捕段，就等于又新开辟了一处“蚌蛤山”“肉丘坟”，这使得奇特的蚌蛤尸山处处增加，逐年扩大。到后来，几乎每一处窝棚江段上，都成了荒凉的“蚌蛤坟场”，那种恐怖奇异的精怪故事也便越来越多了。

第三十八章　江贮大阿金

春风，在旷野上一吹，从冬季的严寒中醒来的北方原野，草就顶着大风迅速生长，几场雨，漫野的草、杂树都由最初的浅绿变成了翠绿，到了立夏之后，它们就变成深绿了。绿色掩映的嫩江湾，是个奇异的地域，从上游伊呼里山麓发源的嫩江，经长途奔流到了大赉这一带转了个九十度的大弯，人们称其为嫩江湾。

嫩江湾，西靠古洲大赉，南靠前郭尔罗斯、扶余，东是黑龙江的肇源，而这儿的西北就是荒凉无比的老北江。老北江，其实就是嫩江的下游南段，在流到嫩江湾还没太远的地方，这儿由于江水从上冲下来，于是在江底冲出一条二十多里远十多丈深的大沟，沟水经常出槽漫流，在大沟的右侧冲刷出一片方圆百里的大甸子，老百姓管这个地方叫柴火垛，这是名副其实的柴火垛！

那里，由于水源充足，各种杂草、树丛、蒿子密得不透风不透雨，蒿子秆都有铜线那么粗，割下来晒干就是好柴火。有的村屯，常年雇人在这儿割柴火，一垛垛堆在那里，然后从西边的渡口派船来运过江去，江西的一百多屯子，都靠船来拉柴火，所以人们打远处往这儿一望，遍地是等船来运的柴火垛，所以得了此名。

更有江东黑龙江肇源一带的村屯，打完了柴火运不出来，只好先将柴火堆在那里，等到冬天大雪一落下，江一封冻，再套爬犁来或大车来拉运。所以一年四季，这里遍地是一垛一垛的柴火，有时垛得多了，拉运不过来，就烂在那里，成了狼窝、蛇洞、狐狸的穴、耗子的家。再后来，这儿成了拉杆子的乌龙老北风连凤山人马出入和驻扎的地方。从此，这里除了老百姓来打柴火其他人再不敢光顾了，这使得老北江、柴火垛一带越加荒凉起来。

老北江，柴火垛，是真正的荒片，人迹罕至，人们往往走上个两三天也不见一个人影，四周静寂得吓人，要想找人打听个道那是妄想。在外人看来，老北江和柴火垛那是“死地”，不可能有鱼，就是有鱼，人也不敢进哪！可是瓜尔佳氏英格尔斤克老玛发之所以把三儿子庆成派进这片荒江，是有他打算的，别人不知，他心里有底。其实，英格尔斤克并不知儿子庆成与碾子山驿站女主人金莲的关系，也不知金莲与这关东响马“老北风”有牵连。可是当年，连凤山之父在苏尔哈“犯事”时，他们关家曾经偷偷地救济过连凤山哥几个，他也知道连凤山虽然落草为寇，可是为人义气，他是不会忘前情的。再一点就是如今朝廷逼着要缴贡鳇鱼，老孟家一而再再而三地占据了好的江段，他这也是无奈被逼无路，才舍出三儿子去闯荡老北江。

这天早上，在老北江歇了一宿的泡子沿采伍达庆成等人刚刚起来，吃完早饭，装网就要上江去，连凤山忙走过来说：“庆成兄弟，今天你先让你的弟兄们在老北江中段下网，你跟俺去看一处窝子……”

庆成采伍达说：“连大哥，什么窝子？”

连凤山说：“兄弟，在我连凤山这里还有啥窝子，鱼就是卧子，卧子就是鱼，而且是大家伙。你去去便知。”

网车出了院子，庆成采伍达把上江布网的事交代给冷子，他和连凤山一人一匹马，二人翻身上马，直向西北方向奔去。

那道是越走越荒凉，有些地段根本没有道，时不时地，庆成和连凤山得下马，用镰刀砍掉野蒿子、树枝子来“开道”。一会儿上马，一会儿下马，骑马走得更慢，连凤山说：“庆成兄弟！咱们别骑马了，步行吧……”

林子和草丛里没有一丝风，闷热难当，二人浑身大汗。蚊子和小咬遮天盖日。这儿的蚊子个头大，俗话说“三个蚊子一盘菜”，跟着人叮咬，轰不走赶不完，马也被咬得直打响鼻……这就是人们说的八百里瀚海。

连二哥“老北风”告诉庆成说：“兄弟，这里就是柴火垛。你看到了吧？别说我在这儿别人不敢来，就是我老北风不占据这里，人们轻易还是不敢来呀！可是，就是这种荒凉地方，才能有大阿金。你别急，一会儿你就瞧好吧。”

又走了约两袋烟工夫，前方渐渐发亮了，原来是草丛、杂树林子、蒿子柯、苇塘地走完了，前面是一片开阔地，平坦、敞亮，从远处就可以看见亮晶晶的江水……

乌龙连凤山说：“兄弟，那就是老北江。”

庆成抬眼望去，只见远远的地平线上，亮晶晶的水在阳光下闪着细碎的波纹，像有人打碎了千千万万块镜片子在地上闪动，风吹刮着四周成片的苇子、绿草，都悄悄地，可又非常诱人。庆成抬脚就要迈上那片江边滩地好到江边去，就听连凤山连二哥突然喊道："庆成兄弟！别踩！"

庆成立刻收回了脚。而他刚刚迈出的一只脚已经陷进了泥里！原来，那表面看上去干爽而平整的江边，全是陷泥，只不过上边刮了一层浮土蒙落在上面，好像是干旱的土层，可是人一上去，立刻沉陷落进泥淖，越陷越深，危险得很。

乌龙连凤山说："看我的！"

只见他把食指弯着放在嘴里，然后一使劲儿"吱"地打了一声口哨，突然，就见远处的江里蹿出一个黑影，直奔他们而来。渐渐地近了，泡子沿的采伍达庆成看清，原来这是一只黑狼。黑狼是东北民间最凶狠最厉害的野狼，它的意志坚强，可以去毁掉它恨的一切物件和性命。

只见那家伙从江边奔来，不断在江滩上跳跃跑动，一会儿往左，一会儿往右，等跑到离人不远处，它却一头蹿进他们身后的苇子里去了。

庆成正在纳闷，心想这家伙是从哪儿来的呢，乌龙连凤山笑了，说："这是引道狼。"是由他的弟兄们从江边的草里放出来，专门给柜上人及朋友们带道的。这时连凤山说："走，你跟我走吧……，记住，一定踩在我的脚印儿上，千万别错了窝，一错窝，咱们就完了！"然后，就见乌龙连凤山一下子跳上江滩湿地的野狼刚才踩过的脚印上，亦步亦趋地踩着，并再三嘱咐庆成，你的脚步不能错了他和狼相重合的脚印。于是，庆成也聚精会神不错眼珠地跟着乌龙连凤山向江边跋涉而去。

到了江边才看见，原来江草丛里有只小船。一个人走出来，头戴一顶草帽，说道："大柜，等你多时了。咱们到哪儿？"

连凤山说："柴火垛鱼圈。"

那人说："好喽！"然后一下子跳上船去。

庆成也跟着连凤山跳上船去，心想，怪了，这儿也有鱼圈？是鳇鱼吗？

乌龙连凤山见庆成有点纳闷，便说道："庆成兄弟，你以为我老北江这里只是一片荒凉对不对？那是外人这么看，其实他们不知道，咱们这老北江、柴火垛一带是最富的江！等一会儿你就会看到该有多么富，官家想都想不到，我不可能让他们想到，让他们觉着这里越荒越好，谁也来不了，就咱们哥俩在这儿，地老天荒，人烟绝无，这才是我老北风的地儿！哈哈哈！"说到这里，他自个儿爽朗地笑了起来。

三人划船前行，约走了三里多地远的时候，只见江两岸的树木越来越密，江道越来越窄，可是，江水起股、发亮，庆成知道，这是到了深水汀，从那水势上看，江底下有大沟。老北风连凤山说："庆成兄弟，你仔细看那水纹！"

果然，庆成凭着他多年的经验，就见那江上的水波一股股从北冲南卷来，又一股股地由北向南回去，形成的洄水浪涌起挺高，他惊奇地对老北风说："连大柜，这是什么？难道是鱼？这得多大的鱼？"话还没说完，突然，就见江里一下子扬起四五条大尾巴，每一尾都有一人多高，拍了几下江水，就沉下去了。

乌龙连凤山说："庆成啊，你算看对了，这不是别的，这就是大阿金！大鳇鱼王，一共三对！我在这柴火垛江卧子里圈着，让它们好好养着，等到了冬天，我一条条起出来，挂上冰，送到咱们的京师'关东棚'里，到那时我倒要让京师的人看一看，什么他们打牲乌拉衙门，什么他们将军府、协领府，都给我靠边站。但话又说回来，咱们哥们，就是有缘分！你先领人在这老北江管够地打，一旦打不到也别愁，也别急，哥这鱼圈里保你选，先去缴贡。要知道，我这圈里的老阿金，每一尾都在2000斤以上，那是真正的鳇鱼王，大阿金啊！"

乌龙滔滔不绝地说，直说得庆成目瞪口呆，同时心里也乐开了花。他想，对呀，有了这样的老阿金，孟哲勒氏再也不敢欺负他们英格尔斤克人家了，朝廷和衙门更得刮目相看啦，而且，老玛发要是知道这个信儿，他一定高兴得了不得，先不能告诉家里，得抽空让哥哥们、玛发和屋里的（妻子）都好好地乐一乐，这太让人意想不到了。

第三十九章　大水冲了鳇鱼圈

早先，鲟鳇鱼贡最大的难题就是往京师输送贡鱼。辽金以来，这项贡差就成了北方各州县的一大重负。你想啊，从辽东吉林打牲乌拉各地，远到黑龙江的各个大小江汊、河口、鱼圈，得了鲟鳇鱼，要按额数、按季节，运送至京师内务府。到内务府太常寺、光禄寺缴上贡鱼，人家按收到的数目、质量和定级、定等，然后给你开一张收启，这就是皇贡的完成凭据，也叫“收帖”。地方上，各衙门和乌拉打牲衙门，按此收帖，审核你是否完成了岁贡和其他贡。

朝廷的“贡”，又分岁贡(年)、月贡、季节贡和节日贡，还有特别的天祭、地祭、四方神祭等多种，但每一种都得收到“贡”物后朝廷才能为之开具“收帖”，以帖为准。所以，把鱼打上来，也才算完成了一半的皇命，还要安安全全、完完好好地送到京师，拿到了收帖，人的心才放在了肚里呀。

这都是因为，从北土抵达京师，水路、旱路，加在一起，遥遥一千六七百里，贡鱼就不是活物也得是鲜物，时日太长，就会腐烂变质，所以有个老传统，就是“夏捕冬贡”之制，亘古不变。

夏秋采捕鲟鳇鱼，直到冬季，北方冰天雪地，千里冰封，万里雪飘时节，人们才将存放在鱼圈中的鳇鱼，凿冰打捞上来，以木榼榼死，全身浇水挂冰，成为白色冰罩的大冰鱼，非常奇特，壮观，然后再用草帘子，芦苇席子包裹好，这样就可以保鲜远运了。鱼在冰中，能保存三个多月，总是新鲜味醇，肉质上乘。一到年后开春，就是大地不开化，冰仍裹在鲟鳇鱼上也不行，那时鱼肉会变灰，味儿就走了，鲜味儿一走，什么鱼都不鲜，因为春天的冰雪，看去是冰，是雪，但冰和雪的质地已发松，冰上已有细细的小孔，春风会从这些小孔吹进去，鱼肉就不能吃了。

抢在严寒季节送贡鱼，一点不能错。

当年，各采捕达自己运送自己的贡鱼，不由当地打牲衙门代管，所以，各家族负责采捕、引圈、养殖、运送，那是一个一条龙的活计，人们往往要忙活一年，从春到夏，从夏到秋，从秋到冬，直到把鱼贡送到北京，回来了，这一年一条龙的贡差才算完毕，手里拿到了朝廷的收帖，才算万事大吉。这期间任何一个环节出现一点差错，全由采捕达自己担承，出了差错，要受到将军衙门和朝廷的惩罚，绝不宽贷。

乾隆九年的这个夏天，松花江和嫩江流域雨特别大，端午节刚过不久，这连雨天就来了，瓜尔佳氏英格尔斤克带领族人事先返回了泡子沿，在走之前，他一再嘱咐一定要把这次打到的三条大鳇鱼和四条小一点的鳇鱼，送到圈里关好，再养一养，让它再长一长，到冬天捞出来，再挂冰送贡。

等他歇过了雨季，再到孟家打过的老鹳窝卧子看一看。他嘱咐儿子海桂、常昇，这些日子哪也别去，就把鱼圈加固好，千万别出闪失。他说："海桂、常昇，你们可精灵点，别贪睡呀！"

海桂和常昇说："您放心吧，玛发。"

可是，万万没想到，事情就出在哥俩贪睡上啦……

英格尔斤克老人瓜尔佳氏族的鱼圈选在松花江与嫩江交汇处不远的一个叫葫芦套的地方。这个鱼圈，南北是一个高岗，正东是一片高台甸子，过了甸子是三岔河的南河道，正西是松花江干流，他们打的七条大大小小的鳇鱼，三条大的连在一起，四条小的连在一起，由嫩江湾河道牵进圈之后，英格尔斤克告诉海桂，一定要加固鱼圈东岸，因那一侧虽然是草甸子，但土质松软，特别是夏季水一大，雨一泡，容易出豁口。海桂特意派人上底斯莫隘口的木商那里买回五十根粗大的松木，牢牢地插住了葫芦套鱼圈东口，这才把鱼牵进了圈。

在北方，特别是松嫩平原，八百里瀚海，一到夏天，一望无际，除了江河的河道在这片大草甸上穿过，几乎没什么高山高岗，所以是经不住雨水的浸泡。这一季，这雨从月初就下，天好像漏了，大雨瓢泼落下，一直下了半个多月不开晴。这天夜里，泡子沿突然响起了"嘡嘡！嘡嘡！"的锣声，有人喊："各家注意，甸子上起亮子了……"

这是夜间巡逻的人在报水情。

起亮子，是北土民间的一句行话，就是甸子上发大水。北方的草甸子，如果大雨一连下上十天左右，非起亮子不可，就是水涌出河道冲上甸子，在平原上平推，一人多高的水墙，飞快推过来，水是白的、亮的，所以叫"起亮子"，这是非常可怕的洪水，往往会将村落、房屋来个一扫光，太吓人了。

当英格尔斤克听到有人敲锣喊“起亮子了”时，老人“忽悠”一下子从炕上坐起来了。他心里想，坏了，鱼圈能不能被冲？

他立刻派人到海桂家、常昇家去打听，葫芦套鱼圈有消息吗？

可是，家里人告诉老玛发，你别担心，海桂和常昇他们哥俩都守在鱼圈上，不会出啥事的。其实英格尔斤克老玛发还不知道，就在那天傍晚，葫芦套鱼圈已经遭了“亮子”，水已漫过，海桂和常昇哥俩在岸上向鱼圈一看，正东方向鱼圈出了一个二十多米宽的大口子。看那口子，好像是水给撕开的，木桩子被大水冲得东倒西歪！哥两个这一下可吓坏了，急忙带人跳进鱼圈里去找鱼，可是，哪还有鱼呀，全都让大水给冲跑了……

现在，哥两个顾不得给家里老玛发报信，他们正率人在东西南北四个方位找呢，想等有了线索再告诉老玛发。

那时，亮子还没退，一阵一阵地起，大雨还在瓢泼似的下，可是瓜尔佳氏的看鱼圈人一个也不剩，窝棚里只留下一个看家的，所有人都上甸子找鱼去了。

这天夜里，老玛发英格尔斤克突然做了个梦，他梦见一帮小孩坐在一挂大车上呜呜地哭啊，突然一阵大风，把车掫翻了，可是那车却没压着那些小孩，小孩还是在哭，一下子把他哭醒了！

“小孩——小人！”这是个“犯小人”的梦。哭，就是笑！有小人在笑，这是反梦。英格尔斤克一下子愣了，出事了，准是出事啦！他立刻让人给他备马，带上几个鱼丁，直接就奔葫芦套鱼圈去了。

英格尔斤克在当天夜里，就赶到了葫芦套鳇鱼圈，只见远方一片火把，窝棚里只有一个人在守着，英格尔斤克问看守窝棚的：“人呢？海桂他们呢？常昇他们呢？”

守窝棚的人不知老人不知出事，于是便说：“找鱼去了……”

英格尔斤克说：“鳇鱼跑了？”

守窝棚人说：“早跑了，已经跑两天了，海桂和常昇他们正带人可甸子上找呢！”

只听“咕咚”一声，英格尔斤克老人立马昏倒在地，不省人事。

就在这时，海桂回窝棚取工具，一看老玛发昏倒在鱼圈的窝棚门口，就什么都明白了。他立刻命人将老玛发抬进屋，又喊又唤，又掐人中，好歹英格尔斤克老玛发一点点缓醒过来。

英格尔斤克老玛发眼中淌着浑黄的泪，说："海桂呀，我一再嘱咐你们，一定要加固鱼圈的围子，你们就是不听话，到底是出事了，出大事了，这一季咱们都白干了。唉，你们咋就不想想，今夏雨大，雨大甸子就起大水呀！唉，咋啥倒霉的事都让咱们摊上啊，我瓜尔佳氏哪一点做的对不住苍天哪，这么惩罚我英格尔斤克呀！现在鳇鱼被冲出圈后去向如何？有没有踪迹？"

海桂为了安慰玛发，就说："玛发，你不要太着急了，派出的人都在四处寻找呢，因那七条鳇鱼是分两帮连在一起的，估计走不多远。你先回嘎珊去安歇，一有消息我就立马派人报知你！"

英格尔斤克说："你想得倒好，我能回去吗？我的心都碎了，我一时看不到我的鳇鱼就会吃不下，睡不宁！我不走，不回去……"老玛发英格尔斤克非得要亲自留在鱼圈窝棚里，而且，他还让海桂扶着他，亲自去查看那鱼圈的缺口处。于是，大伙扶着老玛发，一同朝圈上的缺口走去了。

等英格尔斤克老玛发在儿子陪同下赶到鱼圈的东缺口处才发现，那缺口更大了，滔滔巨浪掀起几尺高的浪头拍打着土围子，那些后插的大栅栏木桩已被冲得东倒西歪，但从实地情况看，鱼不像是从这里跑出去的，因那群鱼是连在一起的，在木栏处跑能被刮住，果然这时一个寻鱼圈的渔丁跑来，说:"采伍达，在鱼圈的西口又发现一个坝洞！"大伙一听，赶紧赶到了鱼圈的西边。

那处坝洞是在鱼圈底下出现的，圈上的土还在一堆堆往下塌，说明底下有缺口。海桂亲自扎进水底去探，果然是一个巨洞，是大水把地泡松了，水又不断冲击而形成的洞，鱼群很有可能从这儿逃跑了。如果真是这样，那可就完了，因这个方位二三十里就是松花江湾，再不远就是嫩江湾，这一带江岔子、河湾子、水沟子诸多，鳇鱼很容易挣脱笼头逃之夭夭，归入大江！

看到这，英格尔斤克只觉头重脚轻，一下子又要跌倒，幸好被众人扶住。老玛发英格尔斤克捶胸顿足哭诉道："老天！这是要灭我瓜尔佳氏呀！"

大伙都悲痛地劝道："老玛发不要过于伤心，鳇鱼都戴上笼头了，又都是连在一起，跑不多远，人们正在竭力寻找，你可千万不能病倒啊！"

第四十章　寻鳇鱼祭祀大典

大水冲毁了瓜尔佳氏鱼圈，七尾大阿金都顺水逃走的消息三天后就传遍了各地。泡子沿瓜尔佳氏族人倾屯外出寻找，更有一些村屯人家来帮忙。满洲人都是些热情好客之人，一家有难，八方支援，家家派人到各个江汊、河湾去寻找。打牲衙门也派来一些人协助瓜尔佳氏找鱼。消息自然也传到了孟哲勒七十三和老奔臣的耳朵里。

先是尼亚哈和阿思虎把消息带给了孟哲勒七十三，说："玛发，听说了吗？英格尔斤克把鱼丢了！"

孟哲勒七十三说："这都是天照应啊。让他们和我们去抢梨树沟鱼卧子，怎么样？这是老天有眼，该是你的东西，你不抢也是有，不是你的，你得了也会失去，这是古语老话，说得准哪。不过，这也提醒了咱们，今年雨水大，可得看守好了咱们的鳇鱼存养圈，千万别发生丢失跑漏的事呀！"

阿思虎说："玛发你放心，咱家的鱼圈可不像他们家那样，是平地堆的，咱们是江底大沟，自然形成，进了圈就别想逃。"于是，父子三人又去找奔臣老玛发老艄公，报告他瓜尔佳氏英格尔斤克家丢鱼的事，可是老玛发奔臣老人却沉思起来。

孟哲勒七十三一见老玛发寻思，就问："老玛发，您有什么话要说吗？"

尼亚哈和阿思虎也说："爷爷，你有啥话尽管吩咐，现在瓜尔佳氏族人是背气的时候，他们都在找鱼，顾不上别的。"

谁知，奔臣老人默默地抽了一口烟，说道："孩子们哪，不能这样，人这一辈子，谁能平平安安过到老？都兴许碰上点事。我们要派人……"

孟哲勒七十三说："我们派人？"

奔臣老玛发说："对。咱们该派人也去帮他们找鱼才对。你们想想，现在各处都知道了英格尔斤克家丢鱼的事，人家都伸手帮忙，我们能坐视旁观吗？”

大伙一想，可也是这个理。

还是老人看得远哪，可是两个孙子尼亚哈、阿思虎坚决反对，他们的鱼跑了，活该，怎么还能帮他们寻找呢？而阿玛孟哲勒七十三却站在奔臣老玛发一边，说服儿子们：“现在各处人都出动了，如果咱们还按兵不动，那不是更假了吗？也说明咱们小心眼，和他们瓜尔佳氏的不和就会让人看出来了。再说，也可以进一步探听消息。”

在孟哲勒七十三的说服下，尼亚哈和阿思虎各带二十人，到泡子沿瓜尔佳氏家请求任务，要去帮着寻找逃跑的鳇鱼。

那时，人们已把病倒的英格尔斤克抬回了泡子沿。尼亚哈和阿思虎带人到了英格尔斤克的住宅，尼亚哈、阿思虎上前施礼，说：“英格尔斤克老玛发，我们兄弟二人奉阿玛之命，前来加入你们寻找鳇鱼队伍，请安排我等活计。”

病中的英格尔斤克看见孟家来人了，心中知道这是黄鼠狼给小鸡拜年，可人家来了又有口难言，只好感谢他们哥俩和众渔丁们，并让他们捎话多谢孟哲勒七十三和老奔臣老玛发，并分派他们去西河口一带寻鱼。

这次鳇鱼逃走，非常奇怪，时间已经过去了七天了仍不见一点线索，如此下去，鳇鱼就是不归大江，如果卡在哪条沟岔子里，没吃没喝，一点点也会死掉。于是家人对老玛发说，应该找人算算，这些鱼到底在哪儿？

英格尔斤克也同意了找萨满来算一算。

请谁呢？不能用族人自己的萨满师傅，要外请高手。这时，大家都说请阿拉楚克的完达拉萨满。完达拉老萨满那年已八十二岁啦，正黄旗，祖辈世家，预测世事很准，算啥算得清，英格尔斤克也同意就请他。当下，英格尔斤克就命海桂和常昇二人，骑上一匹马，牵着两匹马，留着给完达拉老萨满和助手驮器物和骑坐，立刻出发去阿拉楚克请高手来测算一下这逃走的鳇鱼到底还在不在，在，又是在哪方。

这泡子沿整个屯子忙碌开了，现抓来一口黑猪，又抓来几口杂毛猪，都杀好，得招待“办法事”的人哪，又让人到泡子沿以北的“东烧锅”挑来十多缸头溜酒，又上集市买来香烛纸马，一切备齐，就等阿拉楚克的大萨满的到来。

泡子沿离阿拉楚克七十多里地，三天头上，当英格尔斤克拄着棍子指挥族人们搭好了祭祀台时，儿子海桂和常昇已搀着老萨满完达拉走进了屯子，英格尔斤克立刻亲自起身相迎。这完达拉老萨满别看那年已八十二岁了，可满面红光，一副雪白的山羊胡子飘在胸前，走起路来“嗵嗵”响，活像年轻小伙一样健硕。他也是个痛快人，来到泡子沿，只歇了一宿，看好日子，决定第二天就要祭祀。

泡子沿寻找逃走鳇鱼仪式的祭台搭在屯口的一处高地上，对面就是一片草甸子和一个大泡子，十分开阔。来看热闹的人那是人山人海，但大伙谁也不动声色，只是等着祭祀开始。头晌十时，太阳升起二杆子高了，只见大萨满完达拉老人穿好神服走上了高台，他身后跟着八个打单鼓的鼓手，各持一面皮鼓跟在后面。台上的供桌上，已摆好了黑猪和各式祭品，黄香已点燃。当大伙刚一站好，就见完达拉老萨满双手一扬，腰身猛劲地扭动起来，八个小萨满助手手中的皮鼓“咚咚”作响，完达拉腰上的腰铃“哗啦”上下左右甩动，祭歌一下子唱起来啦：

关家呀备下呀，
乌猪一口酒一缸，
男女老少来到地当央，
今天不把别的算，
就是帮着算一算，看一看，
关家的大阿金它在何方啊！

噹！噹！噹噹噹！

那皮鼓，打得地道。那腰铃也要得脆亮。在呼呼的大风中，完达拉老萨满的嗓门更加地响亮了：

阳间请客得清客舍，
阴间请客得搭神棚；
撒谎不把神棚搭，
夜晚请来的各路神灵哪里存；
搭神棚，垒神棚，
先得江神来验棚；
你帮着把棚来搭好，
我这里给你来接风。
江神听了心欢喜，
急忙走出水晶宫；
江神爷站在十字路口，
大江小汊他看得清；

阿金靠山它靠不住，
阿金走水专找坑；
水大流急它不怕，
就怕平地起大风！
起大风，起大风，
刮得江河直哼哼；
叫声爷们快点灯，
江岸林丛路不平；
往东去，东不平，
那你只能往西行；
往西去，西不平，
那你只能往南行；
往南去，路不平，
那你只能往北行；
东西南北行不通，
只有水猛往前冲。
我叫你，你答应，
祖神见怪咱应承，
关家诚心来供你，
你咋不叫人安宁？
我今喝了关家酒，
立刻打马就出征！
你往西，我往西，
你往东，我往东；
你往南，我往南，
你往北，我跟踪；
四面八方有玉柱，
火眼金睛到处盯；
你摇头摆尾俺看得见了，
别到处乱跑中不中？
只要阿金能回转，
我完达拉给你挂彩虹。
挂彩虹，披彩绫，

吹吹打打进京城，
见了皇上祖辈喜，
鳇鱼世家永光明！
葫芦套，葫芦城，
这个地方是好城；
你就走出千百里，
早晚还得回锦城；
回锦城，是亲情，
千载万古留美名！

噔！噔！噔噔噔！

那皮鼓，打得真是点；那腰铃，“哗啦哗啦”甩得齐响，拍得均匀，响得透彻。忽然，老萨满停止了跳动和唱舞，向英格尔斤克拍手。

英格尔斤克立刻被搀扶着，走上祭台。只见老萨满完达拉俯在英格尔斤克耳边说了句什么……

完达拉老萨满告诉英格尔斤克：“鱼没丢。”

英格尔斤克问：“它们在何方？”

完达拉老萨满说：“江神告之，鳇鱼群就在西南方向。”

英格尔斤克一愣，说：“西南？”

完达拉老萨满点点头说：“就是在那个方位。这回你别急了，找吧。”

英格尔斤克乐了。他说：“老师傅，老神仙，太感谢你了！没有你这句话，我们瓜尔佳氏族和我英格尔斤克，简直活不起了，这些阿金，是我们的命根子呀！”

说到这里，英格尔斤克的病突然就好了，他一把推开扶着他的人，又扔掉了手中拄着的棍儿，大声下令道：“族人们，走，按照完达拉老萨满的指点，快往西南找鱼去，一定找回咱们的大阿金！快！快走……”

第四十一章　神奇鳇鱼

你说怪不怪，按照老萨满完达拉老人的指点，瓜尔佳氏的族人全族往西南找，三天后，在葫芦套鱼圈的西南方向一个叫心慌泡的地方，真就找到了英格尔斤克家的鱼群。

那三条大鳇鱼和四条中型鳇鱼，一条不少，都在心慌泡里卧着哪。

原来，那心慌泡地势较低，当草甸上一起“亮子”，万水归一流入心慌泡，被冲开了的葫芦套鱼圈西南处的底口，通往心慌泡，所以鳇鱼“走”到那里去了。鳇鱼都戴着笼头，又都练在一起，所以一尾不少，一点也没伤着，完好无损地待在心慌泡中。

为什么叫“心慌泡”呢？因为这泡子尽出奇事、怪事。有一年，肇源一家渔户打上一条二千多斤重的大鱼，乌拉衙门命他们出车送往京师。送完贡鱼，心慌泡老李家老二忠文就到前门大栅栏去逛，突然就听有人喊他：“你是心慌泡的李家老二李忠文吧？”

李忠文抬眼一看，是一个老头，长得挺健壮，就是黑，还有两撇八字胡。可他也不认识这个人哪！

但是那黑老头却说：“我认识你。我是心慌泡黑鱼洞老邱家的，在京师做买卖。你回去给我家捎个信，告诉我二姑奶，五月十三咱们就搬家啦……”

李忠文感到奇怪，这心慌泡也没有姓邱的呀？但既然人家委托给捎个信，就得答应啊。于是就对那黑老头说：“你放心，我回去就给你家捎信。”

李忠文回到关东老家，赶忙到心慌泡去找黑鱼洞老邱家，可是一打听，根本没有姓邱的。后来听泡子边上的人说，五月十三那天出了件怪事，就是泡子里起了一片黑雾，朦朦胧胧的，什么也看不清，等雾散了，人们才发现可泡子沿上尽是死的黑鱼。从此，这心慌泡里再也不见黑鱼，而心慌泡也真正成了“心慌”之地，谁到了这里都害怕、心慌。

但不管怎么说，瓜尔佳氏可算是在心慌泡找到丢失的鱼群了，这一年也算没白忙乎，下一步，就该算计如何往京师运送贡鱼了。

乾隆九年这一年，承担乌拉打牲衙门鲟鳇贡的两大户主，即孟哲勒七十三和瓜尔佳氏英格尔斤克。英氏家族承担贡额不多，属于孟哲勒氏一伙的，故此就是孟关两大家承担皇家的鲟鳇贡。至于东珠贡，不是每年必贡，朝廷无有贡单下来，就不必贡送东珠，而鲟鳇鱼倒是年年必贡，贡额年年在增长，极为沉重，简直把捕捞户压得喘不过气来。

今年，吉林将军巴灵阿和乌拉打牲衙门绥奈总管大人最是高兴，渔户们为他们增了光，因为孟哲勒七十三家在奔臣老玛发和尼亚哈有力组织之下，今年打上来最大的鲟鳇鱼王老阿金，经大秤称后，认定为两千四百七十三斤九两九文重，是从顺治年以来打上的最大的一尾鳇鱼王。

这鳇鱼，全身的五道甲片，每片都个大发亮，甲片像小孩的巴掌大小，又厚又硬，每个甲片都有七两多重，这是多年没有出现过的奇事啊。引起京师、吉林、盛京、黑龙江的各方人士纷纷前来观赏，还有画师专程来绘画这阿金王的形象。

俗话说，人过留名，雁过留声，人不留名，不知张三李四，雁不留声，不知春夏秋冬。这孟哲勒氏家族捕到头排的鳇鱼王，一下子名声远播，惊动了乌拉打牲衙门绥奈大人和吉林将军巴灵阿。这是吉林的荣耀，消息迅速传入京师。在京城，内务府傅恒大学士也立即知道了。

于是，傅恒大人择日上朝，将此事奏报于乾隆皇帝。乾隆历来重视吉林的采捕，尤其是对鳇鱼的事饶有兴趣，他多次诵读过圣祖康熙帝作的《临江夜火打鳇鱼》的诗，那真是句句难忘啊，其中有这样的诗句：

松花江水深千里，
捩柁移舟网亲掷。
溜回水急浪花翻，
一手提网任所适。
须臾收处激颓波，
两岸奔趋人络绎。
小鱼沉网大鱼跃，
紫鬐银鳞万千百。
更有巨尾压船头，
载以牛车轮欲折。

诗中将捕得的鳇鱼描绘得栩栩如生，乾隆帝闻听傅恒大学士奏报吉林捕获鳇鱼王这喜事，一时兴起，高声背诵出圣祖爷的这首诗。

乾隆皇帝弘历，从小就长在圣祖康熙帝身边，康熙帝格外喜爱自己的小皇孙，所以常跟康熙帝在一起用膳。康熙帝最喜欢多吃来自祖先发祥地关东的土产土物，像黄花菜呀、百合呀、柳蒿菜呀、细米谷呀、猴头蘑呀、细鳞鱼呀、飞龙呀、蛤什蚂呀、蜂蜜呀、鲟鳇鱼就更是他的美味了，这对乾隆影响特别大。

乾隆继位之后，就特别喜欢辽东地方的方物，其中鲟鳇鱼最是不可或缺的故乡特产佳肴，没有关东土特产，他就吃不下饭。

在乾隆时代，皇家所有御膳，必要有辽东、吉林土菜和鱼肴，鳇鱼宴成为当年宫廷的名菜。当年最时兴的御膳就是鳇鱼，将鳇鱼不同的部位用不同的方法来烹调，如清蒸鳇鱼骨（鳇鱼脆骨，清香而带有江野气息）、红烧鳇鱼肚、鳇鱼子炒豌豆、清炖鳇鱼、鳇鱼丸子、鳇鱼馅饽饽（鳇鱼合子，又叫“菜包”——菜叶包上鳇鱼肉丝、鸡蛋、粉条）等，各道菜都香鲜无比，又各有各的味道。

乾隆爷最喜欢吃鳇鱼，吃什么菜都有够的时候，可就是吃这鳇鱼肉，百吃不厌。还有一种吃法腌咸鳇鱼。御膳房将鲜鳇鱼肉大块大块地切开，码在大缸里，一层一层撒上盐，然后封好，过百天之后开封，吃时或蒸或煎，这是刺激食欲、下饭的菜。

在宫廷御宴的主菜单上记有“皇天降赐玉瑷肴，古称牛鱼寿瑞宝”的条幅，受到百官的齐赞。当年，傅恒等大学士步古韵成诗律，齐和乾隆帝而大加颂赞鲟鳇之美味。

傅恒大学士步韵成诗。其中名句有：

地祇隆育宝寿羹，
世云天蛟山河耀。

乾隆皇帝爱写诗、爱读诗，一见好诗佳句，兴致就上来了，不但要随韵律，还常常借题发挥，谈起与诗关联的事物来。谁也想不到，此时乾隆帝要拿出一样东西给傅恒看。

乾隆帝兴奋地说：“众爱卿，你们等我一会儿！”

众臣和傅恒大人问：“皇上要给我们何物？”

乾隆说：“朕拿出，你等一看便知。”

只见乾隆也不叫仆人，竟自己走到一个大柜前，拉开一个抽屉，从里面摸出一个小匣来；他打开小匣，从里面摸出一个布包来；他又慢慢展开布包……

人们急忙上前观看，原来是乾隆吃完了鳇鱼肉后收藏起来的鳇鱼甲片！

乾隆高兴得如孩子似的把这些鳇鱼甲片取出来，摆放在案几上，让人观看，很兴奋，很有兴致。这些甲片，都是在吃鳇鱼宴时留下来的，他让太监们一一洗净，又在阳光下晾晒，然后拿回来欣赏。皇上告诉大学士说，有一回，一个贴身太监把皇上吃后的鳇鱼上的甲片晾晒，突然一阵风刮来，将甲片吹落在地上，那甲片虽然只是骨片，但依然清香无比，许多小蚂蚁不知从何处爬来，聚在甲片上爬来爬去，享受着鳇鱼的美味。正巧皇上路过，不禁感叹起来，蝼蚁如人也，也是闻香不舍。从此，乾隆更加珍爱自己收藏的那些鳇鱼甲片。现在，皇上把那些他时时珍藏的鳇鱼甲片摆放在他的茶几上给人展示。

傅恒大学士平时吃了不少鲟鳇鱼肉，竟没有专门注意过这鳇鱼的大甲片。现在，他一细观瞧，还真别有一番风情。鳇鱼的大甲片，每片都极为特殊，前尖部略厚，洁白晶莹，而往后，则渐渐展开，又渐渐地薄起来，那晶莹变成灰白的色泽，让人产生诸多神奇的联想……

乾隆帝说："大学士，你看这甲片像什么呢？"

傅恒大学士说："皇上，请您指点。"

乾隆说："多像长空中翱翔的天鹅呀！简直太美啦。"

傅恒说："是呀，真是太像啦。"

乾隆又说："一只摆上，那是孤雁，如果这样……"皇上说着，把那些鳇鱼骨甲片一会儿摆成"人"字，一会儿摆成"一"字，说道："这便成了雁阵。鳇鱼是灵性之物，它们生于江海之底，骨形却盼望天上之行，给人以深深启明，越发让人觉得鳇鱼之珍贵和重要，你说呢，爱卿？"

第四十二章 夸下海口

皇帝的这个举动，真叫人意想不到。

吃完了鳇鱼，竟默默地留下了鳇鱼的骨片，而且，想象力丰富的皇帝将那鳇鱼的甲片比喻为天空飞翔的天鹅、大雁！傅恒见乾隆帝情趣正浓，便将带来的一件礼物献出来。

傅恒将一幅水墨丹青画展开，让皇上来观看。

乾隆帝仔细一看，原来画的是一尾栩栩如生的大鳇鱼。在画家的笔下，那大鳇鱼仿佛活了一般，肥胖硕大却没有笨拙相，画得摇头摆尾，似乎在奋力而游，引起了皇上的欣赏兴趣。皇上说："真像，真像！这鱼可以堪称鱼王了。"

傅恒忙说："禀奏皇上，这可不是画家凭想象随意画的，真的是写生之作。"

皇帝说："什么来历？"

傅恒忙说："这幅画是吉林将军巴灵阿特请吉林一位文士到肇源江段，在现场绘画下来的近时采捕的那条大鳇鱼啊，这是自顺治朝以来所见到的最大的鳇鱼王。皇上啊，如今国泰民安，天生奇瑞，捕得到如此硕大的鲟鳇阿金，乃是吾皇圣恩浩荡的吉兆啊！"

乾隆说："拿来，让朕再好好地观观。"

乾隆爷拿起画，仔细地欣赏着，这才注意到那画近景是鱼，背景是江，江水粼粼，江面泊着珠轩船，船上渔丁在忙碌着，由近及远，由实渐虚，好一幅江上捕鳇图，说它是现场写生，信然。那背景把鳇鱼衬托得更加伟岸、神奇。皇上

有点爱不释手的样子，若有所思地说道："如此神奇的鳇鱼阿金，可惜，离京师太遥远了，不能让朕和皇太后亲眼见上一面，遗憾啊。"

乾隆虽然是自言自语说的，却感动了傅恒大学士，他没有想到，皇帝竟有如此的情意，如此的孝心。

傅恒未加深思，竟然脱口说出来一句惊人的话：“皇上，您是说想看看活着的大鳇鱼？”

乾隆帝：“对呀！”

傅恒说：“皇上，这样吧，我想法让它进京！”

乾隆帝：“鲜活的大鳇鱼？”

傅恒说：“就是。”

乾隆帝：“能来吗？”

傅恒说：“皇上，臣想想办法，和巴灵阿他们商议个妙法，一定给皇上送一尾活蹦乱跳的大鳇鱼来，让皇太后、皇上、宫中后妃和众大臣都开开眼界，看看北土圣地的鳇鱼究竟是何等风采！”

乾隆帝听了傅恒大人这么一说，十分高兴，连连称赞说：“好啊，好啊，爱卿，这可是朕多年都未曾想过的事啊！”

傅恒轻松地顺着皇上的情绪说完了这番话后，突然，他心里一震。啊？这是我傅恒说的话吗？这不是惹了一个大乱子吗？

亘古以来，还没听说将活鲟鳇鱼从关外运到京师的。前些年，北土乞列迷人曾经将活美人鱼成功运至京师，那是放在水箱里。还有把大棕熊运到京师来表演的，那是装在笼子里。而这种大鲟鳇鱼，太大了，自古以来都是靠“挂冰”，以冰鲜方法将死鱼运至京师。现在自己怎么一下子糊涂了，竟神差鬼使地口出狂言，说可以把活的大鲟鳇鱼王、大阿金运送至京师，让皇上和皇太后来看，自己还大言不惭地打保票，说让皇上放心，自己一定能够办到，天哪！我傅恒今天是吃错了药了吧？这北土到达京师，千里迢迢不说，旱路交通不便，道路坎坷，水路没有直达，再说，用什么大家什才能盛水养着它，保证它路途不死啊？将这大鲟鳇鱼平平安安运到京城这简直是在做梦啊！

这么大一件事情，没有事先与吉林乌拉打牲衙门的人商议，自己就先跟皇上讲了，还夸下了海口，这一旦办不成，活的鲟鳇鱼送不到京师，皇上见不到，这可惹大乱子了，是欺君大罪！可惜呀，傅恒哪傅恒，你怎么越老越糊涂，怎么狂妄到如此程度？

这可怎么好？自己已经把话说出去了，皇上已经知道了，已经惦记和盼上了，现在看来，只能自己去吉林乌拉试试能不能圆这个梦了，唯有如此，别无他法。

傅恒心事重重地对乾隆帝说：“皇上，臣告辞了。”

乾隆帝说：“好，爱卿你请回吧。”

傅恒慌慌张张地叩头拜谢，告别皇上，便径直出宫，打道回府去了。

傅恒回到府上，可就再也睡不着吃不下了。

他一心一意地琢磨自己曾经向皇上许下的“愿”，这个“愿”一出口，就真成了他的心病——给皇上弄来一尾鲜活的鲟鳇鱼。

他想，此事非同一般，即便能想出使鳇鱼在路上不死不伤的办法，而从吉林到京师一千七八百里地，谁能保准不出事，不会遇上匪徒，由谁来护送才能保证平平安安？

他首先想到，选办妥这件事的能人，就只有先找绥奈总管大人啦，他一是当今吉林乌拉打牲衙门的总管大人，直接掌握和管理采捕鲟鳇鱼的事，二来他又是满洲镶黄旗富察氏，与自己还是本家，会尽心尽力来办，出了闪失也能为自己保守秘密，不会对外传扬出去。

他又一细想，自己不能直接去吉林，如果先让巴灵阿将军等地方上人都知道，影响太大，还是悄悄来办此事为好。于是，傅恒大学士便找来自己府上的管家范盛老阿哥。

范盛老阿哥，今年六十八岁，在傅恒家供事已是两代人了。他爹是昌平地方上的人，在一年关内起瘟疫他们家逃难躲瘟疫，流落到京都。当年傅恒父亲李荣保那日驾车外出，正巧就路过那一带，见有许多讨饭的人伸手要饭，李大人就命轿车驭手停下来，拿出一些碎银两，都一一撒给周围的逃荒难友，可是，其间有个乞丐，真是个善良厚道的人，他接过李大人赏给的银钱，一分不往自己腰里揣，而是都分散给那些挤不上前来的难友，自己并没有先留下分文。最终，他落得个两手空空，而且，他也不吭声，不去再向施舍的人讨要。此事，让李荣保大人看在眼里，很是赞许，他便对驭手说：“你拿些银两，再给那个乞丐一些。”

驭手于是又给了这乞丐一些赏银。

李荣保忍不住问：“这位兄弟，你前来。”

那乞丐答应一声，走了过来。

李荣保说：“你没有分得银子，怎么不吱声向赶车的驭手要呢？”

这个乞丐说：“老爷的银子也不是来得那么容易，我怎么还要？”

李荣保说：“我是在给你们每一个人。”

乞丐说：“可我已经接了。”

李荣保说：“接了，已递给了别人！”

乞丐说：“我是递给了别的难友，但已经在我手上过过，也等于给了我呀……”

李荣保对这个乞丐的为人处事，很是钦佩，便禁不住问到他家庭情况和逃难的因由，这才得知，这个乞丐已父母双亡，只有他一个人过活，又赶上灾年，只好逃荒要饭。

李荣保问他：“如此看来，你愿意到我府上，跟我一块生活吗？”

乞丐说：“大人哪，您真这么决定的吗？我是求之不得呀，苦活累活我不怕，什么事尽管支使我去干，我一定干好。”于是，李荣保大人就这样把他留在了自己府中。

由于他为人诚实、厚道，办事勤快，忠厚可靠，李荣保大人还给范盛在府中选了一个丫头做媳妇，从此范盛就有了家口了。如今，这个范盛已有了一男一女两个孩儿，在傅恒府上当奴才，也是勤勤恳恳。

范盛非常敬重傅恒大人。李荣保大人过世得早，傅恒格外敬重父亲那一代留下的家人，都把他们看成是自己家里的人一样待承，平时不分彼此，并把范盛敬称为老阿哥，让他管理全府的一切事务。范盛也真心恪守，处处为傅恒想得周到完全，像个贴心的靠山。回到府上，傅恒就把自己想做的事对范盛说了。

傅恒说：“老阿哥呀，我在皇上面前，已把海口夸下了，一定要设法给皇上弄到鲜活的大鲟鳇鱼才行。你说该怎么办吧？”

范盛听后，仔细想了一会儿说道：“大人啊，这事不是你大学士办得了的。”

傅恒说：“那是谁呢？”

范盛说：“是我。”

傅恒说：“所以，我才找你呀阿哥！”

范盛说：“这事，您就别费心了，就都交给我范盛来办吧。这事我出面去办，一切事都方便，没那些个忌讳和礼节，您要一去办就复杂多了，我办事您就尽管放心是啦。但您得让我出去一趟……”

傅恒大人问：“到哪儿？”

范盛阿哥说：“到吉林乌拉去。”

傅恒大人说：“那就全权让阿哥费心尽力啦，你立刻动身吧！”

第四十三章　梦想成真

在江河中捕鱼，真是有瘾、着迷。庆成采伍达领众弟兄们来到老北江，他成天在琢磨老阿金，连做梦都想怎么能捕到大阿金。

本来，庆成领众人出来，是心里委屈受气出来的，家里哥仨，偏偏把大哥、二哥留在老阿玛英格尔斤克身边，让自己来闯这荒凉的老北江，不但家族受老孟家孟哲勒七十三他们的气，自己带着网队在路上也叫老孟家的人给欺负。弟兄们都埋怨他是个软蛋，要不是衙门乌拉府上的人来劝说，他那天也是压不住火，几次想抽出腿刺子与他们火拼，家里的委屈没处诉，在外受欺也得忍着，因此心里一直憋着一股劲。他下了狠心非要拿住大阿金不可，给瓜尔佳氏族争口气，也为自己舒舒心，散散火。

他对老北江这里的水情鱼情都不熟悉，就央求连凤山领他去。这一天，他们一起行船来到柴火垛江段，乌龙连凤山告诉庆成，打鱼一定要有技巧和心劲儿，他说："庆成采伍达，你看我怎么打……"

原来，这乌龙连凤山打鱼的手法很是多样，他既打活的，也打死的，活的就是用大荡网，挂在江上，十二只船，每三个人分一块网，分子、午、卯、酉，一见大鱼进了荡网，他就招呼："子网上，午网堵，卯网酉网上下舞——"果真，这鱼怎么也跑不掉，不一会儿全身就都裹上了网，动弹不得，然后他又喊："子、午、卯、酉！抽网快走，带鱼进圈，眼别乱瞅！"

他指挥打鱼，就像变戏法，技术熟练，看着也十分有瘾。而打死鱼，是指有时他也命弟兄们抛掷渔叉，迅速将那凶猛的要逃走的大鱼叉住。他抛渔叉非常准，别忘了，乌龙连凤山起事前（落草当土匪）就是打鱼的。他的阿玛是苏尔哈鱼卧子看鱼的能手，他的叉鱼手艺便是从阿玛学来的。无论是网鱼还是叉鱼，都是北方江河上原始的捕鱼方法，乌龙连凤山告诉庆成，有一回，他跟阿玛等人去叉鱼，那天，江上万里晴朗，天上没有一丝云彩，江面上也风平浪静，他们父子就到了江上去了。

他和阿玛带上一根长绳和一把渔叉，各人驾驶着一艘小威呼向江中心划去，快到地方时，怕划水声惊动了鳇鱼，就放下大桨改用小划子轻轻摆船。

乌龙连凤山告诉庆成，打鱼不能大张旗鼓地在江上喊，鱼会听声，有声它就悄悄地走了。而且，一定要会看水波纹。

乌龙告诉庆成，那时，老阿玛凭着经验细心地观察水面上有圆圆的水波纹来了，乌龙说："这叫'丘山'……"

庆成问："为什么叫'丘山'？"

乌龙连凤山说："丘，就是土堆，山，也是一堆土，水上的丘山，是指水起了鼓，高于江的水平面，这就说明水下有物。而且，丘山越大，说明底下的物也越大。我阿玛甚至都能判断出'丘山'下面是鱼群还是一条大鱼。如是大鱼，还能估摸出这大鱼有多大多重的分量，是公是母……"

庆成更加惊奇，问有何特点。

乌龙连凤山说："阿玛眼睛毒啊，那'丘山'荡起的水鼓如果慢慢升起、发圆，那是母鳇鱼，它怀了子，拱水慢；如果'丘山'猛然突起，并迅速上下，那就是公鳇鱼，它性猛；如果'丘山'在江的平面上突起一尺高，大阿金就超过千斤了！"

庆成跟着乌龙连凤山，真是学到不少观水捕鱼的绝招，连凤山说："说时迟，那时快，只见阿玛快速举起渔叉，只听唰的一声渔叉直落入江水中，奔那'丘山'而去，只有左手上握着的鱼绳在往水里不停地放着，放着。那时，老阿玛兴奋地喊我，凤山，快下网，好裹住鳇鱼！"

乌龙连凤山对庆成说："这个阿玛呀，我当时根本没看见鱼浮出水面，怎么就让我撒网呢？当时呀，阿玛见我还在犹豫，就催我快点把大网撒入江中。其实那时，鳇鱼带着渔叉飞快地往前跑了，拦江大网已经罩到它的全身，几个翻身，鳇鱼早已让大网裹住了，扑腾两个时辰，就没劲了。这因为阿玛的渔叉叉在鳇鱼的腮缝里……"

庆成问："腮缝？"

乌龙连凤山说："是啊，正好是腮缝，因为要活的。如果要死的，就得把渔叉叉进鳇鱼的下颌处，那就留下了眼。记得当时呀，我就奇怪，那鳇鱼跑不掉，可身上没有眼，阿玛的渔叉叉哪去了呢？"

乌龙告诉庆成："当时呀，我不信，我还犟，没有眼，怎么能叉住鱼呢？等那鱼被网住后，我上去前后地翻找，鱼身上真就没有眼！我始终弄不明白，鱼身上没有眼，怎么能叉住呢？那时，乡亲们都说我，凤山哪，你看你阿玛，叉鱼就没有眼。后来，我服了，我就天天训练抛渔叉的准确度，当‘丘山’起来时，要瞅准‘丘山’的‘山头’(水最先起鼓的地方)约十五寸的地方抛叉，保准是大阿金的腮缝……”

庆成说：“连大哥，你一定教我这一手！”

乌龙连凤山说：“所说的‘腮缝’，其实就是鱼头后边的分水鳍，它虽然痛，但鱼皮骨和肉都不坏，这就是技术……”

庆成带着弟兄们，当时就拜乌龙连凤山为师了。他们的船，天天在一起捕捞大鳇鱼而且联合作战，这让泡子沿的渔丁们大开了眼界。

那日，在老北江柴火垛江段的西北角捕捞，天哗哗地下着大雨，庆成和弟兄们要上岸回窝棚躲躲雨，乌龙连凤山说：“兄弟，这阵你们不要急于回去，听我的。你们看，西北天是什么？”

庆成一看，老北江西北天有一块乌云，好像一条恶龙，低低地压了过来，这是要来暴雨的云层，但云层压得慢，气压变得低了，许多小咬顶着雨嗡嗡飞，一层又一层直扑脸，乌龙说：“庆成兄弟，这样的天，水底下的温度反而高了，水温一升高，大阿金就饿了，它该起来觅食了！所以这种时候，你们别离开，做好准备。”

于是，庆成对小伙子们说：“冷子，罗子，备好网，听我的指挥……”

突然，庆成看见水面上起了“丘山”。

那“丘山”，先是慢慢地从水平面上凸起，而且足足升起有二尺高，把他乐的，这准是一个大家伙！庆成压住心底的激动，他握紧渔叉，使出吃奶的劲，把这些日子和乌龙连凤山学的抛叉法烂记于心，一下子把手中的渔叉抛了出去，然后大喊：“冷子，罗子！快，快撒大网——！”

这些日子以来，泡子沿的弟兄们也都憋了一口气，现在采伍达瓜尔佳氏庆成已经与老北江乌龙成了要好的朋友，而且外界只以为这老北江是荒江，不会有什么大鳇鱼，其实是有乌龙在此镇着，谁也不敢靠前，这里哪是没鱼呀，这种水域，有深深的老北江江沟石缝，有柴火垛这种地形，鳇鱼要吃有吃，要喝有喝，怎么能没有大货呢？他们个个都憋足了劲，非得打上像样的大阿金，让阿玛英格尔斤克也乐乐。于是在庆成的带动下，大伙劲头也就高了。现在，眼见着庆成对着“丘山”抛出了渔叉，那“丘山”迅速沉了下去，冷子、罗子等人能放手让它逃走吗？这时，乌龙连凤山也派出自己的子、午、卯、酉网助阵，一齐镇住了“丘山”……

渐渐地，人们觉得大网被拉得非常紧，八条船绳都挣得紧紧的，乌龙连凤山喊：“庆成兄弟，不能硬拽，快！松绳！”

庆成也对弟兄们喊：“快！松绳！”

于是，几条船的绳在乌龙连凤山和庆成的指挥下，大家松松紧紧，紧紧松松，几个时辰过去了，江里的大物还不松劲儿！

这是网到了多大的阿金哪？

大伙简直不敢猜下去。

天，渐渐地黑了，人们已经筋疲力尽，可是，水中的大物还是挺有劲儿，大伙谁也不敢松口气，所有的船都紧紧地挣着绳子，生怕这大物跑了！

半夜，月亮出来了，阴云渐渐地散了，折腾了十余个时辰的大物，这时也仿佛累了，它乖乖地松了劲儿，跟着船慢慢往柴火垛岸边靠着。大伙的心，都绷得紧紧的，渐渐地船引着的绳越来越短，只见从深水处到浅水处，一座“石山”移了过来，天哪，一条大阿金靠了岸！

人们正在惊呆时，它突然甩尾拍了一下水面，巨大的浪花一房多高。冷子正看得发愣，一下子没站稳，小船一下扣在水里，大伙哈哈笑着把他救起，七八个人一起拉绳才把这老阿金王拴在树上。乌龙连凤山忍不住拍着庆成的肩头说：“庆成兄弟，想不到你真有福啊！这是我乌龙这些年也没碰上的大阿金哪。”

庆成说：“连大哥，弟弟的福是你给的！要不是你这些日子教我抛叉，我就锁不住这大阿金，这都是大哥你的福分给了小弟呀！也给我们瓜尔佳氏族人一个大礼！这回看他孟哲勒七十三还欺不欺负我们了，我倒要叫他们认识认识我们泡子沿关家！”说到这儿，庆成竟忍不住落下泪来。乌龙连凤山说：“庆成，你怎么哭了？”

庆成说：“大哥，我这是实在的高兴啊！阿玛知道，说不定该多么乐呀。大哥，你是我们瓜尔佳氏永远的朋友、哥们！”

当下，人们给这大阿金估算了一下重量，乌龙说，这条大阿金至少也得二千七八呀！乌龙连凤山又命人先带路，把大阿金先存放在他的鱼圈里，等天冷上冻，再由庆成设法取出交由瓜尔佳氏送往京师请功。

这一晚，庆成喝多了，泡子沿的瓜尔佳氏弟兄们一个个都喝多了。是啊，一年了，他们没这么高兴过，甚至他们都不敢高兴，这是真的吗？

可是一看那一个个的样子，再看看连大柜的喜兴样，大伙这才肯定，他们真的捕到了一条前所未有的阿金王，大个鳇鱼，这让他们家族梦想成真。

第四十四章　深夜来客

夜，一片沉静，只有蛙声一阵阵传来，叫一阵儿，停一阵儿，更增加了老北江荒野之夜的苍凉和遥远。

自从泡子沿庆成带着网队来到老北江，恰遇和自己有特殊情缘又仗义疏财的乌龙大柜连凤山，而且在连大柜的引导下，泡子沿渔帮破天荒地打到了一条特大特大的大阿金。庆成本想派人回去报信，但又一想，先别忙，等到了寒露，天一冷，下不了江啦，再回去一块告诉阿玛，也让他老人家高兴一下子。再说，消息先不透露更好，以免夜长梦多，如让孟哲勒七十三等人知晓，也许他们会使出损招使坏，就更得不偿失了。

庆成他们来到老北江后，乌龙连凤山大柜将他们安置在老北江江口以西的柴火垛江域处，那儿靠江近，打鱼也方便。庆成他们自来后，就在江边压了几处窝棚，圈起一个院套，就算临时的网房子。这儿离乌龙大柜住的绺子足足有二十多里地，所以更加的荒凉、偏远。

一入夜，庆成和弟兄们除了看看小纸牌，就是睡觉。这儿没有人家，又远离村屯，十分荒凉。再说，就是有人家，谁也不敢来，连官兵都不敢前来，就更别提百姓了。

来到老北江后，庆成住在他们修的网房子大院的东头，紧把门口，冷子、罗子他们和伙计们睡一个大屋，大炕，因为夜里有时庆成睡不着觉，常常到外边转转，也方便。而这些日子里，庆成心里一直乐着，都因为得了这尾大鱼，就等着寒露冬至，他们早点回家，向老阿玛报喜，因此每夜，他不抽足三袋老旱烟是睡不实的。

今夜，他就是怎么也睡不着，又点上一袋烟抽开了。正抽时，就听窗外有人说：“是庆成兄弟吧？”声音很像乌龙连凤山大柜。

庆成说：“乌龙大哥，你进来坐吧。”

外边的乌龙说：“兄弟，还是你出来吧。”

庆成想也没多想，披上衣裳，一步迈出了屋，怕打扰别人，轻轻地带上了屋门。

来到门外一看，没人。

庆成正纳闷，又听好像乌龙大柜的声音在院外的草地上，说："天挺好，咱们在外走走，边走边唠吧。"

庆成说："好吧。"于是，庆成出了网房子院子，又轻轻掩上了网房子院门。可是到院外，那人又离开了道边，已站到了前边的一片树林子边上了。

天上，几片乌云飘过来，已经渐渐地遮住了月亮，四周显得朦朦胧胧的。这时，庆成就听对方说："庆成兄弟，我有一件事求你，你能答应我吗？"

庆成说："连大哥，你说吧，咱们是无话不说，你只管说。"

对方说："那好。我请你把这条大鳇鱼留下，不交给朝廷，我要把它制成肌酥丸用，非这条鳇鱼莫属……"

肌酥丸？这一句话，让泡子沿庆成想起当地的一个传说。那是早年的一件事。记得在松花江南沿有个河岔子，这里是最早的鳇鱼圈，提起这鳇鱼圈老辈子人都知道黄郎中跳江的故事。那时鳇鱼圈有个窝棚屯，屯中有个渔民叫刘大网，世世代代在江上以捕鱼为生，他身下有个儿子叫刘小网。有一年，刘大网一病不起，家中又没有钱请郎中，眼看父亲的病越来越重，正是春起桃花水下来的时候，这个季节鳇鱼"咬汛"甩尾，刘小网想多打几尾鳇鱼卖钱给父亲治病，就日夜坐船上守着网。

一天他在江上打鳇鱼时，遇到一只过江的船翻了，刘小网顾不上一切自己跳下江去救人。原来，那人是个郎中，被救上来后，大哭大叫："哎呀！我还有一样东西掉在江里了……"

刘小网说："别急。什么东西？"

郎中说："我的羊皮口袋。"

刘小网说："一个破羊皮口袋，别要了！"

郎中说："要……"

刘小网说："好好好，你等着。"

于是，刘小网二话没说，又重新从船上跳进江底，在翻花的白浪和刺骨的冷水里，只一袋烟的工夫就捞上了郎中装着药的羊皮口袋。

这位郎中姓黄，他到这里是为寻找鳇鱼身上的一味药才来的。黄郎中告诉刘小网说："世上的活物，不外胎、卵、湿、化而生。胎生的眼皮往下眨，卵生的眼皮往上眨，湿生的没有眼皮，化生的眼皮不眨。鳇鱼是化生的，它要二十年才咬汛，这因为它身上有化宝……”

刘小网问：“什么是化宝？”

黄郎中说：“化宝就是鳇鱼的精囊，这味药，能治你爹的病。”

黄郎中为感激刘小网的救命之恩，当即打开他的羊皮口袋，说：“你救了我，咱们就有了缘分了，我这里有药丸子，你快去拿给你爹爹用，病会好的。”说完，他从袋子里摸出几粒药丸子给了刘小网，并让他快点回去给他爹用上。

刘小网赶快回了家，把药丸给爹用上了，说来也奇怪，第二天，刘大网就能下地了，第三天后，就能和儿子刘小网一起行船到江中下滚钩捕鱼了。

黄郎中用鳇鱼配药的事一传俩，俩传仨，七十二个传八十八，一下子传到了皇宫皇上耳朵里。当时是康熙爷在位，他下旨请黄郎中进宫献药。康熙爷和妃子们吃了黄郎中配的药浑身飘轻，走道如风，浑身的劲儿使不完，精神头可足了。于是，皇帝就给黄郎中配的药起名叫“肌酥丸”，是指鳇鱼身上最重要的部位化生出来使人养精壮体、活血提神的一味丸药，功效无比，价值贵重。皇帝有意让黄郎中留在宫中当太医，可是黄郎中思乡心切，不愿当太医留在京师。

于是康熙说：“那你去去就来。”

黄郎中说：“行，去去就来。”

康熙这才答应他回乡。

可是，这黄郎中一走，却一直不见回到京师。有一年，康熙爷手下的一位药师修整《药典》时发现了有关鳇鱼入药做肌酥丸的记录，就急宣黄郎中再次入宫，说皇上召见。可这时，黄郎中已到了古稀之年，已经很老了。这天晚上，他提着一壶酒，来到刘小网的家里。

三杯酒下肚，黄郎中说：“小网啊，我要走了。”

刘小网说：“上哪？”

黄郎中说：“京师。”

刘小网说：“这是好事呀。”

黄郎中说：“啥好事呀，人这一生，故土难离呀！我这一去，说不定可就要老死他乡了。”

刘小网就告诉他，别愁，乡亲们都想他，惦记他。黄郎中又喝了一壶酒，突然说：“刘小网，你过来……”

刘小网于是赶紧来到他身边，黄郎中俯在他耳朵边上，悄悄地把制作肌酥丸的秘方告诉给了刘小网。那一夜，黄郎中高兴得边流泪边喝酒说道："刘小网啊，咱们松花江，是一条富江啊，有三花、五罗、十八丁，还有这世上难寻觅的鳇鱼，这可是人间至宝啊！这回，我也有了依托了，今后，你刘小网就是我的传人，记着，这鳇鱼身上最宝贵的就是它化生的精囊！那是绝世之宝。记住了吗？"

刘小网连连说："记住了，师傅！"

几天之后，黄郎中一头跳进了松花江。据说打牲乌拉衙门的人派兵到刘小网家搜查肌酥丸的秘方，刘小网家中空无一人，没有人知道他的去向，肌酥丸秘方从此在世上失传。

现在，泡子沿庆成听对方提起要以打来的鳇鱼做肌酥丸很是吃惊，便说道："连大哥，这鱼也是咱俩打的，你要留下，你说了算，庆成我听你的。"

可是，只听对方却说："我请你走，现在就走，离开我老北江，不要再在这里，我也不想再见到你！"

泡子沿庆成越听这话越糊涂，他再一细品对方的声音，感觉到有点不对劲儿，根本不像是乌龙连大哥。便问道："你是连大哥吗？请问，你是谁？"

对方答道："我是我！"

庆成说："压着腕。"

对方说："闭着火……"

庆成听出来了，这是江湖上的"行话"隐语，因他这些日子与乌龙他们在一块，也学了一些主要的话，听懂一些他们的内幕，这段话的意思是：咱们是一伙的，先不要动手。可是，说时迟，那时快，庆成只觉着脸前刮来一股冷风，他本能地向后一闪，对方刺来的一把尖刀顺他的脖梗子便飞了过去，这一下，可激怒了庆成。而且他已认定，来者根本不是乌龙连凤山大哥大柜，分明是个冒名顶替的人，于是身子一弯，顺手抽出时刻扎在腿上的腿刺子，向旁一闪，与那人对打起来。

漆黑的夜色里，庆成这才看见，对方用一块黑布遮住了鼻脸，只剩一双眼睛在盯着他。随着，那人再不说话，只是举起钢刀朝庆成刺来，庆成也不言语，只是在不断地接招并问对方："江湖上的规矩你又不是不懂，为何冒名顶替我大哥，有话你就直说，不要在暗处下手，这算不得好汉。你到底是谁？"

双方在草地上打斗，可他哪里是庆成的对手，而且一下子惊动了冷子他们，大家一齐涌出院子，几个回合，那人想逃，早已被众人团团围住，按在地上。这时众人扯下他的面罩一看，都惊叫起来："是你？"

第四十五章 网队归家

在北土，秋风一起，天就凉了。

再加上几场秋雨，树叶由绿变黄，大地上的草也渐渐被寒露冻得发黄，俗话叫“草开堂”了。一早一晚，背阴的沟岔子上都出现了冰碴儿，水上活——打鱼、采珠的人，就该到了归家的时候了。各乡屯的土道上，日夜奔走着归来的车队、网队，从人们脸上不同的表情中就可以看出各个渔帮们这一年的收获情况，那真是晴雨表啊。

泡子沿屯和西屯紧挨着，中间就隔了一条道，住在西屯的孟哲勒氏族人家，今年家家热热闹闹的，老玛发奔臣老人和经验丰富的孟哲勒七十三，领着儿孙们今年着实打了一场漂亮仗，捕得了头等头号的大阿金。海桂、常昇他们居住在泡子沿的瓜尔佳氏英格尔斤克族人却有一种压抑感，尽管在英格尔斤克的带领之下，他们也捕到了不小的鳇鱼，但比起人家孟氏家族，那是差远了。而且夏天的一场大水，冲毁了葫芦套鳇鱼圈，鱼差点丢了，所以英格尔斤克他们屯子的人一点儿也乐不起来。

大人成果不佳，孩子们也尽挨欺负。有时泡子沿屯子的孩子上野地去玩，常常被西屯的狗给撵得直尿裤子。西屯的孩子也就掐着腰，唤狗去撵人家，还在后边喊：“笨蛋！有能耐你们打鱼呀！打大阿金哪！”

泡子沿屯的大人就招呼自己家的孩子们：“别过那条道，看人家放狗！”

而西屯和泡子沿屯，两屯的劳作程序其实也相同，孟哲勒七十三和英格尔斤克都派人到肇源、双城、阿城，甚至到乌拉街、船厂一带，花大钱请来一些木匠，开始打制渔匣、渔箱子、修理大车、爬犁，还有一些工匠打麻绳、编苇席、帘子、穴子，准备天一凉，好把鱼从鱼圈里破冰捞出，有的装箱、有的装匣、有的打包，而大的阿金，挂冰后，一律用苇席捆好，包上帘子、打上捆，绑在车上，奔往京师送贡。

忙了一年了，这最后一哆嗦，如果不能将鱼完好送到京师，就等于前功尽弃，所以几乎两个屯子都在挑灯夜战。

那些日子里，各种消息不断传来，一会儿说瓜尔佳氏人家请的木匠高手厉害，打的木车子又结实又美观，一会儿说孟哲勒氏人家请的绳匠手艺好，那绳子打得地道。但不管怎么说，人家孟哲勒七十三家的鱼大，送往京师肯定拿头功，这些日子里，打牲乌拉衙门的将军、协领和各位要人，也经常在两个屯子转，一是再将这一年打的鱼朝廷要核对，看看数量、质地有无变化，二是也在催各家及早备好车马，筹备冬至一到好上路进京送贡。

其实，各家除了男人在忙，最忙最累的还是各家的女人。这一年里，男人把家一扔，抬腿走了。是啊，下江下水、捕珠、捞鱼，也是挺险挺累的活计，可是家里扔下了老老小小，田园、水井、鸡鸭鹅狗，一切的一切，就都由家里的女人来管了。女人不容易呀！这不，虽然到了秋冬，男人陆陆续续地回来了，但她们又得忙碌，得日夜不停地给即将出征进京师送贡的男人们缝衣补袜、上鞋底子，砸乌拉草，收拾棉袄、棉裤、棉帽子、手闷子，而且，还得给男人们补养身子，吃些好的、可口的，一路上不得病灾，顺顺当当到京师，这一切活计，那都是全靠渔帮的女人们呀。

各个屯子、乡间，倒也热闹，族长要杀猪，款待来干活的工匠，各家院子里挑灯夜战，锛刨斧锯日夜在响。可是，在一样当中，也有不一样，比如泡子沿屯英格尔斤克的三儿子庆成家就冷冷清清，还有罗子、冷子、土豆家，也都如此，因为他们走得远，从春起就出去到荒凉遥远的老北江，至今还没回屯，而且什么信儿也没有。

一个家族，男人不在，就等于塌了半边天哪。这一季，到底怎么样？而且春天他们前腿走，后脚就传来了他们泡子沿的打鱼网队的车在路上被人家欺负的事，这让这些女人更加惦记丈夫、男人，他们怎么样啦！而且，天已凉了，大雁都南飞了，男人们该回来了，可咋还不回来？

现在，庆成媳妇已是两个孩子的娘啦。八月十三，当时丈夫庆成离家带人马上老北江的三个多月时，媳妇阿兰生下了一个丫头，按丈夫走时的交代，生女儿起名玉花，意在“鱼花”，是预示有大“鱼”，有福，鱼就是福。自从生了这个丫头，阿兰更忙了，更累了，炕上地上全她一个人。为了迎接丈夫回来，她起早贪黑地推碾子磨面，给丈夫准备他最爱吃的饸饹。饸饹是东北民间的一种吃食，又叫馇条，是以玉米面制作，发上面，在饸饹床子上一压，打上鸡蛋酱卤，丈夫可最爱吃这一口了，所以她忙着干各种活计，也不能忘了这一手。

这天下晌，阿兰正在院子里打豆子，刚从地里割回来的大豆秧棵，要铺开晒，干的枝子就得打，不然豆子自个炸开，一入土就发潮，一年的收成就瞎了。突然，她听见在道上玩的儿子小友子喊："额娘！阿玛回来了！"

阿兰直起腰来，抬头一看，丈夫手摇大鞭赶着车，已来到了家门口。庆成嘱咐冷子、罗子他们把车赶回去，卸了网，好好歇歇，晚上再聚，然后回过身打量院子……

媳妇阿兰正双手端着簸箕在簸豆子，她也在看丈夫。这一夏一秋，丈夫黑了，瘦了，在外，一定受委屈了！于是她开口喊道："庆成！"眼泪已忍不住下来了。

丈夫庆成赶紧走上来，回头看看儿子小友子不注意，用袖头给媳妇擦擦眼睛，接过了媳妇手里的簸箕。阿兰哽咽着说："看看吧，你又有了骨肉啦！"

他们二人转身进了屋，炕上，刚刚三个多月大点的女儿玉花正在熟睡，小脸蛋儿红扑扑的，是在梦里得知阿玛回来了？还偷偷一笑，脸蛋上两个小酒窝深深的。

庆成忍不住，上炕趴在女儿脸上轻轻地亲了两口，回身对媳妇说："阿兰，这一春一秋的，苦了你啦！"媳妇笑了笑，没说什么，一转身上了外屋地，然后锅碗盆响了起来，灶坑旁的风匣也"呱嗒呱嗒"拉了起来。

媳妇是麻利的干活能手，不一会儿，庆成最愿意吃的馇条和炸锅打卤的香味儿就飘了过来。接着，媳妇阿兰又开始炸丸子，这种鸡肉丸子也是丈夫最爱吃的。忙着忙着，冬日天短，天快要黑了。庆成走到外屋，见媳妇把馇条整整煮了一大锅，十个人也吃不了！

见丈夫发愣，媳妇阿兰说："今晚，你们聚聚。这一季你们一走，冷子媳妇、罗子屋里的都苦坏了！方才我已让儿子去叫她们了。今儿个的晚饭，咱们几家一块吃……"

庆成的心暖暖的，他佩服女人想得周到。其实，阿兰最了解丈夫的心啦。因为每年他们的渔帮从江上回来，这头一顿饭都要在他们家吃，这是个老规矩。而且今年，大家更应该聚一聚，一是他们打了大鱼，抢了头彩；二是除了他和冷子、罗子等人外，他又留下了几个伙计在老北江柴火垛鱼圈看守着大鳇鱼没回来，今晚的请客，务必把没回来的男人家的女人都请来。正说着话，门外响起一片笑声，冷子、罗子一家，还有没回来的男人家的女人，都进来了。女人们立刻动手帮着阿兰下厨烧炕，拉风匣，一种热热闹闹的场面。

当女人们在外屋地忙碌炒菜，做各种男人爱吃的饭菜时，男人们已盘腿坐在了炕上。男人们的话题就是打鱼，想到当初，他们出发去往老北江，路上受孟哲勒氏族人的欺负，冷子说："庆成采伍达，说实在话，世上没有这么熊人的，你知道这事发生后，家里的女人都跟着抬不起头来。是啊，太欺负人！"

罗子说："咱们走后，西屯拿咱们泡子沿根本不当一回事，就连孩子过道，他们都放狗去咬，去追……"

庆成说："是啊，咱们这代人受气，可别连累孩子，孩子招他惹他了？再说，他们这样对待咱们，不是连孩子也记仇了吗？"

这时，庆成的八岁的儿子小友子正坐在大人一边听大人唠嗑，儿子一边问："阿玛，他们是不是欺负咱们了？"

庆成说："你小孩家家的，别问这个。"

儿子小友子说："等我长大的，我非得给你们出口气！"

庆成说："出气，就得打着大鱼，不然他们总是骑在咱们脖梗上拉屎……"

这时，小友子说："阿玛，我出去一趟！"

庆成问儿子："你干啥去？天都黑了？"

小友子说："我去拉泡屎！"说完，儿子小友子下炕穿鞋就出去了。

不一会儿，媳妇和女人们做好了饭菜，一一端上来了，哥儿个姐儿个团团坐在炕上，大家端起了酒杯。庆成说："弟兄们，咱们这一季，可劳累了大家，还不是咱们同心协力吃尽苦，所以老天也给了咱们回报。等一会儿我专门骑马去老阿玛那里，好消息还没告诉他，咱们哥几个先庆贺一番吧！"他们都喝上一大口酒，庆成又倒满一杯，对桌上的几个女人说："来，也敬你们姐妹一杯。这一季，我们不在家，可苦了你们哪！我们知道，我们不在家，我们受了气，你们在家更难受，唉，这都是我们无能啊！可是话又说回来了，谁能，谁不能，还得时间说话，总自以为是的人不一定就得好报，老实人常在，有福在后头！来，我们哥几个也敬你们姐妹几个一杯，一年到头了，咱们也该庆祝哇！"大伙就这样乐乐呵呵地刚喝了两盅酒，门突然被撞开了，只见儿子小友子回来了。

庆成说："你拉线屎呀？一泡屎拉这么长时候？快！上炕吃饭……"

他见儿子头发上有一根草根儿，就亲手给儿子摘了下来。问："上哪蹿腾去了？”

儿子小友子没等回答，外边突然有人喊：“失火啦——！西屯的柴火垛着啦——！”

第四十六章　暗中较劲儿

隔着泡子沿的西屯，正对着英格尔斤克三儿子庆成家对面，是西屯色蛋家，是他家柴火垛失了火，许多人奔奔跑跑地救火，火势不大，也没连上房子，庆成他们往外望望，又坐下来继续吃饭了。

大家吃着女人们炒的菜，做的各种男人们愿意吃的饭食，两个时辰之后，酒足饭饱，庆成说："诸位，大家赶快回去歇着吧，从明天起，咱们也该做冬至送贡的准备了。"

人们都走后，庆成到马棚里解下枣红马，对媳妇阿兰说："你先睡，我上阿玛那儿去一趟。"

阿兰说："夜里不好走，你早点回来。"

庆成答应一声，翻身上马往西北奔去。

老阿玛英格尔斤克居住在泡子沿的西北角，紧挨着大儿子海桂、二儿子常昇在屯南，三儿子庆成在屯北，离着老玛发足足有三里多地。现在，庆成沉下心来了，他在想自己该如何向父亲老阿玛讲述他们打上了一条大阿金的事，他既让老人高兴，也得让老人知道这条大鱼来之不易，简直就是一个传奇。

不但当初老人派他上老北江是一件没有指望的事，而且究竟如何谁也不知，本想只是去试探试探，没拿这一带当回事，意在给孟家一个错觉。可是万万没想到的是，这一季老北江之行，还真摸到了鱼卧子，打到了一条大鱼。可是想想，这条大鱼得来，真是有点后怕。虽然他靠着和金莲的关系与乌龙连凤山大柜有一面之好，乌龙待他也是真心真意，可是乌龙手下的人交不透啊！那天夜晚，就是乌龙的二炮头"靠江好"，想冒充乌龙除掉庆成，逼他交出这条大阿金，并以此鱼来制作肌酥丸，卖大钱，因此不惜下毒手，在夜里蒙面前来杀庆成的泡子沿帮。亏得庆成武艺高强，早有防备，所以才擒获了这个胆大的炮头。而乌龙连凤山一气之下，砍死了这个作恶的炮头，不过此事也让庆成忧心忡忡，得个大鱼，是个喜事，也是个祸害，要赶快将其运往京师，安安全全交上皇贡，不然，说不定还会出什么恶事。因此，他虽领人回来，可是又留下几个知底的人，在老北江的柴火垛乌龙连凤山旁边的鱼圈看守，单等上冻，捞出送京。这个消息和打算，要尽快让老阿玛知道，以便作详细妥当安排。

从上秋以来，英格尔斤克就天天盼着三儿子庆成回来，可是，瓜尔佳氏的渔队一伙伙回来了，三儿子庆成却没有一点消息，老人一是担心，二也是害怕，到底三儿子能不能打着鱼那已是次要的了，他现在就盼着儿子能好好地快回来，好歹他瓜尔佳氏也打着鳇鱼了，即便没有孟氏家族的大吧，但也是不小的鳇鱼呀。由于惦记儿子，再加上夏天家里的鱼圈发大水的风波，这一夏一秋，英格尔斤克身体欠佳，正让家人给他煮汤药，咳嗽病又犯了。

英格尔斤克刚刚端起一碗汤药要喝，儿子庆成推门走了进来，上前喊了一声："阿玛，我……"一下子拉住了老人。

英格尔斤克一见是三儿子庆成回来了，别提多高兴了，他也上去拉住儿子，左看看，右看看，看不够。

庆成见父亲正在吃药，眉头一皱，问："阿玛？你病了？"

英格尔斤克说："没啥，就是咳嗽。"

庆成说："阿玛，这回你高兴吧，别犯愁了。我告诉你一个好消息……"

英格尔斤克说："不管啥好消息，你平安回来，就是最大的好消息，玛发就放心了，这比你打着一条大阿金我还乐呀！"

庆成说："阿玛，真的打着大鱼啦！大阿金哪！"

于是，庆成便把这一春一夏一秋如何到了老北江，又如何遇上了乌龙连凤山，如何学投渔叉，网上大鳇鱼的事一五一十地说了一遍。又加了一句："阿玛呀，这回可好了，据初步估算，这大阿金重在二千七百斤以上！"

英格尔斤克简直不相信自己的耳朵，他一听，"啊"了一声，端着汤药愣了。当他确认儿子说的话是真的时，立刻放下药碗对身边的一个仆人说："快去把大采伍达海桂和二采伍达常昇给我叫来！"然后拉住三儿子庆成的手说："三儿呀！我早就没看错，你会有出息。咱们家这回可有出头之日啦，我的好儿子呀！"

当下，英格尔斤克的老病仿佛一下子好了一半。大儿子海桂，二儿子常昇很快也到了，他们听说弟弟捞捕上一条绝大的大鳇鱼，也是高兴不已，老玛发一高兴，让手下人立刻备酒，他要和儿子们好好喝一喝，庆贺一番，因为这样一尾大阿金的分量，已足足超过了孟家捕获的鳇鱼四百多斤，这是前所未有，亘古奇闻。那一夜，英格尔斤克家灯火辉煌，父子四人细细商量往京师送鱼的事。海桂提出，这么大的鱼，咱们的车拉不下，得找木匠重新把大车加宽、加长，找哪个木匠呢？一定得是高手。常昇献计说："我媳妇她二舅是拜泉人，拜泉镇的李三斧木匠，那是出名的，干脆就把他请来，准能做出能装下这条大鱼的木车。"

英格尔斤克说："说动手就得要动手了，木车务必在冬至前完工，别误了时辰。常昇你现在就回去，让你媳妇回娘家，找你岳父，请李三斧出山。"

常昇答应一声，乐呵呵地领令走了。

英格尔斤克又吩咐大儿子务必请好绳匠，因这送贡之车需要各种绳索，绳匠请谁？大儿子说要请泰赉县苏家绳铺掌柜的，老玛发说，快，快派人去请，绳索都要一一备好。他让三儿子庆成好好歇歇，劳苦功高啊。

英格尔斤克瓜尔佳氏家族捞捕到一条大阿金，已超过了孟哲勒氏捕获的大鱼的消息，是在三天后传到了西屯的孟氏族人的耳朵里的。

那天，老玛发奔臣老人和孟哲勒七十三正坐在一起谈论着到京师之事，谈论送完鱼要到大栅栏逛一逛，买些年货。正谈论得高兴时，三儿子阿思虎慌慌张张走进来。

阿思虎本来是留在他家的鱼圈处看守鱼圈，因临时回来取一些工具，可是，他在渡口过江，正遇上瓜尔佳英格尔斤克二儿子常昇媳妇高高兴兴地把拜泉的李木匠给接过来的场面。

阿思虎进了屋，一见爷爷阿玛都在，便紧紧地拉上门，说："你们知道不？爷爷，阿玛呀，人家英格尔斤克家捞得一条老大老大的大鳇鱼，比咱们的大多了……"

孟哲勒七十三说："什么？这不可能。大鱼已经让咱们给捞到了，他们怎么能捞到呢？你是亲眼所见，还是听人所言？"

阿思虎说："还什么亲眼所见，人家连做大车拉大鱼的木匠都请来了！"

孟哲勒七十三："谁？"

阿思虎说："是黑龙江拜泉的李三斧！我在渡口亲自遇上的。"

奔臣老人一听，把烟袋从嘴里拔出来，说："看来，我们可不能轻敌呀。阿思虎，你再遣人去细细打听一下，看看究竟此事可为真？"

孟哲勒七十三说："如果说英格尔斤克他们打着大鳇鱼阿金也只能是他三儿子，他们老大老二不是和咱们在梨树沟一个锅里搅和吗？老三去的是肇源西北的老北江，没听说那一带出什么大鳇鱼呀！"

奔臣老玛发老艄公说："那地方也有不少鱼卧子。有一年，我们路过老北江，看那江的走势，荒片多、荒甸子多，这种地段的江啥奇事都兴许出。"

尼亚哈说："他们说是打着了，咱们设法找到他的鱼圈，我就不信下不了手，偷着入水，早点弄死它，等冬天再挂冰，就臭了，变味了，送不到京师了！"

奔臣老玛发老艄公说："说那话，都是气话。再说，人家既然打着了，一定妥善派人护着、守着，外人是靠不上前的。再说，那一带有后来落草的土匪、胡子乌龙在那儿，官兵都进不去，那是个去不得的地方。"

尼亚哈说："那难道我们就一点办法也没有了？就眼睁睁地看着他英格尔斤克把大鳇鱼送到京师，领个头功回来，那咱们孟哲勒氏不是彻底败下阵来了吗？"

阿思虎说："咋地咱们也得想个法子。这孟关两家的仇看来是结定了，不是你死，就是我活，反正也得闹个鱼死网破。"

孟哲勒七十三这时对老玛发奔臣说："老玛发，如果是这样，我看可以找一个人。"

奔臣老玛发："找谁？你说说看？"

孟哲勒七十三说："找全福，看看他会有什么主意。当初，咱们为了救他出狱，花了多少珠子、银子，现在咱们有事求到他了，他但凡是有点儿招儿，也会使出来的。他从狱中出来后，朝廷念他管理北土贡差有功，有办法，依然官复原职，出任盛京贡品仓官，我看可以见见他去。"

尼亚哈、阿思虎一听，都连连赞成阿玛的这个主意。因当初孟关两家之争时，孟家乘机救出了他，现在孟家有难处他定会出手相助的。奔臣老人沉思一阵，也点点头说："现在看来，也只有派人去见见全福，把事情说给他，看他能否从中帮忙。他多年收进各种贡品、仓货，对处理这类事，想来他会有些伎俩……"

当下，经奔臣老玛发与孟哲勒七十三商定，决定让尼亚哈出门，连夜去往盛京，面见盛京仓官全福，让他帮助对付此事，并由孟哲勒七十三给他写了一封亲笔信，又带上五百两银子，让尼亚哈即刻动身。就在尼亚哈动身之前，为了稳妥起见，阿思虎又派出自己屋里的前往泡子沿，说是去看鞋样子，再一次探一探瓜尔佳氏族打到了大鳇鱼是真是假。阿思虎媳妇有一些老姐妹在泡子沿屯，她去了之后回来禀告丈夫说："一点不假，泡子沿屯已家家传开了，老三采伍达在老北江打到了一条大阿金，足足有二千七百多斤，是一尾鳇鱼王。木匠都来了，眼下正干上木匠活了，是黑龙江拜泉出名的李木匠李三斧。连木车的尺寸我都记下来了，是九庹二！你说这鱼该多大吧。"

什么也别说啦，一切已属实，当天夜里，尼亚哈不敢怠慢，带上银子和信，在两个护卫的陪同下，连夜上道，奔往盛京。

第四十七章　挂冰仪式

瓜尔佳氏族人捕到了一条头等大阿金的消息也很快传到了打牲乌拉衙门，佐领都齐泰也将此信传给巴灵阿将军。巴灵阿将军召见吉林打牲乌拉衙门总管绥奈，问其实情。绥奈告诉巴灵阿将军，自己也才听说，于是，打牲乌拉总管绥奈决定前往泡子沿看个究竟。这一日，绥奈大人来到了泡子沿屯，随来的还有佐领都齐泰等人。

英格尔斤克听说绥奈大人到，他亲自到村口相迎。就在几天前，英格尔斤克已经又把大儿子和三儿子派往老北江，让他们去设法将大鳇鱼由嫩江牵引至松花江，再牵引至拉林河口，以便在上冻前在拉林河的底斯莫隘口挂冰装车，以便上路。而且有消息传来，大鱼已从老北江启程，已牵引到望海沟了。

这次绥奈大人和佐领都齐泰前来，一是看个究竟，二是验明正身，测算最终尺寸、分量，已便发给官票，上报在案。英格尔斤克精精神神地出来迎接绥奈大人，并说："既然如此，那就有劳绥大人和佐领大人一同去看看吧。"

绥奈总管和佐领都齐泰都同意前往。

第二日，一行人由泡子沿出发，前往望海沟江段，去测量验证关家捕捞上来的鳇鱼。

众人从肇源乘船出发，直奔望海沟。这望海沟也是嫩江和松花江汇合处上段的一处江段，水深水宽。当众人的大船行至饮牛坑一带时，就见前方的江面上出现了六艘乍忽台，为首的正是海桂和庆成，他们已将大鱼从老北江牵引上来，戴好了笼头，一路慢慢而行。那大阿金到底会有多大先不说，就是乍忽台在牵引它往前走时，它带起的"丘山"一直不落，就如一座小岛，在江面上移动着，简直让人心惊肉跳！

饮牛坑，是一段较为水浅的江段，陪同绥奈大人到来的英格尔斤克命大儿子海桂将船慢慢靠岸，让大阿金来在江边，以便总管大人验测。

当海桂和庆成他们把船慢慢靠岸，甩上笼头绳，岸上的人立刻将绳子拴在一棵老榆树上。这时，那已被牵引了五天五夜的大阿金已经有些精疲力竭，它乖乖地卧在岸边的浅水上，人们一看，忍不住“哇！”地惊叫起来。绥奈大人和佐领都齐泰就近上前验测，只见这小山一样高大的大鳇鱼，足足比孟哲勒七十三的那尾多出四百八十二斤六两！堪称自古以来的头号大阿金。绥奈大人指使档师一一记录造册，然后命赏船开过来，对英格尔斤克发赏……

在祝贺的锣鼓敲响时，海桂立刻解下绳索，继续将大鱼引进江中正航道，奔往拉林河的底斯莫隘口，因那儿与英格尔斤克家的鱼圈葫芦套不远，这样可以在上冻后迅速起冰、挂冰、上路，奔往京师方便。

转眼，北方的第一场大雪飘然而至，冬天来到了北方，这个季节是北方渔猎人家最忙最累的日子——开始给送往京师的鳇鱼挂冰打捆了。

给鳇鱼挂冰是个耐力加技术的活，俗话又称为“开浇”，就是往鳇鱼身上一瓢瓢浇凉水。北土严寒，那水边浇边在鱼身上冻住，于是使鱼成为一条大冰鱼。不过这可不是一天浇完，冻也不是一夜间冻上，要连续五天五夜不停浇水冻冰，称为挂冰。从冬至前十天施行挂冰，到冬至那天拉鱼车启程奔往京师，挂冰先举行祭典仪式是祭鱼神大礼，最后那天是出征仪式，所以，各家都在搭祭台，请戏班子，渔丁们要日夜给鱼挂冰，那是最忙人的季节。如果种地的讲究三春没有一秋忙，那么捕鱼的猎户渔帮就讲究一春一夏一秋没有一冬忙。

西屯的孟哲勒氏事先动手搭起了祭台和戏棚，这祭祀包括三大内容。一是对祖先神灵朝拜祈求和祝祷，表示崇仰和感激之情，使得这一年孟氏族人打到了大鳇鱼、大阿金；二是祭日、月、星辰，是这些神星照耀，才能顺当捕鱼成功；三是祭山、川、江、河地域神，是大江大河、大地、草甸、柳通、江道为他们处处养育了大鱼，要感谢自然给予的礼物——大鳇鱼。

在祭祀时，还要摆上当年遇难的渔丁、渔工的牌位，对他们也得祭祀一下。这一年，孟哲勒氏族中有三名渔丁在捕鱼时落江而亡，他们的祭祀牌也摆在祭台旁的一个位置上。每年都有伤亡的人啊！所以有人说江河捕鱼是“拿命换来”的，上是天，下是水，人在中间，无路可走。

孟哲勒七十三举行祭祀仪式他要大干，办得热热闹闹，他决心在气势上压过瓜尔佳氏的英格尔斤克，他从祖匣里取出三顶神帽，一顶是铁雀金铃神帽，一顶是九雀卧虎三镜铜铸大神帽，一顶是木刻百羽彩穗神帽，三顶神帽三个等级，是祈愿、驱邪、联盟之意。另外，孟哲勒七十三还有鹿皮、鱼皮及熊皮，蛇、猬、獾、龟、蛙诸动物皮骨合制而成的彩绘的大袍，拖地长，象征着萨满有百灵护助，叱咤风云，威力无穷。

祭台搭好后，孟氏开始杀猪了。

祭台搭在西屯东山，前边是一条江汊，十分开阔。今年的挂冰冬祭，孟哲勒七十三选择了猪、鹿、野猪三牲同杀，地点不在祭台前，那里是西屯外的野地，而且树枝、雪地、柴火也方便，人吃马喂与祭祀时洗涮收拾也方便。今年，他孟哲勒七十三不怕事大，他要大张旗鼓地祭祀挂冰。

因为，他心里已有了“底”了。

一个多月前，他派儿子尼亚哈与阿思虎，带上他的亲笔信和五百两银子先期到达盛京，面见了盛京仓官全福，把瓜尔佳氏如何打到一尾大鱼比他家又大又长的事一五一十地说了一遍，又加上爷爷老玛发奔臣和玛发孟哲勒七十三特意嘱咐：“万望全福大人周旋！”

全福听后，哈哈地笑了。

全福让尼亚哈和阿思虎回到西屯转告老人，这种事只是区区小事，一切由他周旋，不用老人们费心。并说：“要不是孟家出珠子打点朝廷，我能从大狱中放出来吗？这事就由我来办了。”于是，尼亚哈、阿思虎回来把这个“底”告诉了爷爷和阿玛，所以眼下，孟家一点也不动声色，只是按往年常规，照样举行“挂冰”仪式。

孟氏家族给鳇鱼挂冰仪式真是太隆重了。

挂冰场子很大，很宽绰，砍柞、杨、榆木围建障子，设四个祭门，正门向南，两侧立图腾柱，一面各三件，上面是请画匠画的孟氏祖先捕鱼的故事，柱高九尺——“图喇巍峨九尺高”这是固定的格式。

柱顶上要雕刻六种神像：鹿、虎、豹、鹰、熊、鱼，其余三门没有陈设，便于渔丁和众人出入方便。坛正北竖八面大旗，黄布旗，上绘虎、豹、熊、鹿、双枭、鹰、蟒（蛇）、蜥蜴，坛上有香炉（炉内燃烧的是野外的草本植物“阿查”，有浓浓的清香味，可驱蚊蝇、地鼠），当然冬天已没有蚊蝇，但这是规矩。神案上摆放着全族各家献送的大宗供物，野菜、野牲、食物等，供物若山，要什么有什么，上披七色彩条，迎风飘展。接着，点燃“挂冰”鞭，鞭炮“噼噼啪啪”一响，有八个渔丁，手端一个葫芦瓢，奔向早已摆放在大木案子上的鳇鱼，开始往鱼身上浇水了。

天，奇寒无比，水一泼上去，滴水成冰。

很快，那鱼身上就挂了一层冰壳。

这大鱼是以木槌击之头骨，使其昏死，然后用爬犁将其拖到祭台的木案上来“挂冰”。

随着鞭炮响声之后，锣鼓阵阵响起，那是三伙“挂冰”的渔丁，每组八人，一拨拨上前浇水挂冰。因天太冷，每组浇水挂冰的渔丁要浇上五十瓢后，就迅速进屋取暖，那时双手已经冻僵，再由另一伙渔丁上前接续。

挂冰，要日夜进行！

有人挂冰，有人看管，不许野狼、野狗靠近，日夜把守。就是在夜里，来看“挂冰”仪式和过程的人依然不断，因为渔户的秧歌不停地扭、唱，还有渔灯舞，人们来看挂冰，就等于是看秧歌和歌舞。

今年，孟哲勒七十三不惜花销，他特意派人去黑龙江的牡丹江请来了“张老三”秧歌队，去辽宁请来了黑山“黑丫”秧歌队，去吉林梨树请来了“张绍宣”秧歌队，这些都是北土出名的秧歌队，有耍龙的，有耍冰灯的。

孟哲勒七十三穿着厚厚的皮大氅，手端一庹长的烟袋，威武地在场子周围走来走去，观看渔丁们浇水挂冰，他还时不时地答对周边屯子来看热闹的人的祝贺:“孟大人，有福啊！看看你们，这冰挂得多地道！”“看看人家孟哲勒七十三，人丁兴旺，鱼大福大，财大……”

在人们句句夸赞声中，孟哲勒七十三径直走向浇水挂冰的渔丁队伍中，他时而以手指头触触鱼身上的冰，发号施令地指点着说：“这儿！这儿！这儿再来三瓢！”

儿子尼亚哈是鳇鱼挂冰的总指挥。他听老阿玛一说，立刻督促挂冰渔丁说:“快！再往鱼脖子上浇几瓢！”

渔丁们大喊:“好！”

于是，几个小伙子欢蹦乱跳地端瓢上来，一齐将水“哗！”的一声泼在鱼身上，人们“啊！”一阵笑起来。

天，太冷，只见鱼身上不断飘起白茫茫的冷气，转眼间那大鱼就结成了冰鱼，而且冰还在逐渐加厚，不能一次浇完，要逐渐地浇，不然冰在鱼身上不均匀。

看的人群，冻得直跺脚，雪地上“嗵嗵”地响，是人在跺脚，加上秧歌的锣鼓，喇叭的吹奏，在荒土北野，展现一幅奇特的鳇鱼挂冰景致。这是前所未有的景致，只有北土所有，别土不会有。

第四十八章　贡车上路

西屯的鳇鱼挂冰仪式，也在泡子沿重演。

泡子沿的祭台，是朝着屯东的大泡子，正和西屯孟哲勒氏形成对台戏。

两家锣鼓几乎同时响，鞭炮几乎同时点燃，方式也都类似，因为老规矩不能改变，大家都在赶日子。

赶日子，又叫赶时辰。冬至这天头晌，日头一冒红，进京师送贡的鱼车必须启动，谁也不行提前或错后。所以冬至前这十天，各渔猎村屯是最忙最累的了。

两个屯子隔着不到二里地，双方的锣鼓敲打声不时地随着寒风冷雪飘过来。也有一群一群的屯人，来回看，来回走动，这边瞅瞅，那边看看，议论也不断：“你看人家孟哲勒七十三，那活干得地道，鱼脖子处最不好挂冰，所以他又指使渔丁多浇八瓢……”

“人家英格尔斤克也不善哪，那眼力，鳇鱼眼虽小，但冰得挂足，不能有缝。所以他专门盯着这些地方给鱼挂冰……”

人们议论得很细，很地道。这也成为孟关两家挂冰仪式不见面的见面，他们从人们的传言中，不断吸收对方的长处，使自己的鳇鱼挂冰技术更加完善，不出纰漏。

冬至前三天，各村都安静下来了。

西屯，泡子沿都静悄悄的，也许是这七天人们都忙活累了？但其实，这是老规矩。离出发还有三天，各渔猎户外面的活计都干完了，要在家里为出行的人做准备，屯子里自然静下来了。

被派送贡的渔丁，要好好地睡觉，不准与妻子“合房”，养足了劲儿好上路，从体力精神都要做好长途跋涉的准备；妻子给丈夫缝制衣裤，打好包袱，这种包叫“贡差包”，不仅要带由冬到开春几个月的衣物，还要带日常用品，如烟叶、烟口袋、土制的刀口药、受凉患腰腿疼时贴用的膏药，等等。

庆成就是瓜尔佳氏派出的贡车伍达之一。

这一季，英格尔斤克决定派出大儿子海桂和三儿子庆成去往京师送贡，二儿子常昇在家照料打点各种后事。瓜尔佳氏派出二十辆大车，拉上鳇鱼、鳟鱼和各种杂鱼，在规定数额之外还得多带些，贝勒、格格、大臣、仓官和内务府人，都得一一打点。由海桂管账，庆成管车，一路上庆成在前“领车”，海桂“压后”，组成庞大的贡车队，单等冬至早上上路。

媳妇阿兰知道丈夫庆成有腰疼的毛病，她就起早贪黑地给丈夫缝制了一条宽腰带子。里边装的是她夏天上山采的香草和秋天割的乌拉草，揉碎，腰带子面上还亲自绣上了碎紫小花，那是一种兰花，这花案与丈夫烟口袋上的花案一模一样。那烟口袋庆成走到哪儿都带到哪儿，碾子山驿站的金莲也十分爱看庆成的烟口袋上的花案，钦佩地说：“阿兰姐姐的手艺真好，要是我，就绣不了这样……”金莲曾经管庆成要去一个烟荷包，要学。

冬至第二天就是正日子了。这天夜里，英格尔斤克老人把三个儿子叫到他的屋里。老人打量着三个儿子，说：“小鹰们，是你们出飞的时候啦。这一次，就看你们的了。今年，咱们瓜尔佳氏家族真的是祖上的德行，咱们打了一条头等的大阿金！这件事，他们孟家不服啊！我看出来了，我品出来了，我总觉得要出事！因为孟哲勒七十三这个人，他不是一个善良的人，他好拨弄是非，你们可要时时处处加小心！”

海桂说：“阿玛，你放心。咱们打了大鱼，斤两在那儿，尺寸在那儿，他再能耐，还能给改了斤两，短了尺寸不成？”

庆成也说：“阿玛，你放心，再说，乌拉打牲衙门总管绥奈大人和佐领都齐泰都是在拉林河底斯莫隘口处亲自验的，没错，只要咱们一路上安安全全送到，就会大获全胜。”

看哥哥和弟弟决心很大，老二常昇也说：“阿玛，你就放心。哥哥和弟弟此次进京，保准能闹个头名！家里的事呢，你们尽管放心，阿玛由我照顾着，你们只管一路照管好车队，千万别出事，胜利就是咱们家的。”

英格尔斤克看看三个儿子，心里有了些底。

他又咳嗽了一阵。说：“海桂呀，庆成呀，你们就放心上路，家里有常昇照料我，别担心，阿玛就是老病，身子没大碍。等过了年，你们回来了，咱们一块出去溜达溜达。我好些年没上长白山了！我想这大山哪。等到了春暖花开的时候，你们哥几个领着我，咱们上山去采些金达莱、高山茶。听说，那玩意专治老人咳嗽……”

几个儿子互相瞅瞅，连连地说：“阿玛，你放心，我们一定办到。等这次顺利进贡回来，参他个头等功名，咱们就一定好好地庆祝一下。”

英格尔斤克老玛发点点头，没有出声。看得出，他还是有些忧心忡忡，但又不知他具体愁的是什么，因为可能发生什么事无法预料。

各位阿哥、阿沙，我朱伯西讲啥，都是有根有蔓呀。你们想想，那孟哲勒氏是一般的人家吗？看上边上边有人，论下边下边有人，对于英格尔斤克家打到了比他们家大的大鳇鱼，眼瞅着头功要被人家抢去，他们能甘心吗？一辈子出惯了风头的人，对这事决不会善罢甘休，他派人面见了盛京仓官全福，一条诡计，其实早已安排妥妥的。可是英格尔斤克一点也不知道啊，他也不可能知道，因这一招，叫人万万想不到！

乾隆九年冬月，冬至这天早上，孟、关两家出发进京师送贡的车队，头车老板子们各举着鞭冲着东方“啪！啪！”地甩了三个响鞭，树上的树挂、霜花都被震了下来，在空中飘刮，西屯和泡子沿屯的送贡大车上路了。

老板子大喝一声：“驾！”

辕马奋力一拉，帮套上的马也一使劲儿，只听“嘎吱”一声，车轮从冰道上启动了。车轮子碾着雪地发出“嘎吱嘎吱”的响声。跟车的人脚上穿着大乌拉，踩在上面也“嘎吱嘎吱”地响，整个大地，轰轰隆隆地震动起来，好像山河欲坠，其实那是西屯的孟哲勒氏和泡子沿的瓜尔佳氏的族人们的贡车上道的动静。

这次进京师送贡，孟哲勒七十三派出了三个儿子，老大岱山、老二尼亚哈和老三阿思虎，他们分别是“头车”尼亚哈，二车岱山，压尾断后的是阿思虎，也是二十辆大车。整个送贡的车队四十辆大车，那真是浩浩荡荡，打牲乌拉衙门的总管绥奈也来到两屯旁边的道口，一一送行，嘱咐各车队要互相照应，安安全全地送到。

两屯的大车都是在这个“点”上出发，那时是太阳一出时，叫“日头冒红”贡，指一年内一天内最好的时辰。车队先是从各自的屯子出来，等走出十五里左右就归到一条大道上了，那就是直奔盛京到达京师的大道，又称“大御路”。大御路从顺治年开辟，其实也是延续了辽金明时期北土卫所、驿站的地点，路起于吉林乌拉以东的舒兰亮甲山，经由乌拉、口前、搜登、苏瓦诞、伊丹、布尔图库半拉山门、叶赫、开原、昌图、铁岭、到达盛京（今之沈阳），再经大凌河、山海关，总共四十三站，最后抵达京师。由于这一年北土贡车是由肇源起程，走近道，从拉林河抵达榆树台子，到达叶赫，再上老道，奔往昌图，铁岭上大御路的“官路”，然后奔往盛京。

从北土抵达京师，盛京驿是必停之地。

一是因为这个地方是通往京师的必由之路，而且到了盛京已走了几百里的路程，人马要大歇一下；二是盛京在这里设有仓官，朝廷要先行对贡品验检一次，待盖上“盛京验讫”章后，方可再启车进京。

开始之时，两家的进京车队总是一前一后，今儿个你在前边，明儿个我在前边，看不出什么来，而且由于车队太大，每到一个驿站，往往都由驿站院心将两家车队分开居住，你住东院，他住西院，或者干脆另选一个院子，从不在一起住。各驿也都知道他们两家不合，再说也照顾到各族说话方便，所以都尽量少找麻烦，尽量各安排各的。

不过，双方的进度都一样，没有什么前后，但当车队走了七天之后，已进入到开原驿站时，突然，孟哲勒氏的车队落后了。

英格尔斤克家族的车队走出开原驿站十多里地了，也不见孟家的车队出来。

庆成觉得不对劲儿，就撵上哥哥海桂的头车，说：“哥，老孟家的车队怎么落后了？”

海桂说：“你看准了吗？”

庆成说：“一出开原，就不见了他们的影儿！”

海桂究竟是大哥。他说：“兄弟呀，咱们不能轻视。这些人，说不定又使什么招法，本来是天天和我们摽着走，怎么会落后？一定有什么见不得人的事。你派一个兄弟假装东西落在店里了，回去探探！”

庆成说：“我也是这么想的。阿玛说了，老孟家这家人家像老狐狸，啥花招都有，得防着点！”

于是，哥俩一商量，庆成把自己的心腹冷子兄弟叫来，让他返回开原驿站，就说烟袋落在店铺了，来找东西，千万别露出马脚来。冷子答应一声回身返往开原。

第四十九章　移花接木

住店忘东西，这是常事。

冷子返回开原驿站说是找烟袋，他发现孟氏车队正在修车，原来是车轮子压坏了，车上的鱼太重，人们忙得不可开交。还是孟家的一个跟车的见了冷子，问："唉，你回来干啥？你们车队不是走了吗？"

冷子说："谁不说的，东西落这儿了。"

那人问："啥东西？"

冷子说："烟袋。"

那人说："一杆烟袋，还值得你跑？"

冷子说："你不懂，小孩子家家的。我这烟袋上的荷包，是个老物件，是我那位没过门时给我绣的，咋能不找呢？"

那人点点头，呵呵笑了。

冷子从开原驿站出来，在旁边的旅店租了一匹马，就一直往西干，到下晌一刻，就追上了自家车队。他把自己亲眼所见孟家确实是大车让鱼压坏了，正在修车的事一五一十地说了一遍。又加了一句："他们那车，真不如咱们的打造！还得是人家拜泉李木匠的手艺呀！"

海桂和庆成一听，心里也有底了。既然是这样，咱们就往前赶吧，早一天进京，不是更好吗？但其实，他们哥俩不知道，这是人家使的计。

当冷子回来取烟袋，其实孟氏哥几个早就猫在驿站的库房里往外看，就等着瓜尔佳氏来探秘，果然是派来了冷子来打听，说是烟袋落在客房了，事后等冷子一走，他们哥几个到客房一问，根本没捡着什么烟袋，他们哥几个就认定，这瓜尔佳氏也是在暗中盯着他们的一举一动，千万不可以掉以轻心，万事都得防着他们点。于是赶紧收拾收拾起程，而且故意晚一步，在瓜尔佳氏车队的后头，而这一切，其实都是全福的计划和安排，让他们在前车的后边到达盛京。

在盛京，那是先办第一道通京手续，先由盛京仓官全福检验车马鱼货，然后盖验讫章，检验放行，这也是老规矩了。

英格尔斤克他们的车马先行到达，来到盛京关驿，有仓官全福前来验检，查看。海桂和庆成他们出具了由乌拉衙门开具的绥奈大人盖章的“官票”，全福一一验过，他们的车马在盛京住了一宿，第二天一大早就启程上路了。

海桂、庆成他们的车马刚走，孟哲勒氏岱山、尼亚哈和阿思虎的车队就到了。全福一看，立刻以车马太多，人员住不下为由，对手下的人说：“把他们的车队安置到另一住处，不在咱们总驿居住。”

下人问：“大人，上哪个驿？”

仓官全福说：“上三里屯。”

于是仓官全福一摆手，尼亚哈就明白了，他这是为了避开众人。再说，盛京总驿，一天车马往来不断，因这个季节，正是往京师送货的时候，各个地方上的协领、将军府、打牲衙门，都要赶在年前把“东西”送到京师。所以驿车来来往往，人多眼杂，什么“事”也干不了，而三里屯驿站，那是仓官全福的心腹之地，驿站上下，全是他的人，正好给孟哲勒七十三家办这件秘密的事。

这天夜里，夜已经很深了，全福悄悄来到了三里屯驿站，他告诉看门的人说：“把前后大门都给我插上，任何人都不许进来。”然后，他来到了尼亚哈哥三个住的房间。

岱山、尼亚哈、阿思虎都没睡，静静地等着全福的到来，见仓官全福，立刻让座。

全福见他们哥几个都在，就把自己的主意和盘托出。原来，他是准备把孟氏家族进贡京师的鳇鱼的长度加长，加长到超过瓜尔佳氏的鳇鱼一米七左右！

岱山道：“大人哪，这鱼死了怎么加长？”

尼亚哈道：“大人，这不是开玩笑吧？”

阿思虎说：“这怎么可能办到呢？听大人说说，是否有什么妙法？”

于是，全福和盘托出自己的招法。

原来，按照仓官全福的招法，是先将冰冻的鳇鱼锯开，找其骨缝拉开，然后再以其他鳇鱼骨和肉、皮再填加到要拉长的中部，对上皮后，以上好的皮匠手艺再缝皮，然后重新浇水、挂冰，这以后，一点儿痕迹也不见！

而这一招，也是仓官全福干过多少次的事了，别人不知，他是轻车熟路。据悉乾隆初年，他就给乌拉老闫家大户送的贡鱼“加过长”，从中收受了数千两银子，而且这让老闫家得了当年京师收贡的头一等。这是他的拿手好戏。还有，更加重要的是，他可以私改“官讫”，再通过收买京师内务府的仓官，二人合谋作弊，任何毛病也挑不出来，这一招使用起来，如家常便饭。再加上人家孟家等于是他的救命恩人，就得这样办了。不过，仓官全福还是故意把事情说得难一些。

仓官全福这时说：“不过……”

他故意停了一下，有些犹犹豫豫的样子。

尼亚哈一看，瞅了一下哥哥和弟弟，连忙说：“大人，有何难处，您只管说。”

仓官全福说：“不过，这可要冒大风险哪！弄不好，是一个杀头之罪！欺君犯上……”

尼亚哈连连说：“是，是。所以，全靠大人周密计谋，我等竭力而为。”说到这里，岱山把孟哲勒七十三特意为仓官全福带来的两千两白银拿出来说：“大人，这是家父的一点儿心思，不成敬意，还请收下。”

仓官全福这时又说：“唉，别这样！别这样！其实，这些银钱我不能全收下呀，我还要打点一个人……”

尼亚哈说：“谁？”

仓官全福说：“是个皮匠。”

尼亚哈、岱山、阿思虎都愣了：“皮匠？”

仓官全福说：“你们不知道，干这种事，全靠皮匠。我给你们找的皮匠叫张三，是盛京乡下有名的皮匠。有名到什么程度呢？这么说吧，别说他车马套椇样样白皮子会熟会做，就是带毛的帽子、皮袄、红皮靴也是样样精通。有一年，盛京大狱里判了一个死刑犯人五马分尸，但是判错了，后来人家家人要收尸，朝廷没招了，现把张皮匠请来了。这个人一夜工夫把撕碎的尸体给缝上，死者家人来了一看，硬没看出一点儿破绽来！没有这样手艺的人，我怎敢让他来办咱们这件事？因这鳇鱼切开，加上一段，鱼皮要接得天衣无缝，没有他张皮匠的手艺，那是万万办不到的。所以，钱我要给他一些！”

哥三个一听，觉得不对劲呀，全福这不是在和他们谈价码吗！于是，哥哥岱山和几个弟弟一商量，就又从公银中拿出在路上备用的银子一千两，说：“大人，这一千两，是给张皮匠的。那两千两，是家父孝敬您的……”

全福又假意推辞了一下，便也收下。全福说："事不宜迟，要快，咱们现在就动手！"说完，他拍了一下手，门一开，走进一个人来。

这人打眼一看，个不高，有六十多岁的样子，光头，下巴上留着长长的三绺山羊胡子，背着一个袋子站在一旁。

全福说："这就是张皮匠。"

尼亚哈哥仨点点头，说："有劳师傅了。"

张皮匠说："好说！好说。"

于是，几个人迅速来在院子里，早有人把那条大鳇鱼拉到一间库房里，大门一关，点上马灯。几个人找来了一张破大原木的"二人夺"(一种大锯，两个人对面拉的那种大锯)，然后坐在高处，将大鳇鱼从中间带冰锯开。在此之前，仓官全福已吩咐孟氏多带几条鳇鱼骨、刺和各种鱼肉，他们都听吩咐，装在袋子里带来了。现在鳇鱼锯开，这些东西全都派上了用场。

鳇鱼这种鱼，浑身是脆骨，鱼锯开后，鱼头鱼尾向两边一拉，中间空出一米七的长度，然后由张皮匠上手了。

只见这张皮匠脱掉了棉袄，在大冷天，光着膀子，他竟然干得浑身冒汗！他打开他进来时背的袋子，往地上一倒，"哗——!"的一声，什么锥子、锤子、钳子、大针、鱼线、皮绳等各种用具堆放一起，真是一个老手、熟手。

他先拿起几根尼亚哈他们带来的鱼骨，比了比，都赶不上原有的大鳇鱼的鱼骨粗，宽和厚度都不够，于是，张皮匠顺手从地上拣起他带来的一些兽骨，比量着，锯吧锯吧，往鳇鱼脊骨上一对，正正好好！

主骨对上后，他就把孟家带来的一些小鱼骨在主骨旁边接上、对上，然后，赶快合面。

这合面，绝对是个技术。

那不单单是面，而是黄米面煮熟了后，他再掺上孟家带来的各种鱼，揉碎，合在一起，让人一盆盆端来，由他一把一把抓起，往那段鱼骨架子里填"肉"……

这一切都做完，鸡都叫了！张皮匠拿出大马蹄针，开始缝鱼皮。

就见这张皮匠，早有准备，他背来的一个鼓鼓囊囊的麻袋里，原来还有三四张完好的鱼皮，那些鱼皮在他手里，就犹如一张宣纸那么柔软，只见他一铺、一对，然后以大针穿上早已准备好的油丝肉线(那是以鱼皮和鱼筋做成)，一根根有粗、有细，他选择鱼身上不同的部位再选不同的线，一下下缝了起来，到天快亮时，这段新加的“鳇鱼”身子简直一点儿也看不出是后安上的！然后，他命人赶快给这段鱼身挂冰。

孟家哥三个不敢怠慢，立刻指挥几个伙计提水，就在库房里给鳇鱼挂冰。等到太阳出来时，经过一整夜的忙乎，这条已经加长的大鳇鱼已经由库里推到了院子的车队中，人们打眼一看，不细心很难发现这鱼加长了。再说，鱼身上外部又重新扎上了捆，包上了草帘子，什么人也难以发现有什么变化。

吃完早饭，仓官全福又把已经改过的衙门给开的官票交给了尼亚哈，然后对哥三个说：“走吧，上路吧。到了京师，什么也不用说，把这票据和鱼直接交给内务府光禄寺的库房，你们就先休歇几天，等待公示昭告名次。”

哥三个千恩万谢地告别了仓官全福，就赶快赶车上了通往京师的大道。

第五十章　京师惊魂

在早些年，腊月十几至二十几，京师东直门一带那是一个热闹无比的地场。本来一进腊月，各地买卖东西的都要集中于京师，而一进京师的头一个大门就是东直门，这儿又正对着从山海关外以东、以北来的大道，而且各地买卖人、小贩也都明白，一进腊月，这北土的贡车要从这里进来了。

其实，贡车进京，绝不单单是给皇上去送贡品，还要给京城的各个部门的官吏、皇亲国戚和北土大官的亲朋捎带特物、特产，他们也都得在这一带“等货”，有的“公等”，有的“私等”。

公等，就是除了给由内务府交由皇上的贡物，还得必给各个“部”的礼物，那也是很重要的“礼”，几乎是皇上有啥，各个大官、要员一样也不能缺，而且，皇上也知道这一块的油水大，但皇家也是睁一只眼，闭一只眼，谁也不去深究细问。各地来送贡的人也很想认识京师宫里的人，大衙门的人、巴不得能拉上这个特殊关系，这是周瑜打黄盖一愿打一愿挨的事。

各送贡车队还要额外带些特物、特产，那是为了出卖。这“卖”，可是每个贡车都有的“收益”。每次贡车进京，除了贡物的本家外，其实还有地方上的一些大员，什么协领、捕头、领催、档师、总管，哪一个也得罪不起，他们往往让贡车给他们捎带一些东西进京，顺便给卖了，或者换回钱，或者用这钱买些京城的俏货。京城的生意人认准了这个商机，也往这里聚集，或收购北货，或销售丝绸、布料、金银首饰、名贵药材等北土稀罕之物，因此这京师东直门一带就成了京师与地方各种货物的集散地。

到京城给达官显贵送礼，如果摸不着门路，搭不上关系，见不到“贵人”是送不上去的。那不要紧，可以将礼物交给这里的仓库掌柜的先存放，你说见谁，有专门“中介人”替你打通关节，准能让你见上，但有价码！甚至说要见皇上都有人夸下海口，说能领你去！

还有些骗子看北土初来乍到京城的人，处处发蒙，又单纯、实在，就盯着送贡车队行骗，用“打冒支”（冒充）的办法将其钱物骗去。甚至，连送贡都出现了“诈贡”。

这诈贡，就是往京城送贡物，没交到内务府人手里，却被骗子给“收”去了。

这事可能么？说起来，还是真的。

那年，吉林永吉法特哈有个老隋家的贡车来到了京城，没到东直门，车就误住了。天刚下完一场冬雨，道不好走。就见前边吹吹打打地来了一抬轿，他们上去打听。

他们说：“请问大人，东直门还有多远？”

对方停下轿。一个抬轿的问：“你们从哪来的？是不是来送贡的？”

法特哈隋家跟车的说：“是。”

对方说：“你们还不知道吧？”

隋家人说：“什么事？”

对方说：“不用到东直门啦！”

隋家人问：“到哪？”

对方说：“这不，他就是内务府的刘大人吗？货就交他……”

隋家一想，正好车误了，这又碰上内务府的刘大人了，真是好巧。就问：“货放哪？”

那人一指旁边一个院子，说：“那就是临时仓库，就卸那……”

然后，就见刘大人的轿进院了，隋家送货的也把车赶进去了。卸了货，人家还给开了一份盖有官印的字据，说：“先上街里逛逛，找个驿馆住下，三日后在午门看榜，是几等就去领赏。”

隋家人乐坏了，没想到这么顺利就办完了。他们赶车路过东直门，只见一伙伙送贡车排着队在等，有些好笑，还好心地告诉那些排队的车夫：“进贡、收贡在那边也有分号！”

人家不理他们。他们也觉得奇怪，就上前去问，内务府有刘大人吗？

人家告诉他，内务府根本没一个姓刘的。他们觉得会不会出事了，就又赶紧返回才刚误车的那个地方，这里离东直门不到几百步远。再进那个大院一看，原来是个穿堂门，从这个门进去，从那边可以出去。再一问那里的住户，根本没有刘大人！这就是“诈贡”。

在京城，什么事都有可能发生，你看看，这永吉法特哈老隋家苦苦干了一年，全被人给“诈”去了。回到家当家的老太爷一听，当天夜里就上吊了！不是别的，可耻呀，咋养了这么些没用的子孙！

北土的人也渐渐知道了京城市面复杂，啥人都有，啥事都出，朝廷也曾经发告示提醒那些进贡的贡车多加小心。因此，凡来大户送贡，都有人先来打前站，有的派人提前进京，安排好送贡和车队到后的食宿等事宜，有的是等大车队一进通县老城，先派人骑马到东直门报号，然后由专人在东直门大道口等候，一见贡车露面，先来打前站的就喊：

“×××贡车到！”

这时，京城内务府的引路人跟着喊：“×××贡车，往左，上光禄寺库！”

“×××贡车，往右，上太常寺库！”

“×××贡车，往前，上海运仓库！”

当年，朝廷内务府在京师设好几个库，专门收藏贡物，要由内务府仓官统一分配贡车往哪个库存放，然后由内务府总管统一验货后，再给你开具“官帖”，等待公布等级和朝廷悬赏事宜。

腊月二十一，泡子沿瓜尔佳氏的贡车和西屯孟哲勒氏的贡车几乎是脚前脚后地到达了京师的东直门。孟哲勒氏只比关家晚了不到三个时辰。

内务府的引道人喊：“关东满洲瓜尔佳氏贡车到！”

立刻，围上许多和其家族有亲属朋友关系的人，纷纷上前打听：“老爷子可好？今年捕捞的鱼大不大？地是旱了？涝了？”一片乡音，也真看出京师的人也是想念故土啊！

这时，内务府的引道人又喊：“关东满洲孟哲勒氏贡车到！”

只见，岱山、尼亚哈、阿思虎几个人扬眉吐气地赶车上来，也是有一些宫中亲友上前打招呼，一阵寒暄，他们都把贡货往指定的地点去送、去卸。

每卸完了货，对完了“验票”，内务府就告诉各地的贡车渔帮，你们都到指定的午门驿舍安歇，三日后，请到午门的告示牌上去看排榜，谁得了哪级哪等，自有说明。各个贡车的采伍达都给押车的弟兄们放了假，一律三天假，可以逛街，游玩，观赏京师风情，但一定要结伴，不许乱走，因为怕出事，人生地不熟的，天黑前就是结伴去的也得回来，第二日再去，再结伴、告假。

海桂、庆成他们把车赶到午门驿舍，朝廷早已安排好了，各个房舍吃喝齐全，也有人专门负责饮马、喂马。海桂给弟兄们放了假，打发他们上街走走。

然后，海桂对弟弟说：“庆成，咱们也上街去走走哇？我还是五年前来过一次，也不知京师都变得啥样了。”

庆成说：“走吧，是应该去转转。顺便咱俩上一趟前门同仁堂药店，也给阿玛抓点咳嗽药，不知咱们这一走，他的病又怎么样了……”

海桂说：“是啊，老爷子这一季，身板越来越差，都是他妈老孟家给气的！也是为了咱们哪！走，快走吧。”

于是，兄弟二人安排好店里的几个伙计专门照料着车马，他们也与那些弟兄们走出驿馆，上京师街头去转悠去了。

哥两个先来到前门大东街珠市口处的同仁堂，给爹抓药，那药师问过英格尔斤克的生辰八字，又问了病的根源。老药师说：“此病一是走水走江，凉上所得，再就是气上所生。你们家是不是有不省心的事，总让老爷子着急、上火、生气?”

哥俩明白，家里没有让老人家操心生气的事，是他孟哲勒氏家人，处处整事，让老爷子上了不少的火，这咳嗽，真是从气上起。药师一见哥俩沉思，就知道自己说对了。这也是同仁堂药师的本事，这叫问病抓药。当下，就给哥俩开了药，不过有两味药还不到，得明后天从天津总店现运过来，哥俩就嘱咐老药师，一定在明后天将这缺的两味药运到，不然他们车队等不了，还要在正月十五前赶回老家，家里老爷子惦记着呢。药师说：“你们放心吧，我今个下晌就打发人去天津。”

兄弟两人又在街上转转，给家里人分别买了点礼物、年货，就回店里休歇息了。第二天，哥俩去了一趟同仁堂，药师已把两味药给抓来了，他们拿着回到店里，伙计们告诉哥俩说：“采伍达，听说告示贴出来了，名次已经出来了!”

哥俩一听，哥说：“走，咱们也看看去，看完好把结果告知老阿玛，他在家说不定咋惦记此事呢!”

庆成也说：“快走，看看去。”

朝廷内务府贴出的告示，离他们住的地方不远。远远地，就见告示牌前已围了不少的人。哥俩赶紧挤了上去。可是他们一看告示，简直不敢相信自己的眼睛……

第五十一章　世仇更深

只见内务府出具的告示上写道：

满洲孟哲勒氏所贡鳇鱼两仟柒佰陆拾肆斤陆两，所获头等奖赏；满洲瓜尔佳氏所贡鳇鱼两仟肆佰陆拾叁斤捌两，所获次等奖赏……

海桂一连读了两遍，庆成也看傻了，这尾鱼的重量是咱们瓜尔佳氏的老阿金，数字怎么能写到他们孟氏的账上呢？

庆成说："哥，走！咱们找他们算账去！"

海桂说："你找谁？"

庆成说："找老孟家，他们怎么把咱们鳇鱼的重量给填上了？"

庆成拉着哥哥海桂就去海运仓驿站，因为老孟家被安置在那里了。但走着走着，哥哥海桂觉得不对，这是朝廷内务府的文告，有大印在上，你找人家老孟家怎么说？问人家什么？这分明是人家通过官府偷偷做了手脚，找他们还不如去找官府，问问内务府，到底是怎么回事。

于是，哥俩也顾不得什么了，直奔东直门设在那里的收讫验货官员，向他们打听一应事项。人家一听，说："这事你跟我们说不着，还是回头去问问你们自己吧。我们是按票办事！"几句话就顶了回来，把哥俩弄得无以应对。

他们一想，不对，得偷偷去海运仓驿站，看看老孟家人的动静！

这样，哥俩又从东直门赶到了海运仓胡同的贡车驿站，果然，隔着大墙就能听到院里孟家哥几个正在庆贺呢。

只听岱山说："兄弟，你们先在京玩几天，我先骑马走，回去给阿玛报喜去，让家里的人们过个乐呵年！"

尼亚哈的声音："哈哈！咱们报喜，他们老关家就是报丧！"

阿思虎也说："这个打击不小啊！他们老关家做梦也不会知道是咋回事！"

接着是哥几个哈哈的得意的欢笑声。

庆成气得从地上捡起一块砖头子想往院里砸去，被哥哥海桂一把拉住了。哥哥海桂说：“兄弟，别理他们，咱们得赶快回去，得救救老阿玛，这个结果，怕他老人家受不了哇……”

庆成说：“什么时候回？”

海桂说：“走，现在就往回返……”

这个结果，其实真真是让家里受不了啦。

腊月二十九那天，孟哲勒七十三的大儿子岱山骑马返回了西屯，将喜讯告诉了奔臣老人和孟哲勒七十三，全屯子立刻欢庆开了，锣和鼓的又敲又打，还放起了鞭炮！

当时，庆成的媳妇阿兰抱着孩子，领着儿子小友子正在英格尔斤克家侍候他。自从庆成送贡走后，老人的身体一天比一天差，妯娌们数阿兰年轻，就来照料……

听西屯锣鼓响，英格尔斤克问阿兰：“这还没到三十呢，西屯又敲的是哪门子鼓啊？”

正说着话，常昇进来了。

二儿子常昇说：“老阿玛，你听说了吗？”

英格尔斤克说：“听说什么？”

二儿子常昇说：“听说老孟家贡的鳇鱼得了头等头彩！”

英格尔斤克一听，把端在手里的药碗又从嘴边拿下来，说：“你听准了？”

常昇说：“老孟家岱山已先骑马回来报信，听说斤数是咱们的斤数！”

英格尔斤克：“两千七百六十四？”

常昇说：“对，就是这个数……”

英格尔斤克两眼顿时瞪得溜圆，说：“不会吧？这么巧？”他站在炕上，开窗往西屯那边望去，看不见什么，只能听到喧闹声。这时，孙子庆成的儿子小友子跑了进来，说：“爷爷，他们还骂咱们家！”

英格尔斤克说：“骂什么？”

小友子说：“瓜尔佳活该！瓜尔佳活该！”

突然，就见英格尔斤克手中的药碗一下子落在了炕沿上，只听“叭喳！”一声，药碗摔个粉碎，英格尔斤克口中“哇”地喷出一大口血来，老人一个跟头摔在了地上！

常昇和阿兰都慌了，急忙上前呼唤：“阿玛，爹爹！你醒醒啊！”可是，英格尔斤克双目紧闭，两行浑浊的老泪从眼角默默地淌出，人已一命归西了。

大人们的哭声，使刚刚八岁的小友子又跑了出去，不一会儿他又跑了回来，蓬乱的头发上插着好几个草棍儿，他扑在爷爷的尸体上大哭不止：“爷爷呀爷爷，你等着，你等我长大了，我饶不了老孟家，我会给你报仇！”

突然，就听西屯人喊：“不好了！着火了！”原来西屯有四座草垛，不知被谁点燃，正在熊熊燃烧。孟哲勒氏族人也顾不得欢庆，赶紧放下锣鼓救火，因为风就火势，烧完了柴火垛就直奔房子，西屯已变成了一片火海。

这年的正月十三，当海桂和庆成赶回泡子沿，老玛发英格尔斤克已经过世十多天了。灵柩停在老阿玛的院子里，等待他们哥俩回来好择日安葬。

从此，孟哲勒氏和瓜尔佳氏两家结下了世仇，西屯和泡子沿虽然只隔着一条道，但两家族的人多年不太来往，连孩子们长大了也记仇，深深地记着这由于鳇鱼的捕捞和进贡所积下的“底火”。周边的村屯和人家也知道他们两家的关系和来历，一遇到他们两家在一块的时候，就再也不提鳇鱼的事了。

回过头再说傅恒大学士的老管家范盛决定要去北方全权办理运活鳇鱼之事。

那时，范盛对吉林乌拉、盛京、黑龙江都很熟悉，都有一些朋友，而且他为人仗义，又擅于经营，所以在辽东故地也很吃得开。这事，要把鳇鱼活着运到京师，别总让皇上吃冰鲜的，要吃上活鲜的，他总觉得自己能办到，也应该能办到，或者说，只有他范盛可以办到。他认为天下没有办不成的事，就看人想不想办。

范盛觉得，办这事，一不能找孟哲勒七十三家族，二不能找瓜尔佳氏的英格尔斤克家族，别看他们都是吉林乌拉地面上闻名的采捕大户、能手，但他深知，这两个大家族世代不和，更知道这两个家族都很难去对付，他们互相总是掐架、较劲，若真把这运送活鳇鱼的事儿求他们去办，他们都能卖力去办，但一定又会互相明争暗斗起来，接着就互相拆台、破坏，那可就把我这事儿给弄砸了！不成，我范盛一定另辟蹊径，重开渠道。

可是，得找哪一伙子的人呢？

范盛思来想去，有了，干脆我去找赫哲人尤克拉哈拉老渔民，让他们帮帮我去办理此事。

这尤克拉哈拉本是赫哲之望族，从遥远的乌苏里江一带迁来，他们对北方的江河格外熟悉，而且赫哲人性格耿直，办事牢靠，这事非他们莫属。

范盛这些年自从管理傅恒大学士大将军府上事务，他是从阿玛手上接过了这个差事的，一晃也算四十年过去了。因为各类外出办差事，他走遍了关东的大小山河，各民族、各族人、各地方的风水、民俗、民情，他都熟记于心。他这个人有一个特点，喜欢认老乡，认乡亲，他认为乡亲有时比亲人还亲，办啥事都能办，人这一生谁还没有个要办事的时候呢？

他有四个儿子，没有姑娘，几个儿子都在京师。大儿子、二儿子都在傅恒府上为武卫超哈，就是守卫府门，领兵练武习艺，个个武艺高强。三儿子在宫里御马监中为武卫超哈，也是浑身的武艺。他虽没多大的武术本事，可孩子们都挺出息。

唯有小儿子尚小，还在身边离不开。

而大儿子、二儿子、三儿子的儿媳妇，一个个都是娶自关外，其中赫哲尤克拉哈拉家族的双胞胎姊妹就嫁给了范盛的大儿子和二儿子，而这门亲事又全都是由范盛一手操办撮合成的。三儿子儿媳妇是傅恒大人从自己的丫鬟中给选出的一个又美丽又贤惠的丫头做了儿媳，这也看出了范盛的为人和办事的能力。这么重大的要把活鳇鱼运送到京师的事，他范盛能胜任吗？

各位听者，如果范盛没这个本事能在傅恒大人面前夸下海口吗？傅恒大人能把这样的重差托付他吗？

他深信自己的是，他有关外最有捕鱼资历的赫哲人，他们都是塞外有名的渔猎手，从上几辈子就在黑龙江、松花江、乌苏里江捕鱼，这些条江河，每个江汊、小溪，都在他们的心中。什么季节、什么地方都出产什么样的鱼，他们都知道得一清二楚。他们世世代代就是阿布卡恩都力（天神）和木克恩都力（水神）的管鱼翁。

管鱼翁，就是天神和水神派来的专门看管水中鱼的能手。记得在黑龙江和乌苏里江的交汇处，有个小渔村叫小河村，那里水大，鱼多，江水一边白，一边黑，黑龙江水发黑，乌苏里江水发白，那黑浪和白浪只要碰到一块，就翻起汹涌的浪花，可是这里鱼最多、最大。在早，尤克拉哈拉家族就住在这儿。后来有一天，来了一个白四爷，他穿着一身白衫，在这儿的江上打鱼，非常奇怪，别人打不着的鱼，他能，别人下不了的水，他能。于是尤克拉哈拉家族就和白四爷拜成了好哥们，白四爷经常带领着他们到黑龙江和乌苏里江中去捕捞大鱼。有一年，小河村发大水，白四爷一头扎进江底擒到一条作怪的大白鱼，从此，白四爷再也没上来，人们为了纪念他，就在这儿的江上修了一座白四爷庙。各路渔船路过白四爷庙，都放鞭，告诉白四爷，我们来了，想起你了。这些故事，都是尤克拉哈拉族人引以为自豪的故事。所以范盛办这事，最先想到的就是这个族的人。

第五十二章　纸上谈兵

范盛在傅恒大人面前夸下海口，接了这个差事，其实他就认为他有十拿九稳的把握，也就是因为他知道自己有这样一些亲戚，认识一些能人。

故此，范盛辞别了傅恒大人，亲自赶着一辆驴车出发。那小驴都是久经训练的，跑起来像飞似的，一直往北而去。过了山海关，经过盛京、吉林，一路来到了黑龙江，接着又直奔富锦。

富锦是满族故乡，也是赫哲人的渔猎之地，那里有他的亲家和族人，于是，他径直找到自己的亲戚家。多年不见，大家见他来，都很吃惊。

亲戚说："啊呀，大人您咋来了？"

范盛说："有人事来了。"

亲戚说："孩子升官啦？"

范盛说："不是。"

亲戚说："您高升啦？"

范盛说："也不是。是为了皇上的事……"

亲戚说："皇上的事？那真是大事，是天大的事。"

于是，范盛见了亲戚，别的事不说不唠，他就把皇爷要看活的鳇鱼，还得他亲自送到京城的事，一五一十地说了一遍，又加了一句："这可是多少代还未经历过的事哪！而且，我在皇爷面前夸下了海口，打了保票啦！"

亲戚们听了，也愣了，说："你怎么这么大的胆子？这样远的道，这大活鳇鱼可怎么运哪？这可真是一个棘手的大事！我们赫哲人也没听说谁办过这样的大差！"

范盛说："如果听说过，那就不叫什么大事啦，也不用我这么远千里迢迢地投奔你们来了。我这次来，就是让你们给想想办法。"

亲戚们一想，可也是，何况是京师的老亲家亲自来了，他一来，这就是俺们尤克拉哈拉家族最光彩的事，这是看得上我们才来的。于是亲戚们说："让我们想想办法。"

范盛说："光想不行，得办成。"

亲戚说："是啊是啊！办成办成。一定让你这老亲家满意，一定顺顺利利、妥妥当当地办好此件大事，圆满完成，决心给范盛老亲家增光添彩。这件事办成，也争赫哲人的光啊，谁让我们是渔猎能手了，这回你给我们的是当今皇上指派的'皇差'呀，办好此差，也算能名垂青史了。是不是啊？"

范盛说："能，能青史留名。"

亲戚们说："这就好。俺们赫哲人虽然办事不图什么青史留名，可这件事，太稀奇了，估计能留下了名。"

范盛哈哈笑了，大家也笑了。

自从范盛来到赫哲地方，这里就热闹起来了，天天有人来看范盛。这里人声鼎沸，一伙伙的渔人，来了走，走了来，但都带来一些个方法、思路，都争先恐后地愿意参与捕鳇鱼、送鳇鱼的大差使。老尤家从此就成了一个热闹场所，炕上地下不停地议论、商议，范盛就在一旁默默地听，好多好的主意，他都一一记下来了。

范盛的两个女儿和两个姑爷子，天天招待范盛。这一设宴，就有人陪，这一陪，来的都是当地的老辈人，有满人，有汉人，有乞烈迷人，还有费雅喀人。范盛完全没有想到，赫哲人如此热情，也真是满意自己的两个女儿和两个姑爷在家乡甚有人缘，来的这些人跟他们就像亲兄弟一样，简直把范盛捧成自己的老岳丈，那么尊重他，亲近他，让这范盛乐得天天嘴都合不上了。

就这样，很多人出主意，众人拾柴火焰高，于是想出了很多办法和好点子。如果从这么远往京师运新鲜的活鳇鱼，到京师也不能死，就得考虑做好这样几件关键的大事：

一是要捕那雄壮的身上没有伤痕的鳇鱼，这样的鱼在遥远的旅途上有劲，有力气，抗折腾；

二是尽量让一路上活水充足，鳇鱼体大，用水量也大，必须要勤换新鲜的水，只要水足，水勤换给大鳇鱼，多么远的路也就没有事啦；

三是得有个大家什能装下它，还得装养它的水。

乡亲们说："只要办到这三条，多远的路都能运。"

范盛说："那它吃东西怎么喂？吃不吃小鱼？"

乡亲们说:“这无关。”

范盛说:“它不吃鱼?”

乡亲们说:“鳇鱼食量大,只要在水中吃饱后,它可以数日不吃,也不会瘦下来。”

范盛说:“那它最怕什么呢?”

乡亲说:“记住,它最怕的是气!”

范盛说:“气?”

乡亲说:“对。就是生气。”

范盛说:“它怎么会生气呢?”

乡亲说:“对呀,所以,不要气它!”

范盛问:“还有吗?”

乡亲说:“还有就是它很怕惊吓。”

范盛问:“怎样才能不惊吓着它?”

乡亲说:“当一路上平平安安、顺顺当当地行运时,隔三五天,找一个肃静的水湾,停下来喂它小鱼,让它安静地吸食那些小鱼、仔虾,就什么事也没有了,千万别弄出些突然的动静。”

范盛问:“看来,这事有门了?”

乡亲们又说:“可不那么简单……”

范盛说:“啊?还有哪些条件?”

众乡亲们想了想后,又告诉他,这种大鳇鱼,最好不在黑龙江、松花江最上游的地方捕捉,因为从那里到京师太远,你再有招法,也得处处时时地照顾它,而且那是很长的一段旱路,如果再加上天热,水汽容易蒸发,鳇鱼一路得用新鲜水,如果一旦水供应不适当,鳇鱼就容易死去。最好尽量在中下游的地方去捕捉鳇鱼,路途短一些,日期短,麻烦就少些,这样就不容易出差错。

范盛问:“差错能出在哪儿?”

乡亲们又说:“这车上拉着水箱,在水箱里养着它,可是得换水呀,要想使水箱在车上不动来换水,不然的话,一会儿装车,一会儿卸车,这样一折腾,它就不易存活。要让它觉得这是拉着一条河走……”

范盛说:“拉着一条河在走?”

乡亲们说:“对呀,这样它才舒服。”

又一个乡亲说:“就像人们给它造的河,它才适应这个环境。”

几天的议论,乡亲们把这事分析得清清楚楚,明明白白。最后决定,选出十个精干的捕鱼人，划着乍忽台到拉林河或到饮马河一带宽阔的松江水域去捕鳇鱼，尽量多捕几尾，两尾或者三尾，捕捉之后，给它戴上笼头，由乍忽台大船前行，顺流而下，至扶余，再折至乌拉方向，在达家沟地方驻扎下来，在此下网，再捕鳇鱼，如果能捕上，也牵着走，新的旧的都牵着，看看两个地方的鳇鱼哪个生命力强，这样又可比较，而且又有了一定的经验。这时，由此地上岸，将装鱼的船搬上来，直抵铁岭河。

在大凌河、滦河、京师这三处，临河沿掘河造三处鳇鱼卧子，鳇鱼可在河水中洗澡舒展舒展身躯，就像驴马干活时间长了，要打打滚，舒松舒松一下身子一样，得到歇息，犹如又回归江河一般，体力一下子就又恢复了，再前行，就会使鳇鱼保持健康，精力充沛如前。

要保证，凡其他在岸上运送路段，全要将鳇鱼放入大型木槽之内，如同在船里，让鳇鱼感到好像在江水里一样。

范盛又问："那得多大的船或木箱？"

乡亲们说："鱼多大，要超出鱼的身体至少五倍以上。"

范盛说："天哪，这样大的木材上哪找？"

乡亲们商议，做这样大的木槽，应由尤克拉哈拉家族上山里伐几根巨大的大树，大椴木或者大槐树，制作长形大木槽，放水，把鳇鱼放在里边养上，只能用椴、桦、槐等大型原木啊。

范盛又不明白了，说："这又为啥？"

乡亲们说："它——鳇鱼最怕气味。"

范盛说："是木头味吗？"

乡亲们点点头，告诉他，如果用松木、杨木，都有异味儿。鳇鱼的嗅觉甚灵，最怕有异味，否则那鳇鱼进入有松香的异味儿的大木槽中，就会惊跳而跃出，一下子碰伤身体而死亡，这些事，切记才行。

经过众人一次又一次的集思广益，事情已想得非常非常细致周到了。

范盛大为感动地说："众家乡亲兄弟呀，我范盛全凭你们帮助了，太感谢众位兄弟们了！我原以为这事挺简单易行的，不就是把一条鱼运到京师吗？现在看来，绝不是这么回事，太感谢你们大家啦。"

赫哲兄弟乡亲们说："范盛老管家大人哪，您老是一心为了皇上办事，这大事交给我们完全是信得着我们赫哲人啦！我们能为皇上、皇太后尽些孝道和忠心，也是我们赫哲人的福分啊！"

说到这里，范盛突然觉得，这件事，现在说得多么好、多么细，其实都是“纸上谈兵”，别看描绘得头头是道，那都是说说，要做时能够办得到吗？古语道：宁要裂纹的，不要喘气的。那是活物，能听人这么摆弄吗？这可是千古未有的“皇贡”，巨大的水中活物，那可不是飞禽走兽啊，如果能把江河搬上，就啥事也没有了，可如今，这完全是在口头上演练演练，这不是真真切切地在“纸上谈兵”吗？

第五十三章　活鱼进京师

物巨其中目小者，
可知赋性必良驯。
即如雪象残常兽，
自合江鳇异别鳞。
蹲岸约难投美饵，
凿冰射要系长缗。
颓然陈处欣兼惜，
信胜椎牛飨众人。

有目鳏而小，
无鳞巨且修。
鼻如矜翁戟，
头似戴兜鍪。
一雀安能啮，
半豚底用投。
伯牙鼓琴处，
出听集澄流。

诸位阿哥，乾隆皇帝亲自描写鳇鱼的这些诗，如果不是亲眼见到活的鳇鱼，他能写得如此活灵活现吗？是那年年岁岁只是吃鳇鱼而从未见过鳇鱼的人所能写出来的吗？当然，他几次东巡，到过吉林乌拉，史料中记载，他也亲自到江上去看过渔民捕鱼，可是并未说他见到过鳇鱼。那么，这些诗是否是皇上在京师亲眼见到了活鳇鱼后写的呢？他见到的又是不是范盛老管家想方设法运到京师的活鳇鱼呢？这就不得而知了。

事情在范盛的组织和监督下，真的就按“纸上谈兵”开办了。

经过详细的分工，赫哲族弟兄们先在拉林河下游甩崴子地方的一处深汀中，真就捕到了两尾鳇鳇鱼，很健壮、很肥、很精神，都在八九百斤左右，是很像样的两条大家伙，而且都上了笼头，由人牵引到达家沟的鱼卧子里了。

在沿江地带，人们修鱼卧子是常事。只要想把鱼养起来就得有鱼卧子，其实就是鱼圈只不过小点而已。它不同于天然的鱼卧子，是在江岔子、河弯子边上人工修的。

而这一处鱼卧子，是当地渔人挖掘出来的老卧子，里边生的各种鱼非常多，虾、蛙极其丰富，完全可以供鳇鱼饱腹。达家沟是松花江的支流，这里的鱼种类繁多，吃什么鱼、怎么个吃法很有讲究，各种鱼的不同部位吃起来各有各的味道，民间流传着这样的顺口溜：

鲤鱼肚，
虫虫嘴；
鳌花的身子，
鲇鱼尾；
胖头的脑袋味最美！
河鲫吃脊肉，
红尾美味儿在汤水。

这民间谚语，形象地说出了吃鱼的体验，似乎是美食家的品评。

这顺口溜怎么没说鳇鱼呢？鳇鱼也叫“虫虫鱼”。尽管鳇鱼身上的肉处处好吃，但最好吃的是它的嘴，所以赫哲人在运送鳇鱼时交代给范盛，一定要保护好鳇鱼的嘴，鳇鱼的嘴不但好吃，而且要靠它的嘴去吃虫，所以鳇鱼的嘴又叫“虫虫嘴”。

这鱼在鱼卧子里活动了六天，大家一天一天地数着，生怕出现什么闪失。岸上的人早已将大椴木原木，都有一搂多粗，拉到了岸上。岸上，二十几个赫哲壮年小伙子，日夜在忙碌，挑灯夜战，把大椴树凿成大木槽子，很深，很宽，一丈六七尺长，装在一辆六轮大拖车上。

木槽子安放在大拖车子上，木槽子中放水，再把鱼养里边。要由专人管理水，不但要保持足够的水量，还要保持水的新鲜、清洁，绝不能让水变质有异味，所以得经常地、适时地换水。最难掌握的是水的温度。

因为鳇鱼最怕水温变化，水温必须在15摄氏度上下。一达到15摄氏度以上，它就饿了，要吃东西，这时更麻烦，如果是途中，便不好喂食，所以水温要调理好。

管理水温的人是三个常年在江上捕鱼的赫哲渔人，他们只要用手一摸水皮儿，就知道该不该换水了，还能从水波纹的流动上来断定水温，也能知道是否该换水。

拖车的前头，有大铁轮车，由六匹马拉着，大木槽子上面还搭着棚子，专门给鳇鱼遮阳，那棚子是用稻草编织的，水面上有草影儿，让鳇鱼感到就像在江河中。车大，走得也慢，有一点颠簸，鱼在槽内也没有明显的感觉，所以，走上几天鱼对这个环境也就一点点地适应了……

这种大铁车是当年很贵重的一种老车子，正适合运鱼。当年，满、汉、达斡尔、赫哲、乞列迷和费雅喀等族人，都叫这种大铁车子为“尼玛哈色珍”——很舒适的屋子和躺炕。

经过吉林、盛京，走了四十多天才进入河北境内。凡到大鱼卧子，就让鳇鱼入河里活动，再装入鱼车“尼玛哈色珍”时，要换水，水量要没过鳇鱼整个的身躯，以保持水中足够的氧气。不要大声喧哗、打鞭哨，以免鳇鱼受惊吓。

这鳇鱼可怎么“上车”“下车”呢？每到一个卧子，在让大鳇鱼进水时，要将整个车箱慢慢地倾斜下来，然后打开专门堵水的“墙”，让鳇鱼自然地滑入水中。

当要起车时，又将木车子的车身降低，当车箱与水面平行时，再用人在这一头牵笼头绳，让鱼一点点“上车”，尽量使它不会产生更多的惊慌。一路上，为使鳇鱼在水车中不至于跳跃伤了自己和别人，人们想出了一个高招。

在车槽内，前部和后部，也就是在鳇鱼的头部和尾部，各加上两个板，共两道，称为骨板（羊胫骨板），使其卡在鳇鱼身躯的上部分，使鳇鱼不能跃起或晃动身躯，只能老老实实地在那里休息，这叫“鱼骨卡子”。这种“鱼骨卡子”就是为了能安安全全地把鳇鱼运到京师所创造出来的工具，是前所未有的发明创造。还有，就是换车“升降”法和前后倒水和上水法！

有一天，走到一鱼卧子不远处，眼看就要到地方了，可是由于路上的颠簸，那“鱼骨卡子”突然松了！眼瞅着大鳇鱼就要从一侧翻倒出来，可把大伙吓坏了。这可怎么办呢？因为一旦它掉出来，人毁车翻不说，鳇鱼还会摔死。

一个赫哲渔民突然想到，小时哄孩子，孩子一闹，就捅他腋窝，又叫“胳肢窝”，人一痒痒，就呵呵笑了，于是也就听话了。而鳇鱼和人一样，也有“痒痒肉”，它的痒痒肉不是别的，就是它的鼻子。于是，这个赫哲渔人立刻上去，以手轻轻去抚摸鳇鱼的鼻子，它感到痒痒，只顾左右摇晃，大家趁机将“卡子”卡好了！太惊险了。

而且往南走，越走天越热，要以勤换水来调节水温，过去是两天一换水，现在是一天换两遍水，让槽中的水始终保持常态，真是想得十分周全。

这天，大铁车进了京师外面的土道，只见京师就在眼前，大伙乐得蹦高高跳，连连地喊：“京师到了！京师到了！”

第五十四章　皇上喜见活鳇鱼

人们简直不敢相信，真的到京师了。

而且，是把一条活活鲜鲜的大鳇鱼大阿金运到了京师！这能是真的吗？

范盛，更是不敢相信自己。

这是他吗？竟然真的把一条八百多斤重的大鳇鱼平平安安、顺顺利利地护送到了北京城内。旁边许多人和兵丁都问："运的是什么？"

"大鳇鱼。"

"啊？它是活着的？"

范盛说："对呀。冰冻的大鳇鱼过去总运，这回咱们运的，是喘气的！"

大伙就问："运给谁？"

范盛说："是交给傅恒大人，让他再交给皇上……"

一听说给皇上，京师里的人都纷纷让路，生怕碰坏了哪儿，真是又惊奇又觉得大开了眼界。不光京师的百姓，更让内务府太常寺、光禄寺众位大人敬佩得大眼瞪小眼，五体投地呀。傅恒傅大人的名声也更加显赫了。当时，户部、兵部众大人都出来观赏，一时间轰动了整个宫廷，整个京城。

次日清晨，傅恒命范盛总管率赫哲族人护拥着鳇鱼车驾，一直送到后宫。太监禀告皇上之后宣道："北土大鳇鱼到！"

皇上乾隆帝搀扶着皇太后，皇后陪同，还有众嫔妃，全部由宫中缓缓走出，他们是专门到那大铁车前，来观赏从关外千里迢迢遥远的故土江河之中捕来的惊世牛鱼——鳇鱼阿金！

只见那大鳇鱼，老老实实地卧在大铁车的槽子里，背上的五组鳞甲闪闪发亮，见了众人，它还轻轻地拍了拍水皮儿，激起一片浪花。众人都欢叫起来："哎呀！大阿金它欢迎咱们呢……"

大伙都愉快地笑起来，但水花使人不能靠前，赫哲人说：“它这是在拍鳍。人见了它新奇，它见了人也新奇！”

范盛问亲家：“你有何技法使它安静一些，好让皇上和皇太后能靠前些去观看它呢？”

赫哲族人说：“我给它唱唱《鳇鱼伊玛堪》吧，它一听，就会老实一些。”说着，只听赫哲人唱着说：

阿郎——！
来到了一个新的地方了吧？
阿郎——！
你打量一下这里心里就乐，
看到什么都亲切。
乐呵和亲切是对的，
看到了至高无上的皇上，
看到了和蔼慈祥的皇太后，
阿郎——！
你从大海来到了乌苏里，
你从乌苏里来到萨哈连，
你从萨哈连来到松阿里；
从来没游过这么远的路啊，阿郎，
从来没见过这么多的人，阿郎；
今日你的福分到了！

赫哲族人好像在说，又好像在唱，而这正是“伊玛堪”。“伊玛堪”是赫哲族人的一种民间说唱，也有短小的对话歌谣，而这种又说又唱的歌就源于“鱼”，他们是一个有语言而没有文字的民族，因“伊玛堪”来自“鱼”，也有叫“鱼玛堪”的，就是一种唱着说的“渔歌”，有《满斗莫日根》《莫士格格奔月》《亚热勾》《西热勾》等，其中《满斗莫日根》可说唱八至九个小时呢，是一种真正的古歌。

“伊玛堪”赫哲语为伊玛卡乞玛发，意为聪明智慧和才华超群的人，掌握说的规律，又得会唱，唱时完全是即兴发挥，因此被称为“因斗利尼法赫舍”。对于唱的人——歌手来说，“因斗利尼法赫舍”是一种很重要的技能，它包括触景生情随机发挥，或加些花花点子，或加上一些生动形象的形容词、比喻，或添枝加叶地展开细节描写，或插入一个故事，加上一段民歌等，因为这种又说又唱的民间艺术其实就是他们的民歌、民谚、故事，就是他们平时的“话”。

果然，赫哲族人的“伊玛堪”一起，大鳇鱼一下子安静了，不再摇头摆尾溅水花了，大伙都很奇怪。

于是，傅恒大人说：“请皇上、皇太后往前来，可以细细看看……”

皇上、皇太后都很惊奇！

这“伊玛堪”这么奇特，赫哲族人一唱一说，大鳇鱼真的安静了。于是，皇上、皇太后，还有众嫔妃都纷纷走上前来……

太后还亲手摸摸大阿金的背，滑滑的，是一些黏液，又观看了大阿金额下的肉须，都有胡萝卜一样粗，十分乖巧！

这时，赫哲族人也上前来，一一回答皇上、皇太后的问话，解答一些细节。皇上问：“你方才唱的‘说歌’，统共有多少种？”

赫哲族人说：“禀告皇上，这种说歌统共有六十多种，一种有几十首。如《安德莫日根》《阿格弟莫日根》《希尔达鲁莫日根》《木杜里莫日根》《满格木莫日根》都是讲族人英雄的故事；还有如《达南布》《葛门主格格》等，就是讲传奇故事的了；再有如《查占哈特儿》《姑娘与壮士》等，那是讲一些人生活的遭遇和享福的事！”

皇上说：“这‘伊玛堪’讲唱得这么细呢。”

皇太后说：“也挺好听的。”

赫哲渔人说：“通常，俺们就这么活着。”

大伙又哈哈笑了。

这时，大阿金的尾巴轻轻拍了一下水皮儿，有几滴水溅在了皇太后的脸上，赫哲人慌了，忙要亲自去擦。

皇太后说：“别慌，我自己来擦。我要闻闻这北水的气味儿，这是咱老家的水土啊！味儿好闻！”

大伙又都乐了，一致赞同皇太后的爱家乡的举动……

这时，皇太后发现了赫哲族人穿的衣、袄很特别，个个穿着鱼皮小坎肩、小袄、小裤、小乌拉，于是便问：“你们的衣、袄是鱼皮的吗？”

赫哲人回答：“都是。”

皇太后伸手摸着，说：“这么轻？结实吗？”

赫哲人说：“这鱼皮的衣、裤、鞋可结实着哪！它不怕硬，但怕软……”

皇太后问：“那是怎么回事呢？”

赫哲人说：“说起来呀，还有一个故事呢！”于是，赫哲人就给皇上和皇太后讲了一个鱼皮衣鞋不怕硬而怕软的故事。他们说很久以前，有一个长工给老爷扛活，那老爷很吝啬，不肯付给长工工钱。长工管他讨工钱，老爷说："给工钱可以，如果你能在三天之内穿碎了我一双鱼皮乌拉，我就给你工钱！"

长工说："真的吗？"

老爷说："真的。"

长工想，这一双鱼皮乌拉这么轻，用手一摸纸一样，还能穿不破？于是就答应了。

长工穿上老爷给他的鱼皮乌拉就拼命地干活，黑天白天都穿着，夜里也不睡觉地穿着干活，上山砍树、拉木，三天过去了，可这双乌拉好好的，一点也没破，也没坏！

长工这下可泄气了，眼瞅着白干了，三天什么也没得着。正在犯愁，老爷的女儿非常心疼长工，就偷偷告诉长工说："穿这鱼皮乌拉干活你往软的东西上踩，一踩，它就坏了！"

长工问老爷的女儿："什么软？"

老爷的女儿说："牛粪呗。"

于是，长工重新又和老爷讲了条件。第二天他再干活时，故意将脚往牛粪上踩，这一踩不要紧，这乌拉立刻就坏了，破了个洞，脚指头从里边露出来了，老爷输了。后来大伙就知道了鱼皮乌拉怕软不怕硬的道理，原来它是怕水汽。

故事听得皇上和皇太后都哈哈地笑起来，又问："鱼皮怎么能做成这么漂亮的衣裳呢？"

赫哲族人就告诉京师的人们，鱼皮做衣要先将鱼皮晒干，然后用木槌子去砸。那木槌下边带凿的木垫，叫"木梳"，晒后还要在"木梳"上不断地梳来梳去，使鱼皮一点点由硬变软，然后叠起来、码起来，再砸、压，直至鱼皮像布一样软和了，才能开裁。

裁时，就是将一块一块的鱼皮对接起来，大的鱼皮可以做成衣衫的前后大襟、袖子和裤腿，小的鱼皮就对接，做袖头和领子的花边儿。线也是鱼皮的，很结实，有韧性。缝好后，再在上面绣上花呀、动物呀，再用颜料，染上红红绿绿的图案，于是一件鱼皮衣袄就做好了。

注意的是，鱼皮衣裳一定不能总放在潮湿的地方，要放在阴干的地方，这样才不起虫子，不生潮味儿，而且还总是散发出一股大江大河的鱼的自然气味儿。

赫哲人见皇上、皇太后、皇后、傅恒大人非常喜欢这种鱼皮衣服，于是就拿出一些新的，也是来时备好的，送给了皇上、皇太后和大人，留在宫中作纪念。说："如果你们喜欢，我们回去每年给你们做一些鱼皮衣衫，你们穿穿看。"

皇太后又问："冬天穿上，冷不冷呢？"

"回皇太后，"赫哲人说，"冬天，鱼皮衣的里子上，也要絮衬上棉花的内里，或者把皮子毛加厚，一点也不冷，可暖和啦！"

皇太后觉得收了人家赫哲人的珍贵的鱼皮衣，便对皇上说："把咱们的宫中衣物送给赫哲乡亲们一些，挑好的，挑那些他们拿回去都是稀罕物的，多给他们。"

皇上说："都已准备了，是一些上好的丝绸衣料和布匹。"

皇后也说："我有好多没穿的衣物，也一块送给赫哲乡亲们吧！"

皇后这么一说，别的妃子、格格、宫女们也都说："我也有一些新的，都还没来得及穿，如果赫哲乡亲们不嫌，我们也随皇后、皇太后一块就送给乡亲们吧……"

赫哲乡亲们说："哎呀，这怎么好意思呢？这样吧，我们回去以后哇，多以鱼皮做些个小玩艺，什么荷包哇、箱包哇、口袋呀、笸箩呀，如果你们喜欢什么都可以做好，送来！"

妃子和格格们还说："送一些鱼布料也行，我们也学学手艺活，不然天天和绸料、丝料打交道，竟然不知这吃的鱼的皮还有这么大的用场！"说到鱼，大家于是又围在了那静卧在水中的大鳇鱼前，好像再看看这大鳇鱼是不是听到人们说话、唠嗑了，真是欢喜得意味无穷。

第五十五章 进退两难

如果说方才皇宫中的人细观赫哲人身上的鱼皮衣裳感到新奇、独特，那么，现在再细观看这巨大的鲜活鳇鱼，皇上更加感到不可思议了。

皇上问："这么大的鱼，你们咋运来的呀？"

赫哲兄弟们就把运这条大鳇鱼一路上如何挖卧子，如何往水车上加水，如何精心护理，如何经过了无数次意想不到冒险的事，一五一十地说了一遍，又加了一句："皇上，我们还发明了不少新的招法和工具呢。"

乾隆帝听后，感动地点点头说："鱼活着运来，太难为你们了。朕这次也看到了，今后可千万别再活着运送啦！真是太让赫哲兄弟们操劳费心啦。"

傅恒说："家乡的满洲赫哲乡亲们，都是自愿孝敬皇上、皇太后！皇上，这都是他们出于忠心，自己想出来的好主意。在以往历朝，还真没有听说过，能从一千多里地以外的漠北把活着的大鳇鱼运到京师来，这真是皇恩浩荡，万福吉祥啊！"

赫哲乡亲和大家又一起欢呼："吾皇万岁！万万岁！"

皇太后命皇上，厚赏重赏这些送鱼的赫哲人乡亲，还让他们留在京城，各处走走、逛逛，玩上几天，再妥善地送他们回北土去。另外，还要重赏那些来不了的众赫哲渔民、族众，不能亏待了这些民众的忠心。

各位阿哥，各位听众，这可是大清国乾隆二十年乙亥秋的一桩感人的佳话流传了下来，也创造了大清历史上的一个奇迹，当时此事轰动京师，载入史册。

据说，此后，吉林乌拉和瓜尔佳哈拉、孟哲勒哈拉，在巴灵阿将军、绥奈总管大人的极力促动之下，他们还以吉林打牲丁献宝的名义，给京师千里迢迢送去过鲜活的鲟鳇鱼，也得到了皇太后、皇上的厚赏。后来，还是乾隆帝下旨："远送鲟鳇，劳民伤财，朕心不忍，此后勿再行之。"从此之后，地方上不再往京师贡献活鲟鳇鱼。

送鳇鱼还是送，定在冬至春节前后，从早已打捞采捕的鲟鳇鱼中挑选合乎进贡标准的大个鳇鱼，从黄鱼圈中捞出再挂冰后送至京师，还是延续从前的老俗，送冰鲜鱼，食冰鲜鱼。

各位阿哥，咱们再回过头来接上瓜尔佳氏蒙不白之冤的事往下讲。前面已讲过，各姓渔户到达京师，交鱼后须回驿馆等待票讫，再带票回北土交给打牲乌拉衙门以备案留存，地方上也相应记功存档。可是，事情也就此而发。

乾隆九年冬月，海桂、庆成兄弟二人匆匆从京师返回，老阿玛英格尔斤克气绝身亡之后数日，在家留守的常昇将事情的经过详细说给哥哥和弟弟，兄弟三人对进贡鳇鱼的重量被篡改的事愤愤不平，他们咽不下这口气，决定到打牲衙门去告状评理，讨回公道。

那日，海桂和庆成来到吉林乌拉衙门，直接闯入绥奈总管大人公堂质问道：“天下还有没有说理之处？”说着递上官票。

绥奈大人对孟关两家进贡的鳇鱼是验过分量的，本是知情人，对于瓜尔佳氏兄弟的质问，绥奈大人哑口无言。

进京之前衙门所验大鳇鱼长度和斤数实在是瓜尔佳氏的比孟哲勒氏的要重四百多斤，可在京师内务府收鱼后给出的斤两和长度又是孟哲勒氏在前，这个结果却给绥奈大人一个眼罩戴，根由到底出在哪呢？

瓜尔佳氏英格尔斤克大儿子海桂上前施礼说道：“绥大人，我们瓜尔佳族人历来勤勤恳恳，老实忠厚，此次事端，实乃孟氏从中作弊，望大人严查到底。如大人觉得此事难以下手，我等自奔京师，递上血状，也要将此事查清！”

“你等先不要急于将此事张扬开！”绥奈大人连连按住哥俩的肩头，说道，“如你等相信我绥奈，就由我去查实并将根由进一步打听清楚，容后处之……”

绥奈心底明白，一是由于此事突然，使得英格尔斤克承受不了，气绝而亡，瓜尔佳氏族人也在气头上，定要讨个说法，但他一定要稳住。二是此事绝非那么简单，如果背后没有多人多次插手，怎么会有如此结果？也真是太胆大妄为了，不可小视。三是一旦此事张扬开去，他这个打牲乌拉衙门总管的乌纱恐怕也得被摘！因事发在他的属下，他不也得吃不了兜着走吗？自古道，万事要想息事宁人，就得大事化小，小事化了，决不可认真去办。可眼下，瓜尔佳氏族人和英格尔斤克家人不依不饶，真把事情闹到京师他也会被追责问罪。于是，绥奈大人下决心查办此事。

绥奈总管大人对英格尔斤克的儿子海桂、庆成好说好劝是明智之举，绥奈不能不知，如果处理此事的后果不佳，不但惹怒孟哲勒氏，他这个乌拉衙门总管的位置也难以坐稳。于是，绥奈决定暗中进行一次调查，看看为何他与都齐泰亲自核验的英格尔斤克家的鳇鱼却出现不及孟氏家的奇事呢？孟哲勒氏这尾大阿金是如何长的呢？

绥奈也是个十分有心计的人。他回到家中自己暗中苦想，当时西屯和泡子沿两家在冬至前挂冰举行送贡仪式完全是公开的，而他与都齐泰两屯走动，也查验各道程序，如果是在鳇鱼上造假，应该被发现。再说，屯内人众之多，人多口杂，不会有一点假能被隐瞒得住。而鳇鱼送到京城，那更是众目睽睽，睽睽众目，可见，如果有事，定会出在路上。路上，那就是各个驿站。

而自从老阿玛饮恨而亡，瓜尔佳氏的哥三个也盯住都齐泰不放。他们找到都齐泰，说道："佐领大人，你过去口口声声言说要为瓜尔佳氏族办事，主持公道，可事到如今，眼瞅着他们孟家弄虚作假，而你却无动于衷，我们瓜尔佳氏岂能饶你！"说着，弟兄几个上前揪住都齐泰佐领的衣襟不放，说："你说，这事的根由出在哪？我等定要查个水落石出，决不善罢甘休！"

其实此时，都齐泰早已想到了一个人，那就是盛京仓官全福。

全福自从被孟哲勒七十三以东珠从大狱中赎出，接着又官复原职，他能不感恩孟家吗？再说，此人自从在狱中出来，他并没有到都齐泰家走动，毕竟当初赎他出狱，已是关、孟两家矛盾重重之时，关家已对都齐泰火火的，可都齐泰还是极力作两家熄火之举，也在孟家出珠子赎全福之事上通过巴灵阿将军给予肯定，方能促成此举。可全福上任后，更加耀武扬威，想来此事定出在他这一环节上。此事，倒可以用乌拉衙门总管绥奈大人的权力治一治全福，压压他的傲气。

主意一定，都齐泰便去面见绥奈。

而绥奈此时，也正想见一见都齐泰，也想听一听他日前对"鳇鱼事件"有何高见。

因那时，关家已咬住孟家弄虚作假不放，证据是当初打牲乌拉衙门开具的"官票"，怎么会一下子，鳇鱼就长了"分量"，长了个！

这个事，也确实让关家抓个正着。

那时，都齐泰想按巴灵阿将军之旨意，督促孟关两家把大阿金捕到，安安全全送往京师，也了却了巴将军和傅恒大人的一桩心事，谁知又弄出了鳇鱼与初验“官票”分量和长度不符事件，真让他走也不是，退又退不出，也只好将计就计，静观事态。

绥奈见了都齐泰佐领，道：“都齐泰佐领，你乃朝廷命官，此事既出，你看如何对待？”

都齐泰心中早有了准备好的嗑。他说：“总管大人，我倒要问你，这种事出在你的地段之中，你打算如何去解决？”

“这……”

绥奈万万没有想到，他都齐泰把责任推个一干二净。想了想，绥奈说：“都齐泰大人，你也不是不知道，这孟关两家，早已是仇家，如今出了鳇鱼造假之事，瓜尔佳氏的老玛发英格尔斤克又一命呜呼，你想想，瓜尔佳氏族人已经一拥而起，要奔往京城找皇上，找内务府弄个一清二白，这样一来，可不是我当总管的能压得住的！”

“这……”

绥奈总管的一席话，又轮到都齐泰为难啦。是啊，如果此事一旦闹到京城，首先是他都齐泰来北土督办皇上的鳇鱼贡差没有办好，反而办出了“人命案”“造假案”，这不明明说我都齐泰无能吗？再说，说我都齐泰无能，不等于说巴灵阿将军无能吗？说巴灵阿将军无能，不等于说傅恒大学士没能把鳇鱼贡一事办妥吗？这样一追下去，势必对他不利，这可是一条导火索，说不定会引发什么事情出来。这，这可如何是好？

第五十六章　奇怪的皮货商

盛京三里河驿站，旁边有一个大车店叫义和大车店，开店的叫朱俊奎。本来一开始义和大车店就在今驿站正位，可后来盛京驿站扩充，朱俊奎只好让位，搬到驿站旁边又加盖了一处院套。因为是驿站占了人家的地方，所以衙门允许他紧挨驿站建院，并且，三里河驿站来人客车马多时，甚至还让他家给捎带安排，因此这义和大车店就等于兼着官家和民间两个义务。驿站为了通往车店方便，还在后院开了个角门，直接可以进出驿站和义和大车店。驿站如果有什么急事，档师和院心甚至可以隔着院墙喊："朱掌柜！"

这时，便会传来朱掌柜的答声："嘛儿事？"

于是他便会开门、迎客，等等。

朱俊奎祖籍天津卫武清，爷爷那辈就开店铺，后来是他父亲闯关东于康熙年间来到盛京，接管祖上家业开车店。

朱俊奎是个勤快人，每天里里外外照料院子，雇有伙计二十来人，也算一个大店。由于驿站信得着他，所以遇一般的事他可以当驿站半个家，为了能净心跑里跑外，他专门雇了一个"老哑巴"来看守院门。

这哑巴叫刘忠，那年六十多岁，里里外外，兢兢业业，使朱俊奎省了许多心。刘忠其实不哑，是那种"半语子"，说话呜呜拉拉的，别人听不清时，他就靠比比画画来表达语意，所以人们戏称他"刘哑巴"。那一年，天下大雪，一大早朱俊奎出门查车马人客，发现店门口躺着一个人，用脚一踢，那人从地上跳起来，是个要饭的！朱俊奎说："快！上屋睡去！在这儿一会儿不就冻死了吗？"就这样，朱俊奎收留了刘忠这个要饭的，从此留下他给义和大车店看守院门。由于没家没业，刘忠就把义和大车店当成了自个的家，无论黑夜白天，刘忠时时守在门口，这让朱俊奎对他格外放心。

这天黄昏时分，就见一个老客背着一个大货架子从东南岗上就下来了，货架子上高高地垛着一层一层的各种皮子，有狍皮、鹿皮，还有熊皮和貂皮，是个跑山串屯的皮货商。

说来也巧了，这人也是个“半语子”。

来到义和大车店门口，那个皮货商就连比画带说地问：“你这儿有住的地方吗？”

刘忠说：“有。但只收车马人客，不收单独住客。”

皮货商又说：“我就想住你们车店这样的店。”

刘忠说：“哎呀……”

他有点为难。因主人有交代，大车店一律只收赶车带马的客户，单独住宿不收。

皮货商又说：“我这收皮子的，住人家客栈，怕别的旅客嫌我埋汰，还是让我借住一宿吧……”

刘忠说：“那您稍候，我问问主人！”

于是，刘忠见过了朱掌柜，说明了这事，并加了一句：“他大老远路过这儿，也挺不易，我看就留他住一晚吧！”朱掌柜一听看院子的刘忠都这么说了，再加上车店空房子有的是，就答应了。其实呀，这刘忠也多了个心眼，常年也遇不上一个和自个一样的“半语子”，正好来了个伴儿，夜里睡不着，可以唠唠嗑。

就这样，皮货商就在义和大车店住下了。

白天，皮货商就出去收皮子，下晚，两个人就对坐唠嗑，谁也别嫌谁呜呜拉拉的。皮货商弄点小酒和下酒菜，二人就边喝边扯，一点点的，刘忠还有点舍不得离开这个皮货商了。

有一天晚上，二人又是喝酒、唠嗑。

皮货商就问刘忠：“咱这地面上有没有手艺上好的皮匠？”

刘忠说：“你要干吗？”

皮货商说：“我从山上带来一张白貂皮，想缝一件坎肩留着日后给朋友。”

刘忠说：“不就是缝一件坎肩吗？”

皮货商说：“那得最好的手艺。”

刘忠说：“干吗最好的手艺？”

皮货商说：“比如，除了缝皮货，甚至连针线活都得会，因这坎肩和料都是最上档的物啊！”

刘忠说：“不就是细活吗？”

皮货商说："对。"

刘忠说："有。"

皮货商说："手艺高到什么程度？"

刘忠说："这么说吧！朝廷要的鳇鱼，他都能给你割开，再重新对上，再缝上，内务府官员硬没看出来。你说这手艺咋样？"

皮货商一听，乐了，说："有这手艺？"

刘忠说："这总行吧？"

皮货商说："中！中！就是他……"

刘忠说："好！好！你等着。明后天我打发人去请他来。"

皮货商说："别！别！你派个人带我去就很够意思了，你这边忙。"

不用说，各位听者可能也听出来了，那刘忠说的皮匠不是别人，正是在盛京地面上赫赫有名的张皮匠，且最拿手的手艺是缝过鳇鱼的皮。可刘忠为何对张皮匠这么了解又知道他缝过鳇鱼皮的事呢？这其实就更自然了。

你们想想，本来这三里河驿站就紧挨着义和大车店，而且那次夜里锯开鳇鱼连夜开缝的库房又正挨着义和大车店的后房，加上有后角门，里里外外是通气的。

再由于，刘忠又是驿站的熟人，又因他是个"半语子"，大伙谁也没拿他当一回事，甚至当时孟哲勒七十三的大儿子尼亚哈要找木条子充填鳇鱼骨架时，刘忠还给抱来了一捆子木枝子。

当时，张皮匠缝鳇鱼，刘忠就在一旁看热闹，他能不知道皮匠的手艺吗？听"刘哑巴"这么一说，这皮货商对此事更感兴趣，还问："鳇鱼摔破了？"

刘忠说："没有。"

皮货商说："那咋还缝呢？"

刘忠说："要加长嘛。"

皮货商故意很吃惊："那怎么能呢？"

刘忠说："能。太能办到了！得先把鳇鱼用大铁锯锯开……"

皮货商打断他的话，问："锯开？"

刘忠说："对呀！"

皮货商说："咳，那人家鱼的主人让吗？"

刘忠说："就是鱼主人家让干的。他家要将此鱼贡送京师，尺寸和鱼的分量都不如另一族渔户，于是这才这么干的！"

皮货商说：“那冻着，又咋缝？”

刘忠说：“皮匠手艺高着哪。这叫顶冰顶水做活……”

皮货商说：“顶冰顶水？”

刘忠说：“人家急呀！不顶冰顶水咋办嘛？人家第二日早上，就要上路，赶路！不能误了日子，进京师的日子脚前脚后不能和另一伙贡车差得太远……”

皮货商说：“这么累的活，得啥价能下来？”

刘忠说：“别提了。一开始人家给了一千两银子，皮匠硬不干！”

皮货商又问：“后来呢？”

刘忠说：“后来？后来好像又加了两千两！这叫大事呀！”

皮货商说：“天哪，这钱这么多，得谁给出哇？”

刘忠说：“谁的货谁出。这是规矩。”

皮货商说：“货主也真有钱。”

刘忠说：“那是大户人家，听说是个有钱的主，有干货！”

皮货商又自言自语地说：“再有钱，这数字也不少哇，犯不上这么干。他胆子不小哇，这可是冒风险的事呀……”

刘忠说：“多大风险，他也得冒。古语说得好，有钱能使鬼推磨。这事，光一个皮匠会缝也不行，得有人改票！”

皮货商说：“改啥票？”

刘忠说：“官票哇！那鱼一捕上来，不得由地方上的衙门给查验，出官票呀！”

皮货商说：“净扯，这个票谁敢动。”

刘忠说：“有人敢动！”

皮货商说：“谁？”

刘忠说：“盛京府衙仓官。”

皮货商说：“仓官？”

刘忠说：“就是他。别人动不了。听说，他欠着鳇鱼主人那家的情哪！”

皮货商说：“啥情？敢冒这个险？”

刘忠说：“命情。”

皮货商说：“命情？”

刘忠说：“听说是人家把他从大狱里救出来，要不然……”

皮货商问：“咋样？”

刘忠用手一比画自己的脖子，说："咔嚓！脑袋下来了。"

皮货商说："啊呀！杀头之罪呀。"

刘忠说："是啊，那能不办吗！"

皮货商说："是得办，是得办。可钱也不能少收……"

刘忠说："兄弟，这你算说对了，没少给呀！听说在此事之前，办事的主已经给了他一笔，可他不干，嫌少，又推说此事风险太大，不干。于是人家又给了他一笔！这还不算，人家给皮匠的那份，他又要去了三分之二，黑呀！太黑了！"

皮货商也说："真是太黑了。假若人家给皮匠三千，你再要一千也已经不错了，难道他还能要两千？"

刘忠说："兄弟，你咋说得这么对呢，真就是你说的数啊！两千，正是给了三千，他自个又留下两千，剩那一千，不得不给了张皮匠。张皮匠也没办法，谁让他是在人家仓官地面上生活来着，不听人家的行吗？给你一千就不错了，偷着乐去吧，想吃啥就买点啥得了。有了钱，买啥啥灵，吃嘛嘛香，对不对呀？"

皮货商说："对着呢！"

刘忠说："对个屁呀！这叫丧良心！"

皮货商一听说："啊，对对！是丧良心！是丧良心的！"然后赶快说，"喝酒！喝酒！"

二人就这样，一唠唠了大半宿。

第五十七章　事有突变

说者无心，听者有意。

你们以为那皮货商真是一个皮货商吗？他根本不是什么皮货商，他是吉林打牲衙门总管绥奈大人派出来的查实“鳇鱼造假”事案的巡捕，名叫马云，他这是乔装成收购皮张的贩子，专门来寻找探听盛京仓官全福劣迹来了。

原来那天，巴灵阿将军手下的佐领都齐泰和吉林打牲乌拉衙门总管绥奈彻夜长谈。之后，都齐泰突然意识到，此案一旦捅到京师，别说他，就连巴灵阿将军也得吃不了兜着走，不如把全福递出来，就地在北方解决处理他，事情不扩大至京师，今后再命人好好捕打鳇鱼，安安全全、平平顺顺地送往北京，事情就会一点点过去了。所以他告诉绥奈总管，此事的根由就出在盛京仓官那里。

而绥奈呢，也是心有灵犀一点通。对于此事的揭出，他的罪责更大，一旦公开，证明他严重失职，竟然在光天化日之下让人把“假鱼”贡往京师，这不是杀头之罪吗？

可眼下，都齐泰已明确点给他了，事由就出在盛京仓官全福那里，这不正好趁机使自己开脱干系，查清全福使用何种手段，把这事弄个水落石出，也好有个明确交代，不能糊里糊涂跟着受牵连。于是，他在自己手下选了平时干事精明伶俐的巡捕马云，让他乔装成皮货商，立刻动身前往盛京，并按照英格尔斤克的儿子海桂、庆成提供的地点，直奔盛京三里河义和大车店，没承想，事情正让马云碰了个正着。

马云把事情打探个一清二楚。次日，又让刘忠派人领他去见了张皮匠，并把一张白貂皮交给了他，说五日后便来取货，那张皮匠满口答应。于是马云皮货商告辞出来，回到义和大车店，谎称继续收购皮张。然后马上离开盛京，到郊外一客栈解下寄存在那里的马匹，星夜返回吉林乌拉。

再说瓜尔佳氏。那日，他们从肇源泡子沿出发去往打牲乌拉衙门找绥奈大人告状，声称如果衙门不管，他们就要上京师。绥奈大人一再安慰瓜尔佳氏兄弟，并让他们先回去等信。

海桂、庆成等从衙门回到泡子沿，就张罗着写状子，再把事情前后经过写给衙门。这回可有出头之日了，事案弄清，也就能为老阿玛报仇。英格尔斤克是活活被孟家给气死的，这仇不能不报，这也是瓜尔佳氏唯一的希望了。谁知这时，又起了一件意想不到的事。

前面咱们不是说过，京师仓官全福携家眷驻扎在盛京处理北土贡物之事，他的手下笔帖式刚玉是他的红人，也是随全福一块被孟家以珠子给赎出来的，其妻玉瑶是吉林将军巴灵阿手下佐领都齐泰之妻的妹妹。这一日玉瑶临盆产仔，姐姐特意赶来下奶。姐妹相见，不能不谈些贴己话。

姐姐说："全福大人近来可好？"

玉瑶说："挺忙碌，刚玉有时回不了家。"

姐姐说："我可提醒你，人家老关家可盯上鳇鱼事案啦，现在全族人都火了，正在写状子，要状告到京师，听说他们已得到打牲衙门总管的认可，你也得让刚玉伺机与全福大人说一说。水不来先堵坝，别坐等东窗事发！"

玉瑶说："谢谢姐姐关照，妹记下了。"

姐姐走后，妹妹玉瑶就把此事对丈夫刚玉说了。刚玉觉得此事重大，立刻到上司仓官那里向全福说出了此情。

"啊？难道他吉林打牲衙门绥奈要查到我的头上不成？"全福气得如一条疯狗，在地上踱来踱去地想主意。

刚玉说："大人，此事也不可小视，一旦打牲乌拉衙门查下来，我们也得有些防备！"

全福一时也没了主意，说："让我想想，让我想想……"

这时，刚玉说："我倒有一个主意！"

全福说："说说看？"

刚玉说："事情分两步走。此事一旦暴露，你就往我身上推……"

全福："啊？推给你？"

刚玉说："正是这样。如此一来，可以把你择开，他们也不能把我怎样？"

全福说："刚玉呀，真看出你对我的真心。"

刚玉说："这些年，都是你全力栽培我，到这个关键时候，我能不出面救你吗？再说，我如果进了大狱，你可以救我；而你一旦入了大狱，我也无能为力救你。如此看来，咱们先做这种打算，再说……"

全福说："再说什么？"

刚玉说："再说，也就是第二步。此事一旦东窗事发，我们尽量将此事的办案权不交给打牲衙门，一定要交给将军衙门！"

全福说："此话怎讲？"

刚玉说："交吉林将军衙门处办，因我妻子的姐夫是吉林将军巴灵阿手下的佐领，叫都齐泰，有这样一层关系，他能看着不管吗？"

全福一听，万分感激，说："刚玉呀，你对我全福真是仁至义尽，我定会很好待你和家人。你放心，一旦事发，就按你我的安排行事，我看他关家还能找上天去！"

刚玉又说："不过大人，我们也不可大意，虽然有了这个准备，也得先将皮匠那里先安顿好。不如先让他出去躲一躲。没有了证人，打牲乌拉衙门也不好结案……"

全福说："对，我这就差人去办。"

就这样，盛京仓官全福对此案也有了防备。

再说吉林打牲衙门总管绥奈，他派出的巡捕乔装皮货商已先期到达盛京三里屯大车店、驿站，从义和大车店刘忠那里把案情的经过全部摸清楚，又以做白貂坎肩见到了张皮匠。回来后，如此向绥奈大人把经过一五一十地说了一遍，又加了一句："大人，此事，一定要快些动手，别夜长梦多！"

绥奈说："对，要迅速将盛京皮匠拿来。咱们抓住这个证人，我衙便有了活口，也好接下来处办全福。"

巡捕说："是，大人。"

绥奈说："你带上几个人，立刻出行，速将盛京皮匠抓来归案……"

巡捕答曰："喳！"立刻回到捕房，带上几名捕头，骑上快马，又牵了两匹马，连夜直奔盛京而去。

再说，这一日，张皮匠正在熟皮子，满院子都挂着皮张，散发着阵阵臭气，他在皮张间穿来穿去翻看晾晒，就见仓官大人匆匆走了进来，还领着笔帖式刚玉，就急忙上前施礼，说："大人到我这个地方，实在不雅，快请到屋里喝茶。"

全福、刚玉随张皮匠进到后屋。

全福让皮匠把门关上，然后说："张皮匠，我来只有一事……"

皮匠说："大人您只管吩咐。"

全福说："你立刻离开盛京！"

皮匠说："到哪里去？"

全福说："天涯海角，远走高飞！"

张皮匠一愣，立刻明白了，说："事情这么严重吗？"

于是，全福便把事情的经过一五一十地说了一遍，又加了一句："此事一旦事发，也不是小事。所以为了你我安危，你必须出去躲上一躲。"说完，全福又拿出一包银子递给张皮匠说，"这些银两，你带上，出门在外也不易。家里的作坊暂且关闭，一来二去等事情过去，你再回来。主要是躲躲风头。"

张皮匠见事情来得如此突然，这么大的作坊说扔下就扔下，还有妻儿家小，也不是一下子说离开就能离开的，于是，有些犹豫。并说："大人，能否容我几天，我安顿一下作坊？"

全福说："不中，要快！说走就走。你的作坊，由我来派人给你归理、打点。"说完他让刚玉去叫轿子进来。原来，全福来时，已带来两副轿子，当下安排人将张皮匠的妻儿扶上轿子，全家立刻先转移到全福的府上去躲一躲，随后全福又安排几个兵丁，将张皮匠的作坊封上，里面他派兵把守。

这一日傍天黑时分，突然有人来到皮匠的作坊敲门大叫道："师傅开门！师傅开门！"

里边人问："你干什么？"

外面人说："我是来取货。"

里边人说："什么货？"

外边人说："白貂皮坎肩。"

里边人说："他不在。搬走了……"

外边人说："那我也得进去找东西！"

里边人很硬："不许进。里面没有你要找的人！"死活不让进。

外边的人也不听那一套，一脚将大门踹开，五七个人就闯了进来。里边的人一看来人这么没礼貌，便动起手来，双方在皮匠的院子里大打出手，而且双方都不手软。

几个回合之后，院子里的几个人被外边进来的几个人完全打倒在地。他们哪是这些个人的对手啊。

原来，那几个人不是别人，正是绥奈大人派来的捕头，前来捉拿鳇鱼造假之案的罪人、证人张皮匠的。可是，他们晚来了一步，张皮匠早已被全福给安置起来了。当下，乌拉衙门的捕头审问那几个人，到底这张皮匠哪里去了。

打牲衙门捕头问：“说！皮匠哪里去了？”

院子里的人说：“我等真是不知，只是奉命前来守院子……”

打牲衙门捕头又问：“谁让你们来的？”

院子里的人支支吾吾，不肯实言。

捕头上去揪住了他的耳朵，掏出一把牛耳尖刀架在他耳朵上说：“你再不说实情，我先把你耳朵割下来再说！”

那人吓得，连连道：“我说！我说！”

捕头道：“快说！是谁？”

那人答道：“是全福大人。”

这一下，捕头全明白了。看来事情败露了，让罪犯抢先了一步。无奈，捕头押走了方才那个供出底细的人，并到盛京三里河义和大车店将见证人刘忠一起押回打牲衙门，以便等待下一步办案。

打牲衙门总管绥奈悔恨自己出手晚了，只抓到了全福手下看守皮匠院子的人和义和大车店的刘忠，重要证人张皮匠漏网了。

全福明白，如今此事已出，只有把案子转手到吉林将军手下去办，不由打牲乌拉衙门去办，就胜利了一大半，于是极力撺掇笔帖式刚玉出面，通过其妻玉瑶找到吉林将军巴灵阿手下的佐领都齐泰之妻说合此事，要让吉林将军接手审理此案。

这一日，佐领都齐泰来见绥奈大人。

都齐泰说：“总管大人，你辛苦了，总算抓到了一些证人。下一步，咱们怎么处置？”

绥奈大人是个很实在的人，他正在犯愁没有抓到皮匠这个主要证人，却见佐领主动提起此事，便连连地说：“啊呀，事情没办妥！”

于是就把事情没妥之处，放跑了张皮匠这个重要证人之事说了一遍，又说道：“眼下，我就猜疑，这张皮匠是否在全福手上？”

都齐泰说：“我也这么想。”

绥奈总管说：“那么，能否有劳佐领大人，您设法去过问一下此事，看看张皮匠是否在全福的手上？”

都齐泰佐领似很为难地“这……”了一声。

绥奈总管说："佐领大人，你还有何难处？"

都齐泰说："总管大人，你想啊，我不管此案，又怎好私自参与查找证人？"

绥奈一听，说道："哎呀，这好办。干脆，我把此案交由你办就是了！"

都齐泰说："如此说来，也可行。我先将事由经过向巴灵阿将军禀报，然后接手此案，也便你我有个了结。"

绥奈说："也好。也好。"

就这样，打牲衙门又将此案的处理权交给了吉林将军衙门。都齐泰多次受巴灵阿将军之旨去全福处查找证人张皮匠，但证人一直没有露面。后来有人说，张皮匠已被全福秘密杀害了，也有人说是让他放走了，全家逃往外地了，终究如何没有下落。

没有证人下落，就拿全福没有办法。

瓜尔佳氏族人，英格尔斤克的儿子海桂、常昇和庆成多次找到绥奈大人催问办案结果，绥奈大人说："你们有所不知，此案我已移交给吉林将军衙门府去办理了。"

瓜尔佳氏族人问都齐泰："证人不是抓捕到了吗？"

都齐泰说："那不是主要证人。"

瓜尔佳氏族人说："那义和大车店刘忠，已亲眼所见全福指挥人造假，切割鳇鱼，造假拉长，又重新挂冰，还需要什么证人？这难道还不够证据吗？"

都齐泰说："那你只有再去找绥奈大人。"

就这样，双方推诿，迟迟没有下落。

推来推去，到后来没有一点解决的迹象，最后也就不了了之。

办案双方都明白，如果将军衙门去办，巴灵阿将军就会惹是生非得罪人；如果打牲衙门去办，就会负渎职的连带责任。所以双方都想将事情压下，息事宁人。

据说后来，那义和大车店的看院人刘忠在乌拉的大狱中押疯了。是啊，真正的罪人抓不到，主要的证人不知去向，却抓来一个与案件无关、老老实实说实话的人押着，押疯了才放出来。

刘忠死了，死在了乌拉街的臭水沟里。

许多老人一提起刘忠刘疯子，大伙都叹口气，说：

> 哎，鳇鱼贡，鳇鱼贡，
> 那真是一种要命贡！

乌拉街的刘疯子，
成天就是光着腚！
皇上吃鱼香又嫩，
其实坑的是百姓！

第五十八章 鳇鱼进“棚”

江河产鱼，但自然有度。鳇鱼有自己的繁殖规律，怎能经得起掠夺式的捕捞？傅恒大学士家传文本中记载，在他任户部尚书之际，每年献贡鳇鱼达九千余尾。到了清代中期，鲟鳇鱼越来越少。

物以稀为贵，鳇鱼的身价与日俱增。宁古塔、毛怜、拉林河、法特哈等处地方衙门，想方设法截留渔猎户捕的鳇鱼，给的报酬高于交贡差的赏银。加之，孟氏作弊得逞，官家处理不公，刘疯子冤死之事传得沸沸扬扬，渔猎户对打牲衙门失去信任，怠于交贡。在这种情况下，虽然江河的鳇鱼越来越少，但通过各种渠道却能流入市场。

一时间，京师的鱼市上和关东棚里的鳇鱼越来越多，于是出现了许多意想不到的事端。

这一天早上，三挂大车从东直门就赶进了珠市口的关东棚，赶车的人戴一顶破旧的棉帽子，帽舌头压得低低的，看不清眼睛。

车后，跟着五七个小打，一个个也戴着破棉帽子，上面结着白霜，一看就是连夜从北土赶来进关东棚的辽东大车伙子。

珠市口关东棚掌柜的刘二，外号“刘不开面”，他这个人进货，讲价一口价，他说多少，别人一般讲不下一厘钱来，所以外号“刘不开面”。这一早上，他端着水烟袋，操着个袖筒子站在货棚门口的大道上打量那些南来北往的货商。突然，他发现了这伙车队。

刘不开面急忙拨开众人，走上前去。

因他发现，这伙人的大车，一律八个轱辘，车上的“货”用草帘子、草席子盖着，看不清是什么。但他从那些人冻得嘶嘶哈哈的样子上，从他们的眉毛、胡子、帽耳子上结着的白花花的霜，从他们大车的八个轱辘上看，他敢断定，这是“鳇货”！

鳇货，就是鳇鱼，又叫“黄货”，是指跟金子一样贵重，要用金子才能兑换的物。于是，刘不开面快步走上去，双手一抱拳，对那位走在车队前边帽子压得低低的人说："爷们！到屋。"

那人抬眼瞅了刘不开面一眼，头一晃，对他说："这货，你'拿'不动。"

这是行话。意思是说，这货你恐怕不敢买。

刘不开面说："我能'拿'动。"

那人说："如果你'拿'不动呢？"

刘不开面说："我就要'拿'动。"

那人还说："如果你'拿'不动呢？"

刘不开面有些不耐烦地说："爷们，看着没有？"刘不开面用烟袋一指前门往下直到珠市口大街那一条街筒子，说道："如果我'拿不动'这条街，都归你！"

刘不开面的几句话，倒把对方给镇住了。可是，要是一般的主，也让这买主给镇住了。古时常讲，店大压客，客大压店哪。

没承想，就见那人用鞭杆子往上戳了戳破棉帽子，说道："我不稀罕你这珠市口大街！我就是不卖！驾！"

那人狠狠地抽了一鞭子辕马屁股，那载重大车"轰隆隆"一声，重新启动了！

"哈哈哈……"突然，刘不开面狂笑起来，他赞称地说道，"好汉！是好汉！够哥们。今天，你这车伙子带劲，你如果够哥们，这东西我包了！我'刘不开面'生下来就没做过这样的买卖。今儿个的货，你开个价！"

大车已走了几步，赶车人听到"刘不开面"几个字，于是"吁！"的一声，勒住了马头的缰绳。

赶车人慢慢地回过头来。

赶车人说："这么说，你真是'刘不开面'刘二哥？"

刘不开面也一愣，问："你是……"

赶车人说："乌龙。"

啊？这就是乌龙？刘不开面一下子也愣了。

多少年了，对于北土塞外的乌龙，刘不开面早就听说过。这乌龙在乾隆初年因父被人所害，他一气之下，杀人放火，又在荒凉的北土拉起人马、立局绺，报号"乌龙"，也叫"老北风"，就是要像黑龙江里的一条龙，要把这个世界搅他个底朝天、天朝地，要像北方的北风，狠狠地刮，把天地搅个一塌糊涂，于是他独霸老北江，官兵对他奈何不得，他杀富济贫，疾恶如仇，是一个让刘不开面十分钦佩的人物，没承想今天在京师大街上就能碰上，这个世界也太小啦！

于是，刘不开面又问："你真是乌龙？真是老北风兄弟？"

对方答："正是！"

刘不开面说："哎呀，北土的好汉乌龙？兄弟，我多想见见你这好汉哪！"

对方说："谈不上好不好汉，但我是乌龙。"

刘不开面说："啥也别说！快！到屋！"

说完，他一把拉住了赶车人，就往珠市口对面的一个大院里拽……

三挂超长大车跟着"轰隆隆"地赶进了"刘不开面"的院子，刘不开面赶紧让人关上了院里大门，上了硬木铁栓。

这时，那人摘下了帽子，刘不开面一打量，哎呀，这正是自己十分羡慕的关东好汉哪！乌龙也打量着刘不开面。

其实，他也早就听说京城地面上有一个叫"刘不开面"的人，他乌龙很佩服这个名。人们也常说，这刘不开面不是不讲理，而且恰恰是讲理、说理，对于世面上那些投机取巧、狗头鼠脑的人，他从来不让，所以人称"刘不开面"，是说他办事爽快、义气，绝不黑白颠倒是非不分，他乌龙早想认识认识这个人，万万想不到，这让他一下子遇上了。

刘不开面拉住乌龙说："快进屋，外头冷啊，快上炕烤烤火……"

乌龙说："等一下，我给你介绍一个人。"

说着，乌龙对一直坐在头车上，也戴着一顶狐狸皮帽子的一个人说："来呀，见过刘二哥。这可是我多年钦佩的人！"

那人缓缓地从车上下来，摘下帽子。"刘不开面"一下子惊愣啦！原来，这是个大姑娘！

那姑娘，漂亮极了，威武极了，一头乌发披在肩上，大眼睛炯炯有神，脸蛋冻得通红，见了刘不开面一笑，腮上两个深深的酒窝，把个"刘不开面"看傻了，他连连说："哎呀到屋，快到屋，外头凉！霜大，雪挺硬实！"他有些语无伦次了。

进了屋，一铺宽敞的大火炕，炕上的窗子敞敞亮亮，一眼可以望见院子里忙忙碌碌的伙计，有的拴马，有的喂料。火炕烧得滚热，刘不开面让伙计端上烟笸箩，又喊："把茶壶里刚沏的茶倒了，给我新沏那龙井茶！我兄弟来了，我心里乐呀！"于是他又重新打量了一眼已经脱鞋上炕，盘腿坐在那里的女人，问："你也不给我介绍，这是弟妹吧？"

乌龙说："说是也是，说不是，也不是！"

"刘不开面"说："那就是！"

乌龙说："那就是吧。"

这时那女子说："就该是。"

"刘不开面"说："就是就是！"

于是，大伙哈哈地欢笑起来。

"刘不开面"说："跟了乌龙兄弟的人，都是天下好汉。这一点，我刘二是深信不疑，对不对呀兄弟？我一般看不走眼！"

那女子说道："大哥说的对着呢。"

乌龙说："为啥说她也是也不是呢，她其实本来是有家口的人，可是……"

"可是什么？"刘不开面说，"现在我不听你的故事！要听，咱们下晚喝上酒，睡不着觉时再开讲！"

那女子也说："大哥说得对。"

这时，乌龙看着院子里正在卸车的几个人说："刘二哥，今天我可带来了大货。"

刘不开面说："是'黄货'？"

乌龙说："正是。"

"刘不开面"笑了，说："多重？"

乌龙说："你估估。"

"刘不开面"一看那车八个轱辘，进了院子，已把院子里的雪和冰生生地压出一道深沟来。便说："少不了，一条一千七八！"

乌龙说："什么？你再猜。"

"刘不开面"惊讶地说："啊？那是……"

他不敢再猜下去了。因那时，连年进贡到京师的鳇鱼达到一千七八已经是顶天大的了。他睁大眼睛，愣愣地看着乌龙。

这时，乌龙说："刘大哥，这三条大阿金每一条都是二千开外！"

"刘不开面"又"啊"了一声，惊得说不出话来。因为自从这几年，"关东棚"允许大开以来，塞北辽东的产物年年都有进货的，什么都有，当然也有鳇鱼，可是像这么大个的鳇鱼，整个京城买卖人连想也不敢想啊。

第五十九章　鳇鱼上市

各位阿哥，我朱伯西越讲越忍不住了。

现在，我不想细说，你们可能已经猜到了，那乌龙进京师，带来这么大的鳇鱼进关东棚，又领来一个女子。那女子是谁？她原来就是碾子山驿站的店主金莲。

原来，自从泡子沿的英格尔斤克老玛发为了争口气，和孟哲勒氏斗，赌气让三儿子庆成去老北江捕鱼，在金莲的帮助下，找到了乌龙连凤山，又在乌龙的协助下，在老北江柴火垛捕到了头等大鳇鱼。可是，万万没有想到的是，恰恰是这大鳇鱼，使得英格尔斤克几近家破人亡，老阿玛英格尔斤克看不得他孟哲勒氏弄虚作假，买通朝廷命官，向朝廷贡送假鳇鱼，气得吐血而亡。家人庆成哥几个联名上告，却又落入贪官圈套，衙门互相推诿，不办实事，又使罪人绑架了证人，最后天大的案子却闹了个不了了之，几经折腾，庆成家已经是人财两空，死气沉沉。金莲看在眼里，疼在心上啊。

她本是个义气女子，怎么能帮帮庆成呢？

这时，金莲想到了乌龙连凤山。

本来，她这一辈子心中只有两个男人，一个庆成，一个连凤山，现在庆成家遭如此大难，正是自己应该出手去救他帮他的时候，可是，怎么个帮法？

她知道，这几年，瓜尔佳氏哥几个，为了和孟哲勒氏斗，打官司，求人上书，钱花了不老少，她觉得，她应该在钱财上多帮帮瓜尔佳氏的庆成，于是决定和连凤山商议，想什么办法救救庆成。

乌龙连凤山其实离不开金莲，他多次对她说："金莲，你别看守什么驿站、车店了，你跟我走吧！"

金莲说："跟你上哪？"

乌龙说："上山。"

金莲说："落草？"

乌龙说："对。"

金莲想了想，说："可以。不过……"

乌龙说："怎样？"

金莲说："我有一个条件。"

乌龙一听，说道："金莲，你只要答应和我进山、落草，当我的压寨夫人，别说一个条件，就是十个、百个、千个我乌龙也答应你。"

金莲说："真的？"

乌龙说："真的。"

金莲说："君子一言。"

乌龙说："驷马难追。"

金莲，也真是一个仗义女子，她说到办到。当下，她与自己抽大烟的丈夫就来了个一刀两断。她立刻离开了碾子山驿站，名正言顺地跟上乌龙连凤山，进了老北江地带。

金莲的到来，着实给乌龙的生活带来了无尽的快活。金莲天天骑马、射箭，练就了一身的武艺，而且也帮着乌龙当家，出征、绑票、砸窑，干的不比男人差。这让乌龙和弟兄们万分佩服，这个压寨夫人真是红颜女杰。

这一日，乌龙想起金莲说过的一句话，便问："金莲，你说过，有一个条件，可你始终没对我说。这些日子，你跟我上了山，也就答应了我的条件。那么现在，该你说出条件，该是我答应你的时候了。"

金莲说："乌龙哥，你说的话当真？"

乌龙说："金莲你说吧。只要我能办到，就定会去办，就是再办不到，我这辈子不行，我下辈子都不能欠你的。"

金莲说："好样的哥哥。"

于是，金莲就向乌龙说出了自己的条件。

原来，她是让乌龙设法帮帮庆成。

金莲对乌龙说："乌龙啊，你知道，我这辈子心里头，只有你们两个男人，就是你和庆成，在这一点上，我从来没有瞒过你们两个人。如今，我答应了你，我休了我的原本丈夫，跟你上山，落草，当了女匪，成了你的一个压寨夫人了。可是，我心里的另一个男人，也是你钦佩和帮助过的庆成，他和他家需要帮助。我想求你，帮帮他和他家！"

乌龙一听说："这还是条件？你说，咋个帮法？是我出兵杀了孟哲勒氏家人，还是绑了他家的票，只要你吐口，我连凤山眼都不带眨一下，立刻就办！”

金莲说：“也不让你杀人，也不让你放火，就是用别的办法救救他。”

乌龙说：“可是你倒是说，究竟什么办法？”

金莲说：“咱们给他筹一笔钱。”

乌龙说：“筹钱？那我砸两个大户人家，绑几个票，不就有了吗？”

金莲说：“乌龙，我不想让你这么办。”

乌龙说：“那你说，咋办？”

金莲说：“之前，我在碾子山驿站听南来北往的人讲，现在京师百姓也吃鳇鱼，市场也买卖鳇鱼了，这是官家明令允许的。我看，咱们把你贮在圈里的鳇鱼，捞上几条大的，拉到京师，在咱们关东棚里卖上个大价钱，用这钱资助他关家，让他们和孟家打官司也好，盖房子重置家业也好，都有个资金，也算尽了我金莲和你乌龙好一回的情谊，也算对我的庆成哥帮上一把，你说这个办法怎样？”

乌龙一听，才明白她是这么个主意。

乌龙想了想，说：“金莲呀，不是我乌龙不帮你，但如今往京师送大鳇鱼，也是个冒险之举。你想想，各处都是这么说，鳇鱼百姓可以吃了，可以在市井上交易了，买卖了。可是谁看见了？就是看见了，谁亲自试一试了？就算真是朝廷说的，那朝廷也往往是说了不算，算了不说，他们一旦抓你个违背朝纲，那不是个棘手的事嘛！”

金莲说：“怎么样？我就知道你要打退堂鼓。好好好，你要不办，就拉倒，就算我没说！”

谁知，乌龙却哈哈大笑起来。他说：“金莲妹子，我这是逗逗你，你就当真？你放心，你说的事，我立刻办。再说，庆成兄弟也和我是最要好的哥们，也是咱俩的亲人哪！我能见死不救吗？我早就听说了，他们关家告老孟家，老孟家记恨没完，正在筹集人马，要与关家对斗到底。是啊，他庆成如今正是用得着咱们的时候，我能不办吗？”

就这样，乌龙连凤山命人从自己的鳇鱼圈里打捞出三条大个的老阿金，那是从去年夏天捕来，一直养在圈里，每一条都在两千斤以上。等腊月冬至之前十五天，他就命人挂冰、备车，然后装鱼进京而来。那金莲也说要跟着乌龙连凤山逛逛京师。她还没来过京师。于是就女扮男装，跟着乌龙来到了京师珠市口。

她和乌龙及弟兄们已经走了二十多天了，晓行夜宿，就这样在京师珠市口遇上了“刘不开面”。这天夜里，“刘不开面”设宴款待乌龙一行弟兄。席间，乌龙向“刘不开面”讲述了他和金莲的关系，也讲了金莲的为人。这使“刘不开面”万分钦佩。

“刘不开面”说:“金莲弟妹，乌龙兄弟是好汉，你是个仗义女子。来，大哥我敬你们一杯!”

乌龙和金莲这天晚上，也开怀畅饮。他们来到京师，人生地不熟，没承想能在这里遇上仗义疏财的刘大柜“刘不开面”，真是旗开得胜啊。

“刘不开面”告诉乌龙，你们先不要着急，在京师多住些日子，他要在年前就把这大鱼卖完，然后等开春，你们拿着银子回塞北辽东，保证让你们满载而归。

乌龙说:“真是多谢大哥了!”

金莲也说:“有刘大哥倾心照应，我们真是感恩不尽哪！日后，我的另一个哥，肇源泡子沿的庆成哥，也会感谢你的。”

“刘不开面”说:“肇源?”

金莲说:“对。”

“刘不开面”说:“那个地方，我去过。有一年，我们到肇源地面收购物产，就曾路过那里，通往宁古塔的道。”

金莲说:“如此说来，你说不定还在我们碾子山客店住过呢……”

他们越说越近，彼此之间更加亲密无间，也就听从“刘不开面”安排他们在京师的走动地点和逛法了。

“刘不开面”让手下人给乌龙和金莲他们开出了一个走动图，先要去京师的八大庙，回来到白马寺，再到西山的娘娘庙上香，然后去景山园看朝廷清兵演练冰上兵队阵式，最后再逛前门、大栅栏等处。还有一些胡同，烟袋胡同、干面胡同、斜街和天桥都给标上了，画上了，这属于京师必去之处。

别急，一天不行两天，两天不行三天，反正什么时候逛完了，玩够了，你们要走，我这里就是大鳇鱼没卖完，也先把钱垫上，让你们拿走。

“刘不开面”给他们安排的分外周全。二人和弟兄们也就分路在京师开游。正好这时是京师年前，各条街口热闹极了，人群络绎不绝，熙熙攘攘，叫买叫卖，人声鼎沸，好一派京师市井繁华景象。

当年，鳇鱼在京师那是头等快货。特别是珠市口“刘不开面”的店铺进了大鳇鱼的消息，一传俩，俩传仨，京师的各个店铺、买卖、馆子、小贩货物集散地掌柜的都知道了信。于是人们疯传:“走哇，上珠市口，听说那儿有奇货！”

“听说大鳇鱼，八千斤一条！”

“啊？没听说过！”

“咋没听说过，就是刘家买卖！”

“是那‘刘不开面’吗？”

“对，就是他的店铺……”

消息越传越奇，越说越不着边际，甚至人们还纷纷传说，在珠市口“刘不开面”的店里，不但卖大鳇鱼，而且晌午头来买鱼的，可供一顿鳇鱼宴！于是，每天，南来北往的人蜂拥而至珠市口，把“刘不开面”的关东棚围个水泄不通。人们是不求买鱼，但求个看热闹，长知识。所以，这里天天人山人海，把珠市口大街都给堵了个车马不通。

第六十章　对面骂皇上

这一日，是乾隆十年腊月二十八。

还有两天，就是大年三十啦。

京师，那是热闹极了。小清雪在天空飘洒着，北风呼呼地刮着，可是赶年集的人络绎不绝。四面八方赶年集的，都在这几天到大栅栏、珠市口、前门一带上货，买些香烟、纸码、对联、剪纸、挂签、碗筷、糖果、糕点、红头绳、鞭炮，一切都等着过大年了。

别说白天，就是下晚，那年集市也是热闹非凡，挑着灯笼卖年货的床子一字排开，从前门一直排到珠市口东大街，有的搭着大棚，有的是临商铺在门前摆的摊子床子。

这一日的天黑之后，有一伙人，大家拥着，一位四十左右岁的中年人，有说有笑地走在珠市口大街上。这个中年人，什么都好奇，一会儿站在卖馄饨的摊前，非要看一会儿，一会儿又站在卖糖葫芦的招子前摸一摸，非得要一串儿尝尝。那些跟着他的人，谁也不敢管他，他要啥买啥，他指哪，大伙就跟他走过去，一副富家少爷的样子。

街上知趣的人，都远远地躲开。因为他们知道京师的规矩，像这样的主，说不定有什么背景，别跟人家转转，别弄出个三长两短来。

这时，这伙人信步来到了珠市口。

只听那人说："哎呀，那处在卖什么，咋围了那么多人。"

一个人跑去看了一下，回来说："是卖鱼。"

那人问："什么鱼？"

回来的人说："是鳇鱼。"

那人又问："鳇鱼？"

回来的人说道："还是不小的鳇鱼呢。"

那人说："快走，咱们也去看看……"

事情不怕一万，就怕万一。

各位阿哥，我朱伯西说到这里，浑身已惊出一身冷汗哪！你们猜那中年人是谁？他不是别人，他正是当朝天子，圣上乾隆爷！

这乾隆爷也是个爱打听世上奇闻轶事之人，俗话说是个爱凑热闹之人。他天天在宫里待得挺难受，加上来到年了，他很想看看民间过年的景象。这天晚上，他就对内宫太监说："你们哪，就知道自个图热闹，上街去逛，把朕一个人关在宫里。不行，今晚我也要出去走走。"

太监问："圣上，你要上哪呀？"

乾隆说："听说前门、大栅栏、珠市口一带最热闹，朕也想去逛逛。"

圣上要出行，这太监哪敢拦哪。

太监忙说："那我得报驾！请御林军护驾，通告他们沿街保卫。"

乾隆说："报什么驾，朕是微服私访。"

太监说："微服？"

乾隆小声说："别吵吵，我这就是出去溜达溜达，千万别让太后和皇太后她们知道。谁也不让知道，听到了吗？"

可是，太监知道是知道，答应是答应了，可他不敢擅自妄为。立刻通告御林军，当时派出几个武林高手，还特意让内务府的光禄寺、太长寺的几个大人，也都微服打扮，一起缕缕行行的，不下十五六个人，有的明跟，有的暗随，围着皇上前前后后就上了京师的大街，趁着浓浓的夜色，直奔前门而来了。

那一晚天上还飘着一股股小清雪，阵阵北风吹来，还挺冷。可皇上兴致高哇，游完了前门、大栅栏，就来到了珠市口。

京师百姓虽然与天子住在同一个城市，但却没见过皇上，加上是夜里，又是微服出访，就谁也不认识他。

来在了珠市口街市，就见人山人海，大家都往一个铺面拥去，正是"刘不开面"的买卖前台。当时，那"刘不开面"为了卖自己的大鳇鱼，特意让伙计们把乌龙的大铁车对接上，形成一个又宽又大的台子，那最大的三条鳇鱼摆在上面，鱼尾和鱼头竟然还悬在外头！

大人、小孩连声地喊："哎呀！鱼山！"

老头们叼着烟袋在一旁观看，说："在北京城住了这么多年，还没见过这么大的鱼呢！真是大开眼界！"

"这真是世上少见，天下无有啊。"

正在大伙说话时，乾隆爷挤上来了。

乾隆爷这么一看，连声地叫道："大鱼！好大的鳇鱼呀！这可真是大鱼王。请问掌柜，此鱼出在何方？”

“刘不开面”说：“塞北辽东。”

乾隆又问：“是松花江吗？”

“刘不开面”答：“正是。”

乾隆点点头，说：“还是我土塞北，人杰地灵。你看这大鳇鱼，多招人喜爱……”

乾隆说这话，不是没道理的。前边说过，近几年，他也吃不上多少家乡的鳇鱼啦。又因这几年，朝廷已明令市井开放，鳇鱼不再是限制的物品，也得让百姓尝尝，市井之上也得容人家有买有卖！可是，这么大个的鳇鱼，就连他皇上也很少见哪，只是在去年，关东地面的瓜尔佳氏和孟哲勒氏送来过两条二千以上的，但看上去都没有这三尾大鳇鱼大。

乾隆看着看着，真有些眼热。

他回头对身边的内务府的几位大人说：“近日，索柱他们送来鳇鱼了吗？”

内务府的大人说：“送来了。”

乾隆又问：“多大斤数？”

内务府的人说：“最大的也就七八百斤。”

乾隆一听气得说：“如此看来，打牲乌拉衙门总管索柱，不尽力捕打啊，还说江中没有大鳇鱼，你看看人家这里，这不是大鳇鱼吗？哼！要好好地责问一下索柱！”

手下人答曰：“喳！喳！”

因当时吉林打牲乌拉衙门总管已是索柱。半年前，那绥奈总管因追查孟家鳇鱼造假事案，处理不力，吉林将军将其告至朝廷，已将绥奈革职查办，乌拉总管之职已由索柱接任。所以，乾隆帝看到珠市口在卖大鳇鱼，气得直埋怨索柱，一定是他不尽力捕打，不然人家市井上怎么有如此大的鳇鱼呢？还说什么江中没有大鱼。

内务府的人一见皇上看中了这三条鳇鱼，就对刘不开面说：“掌柜的，这鱼我全包了，你谁也别卖了……”

事情也就巧，正好此前，有一个通州来的老客，也已经看上了这三条鳇鱼，正在与刘不开面讲价，一听旁边的人从中断价，不问价钱就要全包了，有点不快。便说道：“我说客官，你懂不懂规矩？买东西得有个先来后到？人家已经讲上了，你们等一等吧。”

内务府的人说：“你大胆，我不能等。”

刘不开面的犟脾气也上来了，说："你不能等，我也就不卖你！"

"什么？你不卖？"

刘不开面说："就不卖你！"

说来事情也就巧，就在这节骨眼上，乌龙、金莲他们在京师逛了一天了，又在王府井吃完了饭，赶回了客栈，还没等进院，就听"刘不开面"正和谁吵吵，于是他们急忙挤了上来，说："怎么的？鱼是我的，不卖你就是不卖你，你乐意咋的就咋的！"

内务府的人一听，便喝问道："你是谁？"

乌龙说："我是我！"

内务府的人又问："你敢报上名号吗？"

乌龙说："肇源老北江乌龙连凤山二爷。别说是你，就是皇上老子我说不卖也不卖他，你想咋样就去想吧！"

内务府的人一听，敢骂皇上？而且皇帝就在身边，他竟敢开口辱骂圣上，这还了得，立刻命身旁的几个御林军说："来人哪！"

御林军喝道："喳！"

内务府的人道："给我将他拿下！"

乌龙不知道京师水有多深，还拉开架式要和人家对打，可是三下五下，早被那些训练有素武功高强的御林军拿下。街头上顿时乱作一团。刘不开面这才觉得来者不善，但已悔之晚矣，他拉着金莲混入人群。鳇鱼早被内务府的人给连车运走，街头上的人众顿时散尽，只剩下冬月的冷风冷雪在街头吹刮，天上的残月发出惨淡的白光，寒冷无比。

这一晚，乾隆帝龙颜大怒，甚是气恼，本来兴致勃勃地游览京师街景，感受黎民百姓年关大集，没承想却碰上这么一桩恼人的事。为此，第二日，乾隆帝招来内务府的几处大臣，询问关于鳇鱼的差事，并下诏，让索柱速速入京，前来面见他。

见了索柱，乾隆便气不打一处来。他询问吉林打牲乌拉总管索柱："索柱！"

索柱跪在地说："臣在。"

乾隆帝问："鱼贡交付给你，为何迟迟不到，就是到了，则都是些小鳇鱼，不如人家市井中所见之鳇鱼肥硕可观。这到底是怎么回事？为何人家那个叫'乌龙'的人能采捕到如此大的鳇鱼，你竟如此无能？"

"这，这……"索柱连连叩头称喏，不敢面对圣上。

乾隆气坏了，就在那年的正月，乾隆帝下令，将索柱贬谪，不许他再管理打牲乌拉衙门事务。索柱只好带领家眷，离开吉林乌拉，去往宁古塔一个小驿站充当马夫，住在平民村屯，成为一介平民。当然，后来经人说情，三年后他又回来了，不过那次珠市口事件，可把乾隆气坏了，他杀了索柱的心都有。

说来，在康熙时代，因江中的鲟鳇鱼甚多，采捕容易，吉林乌拉采捕鲟鳇鱼的贡差，曾经传为佳话。可是到了乾隆朝，每况愈下，越来越紧张。再加上后来放开捕捉买卖鳇鱼禁令，不加节制，除官家吉林乌拉打牲总管衙门组织捕捞之外，民间也有采捕渔户，组成捕鱼帮，活跃在北土大小江河上，互相争抢江河地段，这样一来，使得捕捉鲟鳇鱼就越加难了起来。到了嘉庆、道光、咸丰年间，辽东各水系捕捉鲟鳇鱼更是争抢之举，因此到了后来，盛京将军、吉林将军、黑龙江将军于咸丰九年己未，联名呈报奏折，申述“黑龙江，松花江，因日夜捉捕鲟鳇鱼，已现河清鱼竭之势，为贡差呈送之一大困境也”。为此，咸丰帝下旨：“禁民屯滥捕鲟鳇，贡差不可少额。”这才使捕捉鲟鳇之任，由吉林乌拉打牲衙门统理，民间需有采捕，驻各地将军发票则允其采捕，否则不准滥捕私存。(以上见《清史稿》)

采捕鲟鳇鱼是一大艰苦难求的贡差，在民间流传许多血泪求鳇的事件，惊心动魄。

第六十一章　金莲归家

这年正月十六，朝廷处斩罪犯，其中最重的罪犯就是乌龙连凤山。他是有命案在身的匪首，竟敢私运鳇鱼，沿街贩卖，还当面辱骂皇上，处以砍头，暴尸三天。

那天，午门外人山人海。太阳升起一竿子高时，乌龙被五花大绑从囚车上押下来往断头台前走，刽子手在乌龙身后跟着，每到一处买卖门口，掌柜的都会拿出酒、肉、点心、水果之类的，问刽子手："他要不要？"

刽子手就问："乌龙，你用不用？"

乌龙摇摇头说："不用。"

刽子手就劝："用用吧。一会儿你上路，你得走很远很远的道。"

乌龙说："你用吧，你也得走更远的道！"

看热闹的人都哈哈地笑起来。

刽子手上去踢了乌龙几脚，说道："死到临头了，你还发威！"

突然，乌龙在人群里看见了一双含泪的眼睛，那是金莲。她今天头上戴了一朵小白花，身上披着厚雪，说明她一直在那儿等他，前来为他送行。乌龙冲她默默地点了点头，金莲急忙捂住了自己的嘴巴才没有哭出声来。

午时三刻，追魂枪一响，乌龙的人头落地。

这年的谷雨，各网队出发上江，泡子沿的瓜尔佳氏英格尔斤克老三庆成和哥哥海桂、常昇说："哥，我还去老北江……"

哥哥们说："你去吧，兄弟。"

于是，庆成就带着网车走了。

这之前，西屯孟哲勒氏的人们，把庆成早已在外边有女人，这女人是胡子头的压寨夫人，胡子头乌龙已在京师处斩的事，添枝加叶地传得沸沸扬扬，说庆成不仅败坏了家风、族风，还有通匪之嫌。

可是庆成媳妇阿兰心里却明镜似的。丈夫的网队上老江北，媳妇阿兰依旧给丈夫准备包袱。她起大早给庆成做了他最愿意吃的苞米面饸饹，打了鸡蛋大酱卤子，依然给丈夫煮上五个红皮鸡蛋，并小声对丈夫说："顺便去看看金莲，她怪可怜的。"

庆成点点头，心下充满了对媳妇阿兰的感激。庆成在碾子山有个相好的事，从来不瞒着阿兰，金莲的命如何苦，为人处事如何仗义，对庆成如何好，媳妇阿兰早已清清楚楚，觉得男人一年七八个月出门在外，寻个女人也不奇怪，遇上这么一个好人"靠着"，既是情分也是缘分，因此也就默认了。

庆成他们的网车依旧住在碾子山驿站客店，但是，这个驿站客店已经是冷冷清清。庆成见人就打听金莲的消息，人们说，金莲曾回来过，老北江乌龙绺子的二炮头来接她上山，仍如从前那样恭敬"嫂夫人"，可她拒绝了，再以后，就不知其下落了。

咱们长话短说，又一年的夏天，庆成出网去肇源西边一带打鱼。有一天，他路过一座尼姑庵，突然看见了一张熟悉的面孔，这不是金莲吗？

这人正是金莲。其实，与其说是庆成遇上了金链，不如说庆成是在四处地寻找金莲。因他后来听从京师逃回来的几个弟兄讲，乌龙进京师，倒卖大鳇鱼，全是金莲的心意，又全是为了他瓜尔佳氏的庆成，是为了英格尔斤克这一家子人……

有恩不报非君子，庆成一定要找到她。

金莲住的那座尼姑庵有一个居士屋，她就和几个老女人待在一起，还没有正式成为尼姑，要等到正式道场的日子才能举行仪式，削发为尼。庆成一见她，忍不住叫了一声："金莲！"

金莲也跑了出来，扑在庆成怀里哭了。

庆成说："啥也别说了。一切我都知道了。你这都是为了我们瓜尔佳氏呀！现在，乌龙大哥遇害了，你在这里干啥？"

金莲说："我无处可去，这就是我家。"

庆成说："你有家。"

金莲说："家？"

庆成说："对"

金莲问："在哪？"

庆成说："我的家，就是你的家。走，咱们回家……"

金莲一下子惊愣了。其实在原先，她不是没想过投奔庆成，跟庆成公开过日子，可是心底又担心，人家瓜尔佳氏是大户人家，能明媒正娶自己这样一个女人吗？所以后来为了救庆成家，这才一狠心跟了乌龙上山，入绺，落草为匪，终于当上了压寨夫人，可是心底她最想相守一辈子的还是庆成。况且庆成曾多次对她说过，媳妇阿兰知道咱们的事，她不计较。真是这样，每次庆成外出打鱼、走网，如果能路过碾子山驿站，庆成媳妇阿兰都还给金莲带上礼物，金莲也很钦佩这样一个姐姐，可现在，这个结局真的到摊牌交代的时候了。

庆成拿出一个包袱，里边不但有阿兰给金莲做的一件衣衫，还有一封短信，信上说：妹子，事儿庆成都对我说了。你如不嫌，我这儿就是你的家。咱们俩一块侍候庆成，好让他一心一意地打鱼、送贡，老阿玛在九泉之下也安心了……

这是庆成上一次出来打鱼，谈起金莲的处境，不知她的下落，媳妇听丈夫说后，毅然写下的一封文书。在当年，这可是一件了不起的大事啊！

因他和金莲的事，泡子沿都知道，西屯的人更是添盐加醋，生怕此事不能家喻户晓。所以，庆成也将此事告诉了大哥、二哥，并说了自己的想法："眼下，孟家好像抓住了咱的话把，我看，不如弄假成真。再说，人家金莲、乌龙大哥为了咱们家，也为了我，把命都搭上了，咱们不能做无义之人！"

海桂和常昇说："可就是阿兰这关，咋过？"

庆成说："阿兰早都知晓。她同意！"

啊，媳妇同意自己的男人把一个外边的女人领回家？这是真的吗？

可是，大哥、二哥都知道弟妹阿兰是一个通情达理的女人，在这个节骨眼上，她如果同意了此事，什么恶言毒语都自然消退了，

阿兰真是个懂事的人啊！

海桂和常昇哥俩非常佩服弟媳，可是，就是再有情有义的女人，也得一点点吞下这颗苦果，这事该怎么办得听阿兰的呀。在阿兰的催促下，庆成领金莲踏进了泡子沿。

金莲来到庆成家，成了瓜尔佳氏族的一件大事。由大哥海桂主持，家人举行了一个团圆宴，请金莲坐在上边，金莲无论如何也不干，非得让姐姐阿兰坐在上边，最后还是大哥说话了："阿兰，金莲，今天你们两个都坐炕上，别在地上忙乎了，活让别人干吧。你们俩人，都是咱瓜尔佳氏族的功臣，阿兰照顾庆成一心一意，金莲为了庆成，为了这个家，

险些连命都搭上了。来，今个让我们所有男人敬你们两个一杯！你们辛苦了！”

大哥海桂的一席话，说得金莲热泪盈眶，她一下子扑在阿兰怀里，含泪地叫了一声：“姐姐，今后，我就是你亲妹子！”

这时，十一岁的小友子在旁边问庆成：“阿玛，我管她叫啥？”

庆成说：“叫二额娘。”

于是，小友子叫了一声：“二额娘！”

金莲幸福地答应了一声：“唉！”然后一把将孩子搂在了怀里。

就这样，金莲大大方方地到了关家。

金莲来到泡子沿瓜尔佳氏庆成家的事，若干年后，已成为一个故事，在北土民间一代代地传颂着，以致后来，人们以为是讲瞎话，可是，这是真的呀！

第六十二章　重整鳇鱼贡

天上日转月走，人间古往今来。瓜尔佳氏和孟哲勒氏两家老辈子人的故事我就讲到这里，打住。

说话间，时光已进入清咸丰末年到清同治初年，是关外辽东最荒乱的年代。当时，吉林将军是景汶，因政绩不佳，被罢免，卓保、恩合、德英相继接任，像走马灯一样，当官的一两年一换，百姓都记不清父母官都是谁，都长得啥样，因为面孔总在变。

乌拉打牲衙门总管大人也是变来变去，从富友到苏章阿等人，也是被朝廷不断斥责，贡差额数总不能维持平稳，不是说质量不如从前，就是常常缺档项，像鲟鳇鱼类，年年尾数不足，而且皆属五百斤以下者，内务府派员下来监督，也无济于事。究竟是何缘故呢？其实是大灾与人祸加在一起造成的，谁也没有招。

咸丰末年前后，连续四年冬天少雪，民间称为“黑灾”。春、夏、秋三季又大旱，天燥热，草枯黄，致使河流溪水量少，有的已干枯了。小河没水了，大河又怎样了呢？

那时，就连松花江、饮马河、浑江、倭肯河、呼应河、拉林河的河水都突然骤减，不少地方人马可以在河上大摇大摆地蹚水过去，没有从前的泱泱大水，水都不能没到人腰马腹。想一想，在这样枯涸的江河中哪会有什么鳇鱼可以栖息啊？鱼贡，就这样成了最大的难题。

接下来又有了人祸，这个灾更厉害，真是民不聊生啊。

自从咸丰末年开始，盛京、伯都讷、吉林、珲春等地，农民反清之举愈演愈烈。咸丰十一年末，农民起义军王达率领众人攻打义州城，王达被清军抓住刚刚杀死，反朝廷的另一支义军李凤奎又举起了义旗反清，烈火烧向吉林的图们江一带。接着，义军滚地雷王五、乌痣李李维忠等人，率义军四五千人，由昌图攻向四平、吉林内地。

这攻势是一路走来一路烧，官府的衙门、驿站、车店、作坊，一律不留，吓得官府的人躲着不敢出来，天天等着朝廷发兵，清剿义军。

进入了同治年间，义军气焰更加强大，从吉林一股气烧到了黑龙江的双城堡。当年，那外号叫“马傻子”的马震龙，大闹吉林梨树的凤凰城。“马傻子”转战伊通境内，攻克了赫尔苏城，占据了一拉溪地方，把岔路河一扫而光，击败了长春厅的大清马队，势不可挡，义军缴获了许多清军军械，一下子强大起来。

到同治五年二月，“马傻子”、许占一竟率领人马进攻长春，北上克农安，进入伯都讷，这一带快扫平了。有一天，终于攻入了乌拉街。

恩合正在屋子里商讨如何灭人家呢，“马傻子”已站在了他的面前，“马傻子”说：“你是将军恩合？”

恩合说：“你是谁？”

“马傻子”说：“我是我！”

这是土匪黑话，恩合愣了，急忙率人慌张地从衙门里逃出来，险些丢了一条命。

“马傻子”义军火烧关帝庙，扒了所有的鳇鱼圈，大小鱼都捞出来弄死，众多满洲姓氏阖家逃亡，苏章阿乌拉总管一看将军恩合早跑了，于是他也带全家，逃之夭夭，躲灾保命去了。

当年，新从赫图阿拉副都统任上的德英，被任命来统管署理吉林将军一应事务。德英此人，办事认真，雷厉风行。自上任起，他就迅速收拾吉林的残局。指望朝廷派兵是不可能的，他就地招募新军，真是竖起招兵旗就有吃粮人哪，人一群群地来“吃饭”（当兵）。

与此同时他命各铁匠炉日夜赶制军械兵器，选得力军官操练队伍，就这样很快建起一支强大的新军。

依靠这支新军奋力围剿，农民义军有的被消灭，有的被赶跑，吉林境内开始宁静一些了。被义军占领的一些重要地点和村落、鱼圈、窝棚之地，重又回到了官方手里。生活秩序恢复了，作坊、店铺又开张了，街市上也见到人群了。

清走了义军，德英开始了下一步。

这下一步是什么？就是那天大的事，鳇鱼贡差呀！得完成欠朝廷近三年的各类皇贡，更是欠下了三年的大差——鲟鳇贡。

内务府一连三年没有呈送鳇鱼贡了。

鳇鱼谁不爱吃呀，就如从前乾隆年间，乾隆皇上几天不吃鳇鱼就想鳇鱼宴。可是现在，皇室贵胄、达官显贵再也见不着，吃不上，能不焦急、生气，因此撤换了一茬又一茬的打牲乌拉衙门总管、将军，可是就是换了新的又怎样？你再能干，江河水里没有货，那鱼生不出来，人吃啥呀？

特别是鳇鱼这种鱼，从小鱼长到二十年才性成熟，才能甩子，再等长到五百、八百、一千、两千斤，又得多少年，架不住人见天儿地打呀、捞哇，这不是成了好吃不留子了吗？所以，不单单是鳇鱼长得慢，而是人捕捞得太勤、太多了。

可是，朝廷根本想不到这一层。

朝廷天子、大臣、贝勒、格格，他们只是想要这种珍贵的"黄货"，不见着不罢休。而且，如今各路草匪、义军都被压下去了，天下"太平"了，该进鳇鱼贡了。这似乎是天经地义之理。

同治朝内务府及兵部、户部、吏部，天天给属下下急务折子，让快快呈来鱼贡。那些折子几乎都一律是这样写道："鳇鱼若无，细鳞、哲罗、哈什蚂务不可缺。"

鲟鳇鱼就是吃不到，也得闻闻家乡江河的气味儿呀？没有鲟鳇鱼，蛙也行，虾也行，细鳞、哲罗也都行。其实，细鳞、哲罗，都是塞北辽东的珍贵鱼类。民间常说，三花、五罗、十八丁，这都是关东大江大河中的鱼类，只产在北土，别水不生。那鱼气味儿不同，人吃过一回就想第二回，忘不掉呀！

再说鳇鱼，人不吃也不是活不了，可是朝廷得用来祭祖哇，今人不食，古人必用，不可没有。祭祖时，朝廷离不开鳇鱼。

当年，朝廷的祖祭又分年祭、季祭、月祭等名分，每祭必用大鲟鳇。每到祖祭，皇上都恭恭敬敬地摆上鳇鱼，然后焚香，没有这种大鱼，就表达不了后人对先祖的敬意。

而鳇鱼，就是"皇"鱼，皇上用的鱼，这"鳇"鱼之名，就是这么来的。从前朝已成惯例，不能到了你这朝，就给改了规矩。所以你欠贡就得补上，补上就不再追究你的责任了。谁敢违背朝廷？

催办鳇鱼贡的折子一道道下，把人催得浑身发麻。

第六十三章　寻求老渔户

德英连收朝廷催折，心急如焚。

朝廷给下边催折，有再一再二，没有再三再四，见你一直没有动静，上边就撤你，又派来新官任职，总得有鱼吃，能祭祖哇。

这一点，德英心里清楚，不行，得办，而且要快办，还得办好。自己在任上，就得必须办好此事，不可再令皇上、太后、皇后费心悬念了。

想到这里，德英立刻派出自己的心腹巴雅喇去乌拉街打牲衙门，找苏章阿大人，先传呈朝廷的这些催折。可是，吃了闭门羹，没有人，大门紧锁。

巴雅喇回来说："大人哪！人家不见。"

德英又问："是没见着人，还是人家不见？"

巴雅喇说："两者都有。"

是啊，他德英大人也不知人家苏章阿大人是啥心思，是有意不见，还是真到何处办理要事去了。可是，你苏章阿再大的要事还能大过这朝廷三番五次的催折吗？

于是第二天，德英只好自己去了。

德英让人给他备了一匹小黑走驴儿，这种驴善跑不疲，浑身是劲。他又带上那一堆朝廷的"催折"，带着老随从白老玛发，就直奔吉林乌拉而去，他一定要见见苏章阿。

二人来到苏章阿府上，果然真是大门紧闭。

德英就问看门人："请问苏大人到哪里去了？"

看门人说："没说。"

德英说："出去多时了？"

看门人："好多天了。"

德英说："往哪个方位走的？"

看门人："好像往南。"

往南，这有了方向和方位就好办了。

于是这德英掉转驴头，领着老仆人就匆匆往南找去了。

德英边走边打听，好歹在凤凰山下看见一片杨树林，只见杨树林子里有几挂轿车，其中还有几辆带棚子的大个轿车，不是当官的谁能有轿子车呀？德英赶紧奔了过去。

这正是苏章阿。

原来，多日以来，这苏章阿带上他的妻妾，一个个都躲在这车轿之中，他们吃松花江的鱼，炖着凤凰山的野鸡，天天过着神仙般的日子，就是为了躲着“马傻子”起义军，害怕他们攻打乌拉街。

把德英气得本想骂他几句，解解这心头之气，可是，德英想了想，又强忍住了心中之火。

他想，自己先不能发脾气，因为许多事儿还得靠苏章阿来办，自己新来吉林供职，吉林打牲乌拉衙门所管辖下的各项贡差以及打牲丁、渔户情况，自己还一无所知，还得靠他来重新组织打牲丁，迅速着手催办各种事务。想到这里，他心里有了底数。

于是，德英走上前去，换了一副面孔说道：“总管大人，您得迅速回到乌拉城去，催促各户打牲丁、渔户，趁眼下匪徒已被我们驱逐，赶紧承办贡差事务，不可推诿。”

苏章阿一听，问：“匪撤走了？”

德英说：“已剿走。”

苏章阿连连点点头说：“啊啊！好好！”

苏章阿总管大人其实自己也感到挺尴尬，是啊，一个堂堂正正的打牲总管，带着一家老小，偷偷猫在凤凰山下躲灾，偷偷连玩连吃，不顾朝廷的贡差大任，这一旦让朝廷知晓，定要遭弹劾，吃不了兜着走的。

他甚觉脸上无光，想了想，便说道：“大人，德英将军，我，我也有难处啊……”

吉林将军德英问道：“你有何难处？”

苏章阿便说：“将军，实在抱歉，只因近日偶感风寒，被家丁护送这里，也就是小歇数日。今日将军到来，正是我也要动身启程回乌拉街去呢！”

德英不细听苏章阿的巧辩，忙问道：“现在我最担心的事，就是采捕鲟鳇鱼之事，眼下，由哪几个姓氏承担此任呢？”

苏章阿说：“哪几户？”

德英说："是啊。"

苏章阿想了想，脑中好像一片空白的样子。他说道："将军，这些事，眼下我尚不清楚，因为已经两三年未有认真地督办这项贡差了，欠朝廷几年的贡债也一直拖着！不拖咋办，现在咱们北土遍地胡子、土匪，下不去脚哇！"

其实，他苏章阿不是不知道，当地哪几家渔户、渔帮有经验，有能力，他清清楚楚，尤其是孟哲勒氏和瓜尔佳氏两大家族，那是赫赫有名的人家，祖祖辈辈是捕鱼能手，他怎会不知？可他是想，多一事不如少一事，那孟关两族，属于世仇，可别"因为桃花水，勾起老冰排"，把他们举出来恐怕招惹是非，但又不能得罪了人家新来乍到的将军大人。于是便装作很认真的样子说道："我想想，让我想想，好好想想……"

德英见状，叹息一声，便告辞了。

是啊，他也没办法，苏章阿就是不细说，真是气死个人。见德英很不高兴地骑上小黑驴掉头就走，苏章阿还大声喊道："将军大人，您慢走！"

可是，人家德英将军连声招呼都没打，连头也没回，老仆人白玛发跟着，他们匆匆地往来的路上走去。

走着走着，德英将军心中有事啊，他就不停地与白老玛发攀谈。哪知道，这白老玛发老头还真知道不少当地的事。这皆因为他来后，其实这白老玛发一天也没闲着，他有一个老习惯，就是每到一地，知道主人忙，来不及细细打听当地情况，风土人情、族人风波、奇闻轶事，都一一询问，然后烂记于心，就等着主人一旦想打听哪些事，他好有所应对。这也是这些年来，无论德英调任何方，他都愿意留着白老玛发带着白老玛发的原因。

果然，这时吉林将军德英对白老玛发说："老玛发呀，你看看他苏章阿的模样，来气不来气？我问他当地有什么样的渔丁、渔户，他都一问三不知。恐怕他不是不知吧？"

白老玛发说："他是气人。我看着也生气。"

德英说："可如今该怎么下手呢？当地情况得先摸一摸，有没有像样的人家？"

白老玛发说："有。"

德英问："有？哎呀老玛发，您快说说。"

白老玛发说："将军哪，就在前两天，我听人家闲唠，要打听鲟鳇鱼的事，还得去拜访这里的孟哲勒氏和瓜尔佳氏这两大家族，他们是世代在这北土沿江采捕鲟鳇鱼的大户人家，咱们还是自己去找这两家人，就会打听清楚。何必找这个苏章阿总管，他是总管不管事，一点也说不明白，天天就知道搂着自己的老婆、孩子，真是气死个人。”

德英说：“啊？还有这两家？”

白老玛发说：“对呀！”

德英只觉得眼前一亮。对呀，干脆他德英自己出面，去找一找这两族之人，见见他们，听听他们的打算，不是什么事都清楚了吗。

德英决心一下，就回到将军衙门府去了。

晚上，吃完了晚饭，他换了一身旗装，带上几个仆人，好像出去散步的样子，其实心中是有大事要办。

出了衙门，他直往西走。那一侧，正是松花江到嫩江的那段以西之地，也即扶余的伯都讷地方。为防意外，当年，他出门在外，他也在身上暗中携带了兵刃。因那年月，兵荒马乱，土匪猖獗，出门在外，不得不防啊。就这样，主仆在第二天中午时分，赶到了肇源地方。他们也未打扰地方官员，自己打听来打听去，就决定慕名去找找孟哲勒氏家族。

德英好不容易在西屯中找到了孟哲勒氏族人，住在西屯西侧的杨树林子里一幢小茅草房中，进去一打听，主人果然是孟哲勒氏。

前书咱们已经说过，这孟哲勒氏家族在肇源，可是有名气的人家，他们在康熙朝代就是该家族的总祀穆昆达，头人在乾隆时代有位孟哲勒七十三，绰号叫“老三爷”，声望很高，很有名气。该家族采捕鲟鳇鱼和东珠都在吉林、京师挂号，很有贡献，家喻户晓。

德英进屋，主人送上茶点。

德英开门见山，自报自己是从京师来的商客，很是想听一听从前孟家人捕打鳇鱼的事，所以慕名而来拜访求见孟氏后人的。便问道：“请问，你们孟哲勒氏本是当地的望族，大户人家，如今怎么这么冷清啊？”

屋中主人稍停片刻，连连叹息了几声，说道：“咳，贵客有所不知，我家败落有年啦……”

德英说：“啊？败落？当年你们家族可是十分风光的大户人家，威名四震哪。”

屋主人点点头，“是啊……可如今……”

德英说：“别急，慢慢讲来。”

屋主人似眼中含泪道：“说起来，十分悲惨哪。”德英便安慰他：“人生一世，有穷有富，三穷三富过到老，这也是人之常情。别急，别忙，慢慢地讲讲吧。”

于是，那屋主人含泪向德英大人和白老玛发讲述了一段让人震惊的故事。其实，这不是故事，而是北土民族捕打鲟鳇鱼、采东珠、送皇贡的血泪史啊。

这采捕鳇鱼，诸多人以为，在风景如画的江上走船、抛网，多么的自在呀！其实，不是那么一回事呀！

第六十四章 血泪求鳇

主人时而沉默，时而叹息地诉说着。

荒村野舍，凄风苦雨，静寂无声。

只有外面的狂风时而吹刮着主人家的破茅草屋顶上的荒草，吹到了烟囱上的“插板”(一种挡烟的板子，穷人家都以这个板挡烟，以便在烟火飞走时，可以随时隔插一下，使之减少热损失，节省柴火）在“吧嗒吧嗒”地响。还有，他家墙上的那只破旧的老式座钟在“嘀嗒嘀嗒”走字，主人时而喝一口冷茶，时而向德英他们讲述着一个凄苦的往事。

原来，这位孟哲勒氏家族的主人叫吉柱，正是孟哲勒七十三的第六代孙，早期所传为图必赫的直系玄孙。据吉柱讲，他们这代人还算人丁兴旺，他们这一辈兄弟八人，但是家业早已败落。吉柱年岁最小，但他却是族人中的穆昆达，今年近三十岁，曾在吉林演武堂习练拳腿，在吉林秋赛的擂台比武中，还曾夺得过头魁，得到原吉林将军恩合的赏识，被人称为关东名拳腿手。于同治三年，奉调入伍，参加过剿拿乌痣李匪徒之战役，立过战功，受到过奖赏，被吉林将军恩合授予拨什库武职，在吉林将军衙门内行走。因为他办事正直、勤快、不欺人、骗人，深得恩合的信任和赏识。由于当时乌痣李、“马傻子”等在辽宁、吉林一带四处作乱，社会动荡，朝廷的贡赋一点也无法督办，于是，吉林乌拉总管衙门一再呈请吉林将军速速采取有力措施，平定社会治安，安顺百姓之民心，以便能让打牲丁们安心出去完成自家鳇鱼贡差之命。多次来催此事，恩合就想到了吉柱。这个吉柱可是个可靠的人，便让他带着八旗军的拨什库武职官衔，回籍去组织人马，采捕鳇鱼和捕捞东珠等贡赋大差，为国效力，所以，吉柱回到了本籍。

后来，恩合调任盛京，将吉柱底档和确定其回籍组织渔业等贡差之事，也一一全部地都记写在了卷档之中。

德英出任吉林将军之后，曾翻阅卷档，发现了吉柱回籍去按旨操办渔业之事，甚喜。心想，如果有空闲，一定快些找到吉柱，以便速速开启鳇鱼贡之差事。这次，德英在白老玛发提醒下找到了吉柱之家，很顺利就接上了头。但当时没有得知吉柱原来是孟哲勒七十三的后人，只知道他为人好、厚道，而吉柱也知道德英大人在副都统任上的德政，很是钦佩，却万万没有想到他能来自己的家。

吉柱说："大人哪，您原来是吉林将军哪！"

德英说："我想一会儿对您说。"

吉柱说："您的为人，我很是钦佩，看来，咱们也是有缘分的。而且，您还到我家来亲自看我，这让我万万没有想到啊！"

德英说："哪里哪里，这是本将军应该应分的。我也万万没想到，您就是北土鳇鱼采捕大户孟哲勒七十三老人的后人哪！"

吉柱非常感动、感激，马上叫来媳妇领着孩子，到江里打上几条小鱼，熬鱼汤招待德英将军大人。

德英、吉柱和白老玛发，在吃饭中边吃边聊，这才知道了他们孟哲勒氏家族的遭遇，今非昔比呀。

原来，这孟哲勒氏家族家大业大，但主业人孟哲勒七十三太强横，依仗在渔业上有独到的技艺和丰富经验，鳇鱼贡差一顺百顺，又依仗擅于交际，与吉林、盛京衙门和京师内务府的官员拉上关系，他便目中无人，说一不二，称霸一方。

可是，好景不长，这孟哲勒七十三，性情暴烈，专横傲慢，酗酒无度醉后撒野，弄得家里家外不得安宁。几个老婆之间总是不合，各老婆又都生有子女，各支都是不少人口，成天要分家，各怀私心，吵闹不停。特别是孟哲勒七十三这个人容不得人。当时，人家泡子沿的瓜尔佳氏打上了比自己家大的大鳇鱼，他横竖看着不顺眼，于是暗中和儿子们预谋下毒手，收买了盛京仓官全福，竟然私自偷改"官票"，以造假作弊手段硬是压倒了瓜尔佳氏，气死了人家老玛发英格尔斤克，逼得人家无路可走。

他的几个儿子个个像他，办事从来不讲个理，就靠家大业大、钱多、珠子多，扬言天下没有办不了的事。

后来，在外面，从各个衙门、各个渔伙子到邻里百姓，都知道老孟家办事太不仁性，再也没人亲近他，遇什么事也没人支持、帮忙，越来越孤立。

在家里，哥们妯娌、老婆、孩子打得昏天暗地，各支互相兜老底，竟至酿成两个小老婆上吊而死的凶事。

就在乾隆四十二年那年，孟哲勒七十三得了中风症，口眼歪斜，一夜之间，就不省人事了。半年之后，孟哲勒七十三突然在一天夜里大叫：“鳇鱼！鳇鱼！”

大伙吓得跪地上叫：“阿玛！阿玛！”

可是，这孟哲勒七十三捧着大儿子尼亚哈的脑袋一阵乱啃，依然喊：“鳇鱼！鳇鱼！”然后一头从炕上蹿到地上，当时七窍出血，不治而亡。

孟哲勒七十三一走，这家可就乱了套了。

自己的几个儿子、孙子都闹着要分家另过，都散了心，谁也管不住谁了，这真叫树倒猢狲散。

尼亚哈一枝，回到黑龙江的富锦去了，阿思虎带着亲眷去了呼兰，老三台岱得伤寒病死在肇源。一个大家族，就这样烟消云散了。

谁能想到，这孟哲勒氏族人散得很快，很惨。后来，大伙都说老玛发孟哲勒七十三得的是怪病，那是把鳇鱼给从腰上锯开、又用木头、树枝子接上，然后挂了冰，运到京师送给皇上造的孽！皇上是谁？皇上就是天，老天有眼，你造了孽，就得到报应。

果然，在三儿子台岱得伤寒暴病而亡后，孟家几支的孙子中，也有人得怪病，都是在死前，在深夜里突然惊醒，大喊大叫：“鳇鱼！鳇鱼！”然后就吐鲜血而亡。

这种死法，和老玛发一模一样。

于是族人们都说，这是祖先造的孽，孟哲勒七十三阴魂不散，因此每到年节，特别是孟哲勒七十三的忌日，族人按照找来的一位老萨满给算的，这一日，要送“鳇鱼神”，而且，要把鳇鱼先切开，然后对接上，再在坟前焚烧，全族人跪在坟前大叫：“鳇鱼！鳇鱼！”每次要烧三车纸鳇鱼，这才能送走鳇鱼神。

在肇源大十字街口的孙家扎彩铺，每年得定期给老孟家扎鳇鱼，而且扎的鳇鱼还得从中间断开，然后再糊好。一次就得三车这种扎彩，孙家扎彩铺院子里堆满了纸扎鳇鱼。有一日，肇源街失火，据传就是堆在扎彩铺院子里的老孟家的纸鳇鱼惹的祸！

真真假假，已无从说起了。反正在那一带，由于鳇鱼贡差之事，老孟家的人品一落千丈，多少辈子的人一提起祖先的这个事，个个都抬不起头来，所以往往不轻易承认自己是孟哲勒氏、是孟哲勒七十三的后人。

好在吉柱这孩子还挺有人缘。他觉得不管怎么说，祖上为朝廷鳇鱼贡费尽心血，什么样的恩仇，也都是为了祖业兴旺、子孙得好，毕竟有过孟家的辉煌啊！于是，吉柱不怕提起自己是孟氏的后人，他把这一辈的兄弟们都尽量笼络起来。吉柱、铁柱、金柱、台柱兄弟四人和布泰、丘窦尔等现在孟氏家族的后人，如果组织起来，依然可以成为一个大渔帮，上江、走船、撒网，那是一点也不逊色。而且这些年，他们家族一直也没停止下荡网、陷网、挂网、掩网、卧网，在江上捕捞大鱼，这在当地，还是数一数二的。可是后来，由于忠义军乌痣李、“马傻子”这些人一闹，把人心都给闹散了，哪个还有什么心思去打鱼呀，就是捕来鳇鱼也不够“忠义军”匪徒们抢的，而且这些人常常抢劫后就杀人灭口。特别是那些江卧子、鱼圈之地，都是些荒凉地段，常常无有人烟，那些草匪、忠义军都藏在那一带的草棵子、树林子、柳毛子、苇塘子里，人们看不着他们，他们看打鱼的却一清二楚。因此，北土打鱼人只好四处逃难，到处一片荒凉，吉柱哥四个已经东躲西藏了两年多，哪儿还想打鱼呀。

第六十五章　又见孟家

德英大人的到来，让吉柱万分感激。

人家大人亲自来看望他，这着实让吉柱心下万分感恩。是啊，完全没有想到，朝廷还是在想着他们孟氏家族，他感动得落下泪来啦。

德英大人安慰他说："吉柱啊，振作起来。多少年了，你们老孟家给朝廷早年捕了那么多鳇鱼，献那么多东珠，朝廷和皇上都记在心上呢！你现在把兄弟们都重新聚拢起来，本将军也帮你们一把。咱们匪要剿，鳇鱼也要捕，皇贡也要按时送到京城。你们不要怕吉林的匪患，本将军拨一伙兵马，专门随你们采捕打牲的渔帮渔队出行，保护着你们，有了这兵队，胡子们就不敢再抢你们了！"

吉柱说："这可太好了。"

德英又说："这伙兵马，就由你吉柱亲手掌管吧。"

吉柱说："这怎么行呢？"

德英说："有啥不行？我说了就算。再说，你过去也当过领兵的武官，你一定不要辜负了本将军对你的期望。吉柱啊，行不？"

德英大人的鼓励和信任，使得吉柱很是感动，信心十足，人也仿佛精神了。

吉柱站起来，不慌不忙地跪地叩头说："好啊，好！大人，那我吉柱就接下此任，一定万死不辞，办好鳇贡。"

德英大人高兴得把吉柱从地上拉起来，说道："吉柱啊，我信得过你。那么，现在就开始，你一定不要拖了时辰，马上就召集你的人手。吉柱，你说何时下江发船？"

吉柱说："你来定。"

德英说："好哇！好。"

吉柱说："将军，今日你在我家先等一会儿，我现在就召集我的兄弟们，我们请将军与我们弟兄一起痛饮好不？"

德英拍了拍吉柱的肩膀，说道："好小伙子！痛快。这样吧，本将军还要到呼兰地方办事，你们几个兄弟先开怀畅饮，好好把捕鱼的事商量一下，想想怎么能多为朝廷捕打更多的鲟鳇鱼，采更多的大珠子，补上咱们吉林多年欠下的贡差额数。好不？这里，我德英向你们致谢了！"说着给他留下一些先期补船修网的银两，就起身带着随从和白老玛发出门远去了。

吉柱送走德英大人，便马上把自己本家哥哥玉柱、松柱召集到自己家里，又去把另支的敏安、丘球、丘突尔等几家，都召集到自己家中。他对大家说："方才呀，将军衙门来人啦！"

大伙问："谁呀？"

吉柱说："是衙门的德英大人，他是按照朝廷下的旨意来找我们。"

大伙问："主要是干何事？"

吉柱说："打鳇鱼，进贡差。"

吉柱很有信心，大伙于是也都听他的，这样大伙凑到一块，共同商量下一步该如何去捕打江中鲟鳇鱼的事。

大哥玉柱说："吉柱啊，这可是这几年没人敢干的差事啊！别的不说，就这些个土匪、胡子，咱们是躲也躲不了啊？谁也不敢下江去弄鳇鱼！弄来还不是被他们抢去？弄不好，命都得搭上。"

敏安和丘球也说："可不是嘛，为啥偏让咱们孟家的人去送死？刚刚咱们停手不干了，怎么又让咱们接手？"

哥几个议论纷纷，谁也不愿干了。

吉柱说："人家德英大人亲自来到咱们家，这是冲着咱们祖上孟哲勒氏老人的威名而来的，这是对咱们的莫大的信任和敬重。还有，你们还不知道，衙门已派出兵丁专门护咱们走船上江，而且，德英大人已认定由我来统调这些兵丁。有什么危难，我可以动兵了！"

大家一听，乐了。说："想不到，弟弟你这么出息，这是真的吗？这可是咱们家的骄傲。也算朝廷想得周全。"

大伙一想，又说："那么，头一批走船、下网，也得有些银两来修补一下工具吧。"

吉柱说："将军衙门已给了咱们一些修船织网的银两，在我手里了。咱们孟哲勒氏族人不能辱没了先祖家族的名声，这个皇家贡差，不管他别家怎么办，咱们也该去闯一下，去松花江捕鳇鱼。说不定，那些大鳇鱼在等着咱们呢！"

哥几个也笑了，说：“多少年了，咱们还没这么想过，这回朝廷想着咱们，而且吉柱兄弟牵了个头，咱们就干吧！”

大伙一齐说：“出征，干吧。又要去找老阿金了！唉，这些要命的老阿金哪！”

于是，孟家的哥几个，在吉柱的组织和带领之下，他们于同治年间，很快地又组织起一支以孟哲勒氏采捕阿金的乍忽台班底，吉柱自己亲自任采捕达；敏安老哥哥，今年六十九岁了，水性又好，当头排老艄公，也就是舵公；丘球今天五十七岁，水性也好，他自己当了看水的。这看水的也很重要，因为那江多年不走船，已经是“生水”——陌生的水面了，危险性很大，没有经验的人看水是行不通的。

三哥玉柱管账，四哥松柱，专门看管鳇鱼、修鳇鱼圈。一切都分好工，大家正要分头去做。突然，就听院子里有人喊道：“吉柱采伍达在吗？”

吉柱喊道：“在。”

大伙走出去一看，原来是一队兵丁人马来到了眼前，在他家的院里院外都站满了，而且，站得很整齐，很威武。

吉林将军衙门德英大人说话也真算数，这不是，刚刚回去，兵丁人马就派过来了。这伙兵马共计二十九名，一个个全副武装，头罩头盔，身穿甲胄，手持大刀和长矛，一个个威风凛凛。为首的骁骑校叫金雷，是个蒙古族小伙子。他率骑兵马队，做此番采捕贡差的护卫。他从马上跳下来给吉柱施礼说：“吉林将军衙门骁骑校金雷，前来报号，听从吉柱采捕达指挥！”

吉柱立马前去搀起骁骑校金雷说：“金武士请起。”

金雷又掏出一个包裹，递给吉柱说道：“这是德英大人让给你带来的白银千两，是给你们孟家用作补充修船织网的开业费用，这是头一批，接下来就定期发放。”

吉柱接过包裹说：“谢过德英大人。”

从金雷的口气中，他们得知，目前他们孟氏家族组成的采捕队，还真是独一份，真得珍惜这个荣誉啊。

但其实，吉柱不单单是独一份，还有谁？

原来，那日德英将军和白老玛发一出吉柱的屯子，往北一望，有一个屯子近在眼前，那就是曾经住着塞北关东第二大采捕大户英格尔斤克的瓜尔佳氏族的泡子沿屯，白老玛发站下来，向那边瞭望……

德英不知所措地愣了，说："走啊，你咋不走啦？"

白老玛发说："大人哪，我想起另一个人来。"

德英将军说："谁？"

白老玛发说："大人哪，我不是和你说了吗？这关东，有两大采捕能手。你方才找的吉柱，只是一个呀！还有一个呢！"

德英大人一想，说："对呀！还有一个在哪呢？"

白老玛发指指近在咫尺的泡子沿说："远在天边，近在眼前。"

德英大人说："那咱们还愣着干什么？快进去看看……"

二人牵着驴，就进了泡子沿。

进去才知道，这泡子沿如今已不全姓关啦，各户杂姓占了一多半，他们找来找去，才在屯西头一个角落里找到了一个姓关的，从院里走出一个老头来问："客人，你们找谁？"

白老玛发说："过路的。想打听个人。"

那老头问："打听谁？"

白老玛发说："从前在这儿专门捕打鳇鱼的人家，老辈子上是一个出名的能手，叫英格尔斤克呀……"

老人脸上没有一点儿表情，问："你们打听他干啥？"

白老玛发说："不干啥。"

老人说："不干啥你来干啥？滚！快给我滚！"

德英大人一看那老头要打白老玛发这老头子，这还了得，他上前就去拉架，却见那老头眼中已是含着大颗的泪花。

德英觉得，这其中必有缘由。

白老玛发也发现了对方那悲哀的情绪，于是说："老兄弟，算我说话没说清楚，没交代明白。因没有碰上瓜尔佳氏的族人，也不便直说。这位，是咱们吉林将军府的将军德英大人哪。他听说瓜尔佳氏族在早年，那是威震关东的大户人家，捕打鳇鱼的能手，特意前来拜访的。但一直也未有找见这个家族的后人啊！您，难道您知道瓜尔佳氏族人的下落吗？"

这回，老人仿佛情绪平和些了。当白老玛发说完这一席话时，对方点点头说："知道。"

白老玛发又问："您知道？"

老人又点点头说："是，知道。"

白老玛发又问："在哪儿？"

老人答曰："就在眼前。"

白老玛发四外瞅瞅，旁边没有旁人，只有德英大人、他和这位老人，还有，就是欢蹦乱跳的两匹小黑走驴儿。

白老玛发突然间明白了，他们找对了，难道眼前这位老人就是瓜尔佳氏的后人？

于是，白老玛发说："难道您就是当年大名鼎鼎的捕打鳇鱼的关家后裔？"

老人点点头说："大人，请到屋吧。"

德英和白老玛发在这位老人的引领下，几个人一前一后地走进了这个老人家的院子，拉开一扇门，进到了这两间茅草屋里。

开始进去，屋里很暗，什么也看不清，渐渐地，视线开始清楚一些了。这时，德英和白老玛发才惊奇地发现，那黑乎乎的北炕上坐着一个女人，一个老女人，披散着头发，已不知多大年岁了……

第六十六章　又见关家

各位阿哥，我朱伯西讲到这里，也觉得心酸难过，人生世事，古往今来，有多少意想不到的事，又有多少生离死别和风云际会呀。

现在我告诉你，眼前的这个家正是关家，门口的这位耄耋之年的老人就是瓜尔佳氏英格尔斤克三儿子庆成的儿子小友子，炕里坐着的老太太不是别人，她正是在碾子山驿站开店，后来跟乌龙连凤山进北江当了压寨夫人，乌龙死后，庆成又把她接回到关家的金莲呀！

那一年，庆成虽然说服哥哥，也为了回击孟哲勒氏族人的攻击，把金莲从尼姑庵里接回了家。媳妇阿兰也深明大义，见丈夫此意已定，便只好同意娶金莲进家，可毕竟都是女人哪，而那金莲又是一个身份十分特殊的人物，她有夫不随，自己做主在外私订终身；她当上了“女匪”，竟然做起了压寨夫人；可她还是有良心、讲义气的人，为了关家，为了庆成，自己险些丧命。因此瓜尔佳氏族人上下均同意金莲入住关家。可是阿兰，虽然嘴上这么说，心里难免痛楚。

阿兰善良贤惠，性格内向，心思很重。庆成踏浪遇险让她惦记，关家受欺她心中窝火，老公公暴死使她受刺激，金莲进家她更是有苦难言。她常常自叹，自己的命咋这么苦啊！一来二去得了郁闷病，每日不说一句话，后来，双目失明，渐渐骨瘦如柴，死了。

在阿兰生病时，金莲几次想走，离开这个家，可无奈那时阿兰身体已不好，丈夫庆成缺少人照顾，她又离不开。恰在此时，大哥海桂和儿子离开泡子沿去了瑷珲，二哥常昇喜欢打鱼，就沿着黑龙江往东，去了抚远，听说乞烈迷（勒得利）出大鲟鳇，他也和儿子把家搬到那儿去了，于是这泡子沿屯子里就剩下了庆成。

晚年庆成，也得了腰腿疼病，越来越信佛和信仙，他听说二哥住的抚远小河村有一个“白四爷庙”，香火很旺，他常常去那儿上香。这小河村，本是明代黑龙江通往出海口的一个驿站，叫莽吉塔兵站，当年尼什哈去往库页岛（苦兀）收复奴儿干都司，就走这条线，尼什哈每到莽吉塔，都要下船上岸，到白四爷庙烧香祈求江上行船安全，连俄国人也在白四爷庙前上香，一有火轮经过，就拉汽笛向白四爷致意。庆成后来就离不开小河村了。那寺庙就在小河村北的山上，黑龙江右岸的山崖上。晚年，庆成一直没有回泡子沿，听说就老死在莽吉塔山上了。

本来前些年，庆成一上黑龙江抚远，金莲就跟着，一待待个一年半载的，后来阿兰生病，金莲就回来侍候阿兰。

阿兰曾劝金莲说："妹子，你别管我了，你就和庆成在抚远过吧……"

金莲说："姐，那怎么行？"

阿兰说："妹，咋不行？"

金莲说："我这辈子，总觉得做了对不住你的事，真的，我一直觉得是欠你的呀！"

阿兰说："金莲妹，快别这么说。人这一辈子是死生有命，富贵在天。我这辈子就这命啊！"

金莲说："不管怎么说，我就侍候你一辈子。"

金莲果然说到做到。后来，庆成死在了抚远，家里人都提议，让金莲搬到抚远来住，连守着庆成的坟。可是金莲不干。金莲说，丈夫庆成虽然死在抚远，可丈夫的老家在肇源泡子沿北岗，老爷子老玛发英格尔斤克就埋在这儿，而且媳妇阿兰生前总也不愿意去抚远，死后就埋在泡子沿，并说："我死后，不跟庆成。"

儿子小友子问："额娘，那我跟谁？"

阿兰说："跟你二额娘。"

金莲听了这句话，她为能认识阿兰这个姐姐而感幸运，明明自己已占了人家的丈夫，可人家不但不怨，还拿自己像亲妹妹一样，真是天上难找，地上难寻，因此她才发誓，要照顾阿兰姐一辈子。所以阿兰一死，年年她给她上坟、烧纸，而庆成一死，抚远那边有常昇的儿子们、孙子们给三叔三大爷烧纸，她金莲也放心了，所以，她留在了这里，抚育照顾小友子，一直把他扶持到长大成人。

金莲也有老的那一天啊，她一个人留在了庆成的老屋里，谁来照顾她呢，庆成的儿子小友说："我来照顾二额娘……"

小友子，是个说到做到的人。

如今，两个人都老了，娘俩只好相依为命了。

大家可能记得，就在小友子八岁那年，当阿玛庆成从老北江回来，听说阿玛在外受了孟家人的气，他撒谎说："我出去拉泡屎！"可是到外边就点着了西屯老孟家的柴火垛！

后来，爷爷、老玛发英格尔斤克因为得知自己家送的大鳇鱼本来是头等，又得知孟家在捣鬼、造假、使坏，气得一下子从炕上倒下，吐血而亡时，小友子又奔出屋子，到了西屯，一口气又点了四座人家的柴火垛。

一个不到十岁的孩子，从小就这样疾恶如仇，长大该啥样吧。果然，小友子到了十八岁，就成了瓜尔佳氏族人中出名的鱼把头采伍达。后来他又领人多次到上江、老北江打过鱼，都是大鱼，而且在二额娘金莲指点下，他非常熟悉老北江柴火垛一带的鱼卧子，哪年都能从柴火垛那儿捕捞出几条大阿金。

其实，这也多亏了二额娘金莲，金莲后来受乌龙的二炮头"包打一面"的邀请，也回过绺子，她一回去时，就对小友子说："孩子，跟额娘走！"

小友子就知道，那是二额娘指点给他大阿金的卧子。因在老北江，柴火垛、望海沟、心慌泡一带，由于荒草萋萋，多年无人敢于靠近，所以都是一些天然的鳇鱼卧子，再加上有"包打一面"二炮头罩着，小友子说捕多少就能捕多少，说打多大的，就能打上多大的，这一点，小友子深信二额娘的话，所以后来，他们两个一直生活在一起。

改朝换代之时，老北江一带的二炮头也多次遭到朝廷的追剿，后来，二炮头"包打一面"在一次官兵追剿时阵亡了，临死前，他把瓢把子（是绺子里一种象征着权力的物件，是一个小葫芦瓢，谁得到它，谁就可以支配这支队伍）交给了三炮头"北江好"。他对"北江好"说："三弟，记着，咱们的绺子打到最后，就是剩一个人了，也不能忘了大哥，也不能忘了大嫂！"

"包打一面"说的大哥，就是乌龙；他所说的大嫂，就是金莲。他又说："记住了吗？"

北江好说："记住了。"

"包打一面"说："任何时候，嫂子来'取'鱼，没说的，就在咱们的圈里牵，要多少牵多少，要多大的就牵多大的。咱们这样的人，过一天少一天，过一年少一年，但不能忘了是大哥创下的天下，大哥死得惨哪！是大嫂背回了大哥的衣物，让咱们还能在坟头上看出点念想。所以，咱们的绺子，就是大哥和大嫂的，有一件衣裳，也别忘了大嫂，有一口饭，也别忘了大嫂，到临终那天，要是没钱买棺材，就用葫芦瓢给她盖脸。"

那时，一到朝廷要贡鱼，金莲就出面，领着小友子和族人的渔丁，到老北江去捕捞，没有一次空手，就是在三炮头“北江好”掌瓢把子的那些年，金莲和小友子还是有时去往老北江。在那荒凉的地面上，却是一处打不完鳇鱼的宝地呀！

再后来，天下大乱，打鱼人也出不了门啦，金莲年岁已过百了，小友子也往百岁上数，于是，泡子沿的打鱼人渐渐散了，只是到了年节，谁家想吃鱼了，就派孩子，拿个小网子，到河里江里兜吧兜吧，弄几条鱼来下饭，也就如此。

现在，朝廷来人了，而且是直奔他们老关家，点名要找英格尔斤克的后人，小友子采伍达心头还是一热呀。

小友子采伍达对德英和那白老玛发说：“你们坐吧，坐南炕。”他又向北炕的金莲说：“额娘！（他自从自己的亲额娘阿兰死后，他就改口了，管金莲叫额娘了，去掉了“二额娘”的“二”字）这是朝廷来的大人，是吉林将军，还让咱们关家出人，去打鱼，打大鳇鱼！”

炕里的金莲已是风烛残年，耳朵早已背了，把“鱼”听成了“棋”。

她问：“下什么棋？”

儿子说：“是朝廷来人！”

她又说：“借什么盆？”

一劲儿地打岔。

瓜尔佳氏的老采伍达小友子说：“跟你说吧，别看她老，可是子子孙孙的，还有一些渔丁，她只要一招呼，也就来了。现在，我替她说吧。打鱼行，别的不怕，土匪也不怕，胡子也不怕，就是罗锅上山——前（钱）紧！衙门能不能先出点银子，得修修船、补补网啊！”

德英将军说：“老人家，我们就等你这句话呢，只要你能组织起人来，我们就发饷。”

老采五达说：“人是能。这几年，天下太平一些了，人心也思鱼呀！打了鱼交上贡，皇上赏钱，何乐而不为呢？”

白老玛发说：“对对对。”

“这么样吧，”德英将军说，“你们的情况，我都熟悉了，只要有您这样的老把头老采伍达一出山，保证能拉起一伙人来……”

这时，炕头上的金莲老人听明白了。她说：“将军哪，你说对了。我们瓜尔佳氏人家，有一处老卧子，老鱼卧子，那些大阿金哪，都在那里睡呢！只要我儿子去，小友子去，那地方就是他的天下，鱼就来了，什么样的贡都没说的，贡个头等，没说的……”

后来的话，她就语无伦次了。

老采伍达说：“我额娘说的都是实情。如果朝廷真的确定下来要打鱼，打鳇鱼，那么我关家一定能缴上大阿金！”他说得很肯定，很有信心。

而且，老采伍达的体格很健硕，看起来走船、下网还是没说的。德英和白老玛发互相对望了一下，白老玛发点点头，德英说：“好，老采伍达，回头我让人给你送饷银来，先修修船，补补网，完了你们就开跋，走船，走网。怎么样？”

老采伍达说：“听明白了，就这么干吧。”

炕里的金莲突然说：“什么时候动身，别落下俺哪！”

第六十七章 开进鱼卧子

但是，说是说，英格尔斤克家族已经完全衰败了，无能为力了。就在德英和白老玛发去见老采伍达和金莲的那天夜里，瓜尔佳氏的两位老人双双死在了炕上，他们年岁太大了，已经经不起任何世事了。就在第二天，白老玛发带着银子去看望他们的时候，两位老人已经安详地走向了远方。也许，他们是带着打鱼的那些岁月的记忆，走啦。于是从此，那曾经在北土历史上以捕大鳇鱼而传奇的英格尔斤克家族销声匿迹，再无任何信息。

现在，德英寻来找去，只找到了孟哲勒氏的后人吉柱一支，可喜的是吉柱却还能召集起自己的多支本家。

金雷说："吉柱，德大人把宝都压在你这里了。"

吉柱说："是啊。"

金雷说："现在，我全力保护你。咱们同心协力，多为京师捕打贡鱼，为吉林争光。德大人让我代表他感谢你们！拜托啦，拜托啦……"

这事，是清同治九年的事。

这段事，不但在民间有流传，而且在他们孟哲勒氏谱书上都有记载。谱书上写道：孟氏受命，采打鳇鱼九尾，膺将军厚赏。

说来，这年德英大人已经被朝廷调往黑龙江，已经任黑龙江将军职。吉林已由朝廷派来新任将军富明阿任职。富明阿将军大人完全按照德英大人的交代和安排在顺利执行吉林事务。德英对富明阿将军说："各家大渔户已经交代好了，将军，就看你的了。"

富明阿说："德将军，本将一定按您安排的，把这鳇鱼贡和其他贡务办好。当然还有其他方面防务等。"

谷雨过后，天气转暖，风和日丽，雨水适宜，江水猛涨，人们该动手了，他们共修造出乍忽台捕鳇鱼的大船三艘，刀船三艘，威呼快马子共七条，这些船只就足足的了。

除他们哥几个外，吉柱又在本屯和外屯招来伙计和打牲丁十数人，组成了船队，声势浩大，颇有气势，

特别是又有金雷的马队护从，声威大震，令周围的众人都叫好，佩服。

出师开船离岸那一天早晨，富明阿将军，还有打牲乌拉总管衙门巴音阿大人，都前来祝贺，送行。

铜锣“噔——！噔——！噔——！”的三声响，老艄公敏安大哥先让水手扯起篷帆，乍忽台立刻开入江中。丘球二哥站在船头，看水流，看风向，指挥乍忽台行进。吉柱划着快马子前前后后地观察、指挥。船借风势，逆水而行。

船向东北行进，从肇源上行，一气开到了一百七十多里的呼兰河口大姑娘沟口处，这才停下来。吉柱小旗一摇，铜锣又“噔——！噔——！噔——！”地敲打三下，号令是让大家就地扎营。

这大姑娘沟口地址，是吉柱和敏安、丘球等老哥儿个仔细商量好才确定下来的地方。河面宽阔，水势平稳，岸上草树葱葱，甸子和柳毛子一片片的，野鸭很多，一见船来，它们“突突”地起飞。吉柱对几位哥哥说：“这是个好地方。”

于是，吉柱和敏安他们安排众人上岸，在岸上选址搭窝棚、立灶。

立灶，这是大事，是要惊动土地和江神的事。吉柱让敏安哥哥给看看四方，选好方位，上香祭拜土神、江神，这才动手除草，搭马架子、起院子，建起了人们上岸歇息、晒网的“家”。

安置好之后，就要看水。看水，就是试水，也叫看水脉。

敏安老哥亲自下水潜泳去“试水”。

这一天早晨，饭吃饱了，烟也抽足了，各项准备都妥当了，就出发去试水。按照敏安事先确定的地点，敏安亲自把舵，把乍忽台直接开到离窝棚半里远的一个地场，敏安说：“就在这儿……”

只见那一带，水深流大，江的两岸全是老榆树、柳树，一棵棵足有两抱粗，而且棵棵都枝叶繁盛，从耷拉在水中的枝叶可以看出水流的缓急、漩涡的起落。

突然，丘球哥哥发现了“水窝”。水窝，就是水皮儿上不断地出现漩涡。

他发现在他们前方几十米远的水皮儿上有十几个水漩涡在转转！这种不断地转转的漩涡儿，说明这一带水很深，水下也很稳，证明这儿是

江河中的一个大深汀。

汀，指江底河床出现的凹处，或沟，或洞，或比沟更窄的缝子。深汀往往为鳇鱼所爱栖之地。深水汀一带很危险，人船一旦进到这种地方，水漩会使船不稳，随着漩涡打转，如一个浪打来，船便会倾翻，人若在此处下水那就更危险了，那是人和水流的角力，弄不好，漩涡会把人裹进去，沉入水底。

但这伙人，可不是一般的渔猎能手，这是世代人专业捕鱼大户人家的后代，经历过数不清的江河复杂场面，具有祖辈传承下来的经验。

敏安更是一个成熟老练的能手，他能从水文、水涡、水漩儿、水上的蚊虫、水中的气味儿、落叶在水中的动态和各种细微的迹象中猜测出水中隐藏的奥秘，这是孟家几代渔人所积累和总结出来的“脉水”经验。

脉水，就是给水把“脉”。中医不是讲究号脉吗？为人诊脉，可以测知人的体征状况；为水诊脉，可以测知水中的生物状况。如果只是几条鱼在水中游动，从水面上看不出什么征兆；如果是闹鱼汛，某种鱼成群结队游来，水面就会“翻花”起波纹，并且那波纹随鱼群游的方向滚动。如果是小鱼在水中游动，水面显示不出什么征兆，如果是大鱼那就不同了，鳇鱼是水中的大动物，不要说它游动，就是正常呼吸，大量的水从它的鳃中进进出出，也会使水皮儿上的波纹发生变化，会出现水涡。而在鳇鱼游动时，水的变化特征就更加明显了，它动作的大小、轻重、缓急、前进、后退，都能使水产生不同的震动，水纹和波浪也不同。这试水，讲究可太多了。

前书我们说过，孟哲勒氏的老艄公、奔臣老玛发就是一名出色的看水能手，敏安这个孟氏的后人也有其家传特质。渔家也如其他行当一样，有某种特长的前辈人要选择一个好后生将技艺传授下去。敏安之所以被族人选择了传承“看水”的本领，是因为他格外注意水，对水有兴趣。

有一回，敏安跟着阿玛和几个哥哥一块去打鱼。晌午时分，大家都坐在江边吃饭。突然，他发现江上的水皮上有一种怪现象，水底下起来三个漩涡，而且，每一个漩涡上都有一片树叶，一直在漩涡里打转转，就是不沉下去。这是怎么回事呢？

于是，他怀着一种好奇心，饭也不吃了，放下饭碗就追着漩涡跑，一直追出了二里多地，就见另外两个树叶沉了。可是另一个，依然不沉，他更觉奇怪，还是跟着跑，最后在一片柳林子前，那树叶转着转着，一下子沉下去了。

敏安急忙跑回来，把这个现象告诉了阿玛。阿玛说："孩子，这是鳇鱼玩叶！"

阿玛说："大鳇鱼吃饱了，就在水底卧着不动了，可是小鳇鱼吃饱后，往往在水里游来游去，对水面上的草根、树叶推来推去，这就是漩涡。一有这种长时间不沉的漩涡，就有鳇鱼群，而且不远，准有母鳇鱼。"

就这样，阿玛见敏安细心识水，就教他怎么看"水脉"，日熏月染，渐渐他也成了看水能手。

这次来到大姑娘沟口江域，发现了水面不断出现漩涡，判断水下有大深汀之处，那漏斗样的漩涡搅得水流急转，显然是处险地。大家正在议论中，敏安一个猛子扎入江中，大家极力把船稳住，一声不吭，为他担心。足有半袋烟的工夫，他才蹿出水面，兴奋地说："就在这儿，这肯定是个鱼卧子！"

第六十八章 惊险得鱼

家族传承渔丁捕鳇鱼，还要教子女“捕鳇歌”。叫“歌”，其实是生活的经验和谚语。

《捕鳇歌》是这样的：

幽黑深汀藏阿金，
春夏九漩连连现。
咕咚连声彻夜鸣，
急流河口任航行。
鱼鹰团聚翻江水，
百象频生细度寻。

这几句捕鳇歌是什么意思呢，听我慢慢道来：

1. 幽黑深汀藏阿金——是说鳇鱼的栖息环境，江水发黑，水深的地方，那里十有八九会藏卧着鳇鱼；

2. 春夏九漩连连现——是说每到春夏，江面某处总是不断地出现漩涡，那里可能有阿金；

3. 咕咚连声彻夜鸣——江面上夜晚发出“咕咚！咕咚！”的声响，特别是在大暴雨要来的前夜响起，那个江段可能有阿金；

4. 急流江口任船行——阿金喜欢在水深江阔的地方，这样的地方往往是江口，上面水流急，下面水稳，江面宽阔好行船；

5. 鱼鹰团聚翻江水——阿金食量大，排泄物多，其实它吞进的食物并未完全消化，于是，这些排泄物成了鱼鹰的食物，所以，哪里有鳇鱼，哪里鱼鹰就多；

6. 百象频生细度寻——一旦显现出这些迹象，而且频频出现，人就得仔细地去思索和搜寻了。这提醒人们如何从以上的各种迹象中，去揣摩江河与鳇鱼的关系，鳇鱼与水的关系。

吉柱一伙捕鳇人，有吉林将军衙门派来的金雷骁骑校八旗军的护卫，一些妄想劫抢渔船的歹人不敢袭扰，吉柱、敏安、丘球等孟哲勒氏子孙也就敢于下江捕鱼了。这一天，他们在大姑娘沟口开起乍忽台寻找鳇鱼的迹象。突然，就见江中起了一座“丘山”，鼓鼓的，向正北方滚去。

吉柱一见，发令说：“跟着它！”

敏安领着大乍忽台就跟上去了。吉柱他们开着小快船紧紧形成了包围圈儿。大伙追出去能有二十多里地，江不断拐弯，船也跟着拐，等下网去时，真就网住了一条大阿金，可是此时已到了一处十分荒凉的水道，四外静悄悄的无有人。

大伙正觉得这里好像有什么事要发生时，突然，在江滩的芦苇荡里蹿出数只小船，为首的一艘船上站着一个人。他拦住了吉柱他们的船。说道：

此江是我开，
此树是我栽；
你捕大阿金，
留下买路财！

说完一挥手，那些人的快船立刻对吉柱他们的船形成了包围势头。

这可怎么办呢？原来，别看朝廷已经派了金雷他们的护兵来保护这些打鱼人，可是由于船上乘人有数，金雷的人马都在岸上，吉柱央求那些人说：“弟兄们，我们是朝廷衙门派来打鱼的，也没什么给你们的。放我们过去吧……”

说完，他给敏安使眼色，小声说：“大哥，你快潜水上岸去通知金雷，歹人藏在草里！”

敏安会意，假装拉起网，然后向后一仰，一下子进入水中不见了。

那些歹人渐渐地包围上来，说：“我们什么也不要，就要这条鳇鱼。你是要鱼还是要命？”为能保住鳇鱼，拖延时间，等待八旗兵到来，吉柱说：“诸位弟兄，我们这鱼刚刚网上，还没有拖上来。你们总得让我们先把鱼打上来吧！”那些歹人一想，也对。但又不放心，说：“说话的人，你先上我们的船上来，由我们看管你，等鱼交到我们手上，我们再放了你！”

吉柱一看，事已至此，保鳇鱼要紧，便小声嘱咐丘球说：“你们尽量拖时间，我去稳住他们！”说完，吉柱就跳到那些人船上说：“诸位老弟，我是这伙人的采伍达，我说了算。让他们慢慢把大阿金打上来，别跑了。我说话算数，总可以了吧？”

歹人们一见吉柱上了自己的船，于是就同意了。但为了保险起见，他们把吉柱绑在船的桅杆上，说："记住，你如果耍花招，我们就宰了你。"

时间一点点地过去了，金雷的兵丁还不见出现，歹人的头领拿刀在吉柱脸前晃来晃去，说："老实点儿，别耍花招儿。不然，我一刀结果了你的性命。"

吉柱就说："好汉，你们看我是那样的人吗？实在是这打捕鳇鱼，实属不易。你们稍等！稍等！"可是心里边，他真盼援兵快点到哇……

就在这九死一生的时刻，水底下突然冒出金雷的兵勇！原来，他们是潜水从江下潜过来，由敏安带领，大家一起上船，终于救下了吉柱，再晚一步可就危险了。

官兵击退了歹人，这也使金雷有了防备，再不能光在岸上守打鱼人的网站、亮子、鱼圈了，应该时时跟在船上。船再小，每个船上也要配备兵丁，小威呼上也要一人一丁，这样一来，歹徒再也没敢露面。

吉柱、敏安、丘球等孟哲勒氏子孙，没有辜负德英大人的期望，在这社会动荡的年间，出船吉利，连连地在大姑娘沟口的河上下了七大网，七网在这片宽阔的松花江下捕得鲟鳇鱼九尾，其中九百斤的大鳇鱼一尾，八百斤的大鳇鱼两尾，五百斤的大鳇鱼一尾，五百斤以下的鲟鳇五尾，得到大丰收。

敏安"脉水"观察的鱼卧子，确实是一个大鳇鱼的鱼窝，如此看来，鳇鱼藏身之处确实能在水上显示出迹象和征兆。

当时，多少家打牲户都歇业了，吉柱真露脸，顿时引起各屯打牲户的羡慕，都希望在将军衙门兵马的保护下，重操打鱼业、采捕业，还想干贡差的营生。这样生活稳定，还能按额数领取日用银两，北土的采捕业一下子活跃起来了。

孟家打到了大鱼，吉林将军富明阿、乌拉打牲衙门总管大人巴云阿一齐来祝贺，说："吉柱啊，你真行啊，本衙门得好好地谢谢你呀！咱们这儿终于又打上来大鳇鱼啦。"

吉柱哥几个说："将军，这都是我们应该干的，谁让我们是孟家的子孙啦！"

说得大伙都哈哈大笑了起来。

富明阿、巴云阿都说："对对对。"于是，又带来赏银两千两，说："收下，这是本衙门先期给你们的赏银，等将鱼平安送到了京师，咱们再给！”

当时，许多渔户都在旁边看着，这更加吸引了各打牲户，大伙纷纷请求：“将军大人，我们也下江去！”

“大人哪，我们也走船，行不？”

一时间，又有许多渔户，被准许在下一季到来时，上江、走船、开网捕捞。

吉林将军和乌拉总管，已经愁了多年了，一直没完成皇贡啊！现在吉柱真是雪中送炭，帮了大忙，而且在吉柱哥几个的带动下，本屯和周边村屯的一些渔户都活了心，一伙伙的都要加入到捕打鳇鱼、补满贡差的行列里来，这真是开了个好头啊。

当即，由吉林乌拉总管衙门亲自出人、出资，在舒兰小城子附近，修竣了三个鳇鱼圈，全用山中的柞树做的围障。那鱼圈很大，得起个名字啊，叫什么名呢？

富明阿将军是个有文采的人，他想了想，于是一拍大腿，说道：“有了。咱们这回捕鱼，应了吉祥如意和国泰民安的祈愿，我看，就叫‘吉祥’‘如意’‘国泰’！”

大伙一听，连连叫好：“对对！好好！”

于是，富明阿将军亲自给三个鱼圈写了满文、蒙文、汉文三种文字的匾额，由巴云阿找人刻在了木板上，说道：“快，找人去把匾额挂上！”

第六十九章 江中闹“鬼”

三个圈名字起好，富明阿将军又亲自书写了鱼圈匾额，由巴云阿找人刻在铁梨木板上，打牲衙门派人敲锣打鼓送到那里，立在了三个鱼圈的水边上，显得格外的威武，耀眼，谁看了谁都感到很气派。

衙门并派金雷骁骑校率人继续在此驻扎、保护，再不能出现任何意外。这一次，若不是吉柱急中生智，以自身抵押，骗过歹徒，说不定大鳇鱼就又失去，吉柱差点丧命。所以这以后，无论渔丁走船、撒网、拖鱼、入圈、看守等各个环节，衙门均派兵丁来守护，以确保捕打业平安吉顺。这是吉林的特产宝藏啊。

现在，大鳇鱼已入鱼圈了，单等入冬之后，将三个鳇鱼圈中的鲟鳇鱼，挂冰、打包，安安全全恭送京师，献给皇上，完成几年欠下的贡差。所以，大伙像保护眼珠子一样地保护着鳇鱼圈。吉柱、敏安、丘球他们哥几个的俸饷和食宿，全都由打牲衙门给包下了。

这年冬季，北土大地，千里冰封，万里雪飘。

天一冷，雪一下，大伙都精神起来了。

起早贪晚地忙乎。吉柱派人到镇上的铁匠炉去，把镩冰的镩子打制好，背回来，又让木匠做木把，上镩头，单等打牲乌拉衙门选出吉祥日子和时辰，凿冰捕鳇鱼，上京师送贡啊。

鳇鱼圈凿冰捕鳇鱼的日子选在冬月初五，由夜里动手凿冰，下网，要等太阳刚一出时起网，这叫“日头冒红”网。一切时辰均由吉柱请来的老萨满伊尔丹来掐算。老萨满伊尔丹是松花江上游苏尔哈西扇子沟屯人，几辈子居住在江边，每年松花江开江祭祀，冬捕凿冰下网，都是他到现场，如今也是他主祭凿冰下大网捞捕鳇鱼。场面隆重，来观看的人在三个大鳇鱼圈的冰面上跑来跑去，人山人海。

大人小孩都忍不住地说：“出鳇鱼了！ 出鳇鱼了！”

老头们互相议论：“多少年了，没看着这个景了，这真是太平盛世啊！”

这些日子，就像过节一样热闹。

若干年后，老人们还能记起那次的鳇鱼圈凿冰捕捞，真是忘不了啊。

大鳇鱼上了冰，由吉柱兄弟受命，渔丁们立刻动手，吉柱亲手挂冰。

给鳇鱼挂冰，要以葫芦瓢一瓢一瓢地往用木槌敲死的鳇鱼身上泼，要均匀走冰，使鱼躺部位挂的冰厚度一致，看起来像座大冰山。

然后，开始以苇席子包裹。那苇席，都是当地的苇户刀客在上秋入冬亲自割下的新苇编就，散发着一股原野苇子的清香味儿，再与冰鱼齐裹在一起，北土原野气息更浓烈，很能让人想起家乡，难怪每当北方的大鳇鱼一进京师东直门，京师的诸多父老乡亲都争先恐后地奔往东直门入口，等着先来闻一闻、嗅一嗅那来自北方的鱼和苇草的气息，守兵就撵大伙：“闪开！闪开！闪开！”

可是百姓往往说：“俺们是来闻闻家乡鳇鱼的冰味儿，草味儿，咋的？”

于是，那些守兵也笑了，只好说：“好吧，闻吧闻吧！可别挤坏了车子！”因为，那些当兵的有来自北土之人，这鱼来自家乡，他们也想闻闻家乡的气息呀。

挂完冰，打好鱼包，吉柱选定运鱼车。

这车，一共九辆，每车上套八匹马，因那大铁车是八个轱辘，一个轱辘必得一匹马，每车还要备两匹马，一律选枣红马，个个漂亮，一跑起来，马身上的热汗也变成白霜挂在马身上，大伙管这叫“霜马”，

只有鼻孔处向外冒气，呼呼地喷，离老远就看得清清楚楚，天，真是太寒冷了。

进京师送贡，吉柱他们头三天不许回家与妻子合房，就住在鱼圈的网房子里。贡车上路那天，贡车故意在屯子外头的大道上绕一圈儿，吉柱甩了三声响鞭告诉乡亲们，进京师了，送皇贡去了。

这次送贡，由金雷骁骑校来亲自押车护从，车队、人马浩浩荡荡从北土吉林奔往京师。到了京师内务府，得到了朝廷内务府和户部的奖赏和恩赐，京师又一次掀起鳇鱼热，看热闹的人老鼻子了。

这些，在吉林乌拉打牲衙门的典志中都有翔实记载，这可给吉林争了光，添了彩啊。

在忠义军被剿平、匪患平息之后，吉林乌拉打牲衙门的贡差贡务，在吉林将军衙门的护卫辅助之下，又有了新的起色，并逐渐恢复起来了。

各处村屯渔户都加入了，红红火火，有声有色，受到了朝廷的赞赏。

吉柱率领本族孟哲勒氏捕打鳇鱼船队南来北往，继续出力。这一年，说来真巧，他们把乍忽台大船划到了饮马河口子江段，遇到了一个前所未有的奇怪事。

那天，敏安到饮马河一处村屯去找铁匠来修修船，连让弟兄们上岸在网房子歇一歇。他来到饮马河田明宏铁匠铺，只见铁匠田明宏正在作坊里打制铁门插关，一只接一只地打了不少。敏安有些奇怪，就问铁匠说："师傅，你打这些个门插关作何用？"

田铁匠抬眼看了他一眼，说："外来的吧？"

敏安说："是啊。"

田铁匠说："所以你不知道。"

敏安说："发生什么事啦？"

田铁匠说："此地正闹鬼。"

敏安说："啊？闹鬼？"

田铁匠说："所以，家家都打制铁门插关，一到天黑，就得赶快把门插上！"

敏安有些不信，就背着一些船钉出了田家铁匠炉，来到了集上的一家饭馆子。吃点饭，好往网房子赶。可是，街上家家店铺和作坊也都在议论"闹鬼"的事。

敏安就在街头一个掌鞋的人旁蹲下了，只听几个老者议论："多少年了，咱们这儿一直平静，也没闹过呀！"

另一位老者说："是啊，夜里，谁也不敢睡实！"

又一位老者说："也睡不实，它总在闹啊！也真怪，开始时是在夜里，现在，无论白天还是黑夜，都闹！"

敏安忍不住，上前打听，这才知道了底细。

原来，此地自从今春开始，江里不知出了什么精灵，日夜作闹，发出"咕咚！咕咚！"的响声，好像有什么沉重东西从天上掉到江里，有胆大的夜里到江沿去看，那水中突然涌起浪花，接着"啪！"的几声巨响，又好像有什么东西在拍水。

跑到江边去看过的人，都说什么也看不到，只听到那奇怪的声音，于是猜测江里出了这个"精"那个"精"的，越传越玄，人们对江中闹鬼的事就信以为真了。于是更加担心、害怕，天一黑就关门闭户，不敢出屋，觉也睡不实。没办法，地保就请来一位萨满法师，让他来作法，驱走这妖魔鬼怪。

那大萨满，大法师是从东山里请来的一位高手，他带着好几个弟子，就搭窝棚住在江边，然后准备了许多器物，每天在江边上祭祀，那场面大呀。

他们一排排地站列在江边，手持皮鼓，老萨满的腰铃一甩，“哗哗哗哗！哗哗哗哗！”地响时，众鼓齐鸣，老萨满唱道：

珀齐马立合特合理，
恩都力萨克日得，
乌朱图接非乌勒滚卧不莫，
额林得卧七二合卧不莫，
彪棍得卧七珀郭卧不莫……

这种古经是族人在久远的岁月中留下的祭歌、古歌，祭文也传承久远，深有魅力。

他的歌声一起，一些族人戴上面具，开始跳起了神舞。

这些跳神舞的人，在这位傅姓萨满的指使下，每人戴的脸谱是“验水神匠”“解汛神匠”“潜水神匠”“驯鳇神匠”“远近神匠”的彩色脸谱，专门跳这种神舞，他是想压住江中的鬼怪。

傅大萨满家，从前也是个捕鳇鱼的世家，在松花江的上游一带，相当出名。他们的这种神舞，是他们家族世代传承下来的知名的祭舞，那是在纪念一次大的江难。

话说有一年，过了谷雨季节，全家人出发上江。可是那年雨大，从开春这雨就不停地下，使得松花江大水泛滥，人有被冲走的，地里刚长得不高的庄稼全淹了，到处是一片沼泽，在这场江难中，被捕的鳇鱼全都脱圈了。

脱圈，就是这些鱼都从鱼圈里乘着水大，一群群逃出去了，这怎么办呢？大水茫茫，上哪找啊？

于是，老傅家全族人一齐出动，有的乘船在江中寻找，有的沿着江岸寻找。寻找，也是在祭祀中进行，沿江岸上，摆满了各种神器。突然，就见天降秃鹰、大雕，遮天盖地，在单鼓咚咚和腰铃哗哗的响动声中，族人们跟着神鹰奔跑，沿江寻找脱圈的鳇鱼！

真是奇怪，后来，老傅家的人在一个大坑里，找到了脱圈的鱼。

原来，那年的大水，往野地的低洼处汇集，加上水流的冲击，形成一个又一个大坑，那大的简直就像天然的泡子，脱圈的鳇鱼就藏在那里，真的一尾也没丢，你说神不神。

后来，一有什么奇事、怪事、邪事、难事，各地都来请老傅家的大萨满，让他来给算算，祭祀祖神，解除疑难。而这次江里夜夜闹腾，人们又请来了老傅家的大萨满。谁知，正当老萨满在高声唱神歌，众人在跳神舞时，突然江中涌起一间房子高的大浪，只听“轰!”的一声，巨浪拍上岸来，老萨满和众人都被冲倒，老萨满亏得众人上前将他扶起，仪式只好结束。

第七十章　吉柱擒“鬼”

敏安大哥从铁匠铺回来，把此事说了。

丘球又去村屯打听，村民都说江里有“水獭精”在作怪，所以人不敢靠江边走动了。后来，江边上冷冷清清，人们十分惧怕。

可是，每天夜里，江边的人家都能听到江心河滩处传来轰响声，弄得附近的渔家，个个都不敢出门，更别说到江上洗澡、走船、打鱼了。

吉柱闻听到这个新鲜事儿，就与敏安大哥商量，他说：“老哥啊，江里总有动静，难道真有什么精灵？”

敏安说：“百姓都说是水獭成精了。”

吉柱说：“我有点不信。”

敏安说：“那你说，这能是啥呢？”

吉柱说：“你还记得老人说的不？”

敏安说：“什么？”

吉柱说：“鳇鱼歌呀！”

敏安说：“鳇鱼歌？”

吉柱说：“对呀。”

敏安说：“怎么说来着？”

吉柱说：“‘咕咚连声彻夜鸣’……”

吉柱这么一说，大哥敏安想起来了。可不是咋的，咱们老孟家祖上不是有《捕鳇歌》吗？其中就有一句：“咕咚连声彻夜鸣。”

于是，大哥敏安也一愣，说：“兄弟，你是说，那江中的响动是大鳇鱼在作怪？”

吉柱说：“是啊。我想，准是它，不是别的。”

兄弟吉柱这么一提，敏安如梦初醒。对呀，从这种种迹象来看，真就像大阿金，老鳇鱼在作怪。

敏安大哥于是说：“兄弟呀，你这么一说，我也觉得对路。可是，又弄不清，它为何这么日日夜夜地闹腾，为什么呢?”

这一问，也把吉柱给问住了。

是啊，打鱼的人都明白，鳇鱼要是闹、折腾，是在求偶期，公鳇鱼四处寻找母鳇鱼，也是这种折腾，夜里“咕咚！咕咚！”翻个、折腾、交配。再就是在雨季，暴雨来临之前天气闷热，气压很低，江水温度上升，鳇鱼也爱拍浪。可是，那也只是几天，最多也就是七八天的事。可如今，这老妖怪折腾好几个月了，从春起谷雨到了立夏，又到中伏了，它还不停，这就叫人说不清了。

于是，吉柱说：“大哥，我看，咱们去看看！”

敏安说：“兄弟呀，眼下，人们躲都躲不及，你还要去?”

吉柱说：“不去，就弄不明白。咱们去打上它几网，看看到底是个啥！如果是老阿金，咱们就捉住它！咱们不是打鱼的吗?”

就这样，大哥敏安也被说通了，他也同意兄弟吉柱的提议了。不过，他想了想又说道：“兄弟呀，听当地老人讲，阿金在江中闹，必有大祸，咱们去，这可是很危险的事呀！”

吉柱说：“哥哥不要担心，不要怕，我还真要去对付对付这个老阿金。它为啥作祸？而且天天在夜里闹，百姓也不消停，当地生活也不得安宁。再说，咱们这次也趁机摸一摸这老阿金——老鳇鱼的脾气，它为啥无缘无故地闹？如果是真有什么原因，咱也好帮帮老阿金。这样做，咱们积累了经验，对以后儿孙们捕打鳇鱼也有帮助。”

敏安大哥终于被说服了。

他说：“那好吧兄弟，怎么干，你就定吧，俺们都听你的。”

于是，在吉柱的带领之下，孟哲勒氏族人的后代哥几个，率领家人，开着大乍忽台去往饮马河上游的那处总闹事的水域，他就是去要会一会那里日夜闹个不停的老阿金，看看它到底在作什么怪。

吉柱带着众兄弟们来到预定的江段地界，搭马架子、立灶，安排住地，又圈起晒网和放用具的院子，然后，吉柱和大哥敏安先去踩水，看水情。

吉柱和敏安哥俩往前走，沿江没走出多远，突然，就望见江中“哗！”的一声响，接着，水面上涌起一个山一般的“水丘”……

这“水丘”，就是水包。水能起“包”，这说明水下之物之大！

那水包，长长的，鼓起波浪，很是让人惊诧。

吉柱判定，这水包这波浪就是江中的大鳇鱼掀起来的。他于是肯定地对哥哥说："大哥，不用说了，正是老阿金！"

哥哥敏安也说："对，看来就是大鳇鱼。"

但是，哥俩又纳闷。这鳇鱼为啥要这么折腾呢？而且，是那种激烈地跳动，想来必有什么事惊扰了它，惊动了它，或恼怒了它，惹着了它。鳇鱼一般都很平和，现在它为何要发这么大的脾气呢？这确确实实引起了吉柱和哥哥敏安的好奇和警觉，是啊，一定要弄个明白。

既然判定不是什么精灵妖怪，他俩也就无所恐惧了，就挽起裤腿走向浅滩，想近前看个究竟。这时，二哥丘球他们一帮人也赶来了。

见了弟兄们，吉柱和敏安就把他们的见解和分析一五一十地说了一遍，又加上句话："弟兄们，啥也别说啦，这准是大鳇鱼。咱们就捞它得了。"

丘球说："大哥，小弟，我看，你们还是先别急着下网去打鳇鱼。"

吉柱说："为何？"

丘球说："弟弟呀，你想想，这河里有鳇鱼那是肯定的啦，可是，这鳇鱼为啥这样闹腾咱们还弄不清啊！"

吉柱说："对呀！正是因为弄不清，所以打上它来才能弄清！"

丘球说："可是，它这样没黑夜没白天地闹，准有说道。我看，先不要轻易下网的好，我们得小心我们的大乍忽台船被它打翻了，那可就酿成大祸啦！"

族人也都劝说吉柱先不要轻举妄动。

可是，吉柱主意已定，那真是一言出口，驷马难追。他说："弟兄们，二哥，不要怕，我先下水去看一下，你们等着就是了。"这吉柱是采伍达，他说了算哪，他的话就是命令，事情就这样定了。吉柱说完，就往江边走，边走边脱衣裳，准备下水探底。

这时，他被丘球给拦住了。

二哥丘球说："吉柱，那还是我下水去观看一下吧。你的水性不如我！"

族人一听，都点头赞同。

因为族人都知道，丘球二哥的水性是最好的，谁也比不了他。丘球有个外号叫"老泥鳅"，不管水多深，浪多大，要是他下去，准能准时准点地返回来，提起这个"老泥鳅"的外号，还真有一个来历。

那是在丘球二十来岁的时候，渔家的一帮小伙子一起在江里洗澡，都吹自己的水性好，谁也不服谁，于是互相比赛、打赌。先是比潜水，一个猛子扎下去，上来时或是捉一个蛤蜊，或是捡一块小石头，以证明你确实沉到了江底。这一项，几个小伙子都做到了，没比出高低。接着又比，把衣服放在头顶，双手扶着，只用脚踩水过江，衣服不许沾湿，这一项又没比出高低。这时，丘球想出个馊主意：憋一口气到江底淤泥里抓一条泥鳅上来。谁都知道，到江底摸泥鳅，这一口气得憋多长时间啊？

结果，谁也没等抓着泥鳅便憋不住了，蹿出面赶紧呼吸，只有丘球真抓了一条泥鳅。从此，得了个“老泥鳅”的绰号。

第七十一章　江中大难

吉柱听二哥要替自己下水探底，乐了。

他知道，二哥丘球是这江上的“老泥鳅”，不管水多深，浪多大，也淹不着他呀。

于是，吉柱高兴地说：“那可好了，那就有劳二哥。你就下去探一探，江里的老阿金干啥闹得这么凶？”

丘球脱衣，下水，“咕咚”一声，一个猛子进了深水，转眼就不见了。

大伙知道，这是丘球已经潜入河底去了。丘球这人，他能在水中潜游很长时间，有人为他数过数，数到一千个数他在水中还没出来，真是天大的本领。

突然，就见水面上鼓起一个小水丘，然后“哗啦”的一声，丘球钻出了水面，众人急忙把他扶上了岸。

丘球说：“不用扶，不用扶，我自己走。”

他大步地走向吉柱，大伙跟在后边。

吉柱说：“二哥，快说说你探江底见到什么了？”

丘球说：“我钻到江底，在江心一道深沟的地方，果然见有一尾大鳇鱼在晃动……”

众人一惊，道：“你可看清了？”

丘球说：“绝对看清了！肯定就是大阿金了！”

众人乐得都惊讶地“啊！”了一声。

吉柱说：“敏安老哥，你说咋办？”

敏安大哥想了一会儿，说：“全听你的。”

吉柱说：“丘球二哥已经探准了，这里就是老阿金在河底的地场。我们不要怕，快下网，一定要捉住这尾老阿金。抓上它，也就真相大白了！我倒要看一看，究竟这老阿金为啥这么不老实？”

吉柱是采伍达呀，是全班的头领，人们都听他的。大哥说：“吉柱采伍达说了，那就动手吧，咱们各就各位，按吉柱的指挥，一定捉到它！”于是，大伙便开始行动起来。

照样是敏安老哥把舵，丘球老哥看水观浪，吉柱是指挥，是采捕达，全盘的行动由他定夺，不得有误。

吉柱下了号令，“开船！”

身边的人“嘡嘡”地敲起了铜锣，锣声一响，大乍忽台、刀船、快马子都一齐迅速地划入了江水之中去了。

各位阿哥，各位听者，其实我朱伯西有时讲着讲着，也忍不住心惊肉跳，虽然探明了不是什么妖精作怪，可是要去捕这么能折腾的大阿金，谁知道能不能出险情啊。

其实那时，在江心远处，依然翻着“丘山”，水涛依然在不断滚动，这说明那江底下的老阿金依然不老实，那翻腾的白浪还是让人恐惧。

渔家有个谚语说：

开花浪——人必丧！

白马浪——人够呛！

开花加上白马浪——专打死性又硬犟！

这是指一旦人在江上遇见这样的浪涛，就要留心啦，尽管觉得这里的江中有鱼，也不要死心眼地去捕捞，最好躲开它。

敏安大哥掌住舵，他把乍忽台大船开过了江心，划到了白花花的浪头在上下翻滚的水流那地方。当船离那“开花浪”“白马浪”有三百多步远的地方时，只听吉柱大声喊道：“听好了！下网！下网！”

随着吉柱的喊声，乍忽台迅速冲向前。

人们站在大乍忽台船上，每向前冲一段，就向河水中送网，一段段前行，网也一段段地布好，当船快靠近“丘山”时，网已全部下完。

吉柱为了更可靠地兜住江中的勇猛的大阿金，他决定冒险。他让人把乍忽台重新划上来，再从上江水流处又放下去第二排“捆神网”……

捆神网，是打鱼人的行话。这种网，又叫“死网”，是一种比第一网更细更密的网套，它大而又软，极其结实，又有张力。一旦下到江底，捆上了大物，那任何物就不可能再逃脱了！下这种“捆神网”，只能在人已下了第一遍网之后，感到还不够把握，才下这“捆神网”，因一旦下了“捆神网”，那就是孤注一掷啦，不成功，便成仁，不是鱼死，就是网破，让神仙也没办法。这种大网在东北的江河上又叫“绝户网”，是指打鱼之人已不留后路，一往直前，不取得胜利，决不善罢甘休之举。

两网下江之后，大家都静静地等待。

人们连大气都不敢喘。因为，是成是败，就看这一回了。

过了半个时辰的工夫，吉柱命令："收网！"

乍忽台上的人在吉柱指挥下，开始收网。那网是一段一段地往江上拉，把网一点点提出江外，出网的迅速要不快不慢，试探着往上拉。大家还是一言不发。

大家越拉，觉得网越沉重。

那种沉法，就像把网刮在了江中的什么石头或树根上似的，稍一松手劲儿，那网绳就自己"嗖嗖"地往回收……

吉柱瞅瞅大伙，大伙也瞅着他，一时都没了主意。这可咋办呢？如果是卡在了石头或者树根上，这网不是白下了吗？

吉柱想到此，说："大哥，我下去看看。"

敏安大哥说："你下去？"

吉柱说："我下去。"

大哥说："还是让丘球下吧。"

吉柱说："不。还是我亲自下去。"

吉柱不由分说，他"咕咚"一声，一个猛子扎入江中去了。

吉柱下去后，只见他开始是一手顺着渔网往江里摸寻，一点儿也不敢错开，他是想找到是什么东西刮着了网，卡住了网，怎么这么沉重，拉也拉不动，他想尽快地把网摘下来，好顺顺利利地打捕大阿金。

可是，就在这时，人们发现，江上的那"丘山"迅速上涨，越涨越高……

敏安大哥一见，大声喊道："吉柱，别在江里了，快回到岸上！快回到岸上！"

可是，江上此时正起风，风向向着江心，在岸上的人们已听不到吉柱的回答，只见江中水包越鼓越高，已经像一座小山一样了，但还在隆起。突然，江中传出一声惊天动地的巨响："啪！"接着，又"轰！"一声，只见江中跃起一条巨大的老阿金，它的大尾巴已高高伸向了天空，随后那巨尾顺势往下一扫，只听"咔嚓！"一声巨响，一下子砸在大乍忽台上了。

那大乍忽台，本是孟家几代人传下来的老船，但年年维修，还是挺结实的，可是那时，老阿金这巨尾一击，顿时把粗大的桅杆"咔嚓"一声拦腰折断，大船立刻倾翻，人们全都翻滚着落入江中。

这鳇鱼，像疯了似的，接着发出憨憨的吼叫声：“哞！哞！”真像一头疯牛，难怪人们叫它“牛鱼”，那叫声吼声似牛吧，那叫声，真是瘆人！

人们被这突如其来的猛击，吓得精神紧张，不知所措，多亏水性都好，一个个都相继上岸。这时敏安发现吉柱不在身边，就问：“吉柱呢？”

丘球说：“我也正在找！”

于是，哥俩就大声喊叫：“吉柱！吉柱！你在哪啊？”

第七十二章　罕见鳇鱼

吉柱！吉柱啊！

人们凄苦的喊声、呼唤声，在大江上下传着。可是，四野只是吹来呼呼的江风，茫茫的江上，不见吉柱的身影。

许久许久，人们看到江上有一个黑点，在一上一下地漂动，很像是个人。

几个人急忙游过去打捞，果然是吉柱漂在水上。大伙七手八脚地将他抱上岸，吉柱早已是人事不省。人们都围过来看吉柱，呼喊，掐人中，摇他的胳膊、腿，可是，吉柱已无知觉。吉柱是让鳇鱼的尾巴扫着了头部，击中脑腔，口吐鲜血，丧失了生命。

族人一片痛哭声："吉柱！吉柱啊，你怎么忍心扔下我们就走了啊！"

丘球哭了一阵才醒过腔来，大喊："兄弟们，快跟我下河，河中的老阿金闹得已经筋疲力尽了。它害了我们吉柱，不能让它就这么跑了，快！必须抓住它！快，来呀！"

丘球的呼喊，也正是族人和众位打牲渔丁们的心愿。于是，众人便都纷纷跳入河中，紧紧握住网纲，一齐紧收网绳，拼命奋力地往河岸上拖。

那网，是连下了两层的江中双层大网。网兜裹在老阿金躯体上，网绳越拉越紧，大阿金身子不能扭动了，尾巴都被网片死死地缠绕在一起了。

它被拖到河岸边，虽然被网紧紧裹着却还在不停地抖动，气得丘球照准它的身子猛劲地踢了几脚，说："踹死你！踢死你！"可是，这也解不了它杀死了自己亲兄弟的愤恨啊。

丘球一边拿起木槌，一边让众兄弟们拉紧网纲，然后他把大鱼砸昏，又亲自将鱼笼头穿过鳇鱼的鳃中，系好了"头扣"，套上了笼头，它就再也无法脱身了。接着，由金柱划刀船，准备将这作孽的老家伙送进了新开辟出来的鳇鱼圈里去。

这时候，富明阿将军、巴云阿总管大人，已经骑马赶到了江边。他们知晓了吉柱为朝廷捕贡鳇鱼已经献身，非常难过。

富明阿将军手拉敏安、金柱的手，说道：“二位兄弟，本将军一定奏报皇上和内务府，为吉柱兄弟请功和请赏。择日，咱们祭奠吉柱兄弟。”

敏安、金柱等人，立即上前叩谢富明阿将军，说：“多谢大人啊！一定给我们做主啊。”

丘球、敏安又命族人将吉柱的尸体简单地盛殓一下，装入棺椁，先行派人用车接回村落停灵，待择日设灵棚祭奠入葬。

众人送走吉柱的灵柩后，大家在吉林将军富明阿、乌拉打牲衙门总管大人巴云阿的监审之下，又重到江边详细验看大鳇鱼的情况。

这时，玉柱禀报说：“两位大人，这尾鳇鱼阿金已经验明正身，体重为一千二百九十七斤七两，可以放入鱼圈喂养，待冬至节后，送京师进贡。”

吉柱的葬礼按照满族的习俗隆重地办完了，河里有精灵闹鬼的事也消停了，大鳇鱼也引进鱼圈养起来了，人们只等着冬季送贡的差事了。可是，又出现了意料不到的事。那大鳇鱼入圈之初还闹腾了几天，渐渐老实了，却时不时地抖动，后来，喂它鲜活的小鱼也不吃了，那两鳃很长时间才一张一合，显然是呼吸困难，再后来竟奄奄一息了。

接替吉柱的敏安采伍达赶紧将这情况向将军衙门和打牲衙门报告。富明阿将军和巴云阿总管带着一帮人来到鱼圈察看，那大鳇鱼确已苟延残喘了。

巴云阿总管一见此景，就和富明阿将军说：“将军大人，虽然朝廷有明文规定，地方上无权宰杀鳇鱼，可眼下这个事情，算是让咱们给摊上了，我看，这是百年不遇的事，杀就杀了吧。你看呢？”

富明阿将军也同意巴云阿总管的提议。于是，就让玉柱兄弟他们几个人动手去杀死这条奇特的大鳇鱼。

在将这大鳇鱼开膛破肚之时，更为奇特的事出现了，从鱼腹中爬出了不少只小水龟，再看大鳇鱼内脏，已被这些小水龟咬噬得乱糟糟的了。人们猜测，这是它吞食了水龟，未等消化，水龟产卵了，龟卵在它腹内孵化成小龟，小龟为了挣脱出去便撕咬它。这虽然是猜测，却十有八九就是这么回事，至此，大鳇鱼为什么日夜闹腾的谜也就解开了。

当年，因为这一带已经多少年不捕鳇鱼了，更是难得见到新鲜的鳇鱼肉了。富明阿和巴云阿大人决定宰杀这条大鳇鱼后，消息一下子传向四面八方，各处都想尝尝鲜、品品嫩，于是就把这鲜鳇鱼肉分别送给黑龙江、盛京两将军衙门，各友邻部门，也分拨给吉林将军衙门、打牲衙门、武馆、官学，及孟氏家族自己享用。

人们打了一辈子鳇鱼，也没这么吃到又嫩又新鲜的鳇鱼肉啊，当然也得让周边的乡邻们尝尝。

每当提起此事，富明阿将军都会含泪说道："众位呀，你们记着，同治年间的鲜鳇鱼肉，那是吉柱采伍达用血肉之躯换来的呀！"

富明阿将军怀念吉柱这位勇敢的捕鱼人是有原因的。清，道光、咸丰至同治年间，北方社会动乱，第一个发起捕打鳇鱼、圆满完成拖欠几年朝廷的皇贡差，补交上鱼贡，这个有功之臣，就是人家孟哲勒氏的后代吉柱，而且最后为此献身。

吉柱活着的时候，由于黑龙江、松花江一带连年滥捕捞鳇鱼，官家雇用官船捕打鳇鱼，乌拉打牲衙门派打牲丁捕打鳇鱼，民间更有各个商贩、大型官号饭庄，也在私下捕打鳇鱼，因水路漫长，河网密聚，鞭长莫及，官兵难以禁止。

从道光年以来，捕打鳇鱼形成滥捕之势。这一来，鳇鱼不得休养生息，未等长成大鱼，就被众网捕捉，再由于鳇鱼是洄游性鱼类，长成后先入海，再入江河。而上游又多被俄罗斯层层江网严控，使众多洄游性鱼类，如鲟鱼、鳇鱼、大马哈鱼等，都无法洄游进入松花江、嫩江，也使鳇鱼的产量锐减。

时光进入到同治、光绪交替之时，适逢连年荒旱，黑龙江支流及松花江水系，水量枯竭，小河沿岸榆柳枯黄，草甸变成盐碱地，河岸滩头卵石坦露，连蛤蟆都难寻觅，鳇鱼就更罕见了。

当时，吉林的乌拉打牲衙门总管大人已不是巴云阿了，巴云阿因巡河不慎坠崖，摔骨折了，在府中连年休养。年事又高，几番上折奏请离任，终于得允，准其携家返籍，于上秋阖家搬到三姓老宅去了。如今的打牲乌拉衙门总管大人原系巴云阿属下的师爷革图甘，蒙古族，水性好，勤勉肯干，又写一笔好字，深得巴云阿的赏识，便被其举荐为署理打牲衙门总管，是代理之职。

此时，巴云阿总管大人身边还有一位精明强干的能人，是骁骑校云生。这云生，可是北土一带赫赫有名的人物啊。

第七十三章　云生总管

云生，本是乌拉老户，也是大户。他祖上世居乌拉，满洲正白旗，文武全才，也深得巴云阿的喜爱。云生遇事沉稳、善思，不像革图甘，喜张扬、善应酬，人不到声先到，见人把问寒问暖的寒暄和祝福的吉祥话挂在嘴上，在上司面前更是极尽逢迎之能事。云生不这样。

巴云阿在云生和革图甘两人之间，也曾多次做过选择。两人文武之才，在伯仲之间。在数年前，吉林地方曾闹“马傻子”、乌痣李忠义军，吉林地方不安宁，打牲贡差无法督办，革图甘和云生都是马甲出身，都是晋升的骁骑校，两人的箭术也互有输赢，互不服气。特别是在护卫乌拉打牲衙门不受忠义军的骚扰上，他们双双都立过功劳。

打牲乌拉衙门与蒙古郭尔罗斯王爷，为争夺松花江、嫩江两岸的土地和渔场闹纠葛，多年争执不休。革图甘与云生都是打牲乌拉衙门一方的领军人物，由于革图甘是蒙古人，在相互谈判中常常能使郭尔罗斯王爷退让，使乌拉打牲丁的不少地营子和仓场得以保存，未被驱赶毁坏；而云生，武术高强，多以武取胜过郭尔罗斯王爷马队，使乌拉衙门打牲丁各处渔场、仓场和地亩得以保存。革图甘与云生虽然都能与郭尔罗斯争斗中勇占上风，可是，乌拉总管大人巴云阿还是满意革图甘少动干戈的做法。这也是巴云阿在最后决定举荐革图甘为署理乌拉打牲衙门总管的重要理由和原因。

巴云阿最后告老还乡了。

返回依兰老家三姓之时，革图甘以打牲衙门事繁，无暇恭送为由，没有去送巴云阿，而是让云生去护送巴云阿的车轿返回故里。

云生下属的众多族人，都一肚子火。他们在暗中挑唆云生说：“你怎么这么老实？好事不找你，送大人返乡却让你陪着，路上不太平啊，这事儿你不能干！再说，他给你什么好处啦？”

可是，云生只是笑笑。

云生说："何必如此小肚鸡肠？大人一生为了乌拉打牲衙门，也操尽了心思。作为乌拉土民中的一员，送别一下前任总管大人，也是应该的。"

云生力排众议，亲自护送巴云阿总管大人返故里。当时，社会动荡，外出很危险，常遇有匪人出没。可巴云阿由于有云生的护送，一家人平安返回原籍。

俗话说，好人总有好报，老天有眼。

革图甘自署理乌拉总管衙门事务后，渐渐露出了其贪婪毒辣的本性。他表面通情达理，办事漂漂亮亮，暗中克扣给打牲丁户分拨下来的打牲饷银，把各种罪名无故往别人身上安。他表面上嘻嘻哈哈，背后尽使些个小伎俩。他还偷偷瞒报捕获的鲟鳇鱼额数，私下宰分，从中牟利，没有他不干的坏事。甚至，别人好心劝他，他还气别人说，我就这种活法。于是，他的属下都偷偷地咒他，"革图甘哪，你快死吧，世上像你这么坏的人，怎么就不死呢"？

此等事例，被打牲丁户联名上告到吉林将军衙门。时任将军是位新到的穆图善大人。穆大人一听，十分恼火，派衙门师爷率三名笔帖式核查取证，结果完全属实。革图甘被贬职，奉调锡林郭勒盟充差。乌拉地方空缺两年多总管，光绪五年秋，云生被任命为打牲衙门总管代理。光绪六年春，云生不过半年就被正式委任为乌拉打牲衙门的总管大人了。

云生为人和善，敬重诸屯打牲渔户、丁户，不跟各户争吵，改变了从前渔户与衙门顶牛、对立的局面，市井也变得平安平和，各项贡差催办、督察之事也顺利了。在云生治理管控乌拉打牲衙门期间，留下许多来自朝野的好评，口碑甚佳。

在光绪五年以后，云生督办的采捕鳇鱼事项有条不紊。云生办事，善于总结采纳众人之意，他留心历朝在督办鳇鱼贡方面的经验和教训，制定了政策，形成了捕采、存养、贡送鳇鱼到京师的一整套完整的程序，受到上自朝廷，下自将军，乃至打牲丁们的好评。

那时候，因吉林地方的松花江水域连年的滥捕鳇鱼，产量已甚低，虽采取荡捕之策，也难以获贡差缴纳的鳇鱼尾数了。于是，云生上表奏折，打通黑龙江、松花江各段江域藩篱，准允打牲乌拉总管衙门派员深入黑龙江三姓等地采捕鳇鱼，而各地州县不得阻挠。这在以前，是行不通的。

光绪五年五月二十九日，打牲乌拉总管衙门右翼翼领云生带领打牲衙门官丁巡查河口，督捕鳇贡，曾给吉林将军写去禀文。文中言讲，其带领官丁乘舟北下，亲督各路官丁，不分昼夜，竭力荡捕，无奈水势愈荡愈薄，徒劳丁力，难期足额。在全力捕捉之下，终获众多鲟鳇，随捕随分送到长安泡、巴延泡、龙泉泡各圈存养。

这些历史记载，真实可信。

足见云生其人，虽然身为乌拉衙门总管大人，他却能与各姓采捕达之人同甘共苦，亲率兵丁在采捕一线，走访民间渔丁，真可谓是一代地方官的楷模。

云生又是一位能文能武之人，许多胡匪都怕他。一次，一伙从亮甲山窜来的惯匪“山里好”，正好窜到了乌拉地界，是在舒兰与乌拉之间，按职责说他可去可不去，但为着地方平安，他还是带人，亲自骑马去剿。

云生刀法自然，出刀准确，在与“山里好”的交锋中，连连砍倒“山里好”人马的许多马腿，却不去杀掉他们。

战后别人问他：“大人，那匪已摔在地上，为何不一刀结果了他的性命？”

云生说道：“将他从马上砍下，只是伤了马腿，他已战败。马是匪人之腿，砍下马腿，他已不能再战，如再砍死他，也就结下了死疙瘩。而如此这样一来，既震住了他，也撵走了他，还能让他思考此事下场。如果浪子回头金不换呢！”

后来，那些匪人一经过乌拉街，先问：“云大人在不在？”

下人说：“云大人正在。”

于是那些匪人便说：“云大人在，咱们赶快撤，千万别进乌拉街。”

听说云生在任那些年，乌拉街再也没有闹过匪患，足见其武艺高强，又德高望重。

而在渔业技艺上，云生也自有一套。他深谙鱼汛，擅捕鲟鳇，是一个渔猎之能手。

在云生时期，鳇鱼资源日益见少，因而严禁百姓私下滥捕，又规定巡江立营的办法来督促检查，务将捕得的鳇鱼引入池塘鱼圈中存养，各饲养鳇鱼的所有鱼圈打牲丁户，务须严看死守，日夜监护，千万不可疏忽大意。要防匪防盗，防水患将圈冲坏使鳇鱼脱圈，还要防鳇鱼圈中进入狗鱼。

狗鱼，是北土江河中的野鱼。它虽然长不大，可它的嘴尖硬，牙齿锐利，它吃小鱼也敢咬大鱼，更加厉害的是，狗鱼的牙可以啃断鱼圈的木头栅栏，所以要防狗鱼混入鳇鱼圈。而有时，为了让鳇鱼有吃，渔丁们也从江中打上各种杂鱼，倒入鱼圈，一不小心就会混入狗鱼。

再要小心的，就是要防“圆爷”(乌龟)。防它并不是像前书所说怕它钻到鳇鱼肚子里，主要是因为乌龟会“土遁”，怕它在鱼圈的桩子底下挖洞，把鱼圈底下的土挖松，水一泡，木栅栏会倒下来。

总之，当年云生在任，打牲乌拉的渔业和鱼贡之差又渐渐地好了起来，在北土民间传为佳话。

第七十四章 百年沧桑

荒凉的江边，云生看见两个小孩在吹“叫叫”。那是春天的时候，柳树都发芽了，小孩就把柳枝儿折下一根，一撸皮儿，就成了一个管，放嘴里一吹，就发出：“嘟嘟嘟！”的叫声，如果在那管上剪几个眼，还能吹出不同的音阶，怪好听的，那就是“叫叫”。

一个小孩说：“我装雄鳇鱼，你装雌鳇鱼？”

另一个小孩说：“行。”

那个小孩说：“我一叫你，你可来呀！”

于是，只见那个小孩把“叫叫”放进嘴里吹开了：“嘟嘟嘟！ 嘟！ 嘟嘟嘟！ 嘟！”

骑在马上的吉林打牲乌拉衙门总管云生站住了，听到两个小孩唠嗑，他下了马，蹲在 一旁问：“你俩玩啥呀？”

两小孩说：“雄鳇鱼找雌鳇鱼……”

云生问：“你们都是谁家的？”

一个说：“我是老关家的，瓜尔佳氏。”

一个说：“俺是老孟家的，孟哲勒氏。”

云生又问：“祖上都是谁呀？”

一个说：“老辈祖先英格尔斤克……”

另一个说：“老辈祖先孟哲勒七十三……”

然后，他们一边玩着公鳇鱼找母鳇鱼的游戏，拉着小手走了，跑向了远处的村落。

打牲乌拉衙门总管云生，望着孩子的背影，听着孩子们的话，他甚至觉得，在这片土地上，人们一代代的记忆都打上了“鳇鱼”二字的烙印，鳇鱼的传说，鳇鱼的故事，构成了这里永远的乡愁。

在吉林打牲乌拉承担的几千种贡品中，鳇鱼贡是大差，也是“要命的差事”。到光绪年间，由于鳇鱼难捕，内务府下达的鳇鱼贡额数又大，一时难以办齐，故允准可分为两批恭送京师，但必须保证数额和质量，否则，轻者要受内务府的申斥指责，重者要受惩罚。

光绪六年至光绪十一年，多次由云生督办的咨文奏章，皆有明确记载，足见这期间打牲衙门的贡差做得秩序井然，颇有成就。在乌拉档案中，有光绪九年十一月十四日吉林将军希元奏呈进鲟鳇的鱼折，就明确记载："打牲乌拉每年冬季捕打鲟鳇等鱼，分二次呈进。本年河水冻结，总管云生亲督牲丁前往边外，产鱼处所，捕获鲟鳇鱼十尾，各色鱼四百一十九尾，由奴才希元详加查勘，谨用布席包固，分交骁骑校恩庆等，起程恭送。"所以，光绪朝时，吉林乌拉打牲衙门屡次受到清内务府的称赞。

说来，换取朝廷内务府的满意和称赞，也确实不易，是用很惨痛的代价和数不尽的人命换来的，难怪连孩子们幼小的心灵上都深深地打下了鳇鱼的烙印。要知道，历经百年的沿松花江捕捉鲟鳇鱼，年年下网，每段江河上有数百张大网，下一茬，又一茬，连连不断，时时没有停止养息，好吃不留子，哪有那么多鳇鱼来打呀！小鱼没长成，就被捕走，大鳇鱼更是无处可藏、无处能躲。松花江中难以找到鳇鱼的影子了，真是竭泽而渔，何等惨啊！弄成如此惨状，就是"荡捕"造成的。

荡捕荡捕，就是赶尽杀绝，朝廷天天催要鳇鱼贡，逼迫乌拉的打牲渔户们只能采取那"荡网法"，沿松花江上下游扫荡追捕鳇鱼。

一是浑水荡——即选定某段松花江上的深水区鱼卧子地段，先由数艘小快马子(威呼)，在水面上来回穿梭，用桨狠拍水面，激起浪花，以此惊动水下鱼群，然后再由刀船、乍忽台大船上的打鱼人，急忙下网，逆水而上，兜江河中的鱼群，连忙收网。网中便将江河中的各类鱼种兜住，如鳡条、哲罗、勾辛、狗鱼、胖头以及鲟鳇等鱼，都一概兜在网中。

二是二水荡——即深水荡之后，觉得不满足，或者感到还有漏网之鱼，便按前法，再施二水荡，即紧接着再来一遍浑水荡。

三是反复洄游荡——最厉害，最残酷。这是沿江选定之百里之内的鱼卧子处，来回往返连连不断地下网荡捕，捕一遍，返回来，再划船从下游到上游，再兜剿一遍，这样做过之后，一两年内，再不见大鱼。

光绪朝时朝，也就是在云生为乌拉打牲衙门总管大人期间，还做了一件重大的事情，那就是平息了乾嘉以来令人头疼难解的地方纠纷。

说来，这事已经闹扯几十年了。虽然是民间纠纷却多与皇贡有关。

起因是吉林乌拉打牲衙门所属的诸村屯的满洲打牲丁户，为了采捕药材、乌拉草，捕捉花鼠子、貂、猞狸、刺猬，捕捞各种鱼类，猎杀网套熊、狼、狍子等动物，捕鹰雕等猛禽，都喜欢到毗邻吉林的西部草原，又近又方便，而且采捕贡品也最丰富。而这里是蒙古大草原的一部分，由郭尔罗斯王公管辖，蒙古王公有自己的兵马卫队，都为王爷统管，这是清朝皇帝御赐的福地，不准外族侵入盗采盗猎，擒拿住可以杀刮无赦，或收为奴隶，永不能返籍。好在郭尔罗斯王爷公爵与历朝吉林将军关系来往密切，友谊甚深，所以一些民间的盗采，蒙古人与打牲丁之间的械斗，尽量都大事化小，小事化无，和平解决。可是，自清咸丰、同治年以来，打牲衙门众牲丁连年完不成各项上缴的贡差，便肆意越界进入蒙古王爷的领地，采集、捕鱼、狩猎，甚至随意在草原内挖壕建营子，建仓房住舍，蒙古人驱赶也不走，甚者双方常起械斗，杀掉蒙古人的牛羊、骆驼，成为一患。这些事使蒙古王爷大怒，便火烧打牲乌拉私建的仓场营地，囚禁打牲丁，年年双方都有伤亡之人，形成难解的公案。

后来，蒙古郭尔罗斯王爷告到了朝廷，由兵部、户部合议，命吉林将军与乌拉打牲衙门和郭尔罗斯王公会商。道光、咸丰年间，经多年商榷，互订了《郭尔罗斯和乌拉打牲衙门议定书》，决定凡吉林乌拉打牲衙门户丁所占据之伯都纳一带水场、仓场、草场、林场之地，论亩评价，按市价向郭尔罗斯王爷缴纳租银，每年年终结算，如有拖欠，按市价折银加价增补。

自相商定了此议定之后，相互械斗争殴之事有所收敛和平息。然而，时间一长，吉林打牲乌拉衙门之众户人等，所占据之水场、仓场、林场、草场，日趋增多，远远超出道光、咸丰年间之议定地域，大有越界或扩充之势，严重有碍蒙古族人的放牧，侵占众多草地，使蒙古的牛、羊、骆驼之水草用地被大量侵吞。

进入清光绪年间，郭尔罗斯蒙古族人与吉林乌拉打牲衙门打牲丁之间，互相争吵、械斗、殴杀之案连连发生，年年月月均有血光之灾，使吉林将军衙门日日都有申冤告状者，严重影响蒙古的牧业和乌拉打牲衙门的皇贡。蒙古郭尔罗斯王爷甚至派出蒙古八旗劲旅数千兵马，日夜捍守伯都纳到舒兰一带数百里之嫩江、松花江沿岸，驱逐乌拉打牲丁，毁坏存养鳇鱼的鳇鱼圈，放归所捕获的鳇鱼，使吉林打牲乌拉衙门之采捕不易获得的稀贵鲟鳇鱼，重又回到江河，使每年沉重的鳇鱼贡无法足额完成，无法向朝廷谢罪。

云生与恩合、穆图善、络安、希元诸吉林将军，最后建议，从光绪九年起，决定由蒙古郭尔罗斯王爷刻制《仓官碑》，划定界限，凡划定之域，均由吉林乌拉打牲衙门由国库出银租用，以保证皇贡按时劳作。凡界碑之外的蒙古王爷土地，寸土寸水不侵，如有违拗，则双倍赔银，绝不食言，立契立约为誓。

从此，从蛟河、德惠、舒兰一线，凡与郭尔罗斯蒙古王爷有相连的松花江水域，皆设立了大小石碑，十数座，以定说法。

自竖立石碑之后，吉林乌拉打牲衙门众打牲丁与草原的蒙古牧民，再无械斗，和平相安。吉林乌拉打牲衙门的捕鳇业，也得到了顺利发展。

吉林采捕鲟鳇鱼的皇贡，在光绪十年之后，主要是向依兰、三姓、佳木斯、富锦、同江、绥滨、蒙北、抚远一带推进，扩建新筑的皇贡鳇鱼圈，其圈名甚多，代表性的有兴隆泡、富裕泡、巴彦泡、月亮泡、双喜泡、官舍泡，等等。

这些个鱼圈、鱼泡，年存大小鲟鳇竟达两千余尾，每年到冬至后由各地衙门，统一备车、挂冰，送往京师内务府。

如果尚有盈余，再分给捕打鱼贡有功之采捕鳇鱼之打牲人家，史称“光绪中兴，渔业丰盈，国泰平安”。

捕鱼人家的孩子们呢，从小就眼巴巴地瞅着大人将一条条、一尾尾的鱼辛辛苦苦打来，又辛辛苦苦地送走，馋得直流口水，可是吃不着，大人不让吃，也不吃。孩子们馋了，就弄些别的小草鱼、小鲫鱼、小泥鳅给孩子们熬些个汤，说，“喝吧，这就是鱼”。

清王朝推行的鳇鱼贡制度，使渔猎世家的十数代人为之辛勤劳作、履难遭险以致献出生命，他们曾有过丰收的喜悦，获赏的欢乐，但更多的是辛酸、悲怆和血泪。而孩子们呢，只是知道祖辈采伍达的名字，听过鳇鱼贡的故事，学那鳇鱼的叫声。在春天时，折下一根柳树枝儿，做成“叫叫”，然后吹起来：“嘟嘟嘟！ 嘟！ 嘟嘟嘟！ 嘟！”

云生听到了，他听愣了，他望着孩子们远去的背影，沉思起来，久久地沉思起来。

遥远的旷野，远去的北方的大江，仿佛都飘荡起无尽的记忆。

而且，仿佛都清晰地写着两个字：鳇鱼。

后来，云生依然为沉重的朝廷贡务奔走，直到最后以七十三岁的高龄累倒在科尔沁伯都纳的土地上，他的梦里可能还有鳇鱼、皇贡这些字眼。

故事至此讲述完结。